Rink

MAGGIE ROBINSON
In den Armen der Erbin

Zu diesem Buch:

Als die schöne und wohlhabende Erbin Louisa Stratton eine Einladung auf das Familienanwesen Rosemont erhält, um den jüngst angetrauten Ehemann vorzustellen, steht sie vor einem Dilemma: Ihren illustren, kunstliebenden Gatten Maximilliam Norwich hatte Louisa nur erfunden, um ihre Familie endlich zufriedenzustellen! Seitdem sie in jungen Jahren ihr Herz und ihre Unschuld verlor, hat sie der Liebe abgeschworen. Doch wie soll sie das ihrer strengen Tante Grace erklären, die sie nach dem Tod ihrer Eltern großgezogen hat? Kurzerhand entschließt sie sich, einen Ehemann zu engagieren. Der attraktive Soldat Charles Cooper scheint dafür die perfekte Wahl zu sein. Unvermögend, vom Krieg gezeichnet und nur an leichten Affären interessiert, nimmt dieser das ungewöhnliche Angebot an. Schließlich sind es bloß dreißig Tage, die es als frisch verliebtes Ehepaar durchzustehen gilt. Doch der Aufenthalt in Rosemont entwickelt sich schon bald zu einer Nervenprobe: Die Verwandtschaft treibt Louisa fast in den Wahnsinn, und irgendjemand scheint es auf Charles' Leben abgesehen zu haben. Vor allem jedoch hätte Louisa niemals damit gerechnet, dass sie sich Hals über Kopf in ihren falschen Ehemann verlieben könnte …

Über die Autorin:

Maggie Robinson arbeitete als Lehrerin und Bibliothekarin, bevor sie mit dem Schreiben begann. Aufgewachsen ist sie in New York und lebt heute mit ihrer Familie in Maine, wo die langen Winter ihr viel Zeit zum Verfassen historischer Romane lassen.

Die Romane von Maggie Robinson bei LYX:

1. In den Armen der Erbin
2. Ein Skandal in Schottland *(erscheint im September 2015)*

MAGGIE ROBINSON

In den Armen der Erbin

Roman

*Ins Deutsche übertragen von
Ursula Prawitz*

Die Originalausgabe erschien 2013
unter dem Titel *In the Arms of the Heiress*
bei The Berkley Publishing Group.

Deutschsprachige Erstausgabe November 2014 bei LYX
verlegt durch EGMONT Verlagsgesellschaften mbH,
Gertrudenstraße 30–36, 50667 Köln
Copyright © 2013 by Maggie Robinson
Copyright © der deutschsprachigen Ausgabe 2014
bei EGMONT Verlagsgesellschaften mbH
Alle Rechte vorbehalten

1. Auflage
Redaktion: Catherine Beck
Umschlaggestaltung: Guter Punkt, München | www.guter-punkt.de
Umschlagmotiv: © Kim Hoang, Guter Punkt
unter Verwendung von Motiven thinkstock
Satz: Greiner & Reichel, Köln
Printed in Germany (670421)
ISBN 978-3-8025-9543-1

www.egmont-lyx.de

Die EGMONT Verlagsgesellschaften gehören als Teil der EGMONT-Gruppe zur
EGMONT Foundation – einer gemeinnützigen Stiftung, deren Ziel es ist, die sozialen,
kulturellen und gesundheitlichen Lebensumstände von Kindern und Jugendlichen zu
verbessern. Weitere ausführliche Informationen zur EGMONT Foundation unter:
www.egmont.com

1

Nizza, Frankreich, Anfang November 1903

Meine liebe Tante Grace,
schweren Herzens muss ich dich vom Ableben meines geliebten
Gatten Maximillian in Kenntnis setzen.

»Sie lassen ihn *sterben*?«

Ihre Zofe Kathleen hatte die ärgerliche Angewohnheit, wie aus dem Nichts immer dann hinter ihr aufzutauchen, wenn sie es am wenigsten erwartete.

»Es gibt ihn doch gar nicht wirklich«, antwortete Louisa Stratton und tupfte den Tintenklecks fort, der auf den Brief getropft war.

Kathleen öffnete die Tür zur Terrasse, die den Blick auf das Mittelmeer freigab, und eine kühle, feuchte Brise wehte beinahe Louisas Brief fort. Um diese Jahreszeit erwartete man im Süden Frankreichs eigentlich milderes Wetter.

»Wie ist er denn gestorben?«

»Ich weiß noch nicht. Eine Lawine vielleicht? Ein Zugunglück?« Außerhalb des Museums könnte Maximilian Bergsteiger sein, ganz in Leder gekleidet und mit sonnengebräuntem Gesicht. Die feinen Fältchen um seine himmelblauen Augen woben einen Fächer wie aus zarter Spitze. In ihrer Fantasie fuhr Louisa diese Linien zärtlich mit der Fingerspitze nach –

Mit einem Knall schlug Kathleen die Tür zu. »Über beides wäre·in allen Zeitungen berichtet worden.«

»Verflucht.« Daran hätte sie denken müssen.

»Sie werden sich wohl etwas weniger Spektakuläres einfallen lassen müssen. Irgendeine Herzgeschichte vielleicht. Oder einen entzündeten Finger.«

Louisas Miene hellte sich auf. »Genau! Er hat Herbstrosen für mich gepflückt, und dabei hat er sich gestochen. Ein so winziger Stachel – und dennoch so gefährlich. Du weißt, wie er mich verwöhnt hat – täglich frische Blumen, gleich in welcher Jahreszeit. Er hätte seine Handschuhe tragen sollen. Er hatte wundervolle Hände. Groß und elegant und kaum Haare auf den Handrücken. Und er verstand sie so geschickt zu gebrauchen.« Sie warf Kathleen ein wissendes Lächeln zu.

Doch Kathleen schüttelte tadelnd den Kopf. »So sollten Sie aber nicht reden. Und außerdem wird es so auch nicht gehen. Schließlich gilt Maximillian Norwich als bedeutender Mann. Sie haben es so gewollt. Sie wissen, dass Ihre Tante regelmäßig die Todesanzeigen liest. Sie wird sich wundern, weshalb Sie es nicht bekannt gegeben haben.«

»Ich war einfach am Boden zerstört. Ich war außer mir. Sie denkt ohnehin, dass ich nicht ganz richtig im Kopf bin.«

Wie üblich hatte Louisa auf alles eine Antwort. *Hätte* es wirklich einen Maximillian *gegeben*, sie hätte die angemessenen Gefühle, die mit dem Verlust der Liebe ihres Lebens einhergingen, empfinden und zeigen können. Davon war sie überzeugt. Vermutlich hätte sie über Wochen, wenn nicht gar über Monate hinweg, ihr einsames Bett nicht mehr verlassen. Vielleicht auch über Jahre nicht. Mühelos hätte sie Queen Victoria Konkurrenz gemacht, die sich bis zu ihrem Tod nach Albert verzehrt hatte. Natürlich wäre sie dabei attraktiver gekleidet.

Berge von Taschentüchern würde sie nass weinen, Speisen unberührt zurückgehen lassen. Kathleen würde sie einen hoffnungslosen Fall nennen, und Louisa würde im Zustand tiefer

Melancholie die Wand anstarren, dessen Tapetenmuster vor ihren tränenfeuchten Augen verschwimmen würde. Sie würde dem Ruf der Sirenen lauschen, der vom Meer herüberklang und sie dazu verführen könnte, Steine in den Saum ihres Nachtgewands einzunähen und sich zu ertränken.

Natürlich würde Kathleen rechtzeitig hinzukommen und verhindern, dass sie sich ihre Finger blutig stach – denn Louisa hatte trotz der unermüdlichen Versuche von Tante Grace, aus ihr eine Lady zu machen, nur wenig Erfahrung im Nähen. Ärzte würden gerufen – vielleicht würde Kathleen sogar nach Dr. Freud im fernen Wien schicken.

»Wenn Sie ihn sterben lassen, müssen Sie in Trauerkleidung nach Rosemont fahren, und Sie wissen, wie blass Sie in Schwarz aussehen – wenn ich so kühn sein darf, Sie daran zu erinnern.«

»Als könnte ich dich daran hindern.« *Kühn* reichte bei Weitem nicht aus, um Kathleens Umgangston zu beschreiben. Seit fünf Jahren war sie Louisas Zofe, und inzwischen war sie mehr eine Freundin als eine Bedienstete. Und im letzten Jahr war das Band zwischen ihnen noch fester geschmiedet worden, hatten sie doch in dieser Zeit der Freiheit einige haarsträubende Abenteuer zu bestehen gehabt.

Seit einer Weile jedoch zeigte sich Kathleen sehr launisch. Louisa vermutete als Grund irgendein nutzloses Mannsbild. Bevor sie nach Europa geflüchtet waren, hatte Robertson, der neue schottische Chauffeur, Kathleen Avancen gemacht. Zugegeben, er war ein ansehnlicher Kerl, aber Kathleen sollte ihre Unabhängigkeit nicht für ein paar Minuten unbeholfenen Beischlafs aufgeben. Sexueller Verkehr wurde nach Louisas Ansicht weit überbewertet.

»Und Ihre Tante wird dafür sorgen, dass Sie sich völlig aus dem gesellschaftlichen Leben zurückziehen, genauso, wie sie es immer gemacht hat«, fuhr Kathleen fort und wurde wieder einmal ihrer gewohnten Rolle als Stimme der Vernunft gerecht. »Zwei Jahre Trauer. Keine Besuche. Keine Konzerte oder Vorträge. Ihre Tante wird Sie nicht einmal für einen Tag nach London fahren lassen, müssten Sie sich einen Zahn ziehen lassen. Sie würden sich im Handumdrehen zu Tode langweilen. Und obendrein auch noch Schwarz tragen müssen.«

»Wie wahr!« Louisa knabberte am Ende ihres vergoldeten *Conklin*-Füllfederhalters, der beim Schreiben unangenehmer Briefe schon einige tiefe Spuren davongetragen hatte. Es war verflixt ärgerlich, dass sie Maximillian überhaupt erst hatte erfinden müssen. Aber Tante Grace war mehr als entsetzt gewesen, als Louisa zu einer Reise mit einem Motorwagen über den Kontinent aufgebrochen war – mit Kathleen als einziger Begleitung. An jedem Postamt waren die beiden Reisenden von einer Flut von Telegrammen und Briefen erwartet worden, und Tante Grace hatte auch nicht gezögert, in schauerlichen Einzelheiten auszumalen, was zwei alleinreisenden, unschuldigen jungen Damen im Sündenpfuhl Europa widerfahren konnte.

Nun ja, Louisa konnte kaum unschuldig genannt werden, wie Grace sehr wohl wusste. Aber sie war *abwesend* und damit außerhalb von Grace' Reichweite. Die Briefflut war abrupt verebbt, nachdem Louisa ihre Familie darüber in Kenntnis gesetzt hatte, dass sie den charismatischen Maximillian Norwich kennengelernt hatte – im Louvre, vor einem besonders dunklen und schemenhaften Rembrandt-Gemälde – und ebendiesen nach kurzem und heftigem Umwerben geehelicht habe.

Nach einer Weile erreichten Louisa dann erneut Briefe, in denen ihr lauwarme Glückwünsche ausgesprochen wurden. Und eine Aufforderung: Louisa solle *nach Hause* kommen und ihren *Ehemann* mitbringen.

Für eine gewisse Zeit war ihr Rosemont nicht wie ihr Zuhause erschienen, aber nach einem goldenen Jahr der Ungebundenheit musste auch Louisa zugeben, dass es wohl an der Zeit war, zurückzukehren.

Kathleen jedoch schmollte. Wenn sie im Winter in einem offenen Motorwagen umherfuhren, würden sie sich höchstwahrscheinlich jede Menge Frostbeulen holen. Zudem gab es in letzter Zeit einige Misslichkeiten mit Louisas Bank, die geklärt werden mussten. Und wenn man den Briefen ihres liederlichen Cousins Hugh und denen Dr. Fentress' Glauben schenken durfte, hatte Tante Grace nicht mehr lange zu leben. Nicht, dass Louisa das ernsthaft glaubte.

Grace war viel zu gehässig, um ins Gras zu beißen. In den einundzwanzig Jahren, die Louisa seit dem Tod ihrer Eltern bei Grace lebte, hatte diese Frau nicht einmal eine Erkältung gehabt. Seit sie vier Jahre alt war, wurde Louisa unnachgiebig von ihrem Vormund getadelt, auch für noch so kleine Vergehen. Als sie es dann tatsächlich darauf ankommen ließ, hatte das höllische Konsequenzen gehabt.

Sicher aber standen Grace in der Hölle ohnehin alle Tore offen.

»Was schlägst du vor, Kathleen? Sollte ich die Wahrheit sagen?«

Ihre Zofe zog eine fuchsrote Augenbraue hoch. »Sie? Die Wahrheit sagen? Da falle ich doch glatt in Ohnmacht.«

»Du fällst doch nie in Ohnmacht. Ich kenne keine andere Frau, die in Krisensituationen einen derart kühlen Kopf bewahrt. Ausgenommen ich, natürlich.«

Auch wenn Kathleen das vielleicht nicht unbedingt so sah, hatte sie das notwendige Gespür, nichts dagegen einzuwenden. Denn wenn man nachhaken würde, müsste Louisa durchaus einräumen, dass sie in den vergangenen Monaten mehr Rückschläge hatte einstecken müssen, als ihr lieb war. Es wäre schon praktisch gewesen, in der einen oder anderen Situation einen Ehemann zu haben, der ihr aus der Klemme hätte helfen können, obgleich sie wahrlich keine Pläne hatte, jemals zu heiraten. Warum sollte sie auch? Sie war schließlich eine Erbin, unabhängig und frei. Louisa brauchte keinen Mann, der sie herumkommandierte. Während ihrer Kindheit in Rosemont hatte sie schon genug Regeln befolgen und mehr als zwanzig Jahre ihres Lebens wie eine Nonne hinter Klostermauern verbringen müssen.

Natürlich war Rosemont mit seinen tausend Morgen üppiger Parkanlagen und seinen fünfzig üppig gestalteten Zimmern weit luxuriöser als jedes Kloster, das Louisa auf ihren Reisen gesehen hatte. Für einen Gentleman ohne Rang – genau wie Mr Darcy! – war Louisas Vater unanständig reich gewesen, und darüber hinaus hatte er auch noch gut geheiratet. Das Vermögen ihrer amerikanischen Mutter war sogar noch größer gewesen als das seine. Tragischerweise waren beide Eltern bei einem Bootsunfall ums Leben gekommen, als sie noch sehr klein gewesen war. Und hätten ihre Porträts nicht in den Gängen von Rosemont gehangen, hätte sie sich womöglich überhaupt nicht mehr an sie erinnern können.

»Irgendwann müssen wir zurück nach Hause«, sagte Kathleen. »Haben Sie denn niemals Heimweh nach Rosemont?«

Nein, das hatte Louisa wahrlich nicht. Zu Hause warteten Grace und Hugh und ein paar andere Familienangehörige, und irgendwie schaffte sie es nicht, sie loszuwerden. Nachdem Louisas Eltern gestorben waren, war Grace als ihr Vormund in das Elternhaus zurückgekehrt, und ein paar andere Verwandte suchten dort ebenfalls Unterschlupf. Als sie im letzten Jahr endlich Zugriff auf ihre Geldmittel erhielt, fand es Louisa einfacher, davonzulaufen, als sich mit Tante Grace die Köpfe einzuschlagen und zu versuchen, allesamt aus dem Haus zu werfen.

Louisa hielt sich nicht für einen Feigling. Sie *würde* schon nach Hause gehen, *würde* ihnen die Stirn bieten. Jedenfalls einigen von ihnen. Sie hatte zum Beispiel nichts dagegen, dass sich Isobel, die Cousine ihrer Mutter, auf dem Anwesen aufhielt. Ende der Siebzigerjahre waren die beiden jungen Amerikanerinnen auf der Suche nach einem Ehemann nach England gekommen, aber nur die Bemühungen von Louisas Mutter waren von Erfolg gekrönt gewesen.

Soweit man es als einen Erfolg erachten konnte, fünf Jahre nach seiner Eheschließung zu ertrinken.

Louisa brauchte jetzt ihren eigenen Erfolg. Sie würde Grace und Hugh mit allem, was nötig war, bestechen, sobald ihre Bankprobleme erst einmal gelöst waren.

Und sie würde dabei jemanden an ihrer Seite haben. Einen Gefährten. Einen attraktiven, kultivierten Mann von Welt, der ihr im Louvre den Boden unter den Füßen weggezogen hatte und dem sie sich seitdem süß und sündig hingab. Mit seinen geschickten zarten Händen verwöhnte er sie – zumindest in ihren glühenden Träumen. Ja, Maximillian Norwich würde mit ihr nach Rosemont kommen, und wenn sie ihn ebenfalls bestechen musste.

Louisa riss den Brief an ihre Tante in kleine Fetzen. »Kathleen, wie heißt gleich noch diese Agentur, über die dein Bruder letztes Jahr seine neue Stellung gefunden hat? Irgendetwas mit Evening?«

»*Evensong*, Miss Louisa. Die *Evensong Agency*. Das Büro befindet sich in der Mount Street. Die können Wunder bewirken, zumindest gilt das für Mrs Evensong. Von dort kam übrigens auch der neue Chauffeur in Rosemont. Warum fragen Sie? Sie haben doch nicht etwa vor, mich vor die Tür zu setzen, oder?«

»Gewiss nicht.« Louisa hatte nicht im Entferntesten eine Ahnung, was sie ohne Kathleen machen sollte, auch wenn diese in letzter Zeit etwas launisch war.

»Da bin ich aber erleichtert. Wollen Sie, dass ich Ihnen die Brüste für unsere Spritztour heute Nachmittag abbinde und Ihre Hosen ausbürste, oder werden Sie Ihr Korsett mit dem Reifrock tragen?«

»Hosen, denke ich. Es ist verdammt kalt draußen«, antwortete Louisa und schnappte sich ein weiteres Blatt des Hotelbriefpapiers.

2

Dienstag, 1. Dezember 1903

Am liebsten hätte sich Mrs Mary Evensong nur noch die Nase zugehalten, aber leider musste sie ja auch atmen. Stattdessen angelte sie ein parfümiertes Taschentuch aus ihrem Gobelintäschchen und hielt es sich vor das Gesicht. Der Duft des *Blenheim-Bouquets* war unübertrefflich – Zitrone, Limone und Lavendel, eine himmlische Kombination. Der neue Duft von *Penhaligon* war schnell zu ihrem Favoriten avanciert, auch wenn er eigentlich für Herren gedacht war, und sobald sie diese unangenehme Aufgabe hinter sich gebracht hatte, würde sie noch kurz im Geschäft in der Jermyn Street anhalten, um eine Nase voll davon zu inhalieren.

Unter dem Bündel Lumpen auf dem Federkernsofa regte sich etwas, und Mary verengte die Augen hinter ihrer rauchgrauen Brille. Captain Charles Cooper war ein langer Mann, der auf einer kurzen Couch lag. Allem Anschein nach hatte er in letzter Zeit weder gebadet noch seine Kleider gewechselt. Die Klappe, die er über einem Auge trug, hatte sich verschoben und saß jetzt schief auf seiner Nase. Sein dunkles Haar war kurz geschoren, und sein Kinn hätte durchaus eine Rasur vertragen können.

Mary nickte. In London wimmelte es nur so von Kerlen mit haarigen Gesichtern. Die Bartmode hatte sie noch nie nachvollziehen können – in der Tat war sie der Ansicht, dass sich die meisten Männer einen Bart stehen ließen, um ein fliehendes

Kinn oder ein Doppelkinn darunter zu verbergen. Darüber hinaus war es dermaßen unangenehm, beim Küssen den Mund voller Schnauzhaare zu haben. Nicht, dass die Herren in letzter Zeit bei ihr Schlange gestanden hätten.

Ein ausgeprägtes Aroma von Gin und männlichem Schweiß hing im Raum, und erneut sah sie sich gezwungen, sich das Taschentuch vor den Mund zu pressen.

»Captain Cooper«, sagte sie jetzt gefestigt. Sie hatte es geschafft, ihre Abscheu zu überwinden, indem sie an Zitrusfrüchte und spanischen Sonnenschein dachte. Das half für den Moment. »Wachen Sie auf.«

»Keine Lust.«

Na, das war doch einfacher als gedacht. Nur ungern hätte sie ihn mit ihrem Schirm angestupst.

»Ich bin Mrs Evensong, Eigentümerin der *Evensong Agency*. Ich möchte Ihnen ein Angebot unterbreiten, Sir. Mr George Alexander hat mich darauf aufmerksam gemacht, dass Sie Ihren Dienst vor Kurzem quittiert haben und auf Arbeitssuche sind.«

»Das wüsste ich.« Captain Cooper lag noch immer mit geschlossenen Augen auf der Couch.

»Aber ich versichere Ihnen, dass ich persönlich mit ihm gesprochen habe.« Das Dienstverhältnis von Captain Cooper war allerdings nicht das Einzige gewesen, das sie besprochen hatten. Mr Alexander war ein vielseitiger Geschäftsmann, und er hatte mit der Aussicht auf eine Investitionsgelegenheit Mrs Evensongs volles Interesse geweckt. Sie würde sich also mit der gewohnten Gründlichkeit der Sache annehmen.

Cooper seufzte. »Es ist mir gleich, wer Sie sind oder mit wem Sie gesprochen haben. Ich brauche von George keine Almosen. Er hat schon genug getan.«

»Es handelt sich mitnichten um ein Almosen, Captain, sondern um eine bezahlte Position. Mr Alexander hat damit nur wenig zu tun, er hat mir lediglich Ihren Namen genannt.« Mary Evensong würde dem Captain sicher nicht auf die Nase binden, dass sie von dem Industriellen *und* von Miss Louisa Stratton bezahlt werden würde, sobald er den Vertrag unterzeichnete. Es gab keinen Grund dafür, ihn in solche geschäftlichen Details einzuweihen, da sie sich ohnehin von Fall zu Fall änderten. Beruflich wie privat musste sie stets flexibel sein.

»Es gibt da eine junge Dame, die Ihre Dienste in Anspruch nehmen möchte. Sie würden es sicher nicht bereuen, wenn Sie sich von diesem abscheulichen Sofa erheben und in die nächste Badewanne steigen würden.«

Charles Cooper rappelte sich auf und stützte sich auf einem Ellbogen ab, dabei schob er die Augenklappe mit zittriger Hand zurück über sein blindes blaues Auge. Mary hatte all die Berichte über ihn gelesen und seine Referenzen studiert, und sie hatte mit einer ausreichenden Zahl seiner Vorgesetzten und Lehrer gesprochen, um sich eine Meinung über diesen Mann bilden zu können. Diesen Mann, der im Moment äußerst unheldenhaft und geistlos wirkte, ganz im Gegensatz zu den überschwänglichen Belobigungen, die ihr bislang zu Ohren gekommen waren. Himmel, er sah aus, als würde er bald nach einem weiteren Drink verlangen! Ein Ritual, mit dem er wohl jeden seiner Tage begann, und sie wollte nicht dabei sein und zusehen, wie er sein Leben fortwarf.

»Eine junge Frau also. Wie ich sehe, sprechen Sie nicht über sich selbst.«

Die Muskeln in Marys Körper spannten sich für einen Moment an, aber dann neigte sie dennoch ihren kunstvollen schwarzen Samthut in seine Richtung.

»Sie machen mich neugierig, Mrs Evensong. Ich habe seit meiner Rückkehr aus Südafrika keine Frau mehr bestiegen. Wo ist sie? Ich bin mehr als bereit.«

»Wenn Sie denken, Sie könnten mich mit Ihren groben Phrasen abwimmeln, dann kennen Sie die *Evensong Agency* nicht«, sagte Mary gelassen. »Ich erfülle stets meine Missionen, und Sie, Sir, sind eine davon.«

»Mir kann niemand mehr helfen, Mrs Evensong. Tun Sie uns beiden den Gefallen, und gehen Sie einfach.«

Er klang regelrecht erschöpft und sah noch schlimmer aus. Mit zwei spitzen Fingern ließ Mary ein schmutziges Hemd zu Boden fallen und nahm auf dem einzigen Stuhl im Raum Platz.

»Ich habe Sie nicht aufgefordert, sich zu setzen, Frau.«

»Nein, das haben Sie nicht, und Ihre Unhöflichkeit werden Sie auch ablegen müssen, bevor Sie meine Kundin treffen. Sie ist nämlich höchst wählerisch. Sie waren an einer Privatschule, Captain Cooper. Sie waren Offizier. Sicherlich können Sie sich noch ganz gut daran erinnern, wie man mit einer Lady umgeht und spricht.« Mary faltete ihre behandschuhten Hände im Schoß.

»Wie ich Ihnen bereits erklärte, hatte ich in letzter Zeit sehr wenig Kontakt zu Damen. Hat es Ihre Kundin gern ein bisschen grob? Ich kann mir nicht vorstellen, warum sie sonst Interesse am Sohn eines Fabrikvorarbeiters haben sollte.«

»Meine Kundin ist eine sehr anspruchsvolle junge Dame, die von Ihrer Vergangenheit nichts erfahren muss. Obwohl ich bezweifle, dass sie allzu schockiert sein würde. Sie ist nämlich sehr – wie soll ich sagen? – demokratisch eingestellt.«

»Wohl eine von diesen Sozialistinnen?«

»Ich glaube nicht, dass sie überhaupt politische Ambitionen hat, außer wenn es um die Rechte von Frauen geht.«

Cooper verzog das Gesicht. »Oh nein, bleiben Sie mir mit diesen verfluchten Stimmrechtlerinnen vom Leib. Was immer sie will, ich bin nicht ihr Mann, Mrs Evensong. Ich kann sie keinesfalls zu Mrs Pankhursts Versammlungen und Kundgebungen fahren – ich bin halb blind, haben Sie das vergessen?«

»Miss St… – nun, die junge Dame fährt selbst, Captain Cooper.« Mary hatte auch die Polizeiberichte aus verschiedenen Ländern Europas gelesen, in denen Louisa Strattons Fahrkünste hinreichend dokumentiert waren. Sie ließen durchaus zu wünschen übrig. Was die junge Frau brauchte, war ein guter Chauffeur, und Mary wusste, dass es in Rosemont einen gab. Einen soliden jungen Schotten, den sie selbst dorthin vermittelt hatte.

»Soso, tut sie das? Nun, Sie sollten mir besser sagen, worum es geht, bevor sich meine Vermieterin noch Gedanken darüber macht, weshalb ich eine alte Schachtel wie Sie in meinem Zimmer unterhalte.«

Mary Evensong war sich unsicher, ob ihre graue Perücke noch immer gerade saß. Sie achtete immer auf jedes Detail und legte Wert darauf, so aufzutreten, wie man es von ihr erwartete. »Ihre Vermieterin wird sich gar nichts dabei denken. Ich habe sie ansehnlich dafür entschädigt, dass sie mir Zutritt zu Ihrem Zimmer gewährt. Und übrigens, als sie den Zustand des Zimmers gesehen hat, hat sie verlangt, dass Sie so schnell wie möglich Ihre Sachen packen und verschwinden.«

Das stimmte so zwar nicht ganz, musste aber Charles Cooper auch nicht wirklich interessieren. Es war für ihn ein weiterer Anreiz, ihrem Plan zuzustimmen.

Mary Evensong hatte immer einen Plan und verschiedene Alternativen dazu, sollte es einmal nicht so laufen wie gedacht. Jetzt hatte sie den Eindruck, dass sie Captain Coopers volle Aufmerksamkeit geweckt hatte. Er blitzte sie mit einem blutunterlaufenen blauen Auge an.

»Fahren Sie fort«, blaffte er in einem Ton, in dem er wahrscheinlich seine Truppen in Transvaal kommandiert hatte.

»Es ist wirklich ganz einfach. Meine Kundin braucht einen attraktiven, kultivierten Gentleman, der sich während der Weihnachtsferien in einem der führenden Landhäuser Englands als ihr Gatte ausgibt. Rosemont. In Kent. Haben Sie schon einmal davon gehört? In der Dezemberausgabe 1900 des *English Illustrated Magazine* erschien ein Bericht über das Anwesen.«

»Liebe Mrs Evensong, ich fürchte, zu diesem Zeitpunkt war ich nicht im Lande und konnte folglich auch keine Gesellschaftsmagazine studieren«, erwiderte der Captain trocken.

»Das weiß ich auch, dass Sie da gerade ehrenhaft in Afrika Ihren Dienst taten. Ich erwähne es nur deshalb, weil es ein sehr prachtvolles Anwesen ist und es ein Privileg wäre, es einen Monat lang sein Zuhause nennen zu dürfen.«

»Bis dass der Tod, Pardon, ein Monat uns scheidet. Warum braucht dieses Mädchen überhaupt einen falschen Gatten?«

»Sie hat ein paar Schwierigkeiten mit ihrer Familie. Es erschien ihr zu gegebener Zeit eine gute Idee zu sein, einen Gatten zu erfinden.« Insgeheim hielt Mary Louisa Stratton für einen echten Wildfang, aber Vergangenes konnte man nun mal nicht ungeschehen machen, es sei denn, man war clever genug. Und das war Mary. Über die Jahre hinweg hatte sie schon mehreren jungen Damen aus Situationen geholfen, in die sie durch unüberlegte Handlungen geraten waren, und das, ohne dass jemand davon erfuhr.

Cooper rieb sich über sein Stoppelkinn. »Wie viel?«

»Verzeihen Sie?«

»Wie hoch ist die Bezahlung? Ich habe auch Familie.«

Das wusste Mary Evensong. Zwei ältere Brüder, deren Frauen und zahlreiche Sprösslinge. Die meisten von ihnen arbeiteten in einer der Töpfereien von George Alexander. Cooper würde wahrscheinlich ebenfalls in der Fabrik arbeiten, hätte ihn sich Mr Alexander nicht als zwölfjähriger Junge gegriffen und auf die Schule geschickt. George Alexander hatte im jungen Charlie Cooper Potenzial gesehen, und jetzt sah Mrs Evensong ihn mit zusammengekniffenen Augen an und versuchte es ebenfalls. Mr Alexander war ein scharfsinniger Gentleman, der überall mitmischte und über ein Vermögen verfügte, das nicht zu verachten war.

Sie nannte ihm den Preis, auf den sie und Miss Stratton sich geeinigt hatten. Captain Coopers Gesicht nahm die Farbe des schmuddeligen Hemds auf dem Boden an.

»Für einen *Monat*? Ist das Ihr Ernst?«

Ha, das brachte ihn schließlich dazu, aufzustehen und aufgeregt durchs Zimmer zu marschieren. In seiner Uniform musste er eine recht ansehnliche Erscheinung abgegeben haben – ein Jammer, dass Maximillian Norwich ein verweichlichter Kunstkenner und kein Soldat war.

»Aber gewiss. Die *Evensong Agency* ist seit 1888 im Geschäft. Wir haben noch nie unser Wort gebrochen«, sagte Mary und schwindelte ein klein wenig. »Sie werden auch passende Kleidung erhalten. In einem Haus wie Rosemont können Sie nicht mit einem Zelluloidkragen ein und aus gehen.« Sie langte in ihre Handtasche, zog die Karte eines Schneiders hervor und übergab sie dem Captain, als er an ihr vorbeischlurfte. Mr Smythe konnte es in Sachen Qualität mit jedem Herrenausstatter in der Jermyn Street aufnehmen, und das für weniger als die Hälfte. »Sie haben morgen Mittag einen Termin. Ich werde Sie begleiten. Und Sie müssen mir etwas versprechen – Sie hören auf zu trinken. Maximillian Norwich würde niemals billigen Gin saufen.«

»Wer?«

»Habe ich das noch nicht erwähnt? Das ist der Name des imaginären Gatten meiner Kundin. Sie werden sich wohl oder übel daran gewöhnen müssen.«

Charles Coopers wettergegerbtes Gesicht verzog sich zu einem Grinsen. Für einen Mann der niederen Klassen waren seine Zähne erstaunlich gut. »Mrs Evensong, für diesen Geldbetrag, den mir Ihre dusselige Kundin bezahlen will, würde ich mich sogar Fido nennen lassen. Also dann: Max.«

Miss Stratton könnte darauf bestehen, ihn Maximillian zu nennen – sie schien von diesem Namen geradezu besessen zu sein –, aber Mary wollte ihr Glück nicht herausfordern. Es gab in den nächsten Tagen noch viel zu tun, und ein fröhlicher Charles Cooper war weit besser als dieser griesgrämige Kerl, den sie anfangs angetroffen hatte.

Vielleicht sollte sie ihm sogar beim Packen seiner wenigen Habseligkeiten helfen und ihm das leer stehende Zimmer in der Mount Street anbieten. Sie und ihr Personal könnten so ein wachsames Auge auf ihn haben und gewährleisten, dass er im nüchternen Zustand zu seinem morgigen Termin erschien. Er sah auch so aus, als könnte er eine vernünftige Mahlzeit vertragen, und Marys Köchin war eine der besten in London, auch wenn sie sich in ihren jungen Jahren als Hure verdingt hatte.

Also unterbreitete sie Captain Cooper ihr zweites Angebot an diesem Morgen, und er hatte nichts dagegen einzuwenden. »Seit 1888 erreichen wir Unmögliches noch vor dem Morgengrauen« lautete das Motto der Agentur, und es schien, als würde es auch dieses Mal vollends erfüllt werden.

3

Mittwoch, 2. Dezember 1903

Es war aberwitzig – alle redeten über ihn, als ob er taub wäre. Er hatte zwar ein verletztes Auge, aber seine Ohren waren noch ganz in Ordnung. Charles hatte es satt, sich von dem kahlköpfigen kleinen Mr Smythe und seinen Assistenten ständig knuffen und piken zu lassen. Seit mehr als einer Stunde wuselten sie bereits wie eine Ameisenarmee um ihn herum.

»Ich fragte, ob wir endlich fertig sind.« Er klang piekfein, befand er, wie ein richtiger Harrow-Absolvent. Niemand würde vermuten, dass er im Arbeiterdorf von George Alexander groß geworden war. George war ein großzügiger Arbeitgeber und ein mildtätiger Herr. Man könnte sogar sagen, dass der erwachsene Charles ihm sein Leben zu verdanken hatte, weil George Alexander ihn als kleinen Jungen aus seiner Familie geholt und ihn in die Zivilisation geführt hatte.

Nun ja, sein Leben war dennoch nicht viel wert. George hatte einen schlechten Handel gemacht.

»Beinahe, Captain Cooper. Sie waren wirklich sehr geduldig«, sagte der Schneider.

Tatsache war, er hatte sich sehr *gelangweilt*. Und er war verdammt durstig. Wenn er schon keinen Gin haben konnte, wollte Charles die alte Evensong wenigstens dazu überreden, ihm zum Lunch ein Glas Wein einzuschenken.

Falls es überhaupt jemals etwas zu essen geben würde. Das Frühstück, so gut es auch gewesen war, lag bereits Ewigkeiten zurück. Sein Magen rebellierte, und der Assistent des Schneiders grinste ihn auch noch frech an.

Charles war den ganzen Morgen lang von Mrs Evensong darin unterwiesen worden, welche Pflichten und Verantwortungen er als temporärer Gatte von Miss Louisa Stratton zu erfüllen hätte. Sie hatte ihm sogar ein aufwendig illustriertes Kunstbuch in die Hand gedrückt, da dieser Maximillian – man lasse sich den Namen auf der Zunge zergehen – eine Art Experte auf dem Gebiet sein sollte. Da Charles einen Rembrandt von einem Rousseau nicht unterscheiden konnte, musste er sich wohl oder übel intensiver mit dieser Materie beschäftigen.

Er fühlte sich an alte Zeiten erinnert, in denen er als Stipendiat die Sprösslinge der besten Familien Englands in den Schatten gestellt hatte. Niemand durfte Charles dumm nennen, sonst bekam er seine Fäuste zu spüren. Und damit konnte er ebenso gut umgehen wie mit Zahlen.

Die Schule und die Armee hatte einige seiner rauen Kanten abgeschliffen, aber selbst heute, im Alter von siebenundzwanzig Jahren, kam der eine oder andere Stachel noch zum Vorschein. Er hoffte, dass Miss Stratton nicht zu enttäuscht sein würde, wenn sie ihn erst einmal zu Gesicht bekam.

Andererseits konnte es ihm aber auch egal sein. Seine Aufgabe war es, das gut bezahlte Schoßhündchen eines albernen Weibsstücks der besseren Gesellschaft zu spielen, und für diesen exorbitanten Preis könnte er einen Monat lang beinahe alles ertragen. Diese Louisa musste mehrere Schrauben locker haben – und Geld im Überfluss.

Eine behütete kleine Prinzessin wie sie wäre wohl auf der Stelle tot umgefallen, hätte sie all das gesehen, was er in Afrika erlebt hatte.

Charles sprang von der Kiste, auf der er gestanden hatte, und schloss seine Manschettenknöpfe. Zehn Jahre lang hatte er

eine Uniform getragen, und als er jetzt vor dem großen, dreige-
teilten Spiegel stand, erkannte er sich kaum wieder. Der neue
Anzug stand ihm ausgezeichnet, wenn er das so sagen durfte.
Mr Smythe, der Schneider, hatte sogar den Auftrag erhalten,
ihm neue Augenklappen aus Seide anzufertigen. Eine deut-
liche Verbesserung gegenüber den kratzigen Dingern, die man
ihm im Feldhospital mitgegeben hatte.

Wenn man ihn ohne die Klappe sah, käme man nie auf die
Idee, dass er einen Großteil seines Augenlichts verloren hatte. Die lädierten Blutgefäße und Schwebeteilchen aber ließen
nicht nur das Bild verschwimmen, sondern er hatte davon auch
starke Kopfschmerzen bekommen. Und so sorgte er mit seiner
Augenklappe unter seinen Kameraden für allerlei Belustigung.
Seine Erscheinung hätte dadurch etwas Piratenhaftes, mein-
ten sie, das wohl in der Damenwelt viel Anklang finden würde.
Ob sich das tatsächlich so verhielt, hatte er bislang jedoch noch
nicht ausprobieren können.

Seit er geholfen hatte, Hunderte Frauen und Kinder zu begraben, deren nackte, unterernährte Körper von der Sonne verbrannt waren, war Charles nicht mehr in der Lage gewesen, in
sexueller Hinsicht an Frauen zu denken. Kitcheners Truppen
hatten eine Unmenge von Internierungslagern eingerichtet, in
denen die Burenfrauen eingesperrt wurden. Die Zelte schossen
wie Pilze aus dem trockenen Boden. Nahrungsmittel und Wasser kamen für gewöhnlich nicht bei ihnen an, da die englischen
Liefer- und Kommunikationsleitungen zu den Flüchtlings-
lagern von ihren eigenen südafrikanischen Landsleuten unterbrochen wurden. Obendrein erhielten diejenigen Frauen und
Kinder, deren Ehemänner und Väter noch immer kämpften, als
besonders grausame Bestrafungsmaßnahme noch kleinere Rationen als die übrigen. Und wenn die Familien nicht verhunger-
ten, wurden sie von Masern, Typhus und der Ruhr dahingerafft.

Es gab Zeiten, in denen sich Charles wünschte, er hätte sein Sehvermögen auf beiden Augen verloren, um diesen Wahnsinn nicht mit ansehen zu müssen.

Südafrika war die wirkliche Welt, seine Hitze und sein Blut pulsierten durch die rissige Erde. England dagegen war nur ein fadenscheiniges, unechtes Bühnenbild, bevölkert von denjenigen, die keinen Schimmer davon hatten, wozu ihre Landeshelden fähig waren. Schon bald würde er selbst im Rampenlicht stehen und seine Rolle spielen, bis der Vorhang fiel.

Verflucht, er war hungrig! Nicht so hungrig wie die dem Untergang geweihten Burenfrauen – aber er sollte besser aufhören, in der Vergangenheit zu wühlen. Maximillian Norwich machte sich keine Gedanken über Abschlachtungen und den Tod – so etwas gab es in seiner höhergestellten Existenz nicht. In *seinem* Leben drehte sich alles nur um seine törichte Erbin und ihren glänzenden Motorwagen, um Champagner und Kaviar.

Charles stolperte über einen Stoffballen. Verdammt! Bei der Eile, mit der Mrs Evensong ihn gestern hinausgetrieben hatte, hatte er seine Tagebücher unter den Dielen seines Pensionszimmers vergessen. Sicher hatte Mrs Jarvis bereits einen neuen Mieter organisiert – diese Frau würde keine Gelegenheit verstreichen lassen, um Geld zu verdienen, obwohl Charles die Miete bis zum neuen Jahr bezahlt hatte. Weder den Schmutz noch den Geruch würde er vermissen, aber seine Tagebücher, die musste er unbedingt haben.

Seine Familie würde alles verstehen, sobald sie die Bücher gelesen hatte.

Er wandte sich an Mrs Evensong, die gerade eine gemusterte kastanienbraune Weste in Augenschein nahm, als hätte sie den Heiligen Gral entdeckt. Welch sonderbare Frau sie war! »Ich muss gehen.«

Sie sah auf und runzelte die Stirn. Man konnte ihre Augen

hinter den gräulich eingefärbten Brillengläsern kaum erkennen, aber er war sicher, dass sie arglistig blickten. »Warum? Wohin wollen Sie?«

»Ich habe etwas in meiner alten Unterkunft vergessen. Keine Angst. Ich gehe nicht ins Pub an der nächsten Ecke. Ich habe Ihnen schließlich mein Wort gegeben.«

»Ja, das haben Sie in der Tat, und ich erwarte, dass Sie es auch halten. Also gut, Captain. Sie kommen dann zurück in die Mount Street, sobald Sie fertig sind?«

»Selbstverständlich. Sagen Sie, Ihre Köchin könnte mir wohl nicht in der Zwischenzeit ein Sandwich zubereiten?«

»Na, wenn das alles ist«, sagte Mrs Evensong süffisant. »Beeilen Sie sich aber, Miss Stratton wird heute Nachmittag vorbeikommen.«

Verflucht! Er war noch nicht wirklich bereit, auf seine »Gattin« zu treffen. Aber wenn wirklich stimmte, dass Kleider Leute machten, war er zumindest vorzeigbar. Mr Smythe half ihm in einen dunkelgrauen Tweedmantel, der ihn vor Wind schützen sollte, und reichte ihm einen Zylinder. Es war bereits entschieden worden, dass seine Maßanzüge und Hüte mit Monogramm versehen und mit seinem neuen Namen beziehungsweise seinen Initialen beschriftet werden sollten. Bis zum nächsten Vormittag würde alles abholbereit sein. Mrs Evensong dachte einfach an alles.

Mit dem Geld, das sie ihm als Vorschuss gegeben hatte, rief Charles eine Droschke heran – die Summe war nicht so üppig bemessen, dass er sich in Schwierigkeiten bringen konnte, aber sie reichte aus, um in jenen eher unwirtlichen Teil der Stadt zu gelangen und auch wieder zurück. Seine ehemalige Vermieterin, Mrs Jarvis, tat zunächst so, als ob sie ihn nicht erkennen würde, und erst als er einen Teil seines Sündengelds in ihre schmuddeligen Hände fallen ließ, gewährte sie ihm Zugang zu seinem alten Gemach. Dabei bewachte sie ihn wie ein Terrier. Was bildete sich die Alte ein? Glaubte sie, er würde vielleicht die kaputte Vorhangstange stehlen? Sie sah zu, wie er eine verformte Planke anhob und die Tagebücher mit ihren marmorierten Pappdeckeln hervorkramte.

»Was sind das für Bücher?«, fragte sie neugierig.

»Meine Geschichte, Mrs Jarvis, jede Schlacht, jede Wunde, jede Frau ist hierin verewigt. Eine faszinierende Lektüre für kalte Winterabende.« Er stellte sich vor, wie seine Brüder irgendwann nach seinem Ableben in den Seiten blätterten und ihm wegen seiner Worte und natürlich auch wegen des Geldes, das er ihnen hinterlassen würde, vergaben. Tom und Fred würden es sicher verstehen. Sie mussten einfach.

Plötzlich erschütterte eine Explosion unten auf der Straße das alte Gebäude. Spontan packte Charles Mrs Jarvis an den Schultern und warf sie zu Boden, schirmte ihren dürren Körper mit dem seinen ab.

»Nehmen Sie Ihre Pfoten von mir, Sie Tölpel«, kreischte sie und versuchte, sich zu befreien.

Seine Reaktion war instinktiv erfolgt. Mörser. Granaten. Die Erinnerung hatte sich tief im seinem Kopf eingegraben. Aber wie konnte es sein, dass inmitten dieses alten Viertels mit Artilleriegranaten geschossen wurde?

»Wir könnten in Gefahr sein. Was war das für ein Knall?«

»Wer weiß, und wen kümmert es? Gehen Sie jetzt sofort von mir herunter!«

Charles konnte sich nicht mehr daran erinnern, wann er zuletzt über einer Frau gelegen hatte. Und Mrs Jarvis war gewiss nicht seine Wunschkandidatin, so viel wusste er. Ihre Schreie hallten in seinen Ohren wider, bis er das Gefühl hatte, ihm würde das Trommelfell platzen. Er hatte keine andere Wahl, als ihr seine Hand über den offenen Mund zu legen, was sie prompt mit einem boshaften Biss belohnte. »Schhh … Seien Sie doch still, ich höre jemanden kommen.«

Die Stufen knarrten bedrohlich, und Charles klemmte die Frau zwischen seinem Körper und der Wand ein. Er würde die verfluchte Harpyie beschützen, auch wenn sie das nicht im Geringsten zu schätzen wusste.

»Hallo? Captain Cooper, sind Sie da drin?«

Eine Frauenstimme.

»Mir behagt dieser Ort nicht, Miss. Hier riecht es grauenvoll.«

Eine weitere Frau, und keine von den beiden klang auch nur annähernd wie Mrs Evensong.

»Sei still, Kathleen. Du bist ein solcher Snob. Ich bin sicher, dass die Bedürftigen froh sind, ein festes Dach über dem Kopf zu haben. Sir? Sind Sie angezogen? Dürfen wir eintreten?«

Heilige Mutter Gottes! Charles nahm seine Hand von Mrs Jarvis' Mund und stellte sich auf einen markerschütternden Schrei ein. Der ließ auch nicht lange auf sich warten.

»Helfen Sie mir! Er ist verrückt geworden!«

Charles sprang in dem Moment auf die Füße, als die Tür aufsprang. Mrs Jarvis blieb auf dem Boden sitzen und zerrte fieberhaft an ihren Röcken.

Die Augen der beiden Frauen waren vor Entsetzen geweitet, als sie die Situation erfassten. Charles klopfte sich den Staub von seinem neuen Mantel und versuchte ein Lächeln aufzusetzen, mit dem er die jungen Damen nicht verschrecken würde. Wenn sie auch noch in das Geschrei von Mrs Jarvis einstimmen würden, würde er sicherlich ebenso taub wie blind werden.

»C-Captain Cooper?«

Die Blonde war außergewöhnlich hübsch, auch wenn sie weiß war wie ihr Hermelinmantel und der dazu passende Muff, in dem sie ihre Hände versteckte. Einen Moment lang wünschte sich Charles, sie hätte darin eine kleine Pistole versteckt, mit der sie ihn hätte erschießen und aus dieser misslichen Situation erlösen können.

»Miss Stratton, nehme ich an.«

»Oh, Miss Louisa, das kann er doch *unmöglich* sein. Wie kann Mrs Evensong nur einen solchen Fehler gemacht haben? So kenne ich sie gar nicht«, sagte die kleine Rothaarige.

»Schweig, Kathleen. Ich bin mir sicher, dass es dafür eine Erklärung gibt. Oder irre ich mich?«

Ihre Augen leuchteten in einem goldenen Braun und waren auf seine Lippen geheftet, während sie auf eine Erklärung warteten. Als ob er eine hätte.

Man erkannte auf den ersten Blick, dass sie mit dem goldenen Löffel im Mund geboren worden war. Miss Louisa Stratton sah nach Geld, Honig und Sahne aus. Noch nie hatte Charles jemanden wie sie gesehen.

Mrs Jarvis packte sein schlimmes Knie, während sie sich selbst hochzog. »Er hat versucht, mich zu vergewaltigen!«

Noch bevor Charles protestieren konnte, sprach die güldene Göttin: »Seien Sie nicht absurd, gute Frau. Sie könnten seine Mutter sein. Sie sind doch nicht einer von *dieser* Sorte, oder Captain? Ich hielt Ödipus stets für einen äußerst abstoßenden Mythos. Sollten Sie aber doch mit dieser fixen Idee behaftet sein, bin ich sicher, dass ich einen guten Arzt für Sie finden kann. In Wien machen sie mit ihren Studien der menschlichen Psyche allerlei Fortschritte, müssen Sie wissen. Wir waren erst im letzten Frühjahr dort, nicht wahr, Kathleen? Die Mehlspeisen waren einfach *himmlisch*.«

Mrs Jarvis hatte recht. Er *war* verrückt geworden. Er brauchte jetzt ein Glas White Satin, um alles runterzuspülen. Oder besser gleich eine ganze Flasche.

»Da war ein lauter Knall«, sagte er zögerlich.

»Ach ja. Ich fürchte, das war ich, das heißt, mein Automobil. Etwas hat nicht richtig funktioniert, anscheinend gab es einen Aussetzer im Hubkolben. Wir werden den Wagen in die örtliche Werkstatt schleppen lassen müssen. Hier *gibt* es doch eine örtliche Werkstatt, oder?«

Charles hinkte zu dem verschmierten Fenster und blickte nach unten. In sicherem Abstand umringte ein Dutzend Straßenkinder ehrfürchtig Miss Strattons rauchenden Motorwagen. Lange aber würde diese Ehrfurcht nicht andauern, und einer von ihnen würde schließlich einen Scheinwerfer oder sonst etwas klauen. Er öffnete das Fenster.

»Wenn einer von euch kleinen Rotzlöffeln auch nur einen dreckigen Finger auf diesen Wagen legt, dann kann er was erleben.«

»Wir schau'n doch bloß, Chef. Haben gar nix gemacht«, rief der Anführer der kleinen Bande zurück.

»Seht zu, dass das auch so bleibt, oder ich haue euch dermaßen die Hucke voll, dass ihr nicht mehr wisst, ob ihr Männlein oder Weiblein seid.«

»Aye aye, Käpt'n.« Die Lauser salutierten ihm zu.

»Mrs Jarvis, bitte akzeptieren Sie meine Entschuldigung für dieses Missverständnis«, sagte Charles und kehrte zu einem sanfteren Tonfall zurück.

Sie nickte und sah ihn mitleidig an. *Dumme Pute!* »Das war der Krieg, nicht wahr? So manch einer ist nicht mehr richtig bei Verstand, wenn er zurück nach Hause kommt. Und Sie sind wohl auch einer von denen?«

»In der Tat. Miss Stratton und – Kathleen, richtig?«

»Ja, Sir.«

»Ich denke, wir sollten diese Konversation unten fortführen und ein paar Arrangements für Ihre Beförderung treffen. Hier sind Sie nicht lange sicher.«

Miss Stratton sah in seinen alten Wohnräumlichkeiten vollkommen deplatziert aus und würde draußen auf der Straße noch mehr hervorstechen. Was hatte sie sich nur dabei gedacht, in diesem lächerlichen Fahrzeug und in einen weißen Pelzmantel gekleidet hierherzukommen? Er bemerkte die Schutzbrille, die ihr wie eine hässliche Halskette vor der Brust baumelte. *Sie* war es doch wohl, die nicht ganz bei Verstand war.

»Wie haben Sie mich gefunden?«, fragte er, als sie die Treppe hinunterstapften.

»Ich habe an der *Evensong Agency* gehalten. Der junge Mann dort hat mir Ihre Adresse gegeben.«

Charles war irgendwie froh, dass Mrs Evensong ihn nicht hintergangen hatte. Er war im Leben schon so weit gekommen, aber in dieser Absteige beinahe wieder dort angelangt, wo er einst angefangen hatte.

»Ich wohne jetzt bei Mrs Evensong in der Mount Street. Sie lehrt mich, wie sich ein richtiger Gatte zu verhalten hat, aber irgendwie habe ich das Gefühl, dass Sie das viel besser können.«

»Oh, ich habe eigentlich nicht die geringste Ahnung, was ein *echter* Gatte so macht. Maximillian hat mir jeden anderen Mann madig gemacht«, flötete Miss Stratton. »Er nimmt volle Rücksicht auf meine Gefühle und ist stets mit einem starken Arm an meiner Seite. Wir diskutieren über Kunst, Geschichte und Philosophie, und er nimmt meine Ansichten ebenso ernst wie ich die seinen.«

Aye. Dieses Mädchen war definitiv nicht bei Verstand.

4

In seinen neuen gestärkten Anzügen sah er vielversprechend aus, dachte Louisa. Sie hatte zwar nicht mit einer Augenklappe gerechnet, aber die machte ihn sogar recht schneidig.

Maximillian könnte sein Auge bei einem Fechtunfall verloren haben. Er focht wie ein Gott, war muskulös und geschickt in der Beinarbeit, und mit seinem nackten Oberkörper, der von seinem ungewöhnlich aromatischen Schweiß nur so glänzte, schien er unbesiegbar. Auf faszinierende Weise blitzte ein winziges Stück dunkles Haar unter dem Rand seines Hosenbunds hervor.

Doch es brauchte nur einen Moment der Unaufmerksamkeit, und die Tragödie nahm ihren Lauf. Wie tapfer war er doch gewesen! Wie unerschütterlich! Es war eine Schande, dass ihm dieses Unglück widerfahren war, bevor Louisa ihn kennengelernt hatte, denn sie hätte eine ausgezeichnete Krankenschwester abgegeben. Ruhig. Gelassen. Immer ein ermutigendes Wort auf den Lippen, und mit Liebkosungen hätte sie ihren armen Liebling verwöhnt. Aber Maximillian wäre es doch nicht recht gewesen, wenn sie irgendwelchen Unannehmlichkeiten ausgesetzt worden wäre.

Ja, diese Geschichte würde gut funktionieren. Louisa steckte beide Hände in ihren Pelzmuff und fröstelte. Es war kalt, und der Mechaniker brauchte eine Ewigkeit, bis er den Wagen hinter seinen Pferden angespannt hatte.

Captain Cooper hatte sie gedrängt, nach Hause zu gehen,

was derzeit ihre Suite im *Claridge's* war. Aber sie hatte sich geweigert, wollte die Angelegenheit bis zum Ende überwachen, und Kathleen verharrte stur an ihrer Seite. Ihre Zofe bohrte Löcher in den Rücken des Captains, untersuchte jeden Zentimeter an ihm, während er sich bückte, um den Stoßfänger ihres kleinen, armen Cottereau festzuketten.

»Gefällt dir der Anblick?«, zischte Louisa.

»Er ist zwar nicht *mein* Gatte, aber ich wette, unter diesem Mantel verbirgt sich ein ansehnliches Gesäß.«

»Das werde ich wohl nie herausfinden.« Louisa bedauerte das ein wenig. Der Captain war groß und gut gebaut, seine Haut noch immer gebräunt von seiner Zeit in Afrika, sein gesundes Auge hatte die Farbe von Kornblumen. An den Schläfen war er jedoch schon etwas grau geworden, was für einen solch jungen Mann nicht üblich war – er war erst siebenundzwanzig, nur ein Jahr älter als sie, wenn sie Mrs Evensongs Akte Glauben schenken durfte.

»Haben Sie das wirklich gut durchdacht? Sie sind schließlich noch immer auf Hochzeitsreise. Ihre Tante wird Sie im Zimmer Ihrer Eltern einquartieren. Sie werden mit ihm ein Bett teilen müssen, um kleine Norwiches zu zeugen.«

Verflixt! In einem derart großen Haus wie Rosemont erschien es lächerlich, dass sich ihre Eltern ein Schlafzimmer geteilt hatten. Jedermann wusste, dass vornehme Leute so etwas nicht taten, kleine Norwiches hin oder her. »Er kann im Ankleidezimmer auf einem Feldbett schlafen.«

»Da hat er aber vielleicht andere Vorstellungen, Miss Louisa. Sie haben gesehen, wie er sich gegenüber seiner Vermieterin benommen hat.«

»Er konnte das alles erklären«, sagte Louisa ungeduldig. »Er hat auf die Explosion reagiert, dachte, es sei eine Bombe oder Ähnliches. Der Mann verhielt sich heldenhaft unter Beschuss, während er versuchte, die Frau vor Schaden zu bewahren.«

Kathleen schniefte. »Sagen Sie hinterher nicht, ich hätte Sie nicht gewarnt, wenn er Sie beim geringsten Geräusch auf den Boden wirft. Sie werden sich lauter blaue Flecken holen – Sie wissen, dass sie mit Ihrer blassen Haut stark dazu neigen. Ich traue ihm nicht. Haben Sie gehört, wie er mit diesen Kindern gesprochen hat? Wenn das ein Gentleman sein soll, heiße ich nicht länger Kathleen Carmichael.«

»Mrs Evensong sagt, er ging nach Harrow. Hast du keinen zweiten Vornamen?« Wie eigenartig, dass Louisa das nicht wusste – Kathleen war schon bei ihr, seit sie beide einundzwanzig Jahre alt waren! Ihr eigener war Elizabeth, nach ihrer Mutter.

»Nein, Miss Louisa. Einer war genug. Meine Eltern hatten zwölf Kinder, und ihnen gingen die Namen aus, bis ich auf die Welt kam.«

Zwölf Kinder waren eine ganze Menge. Louisa war ein Einzelkind, und dass sie zusammen mit ihrem Cousin Hugh aufgewachsen war, zählte nicht. Es wäre sicher toll gewesen, einen echten Bruder zu haben – oder einen Cousin, der sie nicht ungestraft schikanierte.

»Was schätzen Sie, wie lange noch, Captain Cooper?«, rief sie von Mrs Jarvis' Türschwelle. Das Wenigste, was diese Frau hätte tun können, wäre, ihnen eine Tasse Tee anzubieten, während sie warteten. Aber wahrscheinlich hätte sie ihn in einer verdreckten Tasse serviert, und er hätte nach nichts geschmeckt. Louisa war von Mrs Jarvis' Etablissement nicht sehr beeindruckt.

»Wir sind fast fertig, oder, Joe? Miss Stratton wohnt im *Claridge's* Hotel. Sie hätte gern ihren Wagen morgen früh dorthin geliefert.«

33

Der Mann kratzte sich mit seinen schwarzen Fingern am Kopf. »Ich weiß nicht, Sir. Das ist ein französischer Wagen. Ich muss sehen, ob ich die Ersatzteile habe. Und selbst wenn, wird das eine teure Reparatur.«

»Dann tun Sie, was Sie können, aber informieren Sie Miss Stratton so bald wie möglich. Sie wird ihre Reisepläne ändern müssen.«

Louisa war ziemlich sicher, dass Charles Cooper noch ein »Das hoffe ich bei Gott!« vor sich hin brummelte, nachdem er den Mechaniker ermahnt hatte. Spielverderber. Sie und Kathleen und der Cottereau waren unzertrennlich, seit Louisa den Wagen in Paris gekauft hatte, nachdem ihr original englisches Transportmittel an einer renitenten Backsteinmauer angeeckt war. Man konnte ihr wohl kaum die Schuld dafür geben, dass die Bremsen versagt hatten.

»Darf ich die Ladys zurück zum Hotel geleiten?«

»Eigentlich erwartet uns Mrs Evensong zum Tee, Captain. Ich hätte Sie in ihrem Büro zum ersten Mal heute Nachmittag treffen sollen. Aber ich konnte einfach nicht warten.« Louisa hatte den echten Mann in seiner natürlichen Umgebung sehen wollen. Jetzt war sie noch verwirrter als jemals zuvor. Charles Cooper war ein sehr merkwürdiger Kerl – in einem Moment war er ganz sanft, im nächsten wieder kratzbürstig.

»Die ausgefeiltesten Pläne.« Er schenkte ihr ein kurzes Lächeln, und Louisas Herz machte einen kleinen Hüpfer. Seine Nase war nicht aristokratisch, aber seine Zähne waren ausgezeichnet. Impulsiv schlang sie ihren Arm um seinen.

»Wie lange müssen wir Ihrer Einschätzung nach durch dieses scheußliche Viertel laufen, bevor wir auf eine Droschke hoffen können?«

»Ein kurzes Stück. Miss Kathleen, darf ich Ihnen meinen anderen Arm anbieten?«

34

Das war aber wirklich reizend von ihm. Er war doch ein Gentleman, ganz gleich, was Kathleen sagte.

Sie gingen ein paar schäbige Blocks weit, bevor sie einen Droschkenführer fanden, der angesichts der großen Distanz aufstöhnte, die er sie fahren sollte.

»Ist es Ihnen etwa zuwider, Geld zu verdienen, Sir?«, fragte Louisa scharfzüngig. »Was ist nur aus diesem Land geworden? Während meiner Abwesenheit haben sich die Dinge zum Schlechteren verändert. Als ich letztes Jahr weggegangen bin, haben die Leute noch immer gern gegessen, und das ist ohne ausreichend Münzen wohl kaum möglich. Sollten wir uns einen etwas ambitionierteren Gesellen suchen?«, fragte sie ihre Begleiter.

»Er will doch nur den Preis nach oben treiben, Miss Stratton. Ich bin sicher, er ist ebenso ambitioniert wie ein anderer Fahrer. Wahrscheinlich noch mehr, und Sie haben es nun vermasselt. Wie viel verlangen Sie für die Fahrt?«

Der Mann nannte seinen Preis.

»Straßenräuberei!«, rief Louisa. Es war immer das Gleiche – Menschen erblickten ihre Erscheinung und versuchten, einen Vorteil daraus zu schlagen. Aber sie würde einen Teufel tun und sich in Sack und Asche hüllen, nur um sie alle irrezuführen.

»Steigen Sie ein, Miss Stratton. Die Leute schauen schon.«

Das stimmte. Ein paar Leute hatten sich an der Ecke zusammengerottet, um nichts von ihrer Auseinandersetzung mit dem Kutscher zu verpassen.

Louisa vergrub die Hände in ihrem Muff, wo ihre fette Brieftasche in einem Täschchen verstaut war. Sie war eine Erbin, die nicht nur einen Pelzmuff trug, sondern auch einen Pelzmantel und eine mit Diamanten besetzte Nadel in ihrem verschleierten Fahrhut. In diesem letzten Jahr hatte sie gelernt, vorsichtig zu sein, aber all ihre guten Sinne hatten sie heute verlassen.

35

Womöglich war Captain Cooper doppelt daran schuld. Sie hatte sich aufgetakelt, um ihm zu imponieren, und man konnte nur schwer seine Gedanken fassen, wenn sein blaues Auge auf einem ruhte.

»Nun gut«, sagte sie, hob das Kinn leicht an und erlaubte ihm, ihr beim Einsteigen zu helfen.

Sie und Kathleen saßen nebeneinander, während Charles Cooper es sich gegenüber bequem machte. Seine langen Beine reichten dabei unvermeidlich bis auf ihre Seite hinüber. Er war so schweigsam, dass Louisa den Drang verspürte, etwas zu sagen.

Sie war kein Freund von Stillschweigen. Davon hatte sie während ihrer Kindheit in Rosemont ausreichend genießen dürfen, als sie niemanden zum Reden oder zum Zuhören gehabt hatte. Ruhe machte sie nervös.

Sie suchte nach einem neutralen Thema, etwas Alltäglichem, damit Captain Cooper nicht den Eindruck hatte, sie wäre zu neugierig. Auch wenn Louisa nichts sehnlicher wünschte, als ihn mit ihren Fragen zu löchern. Wie kam es dazu, dass ein solch ausgezeichneter Soldat in einem solchen Dreckloch leben musste? Sie würde es natürlich etwas milder ausdrücken. Eine Spur damenhaften Verhaltens war doch noch in ihr vorhanden. Und wer hatte ihm die Nase gebrochen? War Afrika einen Besuch wert? Hatte er irgendwo auf der Welt ein Liebchen sitzen?

Sie öffnete den Mund, aber Captain Cooper war schneller. »Sie brauchen sich keine Sorgen zu machen. Das Feldbett ist in Ordnung. Ich werde kein Schlafzimmer mit Ihnen teilen, Miss Stratton. Keiner von uns würde auf diese Weise zu viel Schlaf kommen.«

Louisa fühlte, wie sie errötete. »Sie haben ein sehr gutes Gehör.«

»Ja, das stimmt. Es ist wie ein Wunder. Viele Soldaten werden taub. Der Krieg ist laut. All die explodierenden Geschütze.«

»In Rosemont ist es sehr ruhig.« Verdammt ruhig.

Er wechselte seine Sitzposition. »Das ist nicht wichtig. Ich schlafe ohnehin nicht gut.«

»Werden Sie von schlimmen Träumen geplagt?« Sie hatte mithilfe eines Deutsch-Englisch Wörterbuchs versucht, ein sehr interessantes Buch von Dr. Freud in Originalsprache zu lesen, was ihr aber nicht gut gelungen war.

In der dunklen Droschke verriet sein Gesicht nicht viel. »So könnte man es nennen.«

»Ich kann den Hausarzt rufen lassen. Er kann nach Rosemont kommen und Ihnen etwas für Ihre Nerven geben.«

»Meine Nerven?« Seine Stimme war eiskalt.

»Na ja, damit Sie besser schlafen können«, fuhr sie schnell fort. Männer gaben ihre Schwächen nie gern zu. »Wenn man durcheinander ist, etwas nicht aus seinem Kopf bekommt. Dr. Fentress war sehr hilfreich, als meine Tante mir mein Debüt verwehren wollte. Sie hatte sich über irgendetwas geärgert. Ich kann mich nicht mehr erinnern, worüber, aber sie bestrafte mich, indem sie die ganze Sache einfach absagte. Ich konnte tagelang nicht schlafen, bis Dr. Fentress mit seinem Elixier kam.« Natürlich konnte sich Louisa noch ganz genau daran erinnern, was sie getan hatte, aber das erzählte sie doch keinem Fremden. Sie hatte noch immer den Geruch der Lilien in der Nase, bevor sie vor die Tür gekehrt worden waren. Jeder Hauch von Lilie machte sie seither traurig.

»Ihr *Debüt*.«

Sie ließ sich nicht irritieren. »Ja. Sie müssen verstehen, wie wichtig es für ein Mädchen ist, in die Gesellschaft entlassen zu werden. Ohne hat man es schwer, einen Mann zu finden. Nicht, dass ich einen Gatten haben wollte, *zumindest nicht jetzt*.

Damals jedoch schon.« Mehr als jeden Mann hatte Louisa ihre Freiheit und ihr Geld gewollt, zwei Dinge jedoch, die ihr ihre Tante Grace nicht gewährt hatte. Als ihr Hauptvormund und ihre Treuhänderin hatte Grace es verstanden, jeden Mann in der Umgebung von Rosemont davon abzuhalten, je seinen Fuß auf die Stufen des Anwesens zu setzen. Aus der Not war Louisa sehr erfinderisch dabei geworden, die jungen Herren stattdessen selbst aufzusuchen.

Eine Zeit lang zumindest. Doch dann waren die Gitter gefallen, und sie wurde zur Gefangenen im eigenen Haus.

»Lassen Sie mich sehen, ob ich Sie richtig verstanden habe, Miss Stratton. Sie haben Medikamente genommen, damit Sie schlafen konnten, weil Sie kein flauschiges weißes Kleid tragen und die ganze Nacht durchtanzen durften, um irgendeinen reichen Trottel einzusacken. Mir kommen die Tränen.«

Wie er es so sagte, klang es tatsächlich so, als sei sie eine unglaublich verwöhnte Göre. Aber verwöhnt war sie ganz und gar nicht. »Sie sind ein Mann – Sie verstehen das nicht!«

»Miss Louisa«, ermahnte sie Kathleen.

»Sei still, Kathleen! Ich habe meine Meinung, und ich glaube, die darf ich auch sagen, insbesondere gegenüber einem Angestellten. Und das sind Sie, Captain. Das sollten Sie nicht vergessen.«

Louisa erwartete, dass er kontern würde, vielleicht irgendwie in Bezug auf das, was mit ihrem armen Wagen passiert war. Aber die Lippen dieses Mannes bildeten nur eine dünne Linie, und er sagte gar nichts mehr.

Da war sie wieder, diese teuflische Stille. »Ich habe Ihnen Hilfe angeboten, und Sie haben mich verspottet. Das ist nicht sehr fein von Ihnen.«

»Ah, aber Ihre Zofe Kathleen – Carmichael, wenn ich mich nicht irre – hat recht, Miss Stratton. Ich bin kein Gentleman.

Und ich habe keine Ahnung, wie mein Arsch aussieht, aber Sie dürfen ihn natürlich jederzeit inspizieren, wenn es Ihnen beliebt. Schließlich bin ich Ihr Angestellter.«

Neben ihr rang Kathleen nach Luft. Himmel, dieser Kerl hatte Ohren wie ein Elefant! Louisa würde in Zukunft besser aufpassen müssen.

Der Anfang war nicht sonderlich geglückt. Sie hätte geduldig sein und darauf warten sollen, ihn bei einer Tasse Tee in der Mount Street kennenzulernen, aber Geduld gehörte nun mal nicht zu ihren Tugenden. Die hatte sie vor langer Zeit schon abgelegt.

Louisa würde es aber auch nicht erlauben, dass er sie reizte. »Ich werde das im Kopf behalten. Und wo wir schon dabei sind, ich werde diesen Gefallen nicht zurückgeben. Sie haben Ihre Augen und Hände bei sich zu lassen, es sei denn, ich wünsche, dass Sie vor meiner Familie ein gewisses Maß an Zuneigung zeigen. Maximillian wäre in der Öffentlichkeit niemals indiskret. *Er* ist ein perfekter Gentleman.«

»Meine Augen?«

Dieser Mann konnte mit zwei Worten mehr ausdrücken als irgendwer sonst, den sie jemals getroffen hatte.

»Sie wissen, was ich meine. Ihre Versehrtheit bedaure ich zutiefst. Wie haben Sie Ihr Auge denn verloren?«

»Ich habe es nicht verloren. Es ist immer noch da.«

»Nun«, sagte sie in einem Anflug perplexen Triumphs, »dann hatte ich ja recht.«

»Ich bin sicher, das haben Sie immer, Miss Stratton. Sie bezahlen mich auch gut genug dafür.«

»Ich erwarte nicht, dass Sie stets mit mir einer Meinung sind«, sagte Louisa und fühlte ein seltsames Gefühl in ihrer Brust aufsteigen. »Sie sind ein Mann.«

»Das bin ich.«

Damit war alles gesagt. Louisa würde sich mit der Stille anfreunden müssen, bis sie die Mount Street erreichten. Ihr, Louisa Elizabeth Stratton, fiel einfach nichts mehr ein.

○○○

Charles hatte nicht den Eindruck, dass er das durchhalten könnte – verflixtes Geld! Dieses Mädchen war unmöglich, herrisch, eine Männerhasserin und hübscher, als ihr guttat. Jetzt, da er sie besser in Augenschein hatte nehmen können – mit seinem *einen* Auge –, konnte er sehen, dass ihr Mund zu breit war (»*Damit ich dir besser in den Ohren liegen kann, mein Kind*«) und am linken Mundwinkel ein Muttermal aufwies. Aber sie war dennoch äußerst attraktiv. Jedes Mal, wenn ihr Pelzmantel zur Seite rutschte, konnte er ihre schmale Taille und die Sanduhrenform ihres restlichen Körpers sehen, der vielversprechend aussah. Er fragte sich, ob sie in ihrem Korsett überhaupt atmen konnte, entschied dann aber, dass sie schließlich auch ausreichend Luft bekam, um ihm eine Gardinenpredigt zu halten.

Er fühlte sich ein wenig wie ein Preisbulle auf einem Jahrmarkt, nur dass er nicht in den Genuss kommen würde, mit den Kühen zu kuscheln, sobald er das blaue Band gewonnen hatte. Ein Tag unter Mrs Evensongs Dach war nicht ausreichend, um ihn zurück in die Zivilisation zu holen, und er scheiterte schon jetzt als Ehegatte. Es sei denn, sie waren ein streitlustiges Paar.

Das, so dachte er, könnte er regeln. Dieser Maximillian erschien ihm wie ein verträumter Trottel, der niemandem ähnelte, den er kannte, und Rosemont versprach einfach nur schrecklich zu werden. Wahrscheinlich würde er das Porzellan zerbrechen und in eine Ecke pissen, bevor alles erledigt war.

Wenn er nur selbst den Mut gefunden hätte, sich neulich nachts das Leben zu nehmen, würde er jetzt nicht in dieser erbärmlich gefederten Droschke sitzen und ständig mit den Knien von Louisa Stratton und ihrer unverblümten Zofe zusammenstoßen. Er hatte schon immer eine Leidenschaft für Rothaarige gehabt, jedenfalls, als er noch so etwas wie Leidenschaft empfunden hatte. Aber irgendwie fand seine männliche Natur die blonde Mistress von Kathleen deutlich anziehender.

Charles fragte sich, wie die Erbin wohl aussehen würde, wenn ihr Korsett gelockert war. Er stellte sich helle, rosafarbene Linien auf milchig weißer Haut vor, pralle Brüste, die in seine Hände sprangen, und ihre Taille so schmal wie die eines Kindes.

Und dann sah er sich selbst, wie er ihren Rücken einschnürte und die Schnüre dabei so eng zog, dass sie sich kaum bewegen konnte. Kaum noch atmen konnte. Er würde seine Hand um diese winzige Taille legen und sie festhalten. Und dann könnte er alles mit ihr anstellen, was er nur wollte, und sie wäre unfähig, sich zu wehren. Er würde die Nadeln aus ihrem Pompadour entfernen und sie an ihrem goldenen Haar nach unten ziehen –

Er war eine Bestie. Miss Stratton war nicht diese Sorte Mädchen und er nicht diese Sorte Mann, oder? Er hatte noch nie in seinem Leben einen solch unnatürlichen Drang empfunden – nach Unterwerfung. Kontrolle.

Es war schon seltsam, dass moderne Frauen ein Vermögen für Korsetts ausgaben, um ihren Körpern eine derart unnatürliche Form zu geben. Ein paar Monate in einem Buren-Konzentrationslager würden ihre Taillen vollkommen kostenfrei schrumpfen lassen.

Charles schloss die Augen. Er konnte vorgeben zu schlafen, bis sie die Mount Street erreichten. Vielleicht hatte Miss

Stratton recht. Charles konnte Dr. Fentress aufsuchen und sich sein Elixier flaschenweise in den Hals schütten, wenn dadurch nur die Albträume aufhörten und die Tage klarer erschienen. Wenn er keinen Gin trinken durfte, brauchte er ein verdammtes Wunder.

5

Donnerstag, 3. Dezember 1903

Am nächsten Tag hatte Charles weder Gin, noch erfuhr er ein Wunder. Das Prinzesschen hielt die Gepäckträger an der Victoria Station auf Trab. Charles konnte nicht verstehen, wie eine einzelne Frau so viele Koffer füllen konnte. Und wie hatten sie nur während ihrer Reisen alle Platz in ihrem kleinen Motorfahrzeug gefunden? Aber anscheinend hatte sie Louisa zusammen mit ihrem Wagen mittels Dampfschiff über den Kanal bringen lassen. Dem Wagen, der dank unsichtbarer Mächte in London bleiben würde, bis die passenden Ersatzteile dafür gefunden waren.

Charles mochte sein Leben vielleicht nicht großartig schätzen, aber er hatte auch kein Interesse daran, es in einem Graben auf der Straße nach Rosemont zu beenden. Daher war er dankbar, sich in das recht mitgenommene Erste-Klasse-Abteil der Chathamlinie fallen lassen zu können. Das Bahnunternehmen hatte den Ruf, auf eher wackeligen Füßen zu stehen, aber zumindest erreichten die Züge stets pünktlich ihr Ziel.

In seinem Fall war Charles jedoch nicht sicher, ob das letztendlich eine gute Sache war. Mrs Evensong hatte ihm gestern nach dem Tee dieses Magazin in die Hände gedrückt, er hatte die Fotografien der Türmchen von Rosemont und der weitläufigen Rasenflächen gesehen, die sich bis hinunter ans Meer erstreckten. Charlie Cooper würde sich vollkommen deplatziert fühlen.

Er hatte gehofft, er hätte Zeit für sich allein, und die Ladys würden in einem angrenzenden Abteil reisen, aber da hatte er sich getäuscht. Die Zofe Kathleen machte eine große Show daraus, als sie ein Buch aus ihrer Tasche zog und vorgab, an der Unterhaltung zwischen den »Ehegatten« keinen Anteil zu nehmen. Charles verschloss die Augen vor dem nebligen Himmel und den kahlen Bäumen auf der anderen Seite des Fensters, aber seine Ohren konnte er nicht verschließen. Louisa Stratton schnatterte ohne Unterlass, wie sie es für gewöhnlich tat.

»Louisa Schnattergans«, murmelte er.

»Verzeihen Sie?«

»Hören Sie eigentlich jemals auf zu reden? Ich bekomme schon Kopfschmerzen davon.«

»Ich schätze, nach Hause zurückzukehren macht mich etwas nervös«, sagte Louisa, was ihn überraschte. »Ich habe meine Familie seit über einem Jahr nicht gesehen. Und es ist absolut wichtig, dass Sie die Rolle verstehen, die Sie spielen sollen. Ich dachte, wir könnten einfach die Einzelheiten auffrischen, die wir mit Mrs Evensong besprochen haben.«

»Rembrandt. Louvre. Sie waren das schönste Mädchen, das ich je gesehen habe.«

Sie zog ihre goldenen Augenbrauen zusammen. »Ich bin sicher, das habe ich Ihnen so niemals aufgetragen.«

»Es ist meine eigene Erfindung. Sie wollen doch, dass Max Ihr treues Hündchen ist, oder?«

»Überhaupt nicht! Ich würde niemals einen Mann wollen, der sich an einer Leine herumführen ließe. Maximillian ist viel zu sehr Mann, als dass ich ihn dominieren könnte.«

Charles' Gedanken schweiften zurück zu seiner Vorstellung einer nahezu nackten Louisa, ihre cremefarbene Haut von einem starren Korsett umschlossen. Festgebunden. Hilflos. Vielleicht mit einem Knebel zwischen ihren reizenden, nie stillstehenden Lippen. Er wechselte seine unbehagliche Position auf dem Sitz. Was zum Teufel stellte sie nur mit ihm an?

»Fein. Dann werden wir Ihr Aussehen außer Acht lassen. Habe ich Sie dann Ihres Geldes wegen geheiratet?« Charles war sicher, dass die Kerle nach diesem Mädchen wegen ihres Gesichts und ihrer Figur verrückt gewesen sein mögen – das Vermögen war dabei nur ein Bonus.

»Maximillian hat sein eigenes Einkommen. Ein recht ansehnliches.«

»Womit hat er es verdient?«

Sie schob ihre Zunge in einen Winkel ihrer vollen Lippen, bevor sie antwortete. »Das haben Sie nicht. Sie haben es geerbt.«

»Also genau wie Sie.«

»Sie wissen sicher, dass Frauen in der Wahl ihres Berufs keine freie Hand haben«, sagte sie. »Wie bei vielen anderen Dingen. Ihr Männer kontrolliert die Welt, und welch einen Schlamassel habt ihr daraus gemacht!«

Louisa Stratton hatte nicht einmal annähernd eine Ahnung. »Ich kann Ihnen nicht widersprechen. Also, mein Einkommen ist enorm, weil ich weise investiert habe und geradezu genial mit Zahlen umgehen kann.«

»Können Sie das denn?«

»Ich war immer gut in Mathematik. Ich könnte es, wenn ich Geld hätte, um damit zu spielen. Aber das habe ich nicht. Sie haben gesehen, wo ich lebte, Miss Stratton.«

Louisa überkam ein leichter Schauder. »Maximillian wuchs in reichen Verhältnissen auf dem französischen Land auf.«

»Irgendein Château oder so, haben Sie, glaube ich, erwähnt.«

»Château La Chapelle. Es war einst ein Kloster, und der Düstere Mönch soll heute noch in den Korridoren spuken.«

Charles lachte. Welch fantastische Vorstellungsgabe diese idiotische Erbin hatte! »Sie lesen zu viele Romane. Ich glaube nicht an Geister.«

»Nun gut. Sie müssen den Mönch nicht erwähnen, wenn Sie nicht wollen. Ich hatte nur gedacht, dadurch würde Ihre Kindheit etwas interessanter erscheinen. Ihre Eltern waren englische Auswanderer, die vor arrangierten Eheschließungen geflüchtet sind. Sehr romantisch.«

Nach Charles' Meinung ein großer Haufen Mist. »Da gibt es nur eine winzige Kleinigkeit, Miss Stratton.«

»Sie müssen daran denken, mich Louisa zu nennen! Wir sind seit Monaten glücklich verheiratet.«

»Ich spreche kaum Französisch, *Louisa*. Ich hatte es in der Schule, und dort ist es auch geblieben.«

Sie winkte mit einer behandschuhten Hand ab. »Das wird kein Problem sein. Wir sagen einfach, Ihre Eltern seien exzentrisch gewesen und hätten es vorgezogen, in ihrer Muttersprache zu kommunizieren. Sie wurden im Château unterrichtet. Niemand in meiner Familie wird Sie ausfragen – wie alle guten Engländer verabscheuen sie Französisch. Ein paar Tage in Paris, um einzukaufen, ist eine Sache, aber meine Tante Grace würde mir sogar dafür niemals erlauben, ins Ausland zu gehen.«

»Armes, kleines, reiches Mädchen.«

Louisas Wangen färbten sich rosa. »Sie denken, Sie wissen alles über mich, Mr Cooper –«

»Max«, erinnerte er sie. »Wir sind doch so glücklich verheiratet.«

»– aber das tun Sie keinesfalls, *Maximillian*. Ich sage nicht, dass ich ein schreckliches Leben hatte – ich weiß, dass ich Vorteile genossen habe, von denen andere nur träumen können. Aber in Rosemont war ich nicht auf Rosen gebettet.«

Charles lachte erneut. »Schönes Wortspiel, verehrte Gattin.«

Sie errötete noch mehr, machte aber unermüdlich weiter. »Sie sammeln Kunst, und das Château ist voll von wundervollen Dingen.«

»Wie der Düstere Mönch und meine exzentrischen Eltern?«

»Ich bin mir ziemlich sicher, dass ich erwähnt hatte, sie seien tot. Ist doch so, Kathleen, oder?«

Die Zofe sah gar nicht von ihrem Buch auf. »So sicher wie Sargnägel. Damit Ihre Tante nicht auf die Idee käme, ihnen zu schreiben.«

»Genau. Aber Sie sind nicht nur Ästhet, sondern auch Athlet.«

»Sie haben sie in einer Mondnacht über die Seine gerudert, Mr Norwich«, sagte Kathleen und blätterte eine Seite um.

Noch mehr Müll. Woher hatten Mädchen nur solche Ideen? Zweifelsohne aus solch unrealistischen Romanzen, wie Kathleen sie gerade las. Charles hatte noch niemals in seinem Leben irgendetwas geschweige denn irgendjemanden gerudert – wenn sie wollte, dass er Kricket oder Rugby spielte, dann war er dabei.

»Und wie lautet die Geschichte zu meiner Verkrüppelung? Etwa ein Ruderblatt im Auge?« Sein linkes Auge war verletzt worden, als eine Granate in seiner Nähe explodiert war. Die Ärzte hatten ihm erzählt, dass sich sein Sehvermögen mit der Zeit wieder bessern könnte, aber bislang gab es dafür keine Anzeichen.

»Sie sind vermutlich kein Fechter.«

»Das bin ich nicht.« Er konnte sich seinen Weg durchs Unterholz schlagen, aber die Armee hatte ihre Schwerter zugunsten der tödlichen Präzision von Schnellfeuergewehren eingetauscht. *Maxim*-Maschinengewehre sorgten für Furore im Busch.

Louisa dachte nach, ihre rosige Zunge rollte sich erneut in ihrem Mundwinkel zusammen. Charles hatte diese Angewohnheit beobachtet und hoffte, ihre Zunge konnte dazu überredet werden, auch etwas anderes zu tun. »Boxen Sie?«

Er hatte mit seinen Brüdern in seiner Kindheit gerauft und sich in der Schule behauptet. »Ja, wenn auch nicht nach den Queensberry-Regeln.«

»Nun gut. Sie haben im Ring einen unglücklichen Hieb einstecken müssen. Dabei haben Sie sich auch die Nase gebrochen.«

Charles widerstand dem Drang, den Rücken seiner Nase mit der Hand zu berühren, eine kleine Aufmerksamkeit seines Bruders Tom wegen irgendeiner Sache in der Kindheit, an die er sich nicht mehr erinnern konnte. »Wird Ihre Tante nicht denken, ich sei ein Wilder?«

»Oh nein. Ihr Sohn Hugh hat selbst sehr viel für den Boxsport übrig. Er hat sich in Oxford einen Namen gemacht. Aber wenn er Sie herausfordert, müssen Sie ablehnen. Ich finde diesen Sport einfach nur schrecklich.« Louisa rümpfte die Nase. »Sie haben all diese Gewalt für mich aufgegeben, als wir heirateten.«

»Keine Kämpfe. Was ist sonst noch verboten?« Charles wünschte, er hätte sich Notizen gemacht. Irgendwie hatte er das Gefühl, die Liste würde sehr lang werden.

»Sie dürfen nicht rauchen. Sie rauchen doch nicht, oder?«

»Eine schmutzige Angewohnheit.«

»Ich bin so froh, dass wir einer Meinung sind. Ich weiß, dass es sehr schwer ist aufzuhören, wenn man erst einmal damit begonnen hat. Keine übermäßigen Trinkgelage, aber ich schätze, Mrs Evensong hat das bereits mit Ihnen besprochen. Sie müssen stets bei Verstand sein. Meine Familie ist – wie soll ich sagen? – schwierig, und auch wenn sie es schaffen, aus einem

Heiligen einen Säufer zu machen, ist es enorm wichtig, dass Sie sich davon nicht beeindrucken lassen.«

Was hatte Mrs Evensong Louisa erzählt? Nicht zu viel, hoffte er. Er hatte früher immer gern ein Glas getrunken, aber nicht mehr als jeder andere Kerl. Erst als er aus dem Krieg zurückgekommen war, hatte er seinen Dämonen freien Lauf gelassen und versucht, sich bis zur Besinnungslosigkeit zu betrinken.

»Sie müssen Cousine Isobel ignorieren, sollte sie ein wenig zu … freundlich werden. Isobel denkt noch immer, dass sie eine gute Partie finden kann, und wird Sie über Ihre ledigen Freunde aushorchen. Erfinden Sie etwas Amüsantes, aber bleiben Sie dabei vage. Sie und Mama kamen aus New York nach England, um blaublütige Herren zu ehelichen, aber keine war erfolgreich.«

»Deshalb sind Sie nicht Lady Louisa.«

»Korrekt. Mama verliebte sich in Papa, und damit war die Sache erledigt. Natürlich war er vermögend und brauchte ihr Geld nicht, was meine amerikanischen Großeltern etwas besänftigt hat.«

»Leben sie noch?«

Louisa schüttelte den Kopf. »Sie starben, als ich vierzehn war – ein Bootsunfall, wie bei meinen Eltern. Meine Verwandten haben mit dem Wasser nicht viel Glück. Ich habe schon beinahe Angst davor, ein Bad zu nehmen.«

Guter Gott! Der Gedanke daran, Louisa Stratton nass und nackt in einer Porzellanwanne zu sehen, war beinahe unerträglich. Charles atmete tief ein.

»Also, kein Kämpfen, kein Trinken, kein Rauchen und kein Flirten mit Cousine Isobel. Habe ich etwas vergessen?«

»Es ist ein Anfang. Wir müssen flexibel reagieren können – in Rosemont weiß man nie, welche Welle einen als Nächstes trifft.«

»Na ja, es liegt ja schließlich auch an der Küste.«

»Aber Captain Cooper! Sie werden doch keinen Scherz gemacht haben!«

Doch, das hatte er. Ein blasser Sonnenstrahl schien seine gedrückte Stimmung zu durchbohren. Wie konnte er nur die Verbesserung seiner Umstände nicht schätzen? Sobald der Monat vorüber war, würde er ein gutes finanzielles Polster für seine Brüder haben und sich an ein harmloses Abenteuer mit einem sehr hübschen Mädchen erinnern können, wobei er bis in die Ewigkeit in der Hölle schmoren würde.

Der Zug schlängelte sich durch Postkarten-Dörfer und sanfte Hügellandschaften, während Louisa unermüdlich weiterplauderte. Charles gewöhnte sich langsam an ihre nervöse Energie. Sie schien zu allem eine Meinung zu haben und hielt damit auch nicht hinter dem Berg. Der arme Maximillian Norwich würde niemals auch nur einen Moment Frieden finden.

Der echte Maximillian hätte allerdings wohl Strategien, um seine redselige Gattin zu zügeln. Er würde ihr vielleicht einen glühenden Blick zuwerfen, es irgendwie schaffen, sie einen Moment für sich zu haben, und sie küssen, bis ihr die Sinne schwanden. Die kleine Mulde in der Ecke ihres Munds berühren, in die sie stets ihre Zunge schob, wenn sie nachdachte. Eine ihrer aufgeregten Hände ergreifen und seine Lippen auf ihre Handfläche drücken. An einem geschmückten Ohrläppchen knabbern, den Duft von ausgedrückten Veilchen auf ihrem langen, weißen Hals einatmen.

»Captain Cooper – Maximillian –, haben Sie mir überhaupt zugehört?«

»Selbstverständlich. Ich werde mich bemühen, all Ihre Anweisungen zu befolgen.« Das war doch ganz einfach. Er hatte schließlich auch nichts Besseres zu tun. Aber irgendwie hatte er dennoch das nagende Gefühl, etwas Wichtiges verpasst zu haben.

»Jetzt erzählen Sie mir von *Ihrer* Familie. Ich habe Ihnen alles über meine erzählt.«

Hatte sie das? Er konnte ihr auf keinen Fall sagen, dass er vor ein paar Meilen aufgehört hatte, ihr zuzuhören.

»Da gibt es nicht viel zu sagen.«

»Nun kommen Sie schon, nicht so schüchtern. Nur weil *Sie* nicht in einem Château groß wurden, heißt das nicht, dass ich Sie deswegen verurteile.«

Charles konnte sich eine Louisa Stratton im Hermelinmantel überhaupt nicht in der bescheidenen Küche vorstellen, die seiner Familie als Aufenthaltsraum und gelegentlich auch als Schlafzimmer gedient hatte. »Meine Eltern sind tot. Sie waren beide in Alexanders Töpferei beschäftigt. Meine Brüder und deren Frauen arbeiten auch alle dort.«

»Oh. In einer Töpferei?«

»Ich glaube nicht, dass sich auf Ihrem Tisch in Rosemont Geschirr von Alexander finden wird. George Alexander produziert schmucklose, praktische Dinge, von Teekannen bis hin zu Nachttöpfen. Für die niederen Klassen. Wie die meine.«

Er nahm das kurze Aufflackern eines Triumphs bei Kathleen wahr.

»Ich – ich dachte, Sie gingen nach Harrow«, sagte Louisa zweifelnd.

»Das stimmt auch. George hat es für mich bezahlt – er hat mich direkt von der Produktionsstraße geholt und für meine Ausbildung bezahlt.« Tom und Fred hatten ihm diese Bevorzugung durch Charles verübelt. Ah ja. Seine Nase – jetzt erinnerte er sich wieder.

»Ich habe Nichten und Neffen, aber ich habe zu meiner Familie kein enges Verhältnis mehr. Ich könnte Ihnen wahr-

51

scheinlich nicht einmal all ihre Namen nennen, wenn Sie mir eine Pistole an den Kopf hielten. Ich war sehr lange fort.«

»Ich verstehe.«

»Ich hoffe, dass Sie das tun, Miss Stratton. Vielleicht bin ich doch nicht der Richtige für diesen Job. Maximillian und ich haben nicht viel gemeinsam – dass ich in irgendein Fettnäpfchen trete, ist praktisch vorbestimmt. Ich habe nicht sehr viele Châteaus oder Museen besichtigt.«

Eigentlich kein einziges.

Da war sie wieder, ihre Zunge. Er erwartete, dass sie ihm bedeuten würde, an der nächsten Haltestelle auszusteigen. Die Stille dauerte an – in der Tat war dies der längste Zeitraum in ihrer kurzen Bekanntschaft, in dem Louisa ihn nicht vollplapperte.

»Sie waren aber doch Offizier.«

»Ich bin aufgrund meiner Verdienste aufgestiegen. Und ich habe einen ganzen Haufen unnützer Orden.«

Nicht viel.

Louisa seufzte. »Nun, ich bin sicher, Sie werden Ihr Bestes geben. Jeder schwört auf Mrs Evensong, also muss sie Vertrauen zu Ihnen haben. Wissen Sie, sie hat derart von Ihnen geschwärmt. Ich muss zugeben, dass ich mich gewundert habe, weshalb Sie dieses Angebot überhaupt annehmen wollten. Ich war auf der Suche nach einem Schauspieler. Jemandem mit Erfahrung. Sie scheinen mir niemand zu sein, der sich ans Manuskript hält.«

»Ein wenig Improvisation kann oft hilfreich sein. Ich versuche, Sie nicht zu enttäuschen.«

»Dann hoffen wir das Beste.« Louisa schenkte ihm ein helles Lächeln. »Noch drei Haltestellen, dann steigen wir aus. Ich denke, dass uns Robertson dort abholen wird.«

Kathleen ließ ihr Buch auf den Boden fallen. Charles beugte

sich vor, um es aufzuheben und ihr zurückzugeben, aber nicht, ohne vorher den Titel auf dem grün-goldenen Einband zu lesen: ›Liebesbeziehung auf dem Prüfstand‹. *Gütiger Himmel!*

»Vielen Dank, Mr Norwich.«

»Gern geschehen. Wer ist Robertson?«

»Unser Chauffeur, obwohl ich glaube, dass er den *Daimler* nicht sehr häufig zu fahren bekommt. Tante Grace hasst ihn. Aber all das wird sich ändern, jetzt, wo ich wieder zu Hause bin.«

Charles traute ihrem schadenfrohen Lächeln nicht. »Was fasziniert Sie so an Automobilen, Louisa?«

»Eigentlich weiß ich das nicht. Ich liebe es, den Wind auf meinem Gesicht zu spüren.«

»Und die Mücken und den Staub«, fügte Kathleen hinzu. »Sie lassen am besten Robertson fahren, Miss Louisa. Ich habe Gerüchte gehört, er wolle seine Kündigung einreichen. Kein Mann fühlt sich gern nutzlos.«

»Du hast es *gehört*? Hat dir das ein kleines Vögelchen gezwitschert, Kathleen? Das erklärt all die mysteriösen Briefe, die du aus Rosemont erhalten hast. Ich schwöre, dass du mehr Post erhalten hast als ich, auch wenn Tante Grace mich bei jeder Gelegenheit verfolgt hat.« Louisa wandte sich ihm zu und zwinkerte.

Die rothaarige Zofe packte ihr Buch in ihre Reisetasche und schloss die Schnalle mit Nachdruck. »Soweit ich weiß, ist es nichts Ungesetzliches, Briefe zu schreiben.«

»Und wenn es so wäre, würdest du es dennoch tun. Fahren Sie, Cap… Maximillian?«

»Ich hatte noch keine Gelegenheit.« Sein ganzes Leben lang waren Pferde für ihn vollkommen ausreichend gewesen, und seine Laufbahn in der Kavallerie untermauerte noch seine Erfahrung.

53

»Ich werde es Ihnen gern beibringen.«

Kathleen schnaubte und schaute aus dem Fenster.

»Das wird spaßig!«, bekräftigte Louisa. »Es geht nichts über die Freiheit auf offener Straße.«

Charles behielt seine Meinung dazu lieber für sich. Es hatte eine Zeit gegeben, als er die Freiheit gesucht hatte – weg von George Alexanders gut gemeinter Gönnerschaft und der Missgunst seiner Familie. Er hatte die Chance, eine Universität zu besuchen, zugunsten der Armee abgelehnt, und jetzt fragte er sich, ob sein Kampf um Unabhängigkeit nicht zu einem spektakulären Gegenschlag ausgeholt hatte.

Jeder wusste, dass der Krieg die Hölle war, aber Charles hatte nicht erwartet, derart tief in des Teufels Abgründe zu stürzen.

Louisa konzentrierte sich darauf, Kathleen für den Rest der Fahrt wegen ihres Chauffeurs zu necken. Der Zug lief in verschiedenen malerischen Bahnhöfen ein, bis er schließlich Stratton Halt erreichte. Eine Schar Möwen, die sich auf dem roten Ziegeldach des winzigen, weiß gekalkten Gebäudes niedergelassen hatten, kreischte und zog kreisend fort, als der Zug einfuhr.

Sobald Charles auf den Bahnsteig stieg, umfing ihn der Duft von Salzwasser. Er war noch nie ein guter Segler gewesen, also bestand keine Gefahr, in die Spuren von Louisas Verwandten zu treten. Jedenfalls stand der Winter vor der Tür, keine idealen Bedingungen also, das Wasser auszuprobieren.

Aber er hatte das Meer immer geschätzt, seine Weite und Kraft. Schon bald würde er es sicher durch eine Glasscheibe betrachten können. Wie er im *English Illustrated Magazine* gesehen hatte, lag Rosemont hoch oben auf einer weißen Klippe und überwachte seinen eigenen Kiesstrand. Louisa mochte ihre Gründe gehabt haben, von zu Hause fortzulaufen, aber der Ausblick war sicher keiner gewesen.

Ein paar Männer und ein Wagen mit Pferdegespann warteten darauf, ihr Gepäck abzuholen, und ein junger Mann in Uniform, vermutlich Robertson, stand neben einem dunkelgrünen *Daimler* bereit. Sollte Kathleen einen Kuss von ihrem Liebsten erhofft haben, wurde sie enttäuscht. Abgesehen von einem kurzen Gruß mit seiner Mütze, so anständig war er, half er den Männern nur schweigsam bei den Koffern und setzte sich dann wieder hinters Steuer.

Keiner von ihnen wurde überschwänglich begrüßt, und Charles fühlte einen Anflug von Unbehagen. Sogar Louisa Schnatterliese schien kleinlaut zu sein. Worauf hatte er sich hier nur eingelassen?

6

Louisa hatte sich Flaggen und Blumen und ein paar Leute zur Begrüßung am Bahnhof gewünscht. Sie hatte von solchen Begrüßungen gelesen, wenn Erbinnen aus ihren Flitterwochen zurückkamen, aber Tante Grace hatte für solche Oberflächlichkeiten nichts übrig. Auch gut. Wenn sie jemals aus echten Flitterwochen zurückkäme, würde die Begrüßung jedenfalls anders ausfallen.

»Du meine Güte!«

Endlich hatten sie die Auffahrt erreicht. Robertson fuhr viel langsamer, als Louisa es je tun würde. Sie versuchte, Rosemont mit Captain Coopers Augen zu sehen. Oder besser gesagt: Auge. In Bezug auf seine Verletzung musste sie vorsichtig sein. Es wäre genauso, als würde sie jemanden in einem Rollstuhl fragen, ob er im Garten spazieren gehen wolle – sie wollte nett sein, aber ihre törichte Zunge brachte sie immer wieder in solche Situationen.

Für ihre beiden Augen sah das Haus so groß und abweisend aus wie immer. Ihr Großvater George Stratton hatte es 1856 gebaut. Er war ein Bankier gewesen, der die Illusion einer Herrlichkeit hatte, die eher zum königlichen Adel gepasst hätte. Die Backsteinkonstruktion war eine seltsame Mischung aus gotischen und klassischen Elementen, mit Giebeldächern und Türmchen und zu vielen Fenstern, die es zu putzen galt. Zähnefletschende Wasserspeier saßen auf jeder Spitze und jedem Giebel. Als sie ein kleines Mädchen gewesen war, hatte sie ihnen allen Namen gegeben.

»Trautes Heim«, sagte sie schwach.

»Es sieht aus wie ein Gefängnis. Oder ein Asyl.«

»Es gibt hinreichend Insassen, die behaupten würden, sie seien ebenso anständig und bei Verstand wie Sie und ich.« *Und damit würden sie lügen*, dachte Louisa. »Im Sommer sieht es netter aus, wenn die Rosen an der Fassade emporklettern. Daher der Name Rosemont. Es gibt zwar keinen Berg, aber mein Großvater hatte ein Faible für seine Rosen. Die Perspektive ist reizend, finden Sie nicht? Aber es war immer ein einsamer Ort zum Leben.«

Die graugrüne See war heute ruhig, aber Louisa konnte sich gut an die Wellen erinnern. Sie atmete die salzige Luft tief ein. »Es ist jetzt natürlich zu kalt, um schwimmen zu gehen, aber vielleicht können wir etwas später am Strand spazieren, sobald wir uns eingerichtet haben.«

Der Wagen rollte in den Hof, und in weniger als einer halben Minute kam das Personal aus der Vordertür geströmt und stellte sich auf. Neben ihr schluckte Captain Cooper hörbar.

»Sie sind alle hier, um Sie kennenzulernen, Maximillian«, flüsterte Louisa. »Beginnen Sie so, wie Sie es weiterhin haben wollen.«

»Was zum Teufel soll das bedeuten?«

»Still. Maximillian verwendet keine vulgären Wörter im Beisein einer Lady. Sie müssen ihre Ehrerbietung so akzeptieren, als seien Sie daran gewöhnt. Denken Sie daran, dass das Personal im Château jede Ihrer Marotten mitmachte, auch wenn Sie leicht zufriedenzustellen waren. Aber seien Sie nicht *zu* freundlich – die Bediensteten halten dann weniger von Ihnen. Seien Sie auch nicht zu kühl. Ich hätte niemals einen Snob geheiratet.«

»Dann nehme ich mir vor, es ›genau richtig‹ zu machen. Goldlöckchen hätte wohl ihren Heidenspaß daran gehabt, hier in ein Fettnäpfchen nach dem anderen zu treten.«

Captain Cooper hatte auf der Reise erschöpft gewirkt, aber plötzlich hob sich sein Kinn, und sein Rückgrat streckte sich, als er aus dem Wagen stieg. Er reichte ihr eine Hand, um ihr herunterzuhelfen, und sie drückte sie sanft. »Showtime. Hals- und Beinbruch! – Guten Tag, alle zusammen!«, sagte er mit aufgesetzter Freude. »Ich freue mich so, zu Hause zu sein.«

Louisa hing am Arm des Captains, wie es eine liebevolle – aber nicht *zu* liebevolle – frisch verheiratete Frau tun würde. »Darf ich meinen Gatten vorstellen – Mr Maximillian Norwich.«

Louisa kümmerte sich um die notwendigen Vorstellungen und nahm die aufrichtig gemeinten Glückwünsche entgegen. Mehrere der Bediensteten kannte sie nicht, aber Griffith, der Butler, der schon seit der Zeit ihres Großvaters hier seinen Dienst versah, stand ihr helfend zur Seite. Captain Cooper nickte und lächelte auf höchst ehrwürdige Weise und zeigte dabei nicht zu viele Zähne. In seinen neuen Kleidern machte er unglaublichen Eindruck. Zumindest in Sachen modischer Erscheinung würde Tante Grace sicher nichts an diesem Mann aussetzen können.

»Wie geht es meiner Tante, Griffith?«

Der Butler gluckte. »Nicht gut, Miss Louisa, nicht gut. Sie verlässt heutzutage nicht mehr ihr Bett. Sie wünscht ausdrücklich, dass Sie sie direkt in ihren Räumen aufsuchen, aber natürlich erst, sobald Sie sich frisch gemacht haben.«

»Und mein Cousin? Ist er hier?«

»In London, Miss. Bankgeschäfte. Wir erwarten ihn jeden Tag zurück.«

Das war eine gute Nachricht. Louisa gefiel die Vorstellung nicht, dass Hugh Maximillian Norwich jetzt schon beäugen würde.

»Lulu, Darling!«

Der Mann an ihrer Seite zuckte. »*Lulu?*«

Louisa unterdrückte ein Stöhnen und den Drang, Captain Cooper ihren Ellbogen in die Seite zu rammen, weil er sie geneckt hatte. Isobel flog nur so aus der Vordertür; sie war über und über mit Perlen behängt, und ihre Schleppenärmel und Tücher unterstrichen die Dramatik ihres Auftritts. Louisa verschwand in einem Berg unendlicher Längen Seide, die stark nach Patschuli duftete, und musste ein Niesen unterdrücken.

»Diese göttliche Kreatur ist doch nicht etwa dein Gatte? Jetzt kann ich endlich nachvollziehen, weshalb du durchgebrannt bist, mein Herz. Diese Schultern!« Isobel ließ in der Tat eine Hand über eine seiner Schultern gleiten, während Captain Cooper sich offensichtlich etwas unbehaglich fühlte. »Ich bin Lulus zweite Cousine, Isobel Crane. *So* erfreut, Sie kennenzulernen. Sie müssen mir unbedingt ganz genau erzählen, wie Sie sie bezaubert haben. Wir hatten schon den Glauben daran aufgegeben, dass dies je ein Mann schaffen würde.«

»Isobel, lass Maximillian endlich los, du wirst ihn noch erdrücken. Wir haben später noch reichlich Zeit zum Plaudern. Ich bin sicher, mein Gatte möchte zunächst unsere Räumlichkeiten in Augenschein nehmen, bevor wir Tante Grace aufsuchen. Griffith, wo hat uns Mrs Lang einquartiert?« Die Haushälterin hatte nicht in der Reihe der Angestellten gestanden.

»Im Zimmer Ihrer Eltern, Miss Louisa. Mrs Lang bat mich, sie zu entschuldigen. Gestern war die Beerdigung ihrer Mutter, und sie ist noch nicht zurück.«

»Meine Güte, wie schrecklich!« Louisa war nicht sicher, ob ihr Kommentar dem Todesfall galt oder der Tatsache, dass sie gezwungen war, ein Schlafzimmer mit Captain Cooper zu teilen.

»Feldbett«, brummelte Cooper.

»Schh. Ich werde mich darum kümmern, falls das Mrs Lang nicht schon längst getan hat. Normalerweise erledigt Sie alles Grundlegende.« Louisa mochte Mrs Lang nicht sonderlich, erkannte aber an, dass sie eine ausgezeichnete Haushälterin war.

Sie stapften hinter Griffith die vordere Treppe hinauf und gelangten in die enorme Eingangshalle. Ein Arrangement aus Treibhausblumen stand auf dem Tisch in der Mitte. Louisa hatte in ihrer Kindheit viel Zeit damit verbracht, sich im Gewächshaus zu verstecken, und erkannte die Pflanzen als zu Rosemont gehörig – sie pflegte sie selbst. »Wunderschön«, sagte sie zu dem Butler.

»Ihre Tante Grace hat sie selbst arrangiert, um Sie zu Hause willkommen zu heißen.«

Louisa war überrascht. Einfallsreich oder gar freundlich zu sein brachte sie mit Grace nicht in Verbindung. »Also ist sie doch aufgestanden?«

»Nein, Miss Louisa. Alles wurde ihr hochgebracht und dann wieder hinuntergetragen.«

Die chinesische Urne wog sogar im Leerzustand eine Tonne. »Wie lästig für das Personal! Ich werde mich gern um das nächste Arrangement kümmern. Bald wird es Zeit sein für Pinien- und Stechpalmenzweige, denke ich.«

»Ja, Miss. Darf ich Ihnen sagen, wie froh wir alle sind, Sie an Weihnachten zu Hause zu haben? Letztes Jahr war es hier einfach nicht dasselbe ohne Sie.«

Für sie war es auch nicht dasselbe gewesen. Sie und Kathleen hatten es sich bei gebratener Ente und Champagner in der warmen und kuscheligen Gaststube eines französischen Landlokals gemütlich gemacht. Es gab keinen unendlichen Weihnachtslunch mit zwanzig Gängen und keine Tante Grace, die sie mit stechenden Augen überwachte.

»Ich hoffe, Sie und Mrs Lang werden mir dabei helfen, wenn es darum geht, Geschenke für das neue Personal auszusuchen, Griffith. Ich erkenne doch etliche neue Gesichter.«

Der Butler räusperte sich. »Ja, Miss. Ihre Tante bestand darauf, diese Personalmitglieder zu ersetzen, weil sie sie für untüchtig hielt.«

Grace hatte wirklich kein Recht dazu, jetzt, da Louisa offiziell verantwortlich war. Aber wie hatte Louisa ihre Autorität ausgeübt? Indem sie davongelaufen war.

»Nun, zum Glück sind Sie noch hier. Ich kann mir Rosemont ohne Sie gar nicht vorstellen.«

»Sie kämen schon zurecht, da bin ich mir sicher.« Aber Griffith wirkte zufrieden über das Lob. »Aber wo wir gerade bei Geschenken sind – wir haben für Sie und Mr Norwich ein kleines Hochzeitsgeschenk der Belegschaft.« Griffith schnippte mit seinen behandschuhten Fingern. Das machte zwar kein Geräusch, aber dennoch kam ein Diener mit einer wirklich großen, mit Bändern umwickelten Schachtel angelaufen. Die Dienstboten waren ihnen in die Halle gefolgt und standen erwartungsvoll daneben.

Captain Cooper starrte auf die Schachtel. »Ein *kleines* Geschenk?«

»Oh, Griffith! Das wäre doch nicht nötig gewesen! Wie aufmerksam von Ihnen allen! Hilf mir, es aufzumachen, Maximillian, Liebster.«

»Selbstverständlich, Louisa. Mein Liebling.« Der Captain zog an einem Ende des silbernen Bands, während Louisa am anderen zog. Sie kämpften mit der Oberseite der Schachtel, und aus einem Berg von Seidenpapier kam ein kunstvoller Blumenkübel aus Keramik zum Vorschein.

»Um eine Ihrer Orchideen einzutopfen, Miss Louisa. Wir wissen, wie sehr Sie Ihre Blumen lieben.«

»Er ist wunderschön.« Louisa unterdrückte den Impuls, den alten Butler auf die Wange zu küssen. Eine solche Ungehörigkeit würde ihn entsetzen. »Ich kann es kaum abwarten, ihn zu befüllen. Ich danke Ihnen allen vielmals.«

Es folgte ein zögerlicher, höflicher Applaus. Jeder hatte von seinem hart verdienten Geld dazu beigetragen, und Griffith zweifelsohne mehr als nur seinen Anteil. Louisa war sicher, dass Tante Grace keine großzügige Arbeitgeberin war, und nahm sich vor, in dieser Hinsicht so bald wie möglich etwas zu unternehmen.

»Sie müssen uns nicht nach oben begleiten, Griffith. Ich kenne den Weg. Folge mir, Maximillian, mein Lieber.«

»Ja, Louisa, mein Herz.«

Louisa blickte über die Schulter. Der Captain hatte einen täuschend sanften Gesichtsausdruck. So ging das nicht. Maximillian war energisch und gab immer den Ton an, außer natürlich, wenn er sich ihren übergeordneten Bedürfnissen fügte.

»Hören Sie damit auf«, fauchte sie.

»Womit aufhören?«

»So zu schauen – so, so – milchbärtig.«

»Gibt es ein solches Wort überhaupt?«

»Sie wissen, was ich meine.«

»Ja, mein Herz.«

Oh, das würde nicht leicht werden. Louisa bereute es schon zum hundertsten Mal, dass sie jemals diesen unmöglich charmanten, unmöglich perfekten Maximillian Norwich erschaffen hatte. Welcher Mann könnte dem je gerecht werden? Sicherlich nicht Charles Cooper, der vielmehr darauf aus schien, sie in den Wahnsinn zu treiben.

Mit Bedauern ging sie an ihrem früheren Schlafzimmer vorbei und weiter um mehrere Ecken bis zum Ende des Korridors. Die Doppeltür zur Suite ihrer Eltern war geöffnet. Noch mehr Blumen schmückten den Kaminsims und die Tische im Wohnzimmer, und ein lebhaftes Feuer erwärmte den Raum. Die Tapete in Creme und Grau war neu, und die Möbel waren mit einem langweiligen, gräulichen Jacquardstoff neu bepolstert worden, der die derzeitige Farbe des Wassers hatte. Nicht sehr fröhlich. Louisa spürte Tante Grace' grauenvolles Händchen, wenn es um dekorative Dinge ging. Sie ging zur Fensterfront und setzte den neuen Pflanzenkübel auf der Fensterbank ab. »Den Wellen könnte ich ewig zuschauen.«

»Beeindruckend.«

Der Captain hatte sich hinter sie gestellt, und dieses einzige Wort, das er sagte, kitzelte in ihrem Nacken.

»Nicht wahr? In dieser Suite kann man von jedem Zimmer aus aufs Meer sehen, sogar aus dem Badezimmer.«

»Ich vertraue darauf, dass die Möwen nichts weiterschnattern werden, wenn ich dort drin meiner Körperpflege nachgehe.«

Vor Louisas geistigem Auge blitzte die Erscheinung eines gebräunten Männerkörpers auf, der sich in der Badewanne rekelte, die Brust von silbern glitzernden Wasserperlen überzogen, den Kopf zurückgelehnt, die Augen geschlossen. Schnell schüttelte sie diese Vorstellung wieder ab. Wenn es nach ihr ging, würde sie gar nichts von Captain Coopers entblößter brauner Haut zu sehen bekommen, auch wenn sie noch so neugierig war. »Sie können ja die Fensterläden schließen, wenn Sie sich dann wohlerfühlen.«

»Ich glaube nicht, dass ich das tun werde. Die Aussicht ist einfach zu schön.«

Louisa nickte. »Zumindest können wir uns diesbezüglich einig sein. Aber Sie dürfen nicht *zu* gefällig sein. Hören Sie einfach auf mit diesem ›Ja, meine Liebe‹. Ich würde einen Mann, der nicht für sich einsteht, nicht respektieren, und schon gar nicht meine Tante. Sie denkt ohnehin bereits, dass ich zu eigensinnig bin und die starke Hand eines Mannes brauche. Aber das ist Unsinn. Maximillian und ich leben in einer gleichberechtigten Partnerschaft.«

»Tun wir das? Das ist aber nicht sehr wahrscheinlich, insbesondere für zwei verwöhnte Einzelkinder. Schließlich bin ich in einem Schloss aufgewachsen.«

»Es war ein Château, und ich wurde nicht verwöhnt!«

»Ah, nun kommen Sie schon. Sie sind von all diesem Luxus umgeben groß geworden. Um hierher zurückzufinden, müsste ich Brotkrumen verstreuen wie Hänsel und Gretel.«

»Ich kann Ihnen einen Lageplan zeichnen.«

»Darauf komme ich vielleicht noch zurück. Meine gesamte Familie lebte in einer Hütte, die halb so groß war wie dieses Zimmer.«

Es stimmte, dass das Wohnzimmer sehr groß war. Das Schlafzimmer war sogar noch größer. Louisa vermutete, dass es besser wäre, es jetzt gleich zu inspizieren. Die Schlafzimmertür war in die grau lackierte Vertäfelung eingelassen. Wäre sie richtig verheiratet, würde sie sich tatsächlich wie auf einem Kriegsschiff fühlen. Wenn sie sich länger in diesen Räumen aufhalten musste, würde sie sie renovieren lassen müssen. Was hatte sich Tante Grace nur dabei gedacht?

Louisa wusste es sehr wohl. Abgesehen von den Blumen, die wahrscheinlich die Angestellten arrangiert hatten, war dieses Wohnzimmer weit davon entfernt, sie zu Hause »willkommen« zu heißen.

Zumindest war das Schlafzimmer noch so, wie es ihre Eltern hinterlassen hatten, obgleich die Möbel mit den Jahren durch die Sonneneinstrahlung leicht verblasst waren. Sie konnte sich nur vage daran erinnern, wie sie mit ihrer Mutter auf dem glänzenden Chintzsitz am Fenster gekuschelt hatte, und selbst diese spärlichen Erinnerungen waren eher sehns

sche. Louisa wuselte durch das Ankleidezimmer i

die Schränke standen offen und waren leer – und

Badezimmertür auf. Die schwarz-weißen Fliesen

ladend, aber ihr war noch nicht danach, sich zu er

»Um Himmels willen! Diese Wanne hat ja die Au.........e eines Schwimmbeckens.«

»Schon gut. Wir machen uns jetzt auf die Suche nach Ihrem Feldbett, Cap… Maximillian.« Es würde verdammt schwer werden, sich nicht zu verplappern und ihn mit dem richtigen Namen anzusprechen. Sie hätte es im Zug ausgiebiger üben sollen.

Eine weitere Türe führte ins Ankleidezimmer ihres Vaters – obwohl man es nicht Ankleidezimmer nennen konnte. Eigentlich war es ein kleines Schlafzimmer, komplett ausgestattet mit einem Einzelbett, und vor einem Kamin stand ein bequemer Ledersessel. Es gab einen eigenen Ausgang zum Korridor, sodass der Captain nicht durchs Badezimmer, ihren Ankleideraum und ihr Schlafzimmer marschieren musste, wo er sie womöglich nur in ihren Morgenrock gehüllt vorgefunden hätte. Ein Stapel Bücher lag auf dem Tischchen neben dem Bett. Hatte ihr Vater sie je gelesen? Louisa wusste so wenig über die Gewohnheiten ihrer Eltern.

Captain Cooper ließ sich auf der Matratze nieder und wippte auf und ab. »Hart. Aber besser, als in einem Graben zu schlafen. Und wir sind weit genug voneinander entfernt, sodass meine Unruhe Sie nicht stören wird.«

Ah ja. Seine Albträume. Sie würde nach Dr. Fentress schicken müssen. »Es freut mich, dass es Ihnen gefällt. Ich habe hier nie wirklich viel Zeit verbracht und gar nicht mehr daran gedacht, was sich in diesem Zimmer verbirgt. Die Türen waren stets verriegelt.«

»Wie alt waren Sie, als Ihre Eltern starben?«

»Vier.« Sie hatte den Schmuck ihrer Mutter als Erinnerung bekommen, aber das war alles. Tante Grace hatte die persönlichen Dinge aus allen Räumen entfernen lassen. Waren die Sachen ihrer Eltern vielleicht auf dem Dachboden verstaut? Wie schön wäre es, sich ihre Mutter in einem ihrer Kleider von Worth vorzustellen!

»So jung. Meine Mutter starb, als ich fünfzehn war.«

»Lebt Ihr Vater noch?«

»Nein.«

Captain Cooper äußerte sich nicht weiter dazu, also ließ Louisa das Thema fallen. Sie waren beide Waisen, ebenso wie Maximillian Norwich. Erfundene Personen sterben zu lassen war nicht schwierig, aber mit den echten zu leben, sehr wohl.

»Unsere Koffer sollten jede Minute gebracht werden. Wünschen Sie …?« Eine echte Gattin wäre wohl nicht so schüchtern, wenn sich ihr Gatte wusch oder anderweitige Geschäfte im Bad erledigte, aber sie war eben keine echte Ehefrau.

»Ladies first. Ich werde hier warten.« Er ließ seinen langen Körper in den Ledersessel ihres Vaters sinken und schloss die Augen.

Du lieber Himmel! Sie hoffte, dass er es nicht hören konnte, während sie sich erleichterte. Um ganz sicherzugehen, drehte sie die Wasserhähne auf und summte dabei. Es war ein wenig früh für ein Weihnachtslied, aber sie hatte sich noch nie an die Regeln des Advents gehalten und würde es auch jetzt nicht tun. Ihrer Meinung nach sollte man all diese schwermütigen Hymnen überhaupt nicht singen.

Nach ein paar Runden »Good King Wenceslas« wusch sie sich Hände und Gesicht und begutachtete ihre Zähne auf der Suche nach Rückständen ihres kleinen Mittagessens. Sie konnte es nicht mehr länger aufschieben. Es war Zeit, Tante Grace unter die Augen zu treten.

Aber als sie zurück ins Ankleidezimmer ihres Vaters kam, fand sie ihren »Gatten« sanft schnarchend vor; er war im Sessel eingeschlafen. Louisa hatte nicht das Herz, ihn zu wecken – die letzten paar Tage waren auch für sie äußerst anstrengend gewesen. Auf Zehenspitzen schlich sie aus dem Zimmer und nahm sich vor, ihn bei ihrer Tante zu entschuldigen. Ein paar Stunden Verzögerung würden jetzt auch keinen Unterschied mehr machen. Captain Cooper gehörte ihr den ganzen Monat, und sie würden noch ausreichend Zeit haben, um unter Tante Grace' drachenartigem Blick zu leiden.

7

Die blauen Samtvorhänge waren geschlossen, um die magere Nachmittagssonne auszusperren, aber in dem Raum roch es nicht nach Krankheit oder bevorstehendem Tod. Tante Grace saß aufrecht im Bett und trug ein Bettjäckchen aus Spitze, ihre Lesebrille glitt von ihrer Nase, das verblasste blonde Haar war hübsch eingerollt. Ein Stapel Gesellschaftsmagazine war auf der Bettdecke verstreut. Sie ließ *The Tatler* sinken und starrte mit ihren dunklen, scharfen Augen über die Gläser hinweg.

»Ah, meine Nichte! Es ist wunderbar, dich nach all dieser Zeit wieder bei uns zu haben. Ich schätze, wir müssen deine Heirat noch in den Zeitungen bekannt geben. Es ist wirklich unglaublich, dass wir das nicht schon längst getan haben. Ich kann mir vorstellen, dass man dich interviewen möchte, obgleich wir selbstverständlich die Öffentlichkeit meiden werden. Wie lange ist es jetzt her – beinahe vier Monate vermählte Glückseligkeit?« Sie spähte in die Düsternis hinter Louisa. »Wo ist denn der junge Mann?«

Oje. Louisa hatte weder Bekanntmachungen noch Interviews geplant. »Er äußert sein Bedauern, Tante Grace. Ich fürchte, seine alte Verletzung macht ihm wieder zu schaffen.«

»Verletzung? Welche Verletzung?«

»Ich habe es vielleicht noch nicht erwähnt. Sein Auge wurde bei einem jugendlichen Boxkampf verletzt, und ich fürchte, bisweilen hat er deswegen unerträgliche Kopfschmerzen. Die Reise war sehr strapaziös für ihn.«

»Du wirst dich doch nicht mit so einem Schwächling eingelassen haben, Louisa? Aus deinen Briefen erlangte ich den Eindruck, Mr Norwich sei die Perfektion selbst.«

»Maximillian *ist* perfekt, das stimmt schon. Ich könnte mir
keinen besseren Gatten wünschen.«

»Deine Loyalität macht dir keine Ehre, wenn der Mann deiner und deines Vermögens nicht würdig ist. All dieser Unfug
über Kunst. Welcher Mann verbringt schon den ganzen Tag
damit, sich Bilder in Museen anzuschauen? Er ist doch wohl
keine Schwuchtel, oder?«

Louisa konterte mit einem Lachen. Captain Cooper war gewiss in keiner Weise weibisch. »Selbstverständlich nicht. Er
sammelt Kunst für sein Château und gilt in bestimmten Krei-
sen gewissermaßen als Experte.«

»Ich schätze, du wirst dich dann wohl in Frankreich niederlassen wollen und mir die Führung von Rosemont weiter übertragen.«

Nun, sie war doch schnell auf den Punkt gekommen. »Ich
bin noch nicht sicher, welche Pläne wir haben.« Es war ratsam,
ausweichend zu antworten. Wenn alles nach Plan lief, würde
sie Grace und Hugh ausquartieren, damit ihr Rosemont endlich selbst gehörte. Zumindest würde sie nächstes Jahr zurück
auf dem Kontinent sein, um ihre Freiheit zu genießen. »Und
ich möchte dich nicht strapazieren, Tante Grace. Hugh hat geschrieben, dass es dir nicht gut geht.«

Ihre Tante winkte mit ihrer weißen Hand ab, dabei glitzerten ihre diamantenen Eheringe. Sie hatte den jüngeren Bruder eines Viscount geheiratet, auch wenn die Ehe nicht lange
angedauert hatte, bevor der Mann Glück hatte und gestorben
war. »Ach was! Ein paar Ohnmachtsanfälle hier und da. Daran war ich selbst schuld, denn ich habe eine kurze Zeit lang
eine neue Diät ausprobiert. Es ist nicht leicht, wenn man mit

zunehmendem Alter seine Figur verliert, auch du wirst das eines Tages noch erfahren, sollte dich dein ruheloses Verhalten nicht schon viel früher ins Grab bringen. Dr. Fentress hat mir eine Eisenlösung verabreicht, und mit jedem Tag gewinne ich an neuer Kraft.«

Louisa zügelte ihre Zunge. »Ich bin froh, das zu hören, aber es ist Zeit, dass du dich mehr um dich kümmerst. Vielleicht wäre ein kleineres Haus besser für dich.«

»Ein kleineres Haus? Was für ein Unsinn! Seit mehr als zwanzig Jahren kümmere ich mich um Rosemont. Kein Körnchen Staub wirst du unter deinem Bett finden. Ich hoffe nicht, dass du der Ansicht bist, ich hätte meine Pflichten vernachlässigt.«

Gewiss kroch Grace nicht mit einem Staubwedel unter den Möbeln herum. Louisa wollte jetzt nicht weiter mit ihrer Tante streiten, auch wenn es offenkundig war, dass sie auf eine Auseinandersetzung aus war. Die Frau war nie jemandem begegnet, den sie nicht versucht hätte zu dominieren, und viel zu lange hatte sie Louisa eingeschüchtert. Aber damit war jetzt Schluss. Louisa war sechsundzwanzig Jahre alt und damit quasi uralt. In dieses vergangene Jahr der Unabhängigkeit hatte sie alles an Leben hineingestopft, was sie konnte, und jetzt hatte sie nicht die Absicht, unter Grace' prüfendem Blick einzuknicken.

»Ich will dich nicht ermüden, Tante Grace. Wir können morgen weiterreden.«

»Morgen! Ich habe heute Abend doch schließlich ein Willkommensessen für dich arrangiert. Ich habe Dr. Fentress, die Merwyns, Mr Baxter und ein paar andere dazu eingeladen. Ich hoffe, dass sich die Kopfschmerzen deines Gatten bis dahin bessern werden – alle wollen ihn so gern kennenlernen.«

Verdammt! Louisa hatte gehofft, etwas mehr Zeit zu haben, bevor sie Charles Cooper in die alles zerfressende Salzlauge des sozialen Ozeans von Rosemont warf. Mr Baxter war ihr Geschäftskontakt bei der Bank. Er würde doch kein Aufsehen in Hinsicht auf die Rechtmäßigkeit ihrer Ehe machen, oder? Sie hatte nicht daran gedacht, Mrs Evensong um die Ausstellung einer Heiratsurkunde zu bitten, aber wahrscheinlich hätte sie sich ohnehin nicht an einem solchen Betrug beteiligt. »Das wäre aber doch nicht nötig gewesen. Geht es dir denn gut genug, um am Essen teilzunehmen?«

»Selbstverständlich! Ich hoffe, das gilt auch für dich. Aber du bist ja nicht eben erst von Bord gegangen«, sagte Grace. »Du hast schließlich mehrere Tage in London im *Claridge's* verbracht, nicht wahr? Hugh hörte, dass du in deinem schrecklichen kleinen Wagen umhergefahren bist und Pferde erschreckt hast.«

Hugh. Da hatte Louisa aber ganz schön viel Glück gehabt, dass er nicht versucht hatte, sie zu sehen, als er in London gewesen war. Es wäre etwas merkwürdig gewesen, ihm Maximillian am Dock vorzustellen, wo sie ihn selbst noch nicht richtig kannte.

»Ja, wir haben ein paar Tage in der Stadt verbracht. Maximillian musste sich um etwas Geschäftliches kümmern.« Louisa hatte die zerfledderten Journale gesehen, die er unter den Arm geklemmt hatte, als er seine Pension verließ, und hatte sich darüber gewundert. Wahrscheinlich waren sie unter seiner neuen Kleidung in seinem Koffer vergraben, aber es wäre nicht anständig von ihr, seine Sachen zu durchwühlen.

Oder?

Louisa musste zugeben, dass sie Captain Cooper etwas mysteriös fand, und das nicht nur wegen seiner Augenklappe. Er hatte sich, ohne viel Aufhebens zu machen, zu seinen bescheidenen Wurzeln bekannt, sodass seine Vergangenheit ziemlich offenkundig war, aber da war noch etwas –

»Hörst du mir überhaupt zu, Louisa? Entweder plapperst du wie eine Elster, oder du bist in deiner eigenen kleinen Welt versunken. Du wirst mich noch ins Grab bringen.«

Schön wär's. »Ich bitte um Verzeihung, Tante Grace. Ich musste gerade an Monte Carlo denken.«

»Glücksspiele mit all diesen Ausländern. Wie vulgär! Was ist mit Monte Carlo?«, fragte Grace mürrisch.

»Ach, nichts Wichtiges. Wir sehen uns dann heute Abend.« Louisa beugte sich nach vorn, um ihrer Tante ein unwilliges Küsschen auf die Wange zu hauchen, und flüchtete hinaus. Sie ging aber nicht zurück in die Suite ihrer Eltern, sondern in ihr eigenes, eher bescheidenes altes Kinderzimmer. Alles war genauso, wie sie es im letzten Herbst verlassen hatte: eine silberne Haarbürste, die schwarz angelaufen war, auf ihrer Frisierkommode, und ein Stückchen Band, das aus einer Schublade hervorspitzte. So viel zu Grace' haushälterischer Perfektion.

In Louisas Ankleidezimmer hingen Kleider, die längst aus der Mode waren. Tante Grace hatte gesagt, es sei Verschwendung, neue zu kaufen, wenn Louisa niemals irgendwohin ging außer in die Kirche. Sie hatte mehr oder weniger bis zu ihrem fünfundzwanzigsten Geburtstag unter Hausarrest gelebt, und nur gelegentlich hatte sie die Merwyns, ein älteres Ehepaar, zum Abendessen besucht. Unter ihrem eigenen Dach gab es genügend Menschen, sodass es ihr nie an Gesellschaft mangelte – natürlich an *ausgewählter* Gesellschaft.

Sie würde all diese Kleider Kathleen zum Verkauf übergeben. Louisa hatte jetzt viele elegante Kleider aus Paris und für den Abend die Qual der Wahl. Aber verflucht! Eine Dinnerparty, auf die sie sich vorbereiten musste – und auch Captain Cooper. Sie musste sich ständig daran erinnern, ihn Maximillian zu nennen, und wünschte sich, sie hätte ihrem Gatten einen etwas einfacheren Namen gegeben.

Wie zum Beispiel Charles.

Sie wanderte den verschlungenen Korridor entlang und öffnete die Tür zu ihrem Wohnzimmer. Charles Cooper saß in Hemdsärmeln und beide Füße in Socken gesteckt auf dem grauen Sofa. Er hielt ein illustriertes Buch über Kunstgeschichte auf dem Schoß, das ihm Mrs Evensong gegeben hatte, sprang aber sofort auf, als Louisa eintrat. »Wo waren Sie denn?«

»Setzen Sie sich doch. Ich war bei meiner Tante. Sie waren eingeschlafen, und ich wollte Sie nicht stören.«

»Sie hätten mich wecken sollen. Was soll sie jetzt von mir halten?«

»Sie denkt, dass Sie Kopfschmerzen von der Reise hatten.«

Er schaute sie an, als hätte sie seine Männlichkeit beleidigt. »Von ein paar Stunden Zugfahrt? Was für ein bedauernswerter Tropf bin ich wohl!«

»Ich habe es auf Ihr Auge geschoben, wenn Sie es genau wissen wollen. Ich wollte vermeiden, dass sie Ihnen darüber unhöfliche Fragen stellt, wenn Sie sie später treffen. Sie kann sehr – wie soll ich sagen? – anspruchsvoll sein.«

»Ist das Ihre Art zu sagen, dass sie ein Miststück ist?«

Louisa grinste. »Wie wortgewandt Sie doch sind, obwohl Maximillian sich niemals derart abschätzig äußern würde.«

»Ich hatte mir schon gedacht, dass sie ein Drachen sein muss, wo sie Sie doch den ganzen Weg über den Ärmelkanal getrieben hat.«

»Sie hat ihren eigenen Willen – und ich eben auch. Unsere Beziehung wurde schwieriger, je älter ich wurde. Sie wollte, dass ich meinen Cousin Hugh heirate, und als ich mich weigerte, wurde alles nur noch schlimmer.«

»Also gibt es doch Konkurrenz.« Er ließ seine dunkle Augenbraue tanzen.

»Selbstverständlich nicht! Wir sind bereits verheiratet.«

»Irgendwie habe ich aber das Gefühl, dass das Ihren Cousin nicht davon abhalten wird, Ihnen seine Aufwartung zu machen. Ehen können aufgelöst werden, wissen Sie? Insbesondere Ihre, da sie ja noch nicht einmal wirklich existiert.«

»Was mich an etwas anderes erinnert. Mein Bankier wird heute zum Abendessen kommen, zusammen mit ein paar weiteren exaltierten Persönlichkeiten, die Tante Grace eingeladen hat. Ich fürchte, wir müssen uns schon jetzt in die Höhle des Löwen begeben.«

Im Gesicht des Captains regte sich nicht die kleinste Emotion. »Ich bin bereit. Eine ganze Armee hat unsere Koffer nach oben gebracht und alles ausgepackt. Davon bin ich aufgewacht.«

»Sie sind wirklich bereit? Ich nicht. Ich hatte gehofft, ein paar Tage mehr Zeit zu haben, um Sie auf alles vorzubereiten. Seien Sie vorsichtig mit Mr Baxter. Er hat seit Jahren die Finger in Tante Grace' Tasche. Da ist etwas faul mit meiner Bank, und ich habe vor, ihn diesbezüglich zu befragen.«

»Ich dachte, Sie könnten jetzt frei über Ihr Erbe verfügen.«

»Das tue ich auch. Aber zunächst geht alles an Mr Baxter, und dann ist er verantwortlich dafür, Einlagen auf meinem Konto vorzunehmen. Es ist nicht so viel da, wie es sein sollte.«

Captain Cooper zuckte mit den Achseln. »Bei manchen Investitionen verliert man auch Geld.«

»Das weiß ich! Ich bin doch kein Dummkopf.«

»Das hat niemand behauptet. Nun, wenn wir also die Massen heute Abend beeindrucken wollen, sollten wir uns absprechen, wer zuerst ins Bad tauchen darf.«

Louisa spürte, wie sie errötete. »Gehen Sie zuerst. Ich möchte erst noch in die Küche. Ich lasse etwas Tee und Sandwiches hochschicken. Oder brauchen Sie einen Whisky, um sich Mut anzutrinken?«

Captain Cooper klappte das Buch zu. »Keinen Whisky. War das nicht Teil unserer Abmachung?«

»Ich *hätte* aber gern einen«, sagte Louisa.

»Sie bilden hier keine Ausnahme. Wir müssen unsere Geschichten konsistent halten. Ein kleiner Schluck Wein zum Abendessen muss genügen.«

»Ich schätze, Sie haben recht. Denken Sie daran, dass wir hier auf dem Land sind, Captain. Abendessen ist um sechs. Oh! Ich bin ja *doch* eine dumme Nuss!«

»Warum das?«

»Sie haben keinen Kammerdiener. Maximillian Norwich braucht doch einen Kammerdiener.«

»Wissen Sie das nicht mehr? Der arme Teufel – Antoine, meine ich – hat sich direkt vor unserer Abfahrt auf der langen Treppe in Ladingsda das Bein gebrochen. Er erholt sich zurzeit davon.«

»La Chapelle. Darin sind Sie ganz gut, oder? Sie reagieren schnell.«

»Man könnte es auch als Lügen bezeichnen, Miss Stratton. Ich sollte Sie herausfordern.«

»Da könnten Sie den Kürzeren ziehen. Ich kann sehr gut mit einer Pistole umgehen.«

Er schaute verdutzt. »Können Sie das wirklich?«

Louisa nickte. »Papa hatte eine Schusswaffensammlung.« Sie würde ihm jedoch nicht erzählen, *warum* sie es für notwendig gehalten hatte, sich damit zu befassen.

»Sie stecken voller Überraschungen, meine Liebe. Also, auf geht's. Suchen Sie mir einen Kammerdiener auf Ihrem Weg, obwohl ich sicher bin, dass wir beide es ebenfalls hinbekommen könnten, mich anzukleiden. Ich vermute, alles, was ich tun muss, ist den Hahn aufzudrehen, um heißes Wasser zu bekommen?«

»Ja. Rosemont verfügt über alle modernen Einrichtungen.«

»Was für ein Vergnügen! *A bientôt*, Louisa.«

»Sie sprechen kein Französisch, Maximillian.«

»Nun ja, das ein oder andere Wort kann sicher nicht schaden, *ma belle*.« Er zwinkerte und schenkte ihr ein warmes Lächeln.

Oje. Charles Cooper verwandelte sich vor ihren Augen in Maximillian Norwich, und sie war nicht sicher, ob sie die Kraft hatte, ihrem »Gatten« zu widerstehen.

8

Louisa hatte einen rotwangigen jungen Diener gefunden, der ihn so vorzeigbar wie möglich machte – was, wie Charles zugeben musste, durchaus der Fall war. Sein Spiegelbild verriet ihm, dass er noch nie eleganter ausgesehen hatte. Zum Teufel, er war noch nie in seinem Leben elegant gewesen, nicht einmal in seiner Uniform.

Eleganz würde ihn bei seinen Brüdern nicht weit bringen. Wenn sie ihn jetzt so sehen würden, würden sie in Gelächter ausbrechen und dann entscheiden, ihn dafür zu vermöbeln, dass er sich erneut über seinen Stand erhob. Obwohl sie heute natürlich alle viel älter waren – Blutvergießen wäre vielleicht etwas zu weit gegriffen. Jedenfalls war es diese gekünstelte Eleganz, durch die sie es auch in Zukunft bequem haben würden – sie hätten nicht nur Charles' Gehalt zur Verfügung, sondern konnten all die feinen Klamotten auch noch verkaufen.

Charles spielte mit einem abgenutzten goldenen Siegelring, den Mrs Evensong umsichtig in seine Aussteuer gepackt hatte. Er zeigte einen gehörnten Bullen und ein Weizenbündel, und er hatte keine Ahnung, was das zu bedeuten hatte. Ein lateinischer Satz war darunter eingraviert, allerdings zu verblasst, um noch etwas entziffern zu können. Er würde Louisa nach seinem Familienmotto fragen müssen – Brot für alle? Bestückt wie ein Bulle? Er lachte über seine eigene Albernheit in sich hinein und schaute aus dem Fenster, während er darauf wartete, dass Louisa aus ihrem Ankleidezimmer trat.

77

Es war stockfinster, sodass er eigentlich nichts sehen konnte, nicht einmal irgendwelche Sterne über dem Meer. Die unendliche Dunkelheit passte zu seiner Stimmung. Aber schon bald musste er auf Charme umschalten. Er hoffte, er hätte nicht vergessen, wie.

Louisa hatte die Personen, die in Rosemont lebten, aufgelistet, damit er sie nicht verwechselte. Da gab es die kokette amerikanische Cousine mittleren Alters, die eher mitleiderregend denn wie ein Raubtier war. Die Drachentante und ihr inkompetenter Sohn, der offensichtlich nicht zu Hause war. Eine kleine Gruppe sonstiger Verwandter und Beziehungen, alle viel älter als Louisa. Sie hatte gesagt, dass sie eine einsame Kindheit verbracht hatte, obwohl sich Charles bei den vielen Leuten im Haus nicht vorstellen konnte, warum.

Er nahm an, man konnte viele ruhige Ecken in einem Haus dieser Größe finden, um vor nervigen Verwandten zu flüchten. Für Charles hatte es solche Fluchtpunkte nicht gegeben, wenn er in den Schulferien nach Hause kam. Nach einer Weile blieb er einfach mit den anderen Jungs in Harrow, deren Eltern sich in Indien oder an anderen exotischen Orten aufhielten.

An diesem Nachmittag hatte er eine exquisite Privatsphäre in dem modernen Bad genossen, in das reichlich heißes Wasser aus den Leitungen floss. Der Rest des Hauses war nicht ganz auf dem neuesten Stand, denn die Ausstattung reichte zurück in die Zeit, in der es vor einem halben Jahrhundert gebaut worden war. Auch hatte niemand daran gedacht, es mit elektrischen Leitungen neu auszustatten, soweit er das beurteilen konnte. Das Wohnzimmer wurde durch eine üppige Kombination aus Öllampen und Kerzen beleuchtet, aber es war noch immer verdammt düster. So dachte er, bis sich Louisa hinter ihm räusperte und er sich umdrehte.

Sie war in lichte Spitze gekleidet, die genau zu ihrem Haar passte. Anders als so viele aktuelle Modestile hatte dieses Kleid keine überschüssigen Volants oder dekorativen Elemente, aber das brauchte es auch nicht. Es saß an Louisa wie angegossen, und seine scharfen Kanten betonten ihre schmale Taille und die üppige Brust. Ihre Schultern waren freigelegt, als Ärmel dienten Bänder aus plissierter Spitze in Puffärmelform. Um ihren langen weißen Hals schmiegten sich Perlen und Topase, die ebenfalls in ihrem Haar steckten. Sie war schlichtweg die atemberaubendste Schönheit, der er jemals so nahe gekommen war, dass er sie berühren konnte.

Und das wollte er. Seit seiner Bruchlandung in Afrika hatte Charles nicht mehr den Wunsch nach jemandem oder etwas verspürt. Louisa Stratton könnte trotz ihrer losen Zunge der Auslöser dafür sein, dass er sein selbst auferlegtes Zölibat in den Wind schoss.

Aber halt! Er war der angeheuerte Assistent, und die Grundregeln waren klar abgesteckt. Und er konnte sich noch nicht einmal mit jemand Passenderem vergnügen – einer der Hausangestellten zum Beispiel. Schließlich war er ja in seinen Flitterwochen. Wie illoyal wäre es von Maximillian Norwich, seine geliebte Erbin zu betrügen? Die Ironie seiner plötzlichen Lust brachte ihn beinahe zum Lachen.

Sie stand an der Schwelle zum Schlafzimmer ihrer Eltern und wartete auf eine Reaktion. Charles löste seine Zunge vom Gaumen: »Sie sehen hübsch aus, Louisa.«

Ihre Brauen waren einige Töne dunkler als ihr champagnerfarbenes Haar. Sie zog sie kurz zusammen, dann waren sie wieder entspannt. »Vielen Dank, Maximillian. Sie sehen auch nett aus.«

»Irgendwelche letzte Anweisungen?«

»Ich habe Ihnen nichts angewiesen, ich habe lediglich Vorschläge gemacht. Dort unten wird es zugehen wie in einem Minenfeld. Die Köchin sagt, der Tisch ist für zwanzig gedeckt. Sie werden vielleicht gegrillt wie der schottische Lachs, der zum Fischgang gereicht wird. Seien Sie einfach –«

Ihr unfertiger Satz hing in der Luft. »Ich selbst?«, ergänzte er hilfreich.

»Seien Sie nicht lächerlich. Sie müssen nichts vorlegen, aber sprechen Sie, wenn Sie gefragt werden. Und erwähnen Sie La Chapelle.«

»Im Loire-Tal.«

»Genau. Bereit?« Sie schwebte zu ihm hin und reichte ihm eine in Ziegenleder gehüllte Hand.

Sie schafften es die mittlere, steinerne Treppe ohne Zwischenfälle hinunter. Louisa führte ihn zu einem Empfangszimmer, das die Länge eines Kricketfelds hatte. Es war vollgestopft mit Wandteppichen, chinesischen Blumenkästen, staksigen französischen Goldmöbeln und einem Großteil der Gäste. In der Mitte des Raums saß eine Frau auf einem thronähnlichen Stuhl, der von Louis-dem-Irgendwas hätte stammen können, und sie sah Louisa unverkennbar ähnlich. Irgendwie hatte Charles eine pummelige, grauhaarige Matrone erwartet, aber diese elegante Blondine musste die gefürchtete Tante Grace sein. Sie musste in ihren Mittvierzigern sein, und doch wäre sie mit ihrer strammen Figur und dem faltenfreien Gesicht als Louisas ältere Schwester durchgegangen.

Sie stand nicht auf. »Mr Norwich! Wie erfreut bin ich doch, Louisas Gatten schließlich kennenzulernen.«

Auch ohne Louisas kleinen Schubser wusste Charles, was er zu tun hatte. Er überquerte den Teppich und beugte sich nieder, um die ausgestreckte Hand der Dame zu küssen. »Nicht annähernd so erfreut, wie ich es bin, Louisas geliebte Tante kennenzulernen. Bitte nennen Sie mich Max.«

»Also, Max? Ich dachte, Ihr Name ist Maximillian.«

»Doch ein rechter Zungenbrecher, nicht wahr? Meine Freunde nennen mich Max. Ich habe versucht, Louisa ebenfalls dazu zu überreden, aber Sie wissen ja, wie störrisch sie bisweilen sein kann.«

Grace schenkte ihm ihr erstes echtes Lächeln an diesem Abend. »In der Tat weiß ich das. Wir verlassen uns darauf, dass Sie ihr dieses fehlerhafte Verhalten austreiben.«

»Ich kann nichts wirklich Fehlerhaftes an ihr erkennen, Madam. Man könnte sich keine pflichtbewusstere und reizendere Gattin wünschen.«

»Sehr hübsch gesagt. Louisa, du hattest erwähnt, dass er gut aussehend und charmant ist, und ich sehe, dass dies keine deiner üblichen Übertreibungen war. Vergeben Sie mir, Max, dass ich Sie nicht herumführe und unseren Gästen vorstelle. Anordnung von Dr. Fentress.« Sie warf dem älteren Gentleman, der neben ihrem Stuhl stand, ein Lächeln zu. »Aber Louisa kann sich um die Vorstellungen kümmern. Nach deiner langen Abwesenheit hast du doch wohl nicht vergessen, wer wir sind, meine Liebe?«

»Natürlich nicht, Tante Grace. Wer könnte eine solch angesehene Gesellschaft vergessen? *Max*, Darling«, sagte Louisa betont, »dies ist Dr. Fentress, der mich laut seiner Auskunft kennt, seit ich ein Baby war.«

»Wie geht es Ihnen, Sir?«

»Recht gut, recht gut, Mr Norwich, jetzt, da ich die kleine Louisa in guten Händen weiß. Ihre Gattin stürzte sich als Mädchen Hals über Kopf in Abenteuer, wissen Sie. Mrs Westlake hatte alle Hände voll zu tun, nicht wahr, Grace? Und sich zum Kontinent aufzumachen, nur in Begleitung einer irischen Zofe – ich kann gar nicht sagen, wie viele schlaflose Nächte wir in Sorge um unsere kleine Louisa verbracht haben.«

Die kleine Louisa brodelte neben Charles, aber irgendwie schaffte sie es, den Mund zu halten, wofür Charles sie noch mehr schätzte. In einer Minute der Konversation wurde sie als gedankenlos und rücksichtslos, als Lügnerin und Wildfang dargestellt, und all das von Menschen, denen angeblich ihr Interesse am Herzen lag.

»Louisas Freigeist ist das, was mich von Anfang an am meisten an ihr faszinierte«, sagte Charles und erntete dafür einen dankbaren Drücker an seinem Arm. »Sie ist wohl einzigartig.«

»Gesprochen wie ein Mann, der in seine Frau vernarrt ist! Siehst du, Grace, ich habe dir gesagt, dass alles gut werden würde. Du hast sie gut erzogen.«

»Ich habe es versucht.« Grace Westlake entließ einen tiefen Seufzer, als ob sie damit sagen wollte, dass sie sich des Erfolgs ihrer Bemühungen nicht sicher war. »Max, mein Lieber, wir wollen Sie hier aber nicht festnageln. Louisa, stell doch deinen Gatten unseren Gästen vor.«

Dankbar traten sie einen Schritt rückwärts. »Entlassen«, flüsterte Charles Louisa ins Ohr.

»Sie mag Sie. Zumindest scheint es so. Die erste Hürde ist genommen«, flüsterte Louisa zurück.

»Sie klingen verärgert. Hätten Sie lieber, dass sie mich nicht mag?«

»Selbstverständlich nicht.« Plötzlich umklammerte Louisa seinen Arm, und er hatte Mühe, nicht aufzuschreien. »Oh Gott. Wie *konnte* sie nur?«

»Was ist los?«

»Sie hat Sir Richard eingeladen.«

»Wer ist das?«

»Sir Richard Delacourt. Der Mann, der neben dem Vikar steht. Er ist ein N-Nachbar.«

Charles besah sich einen Mann mit einem Halskragen, dann den großen, braunhaarigen Mann neben ihm. Sir Richard war ein paar Jahre älter als Louisa, trug einen adretten, rötlichen Bart und hatte blassgraue Augen. Gut aussehend, befand Charles. »Er sieht nicht besonders gefährlich aus.«

»Äh – ich – ach je, es ist kompliziert. Ich war erst siebzehn.«

»Ah.«

»Sie haben ja keine Ahnung«, sagte Louisa als Reaktion auf seine knappe Anmerkung, die wie eine Anspielung klang.

»Sie können mir später beichten. Ich verspreche auch, mitfühlend zu sein. Wir waren alle einmal siebzehn. Wer ist diese Frau mit all den Zähnen und Federn, die da auf uns zustürzt?«

Die nächsten fünf Minuten verbrachten sie damit, durch den Raum zu gehen und die Ecke des Vikars so lange es ging zu vermeiden. Jeder schien erfreut zu sein, Louisa zu sehen, aber unter ihrer belanglosen Konversation verbarg sich irgendwie ein negativer Unterton, als ob sie alle nicht *zu* erfreut erscheinen wollten. Mehrere ihrer Verwandten – das war schon ein merkwürdiger Haufen – warfen Grace Westlake nervöse Blicke zu, die auf ihrem Thron saß und alle überwachte.

Charles bemerkte Louisas Nervosität – an ihrem Haaransatz konnte er ein paar feine Schweißperlen entdecken, und ihre Handschuhe waren klamm. Schließlich wurde die Vorstellung unvermeidlich, und der Vikar, Mr Naismith, drückte Charles' Hand voller Enthusiasmus und küsste Louisa auf ihre errötende Wange.

»Wir freuen uns schon darauf, Sie beide am Sonntag zu sehen. Niemand konnte die Altarblumen für uns so arrangieren wie Sie, Miss Louisa. Diese wie zufällig zusammengewürfelte Farbenpracht! Einzigartig, wirklich einzigartig. Wir haben Sie hier vermisst.«

»Vielen Dank, Mr Naismith. Sir Richard, wie geht es Ihnen? Darf ich Ihnen meinen Gatten Mr Maximillian Norwich vorstellen?«

Wenn Louisa siebzehn gewesen war, als sie ihr kleines Abenteuer hatten, musste Sir Richard wohl ein Jahrzehnt älter als sie gewesen sein. Alt genug jedenfalls, um zu wissen, dass man mit einer Jungfrau keine Spielchen trieb. Charles fühlte sich von diesen silbrigen Augen ausgiebig taxiert und irgendwie für unzulänglich befunden. Aber Charles konnte auch an dem Mann vor sich nichts Reizvolles finden.

Wenngleich er auch kein behütetes junges Mädchen war. Vielleicht hatte sich Louisa von seinem Titel einfangen lassen, oder einfach nur von der Tatsache, dass er ein *Mann* war. Sir Richard dürfte vielleicht sogar dafür verantwortlich sein, dass Louisa vor Männern keinerlei Ehrfurcht mehr hatte.

»Norwich, schön, Sie kennenzulernen.« Sir Richard klang wohl absichtlich gelangweilt. Sein Händedruck war ebenso kurz wie höflich. »Schießen Sie? Es ist am Neujahrstag eine Tradition der Familie Delacourt auf The Priory. Sie beide könnten uns begleiten. Es wäre wie in alten Zeiten, nicht wahr, Louisa? Ihre Tante hat bereits zugesagt.«

Charles hatte in seinem Leben sein Gewehr noch nie auf etwas anderes gerichtet als einen Menschen, und er wollte ganz sicher keinen armen Vogel in Stücke schießen, nur um irgendjemandem etwas zu beweisen. Er könnte jetzt ohnehin nicht mehr richtig zielen. Er führte Louisas Hand zu seinen Lippen und warf ihr einen erregten Blick zu. »Ich bin mir hinsichtlich unserer Pläne noch nicht ganz sicher, Sir Richard. Meine Gattin möchte vielleicht direkt nach Weihnachten nach Frankreich zurückkehren. Ich habe ein kleines Château im Loire-Tal, und möglicherweise ereilt uns bis dahin das Heimweh.«

Die grauen Augen verengten sich. »Ah, Frankreich. Aber Sie sind Engländer?«

»Ja.« Im nächsten Moment bat Griffith die Gesellschaft zu Tisch und bewahrte Charles davor, die Geschichte seiner toten, im Ausland arbeitenden Eltern und seiner merkwürdigen Kindheit ausbreiten zu müssen.

Beim Einmarsch in das Speisezimmer wurde eine strikte Rangordnung von Grace Westlake vorgegeben, und Charles wurde von Louisa getrennt. Er geleitete stattdessen Isobel Crane in einen Bankettsaal, der groß genug für alle gekrönten Häupter Europas und deren Gefolge zusammen gewesen wäre. Silber und Kristall auf leuchtend weißem Leinen blendete die Augen, und Tafelaufsätze mit üppigen Treibhausblumen und Früchten ergänzten das Arrangement. Eine recht beeindruckende Show für einen Jungen, der einst in einer Töpferfabrik arbeitete. Charles' Magen zog sich unter dem schweren Duft der Lilien zusammen. Irgendwie erinnerten sie ihn immer an den Tod – nicht, dass er daran erinnert werden müsste.

Diese Extravaganz war lächerlich. Einen kurzen Moment lang verspürte Charles die unbändige Lust, all das Porzellan und Glas auf den Boden zu fegen. Während diese nutzlosen Menschen von einem solchen Luxus umgeben verhätschelt wurden, hatte er die ausgemergelten Körper von Frauen und Kindern vergraben und verbrannt.

Aber Maximillian Norwich wusste von solchen Dingen nichts. Er lebte sicher in seinem Château im Loire-Tal, umgeben von schönen Gemälden. Er würde es für ganz normal halten, die Fischgabel aus dem streng ausgelegten Gedeck herauszufischen und feinen Wein zu nippen. Seine hübsche junge Gattin war eine Erbin, und seine Tage verhießen ihm ein Vergnügen nach dem anderen.

Aber irgendwann würde es auch Nacht werden.

9

Tante Grace war ein Satan. Sie hatte Sir Richard an das Kopfende des Tischs mit Louisa zu seiner Rechten platziert. Charles – Maximillian ... Max! – saß weit unten am anderen Ende, eingepfercht zwischen Grace und der schrulligen Isobel. Sie hoffte, er würde dem prüfenden Blick ihrer Tante und den wahrscheinlichen Fummeleien ihrer Cousine unter dem Tisch standhalten. Louisa konnte noch nicht einmal seinen Blick einfangen – Grace hatte sie auf derselben Tischseite platziert. Zumindest hatte sie mit ihrem anderen Dinnernachbarn mehr Glück – es war Großonkel Phillip, der größtenteils taub war und zu gleichgültig, um etwas dagegen zu tun. Er nickte ihr zu und vergrub sein Gesicht im ersten Gang.

»Ich dachte, Sie stünden nicht so gut mit meiner Tante«, murmelte Louisa Sir Richard zu.

»Das dachte ich auch. Wie lange ist es her – zehn Jahre, seit ich nach Rosemont eingeladen wurde?«

»Neun. Ich bin überrascht, dass Sie gekommen sind. Schließlich sind wir doch nur Emporkömmlinge in der Bourgeoisie. Haben wir doch unser Vermögen durch den *Handel* verdient.« Louisa versuchte, die Verbitterung zu unterdrücken. Ginge es nicht um die Bank ihres Großvaters, würde sie nicht mit einer silbernen Gabel in Austern herumstochern.

»Wie ich sehe, haben Sie mir nicht vergeben. Sie müssen wissen, dass ich dem alten Namen Delacourt verpflichtet war. Wie ich hörte, kann man heutzutage einen Titel kaufen – der König ist höchst gefällig. Vielleicht sollten Sie hier in Hinsicht auf Ihren neuen Gatten tätig werden. Wo haben Sie ihn überhaupt aufgetrieben? Weiß er von uns?«

»Es gibt kein ›uns‹, Richard.«

»Nicht, weil Sie es nicht versucht hätten. Sie waren wie ein kleiner Spaniel, mit braunen Äuglein und goldenen Löckchen. Sie haben sich auf den Rücken gerollt, aber gewiss nicht toter Hund gespielt.«

Louisa betrachtete ihr Messer und fragte sich, ob es scharf genug sei, durch Richards Abendgarderobe hindurch bis zu seinem Herz vorzustoßen. Nicht, dass er eines gehabt hätte.

»Wollen Sie mich etwa erpressen, Richard? Ich dachte, Lady Blanche hätte sich um Ihre finanzielle Verlegenheit gekümmert.«

»Arme Blanche. Sie war recht aufgebracht, dass sie heute nicht hier sein konnte.«

Lady Blanche Calthorpe, jetzt Richards Gattin, war einst Louisas Schulfreundin gewesen. Während des einen herrlichen Jahres, in dem sie in Miss Edwins Seminar für junge Damen nach Bath geschickt wurde, um den »letzten Schliff zu erhalten«, hatte sich zwischen ihnen ein unzerreißbares Band entwickelt.

Zumindest hatte Louisa das gedacht.

»Ist sie krank?«

»Lassen Sie uns nicht über sie reden. Wir haben ganz andere Dinge nachzuholen.«

»Ich habe an Ihrem Leben überhaupt kein Interesse, Richard.«

»Wie ich sehe, haben Sie sich überhaupt nicht verändert. Unhöflich wie immer. Wie haben Sie es nur geschafft, diesen Maximillian für sich einzufangen? Ah, ich weiß, vielleicht weiß er eine Lady mit Erfahrung zu schätzen. Einigen Männern macht es nichts aus, sich mit den Hinterlassenschaften eines anderen abzugeben.«

Louisa stellte ihr Weinglas auf den Tisch. »Wir leben im zwanzigsten Jahrhundert, Richard. Frauen haben ebenso ein Anrecht, sich zu amüsieren, wie Männer, was nicht heißen soll, die Zeit mit Ihnen sei amüsant gewesen. Das weiß ich heute, mit all meiner *Erfahrung*. Sie sollten sich wirklich ein paar Tipps von Max geben lassen. Ich bin sicher, Blanche würde das sehr zu schätzen wissen.«

Richards Gesicht nahm die Farbe seines Rotweins an. »Miststück!«

»Nun, Sie nannten mich einen Spaniel. Ich weiß nicht, wie wir zusammen die nächsten sieben Gänge durchstehen sollen – Sie etwa? Wer von uns sollte also den Tisch verlassen? Ich kann eine Erschöpfung von meiner Reise vorgeben, oder Sie könnten vortäuschen, sich um Lady Blanche zu sorgen. Oder wir schwören uns, überhaupt nicht mehr miteinander zu sprechen – ich habe Hunger, und das Essen ist in Rosemont immer gut, auch wenn das nicht für die Gesellschaft gilt.«

»Sie werden für Ihre Anmaßung bezahlen. Glauben Sie, nur weil Sie ein Jahr lang fortgelaufen sind, haben alle Leute Ihren Ruf vergessen? Denken Sie nicht, Sie könnten hierher zurückkommen und neu anfangen.«

»Unter den derzeitigen Umständen hege ich nicht den Wunsch, in Rosemont zu bleiben. Max' Château ist wie der Himmel auf Erden.«

Richard schnaubte. »Er tut mir fast leid.«

»Ach, kümmern Sie sich nicht – er ist ein *sehr* glücklicher Mann, wenn Sie wissen, was ich meine. Gott sei Dank. Hier kommt der Diener mit dem nächsten Gang. Lassen Sie Ihren Charme bei Mrs Naismith wirken, und ich werde Onkel Phillip beim Kauen zusehen.«

Wie hatte sie Sir Richard Delacourt jemals attraktiv finden können? Louisa hatte dafür keine Entschuldigung, außer, dass sie in Rosemont gefangen war, wenig Ablenkung gehabt hatte und hoffnungslos jung gewesen war. Siebzehnjährige Mädchen waren dumm, voller romantischer Ideen und Möglichkeiten, die vollkommen weltfremd waren. Richard war groß gewesen und hatte damals diesen abscheulich lockigen roten Bart getragen, und sein hochmütiges, graues Starren hatte sie dazu gebracht, seiner würdig sein zu wollen. Auf ihre Knie zu gehen und erwischt zu werden war allerdings nicht das, was sie gewollt hatte.

Es war so beschämend gewesen. Tante Grace war außer sich geraten, und Dr. Fentress wurde gerufen, um sie auf erniedrigendste Weise zu untersuchen. Ihre Party wurde abgesagt und ihre Freiheit beschnitten. Louisa durfte noch nicht einmal ausreiten, aus Angst, sie könnte auf das Land von Priory gelangen und sich noch weiter demütigen. Nachts hatte man sie eingesperrt, auch wenn Louisa dann und wann zu entkommen wusste.

Grace schob alles auf Louisas »amerikanisches Blut«, obwohl die Amerikanerinnen, die Louisa auf ihren Reisen getroffen hatte, nicht annähernd so dumm waren wie sie selbst. In der Tat hatte sie sie bewundert. Sie waren unverbraucht, zuversichtlich, lebendig. Und auch mutig, da sie ihr Zuhause in Boston, New York oder Philadelphia zurückließen, um irgendeinen verarmten, durch Inzucht erzeugten Lord zu ehelichen. Geld für einen Titel – genau das, worauf ihre Mutter Lily und ihre Cousine Isobel vor zwei Jahrzehnten aus gewesen waren, als sie mit der ersten Welle amerikanischer Bräute hierhergekommen waren. Byron Stratton hatte zwar keinen Titel, konnte aber dennoch das Herz von Louisas Mutter erobern.

Vielleicht sollte Louisa den Trend umkehren und nach Amerika auswandern, einen netten jungen Mann aus einer guten Mittelklassefamilie finden und sich in einem der grünen Vororte niederlassen, die überall aus dem Boden schossen. Gartenstädte, in denen alles neu war und niemand in den Fäden der Vergangenheit verstrickt war.

Sobald sie Maximillian Norwich los war. Max würde schließlich sterben müssen, wie ursprünglich geplant – vielleicht die Stufen des Châteaus hinunterstürzen wie Antoine, nur dass er sich dabei mehr als ein Bein brechen würde. Es schien aber eine Schande zu sein, ihn loswerden zu müssen – Captain Cooper war schließlich ein sehr schneidiger Mann. Sie hoffte, dass er es noch ertrug, neben Tante Grace und Isobel zu sitzen. Allein dafür, dass er heute Abend zwischen den beiden ausharren musste, hatte er sich sein ordentliches Gehalt verdient.

Am Tisch wurde es plötzlich ruhig, und Louisa blickte von ihrem Champagnersorbet auf. Alle Augen ruhten auf ihr. Was war passiert?

»Louisa, dein Gatte erzählte mir gerade die schockierendste Geschichte über deinen Aufenthalt in Monte Carlo. Bitte sag, dass das nicht wahr ist«, rief Tante Grace.

Louisa lehnte sich nach vorn, konnte aber nichts von Charles erhaschen. »M-Max ist in der Regel aufrichtig, nicht wahr, Darling?« Sie streckte sich, so weit sie konnte, vermochte aber dennoch nur die Oberkante seines dunklen Kopfs über die Federn von Mrs Merwyn hinweg auszumachen.

»Ich lüge nur, wenn du mich darum bittest, meine Liebe«, antwortete er und drehte sich um, sodass sie ihn sehen konnte.

Louisa konnte seinen Ausdruck nur als ungezogen bezeichnen und wusste sofort, dass sie in Schwierigkeiten war.

»Warum erzählst du mir nicht, was du gesagt hast, dann kann ich deine Aufrichtigkeit bezeugen.«

»Ach, du kannst die Geschichte viel besser erzählen als ich, *mon ange*.«

Louisa würde ihn genau hier in Rosemont sterben lassen. Sie fragte sich, ob er den Atem lang genug anhalten konnte, um das Bestattungsinstitut zu täuschen.

»Sie wollte es mir vorher nicht erzählen, und jetzt weiß ich, warum«, sagte Grace.

»Oh, so schlimm war es nicht, Mrs Westlake. Eigentlich war es eher liebenswert, wenn man darüber nachdenkt.«

»Kommen Sie Louisa, raus damit«, feixte Sir Richard. »Wir alle wollen wissen, was Sie tatsächlich während Ihrer Abwesenheit erlebt haben.«

»Wir – wir haben unsere Flitterwochen in Monte Carlo verbracht«, begann Louisa. Zumindest hatte sie das Tante Grace so geschrieben.

»Wir haben uns, wie Sie wissen müssen, im Louvre kennengelernt«, unterbrach Charles. »Unter diesem hässlichen, dunklen Rembrandt, nicht wahr, *Lulu*?«

Oh ja. Und wie Max des Todes war, und vielleicht sogar Charles Cooper.

»Wie dem auch sei, keiner von uns konnte etwas Verdammtes – Pardon, Ladys – etwas Seliges darin erkennen. Warum machte man darum überhaupt so ein Aufhebens? All die braune und schwarze Farbe, als ob man auf den Boden eines Fasses starrt. Wir haben darüber gelacht, und so führte ein Ding zum nächsten. Ich war der glücklichste Mann der Welt, als ich sie überzeugen konnte, mich zu heiraten, und wir machten uns direkt nach der Zeremonie auf den Weg nach Monte Carlo.«

»Wo fand die Zeremonie statt?«, fragte Mrs Naismith, wie es eine gute Vikarsfrau tat.

»St. George's an der Rue Auguste Vacquerie«, antwortete Charles prompt. »Es ist die älteste anglikanische Kirche in Paris, obwohl das Gebäude natürlich nicht immer an diesem Ort gestanden hat.«

Also hatte er *doch* aufgepasst. »Louisa ist natürlich gefahren. Ich muss sagen, ich war versucht, bei unserer Ankunft den Boden zu küssen. Welch kleine Draufgängerin sie doch hinter dem Lenkrad ist, aber ich verfüge auch nur über ein eingeschränktes Sichtfeld – in unserer Familie hat sie wohl die Schutzbrille auf.«

»Ich würde meiner Gattin niemals erlauben zu fahren«, sagte Sir Richard.

»Als ob *meine* Frau jemals um Erlaubnis fragen würde«, kicherte Charles. »Sie ist in jeder Hinsicht eine sehr moderne, unabhängige Frau. Ein Original.«

Louisa könnte ihm fast vergeben, hatte aber keine Ahnung, was noch folgen würde. Also sparte sie sich ihre wohltätigen Gedanken und untersuchte ihren silbernen Löffel. Was für ein kunstvolles Muster, so viele Ecken und Winkel! Es musste eine Herausforderung für einen Diener sein, sie zu säubern und derart zum Glänzen zu bringen.

»Nun fassen Sie sich schon ein Herz, und kommen Sie zur Sache, Mann!«, drängte Dr. Fentress.

»Ah ja. Das Herz. Wie passend, dass Sie das gerade erwähnen, Dr. Fentress, denn es war das Herz, oder vielmehr das fehlende Herz, das die Ursache für alles war. Sehen Sie, wir spielten Bridge in unserer Hotelsuite. Nur ein Freundschaftsspiel mit einem anderen Paar, das wir kennengelernt haben, Baron und Baroness von Steuben.«

»Deutsche?« Tante Grace verzog ihre karminroten Lippen. Sie servierte wohl deutschen Wein von der Mosel am Tisch, das war in Mode, aber das Land selbst verachtete sie.

»Österreicher, meine ich. Ein charmantes Paar, nicht wahr, Louisa?«

Louisa hatte noch nie in ihrem Leben Bridge gespielt. Sie wusste, dass es immer beliebter wurde, ähnlich wie Whist, aber auch das konnte sie nicht spielen. Sie hatte keinen Sinn für Karten – sie verbrachte die meiste Zeit in Monte Carlo damit, die Juwelen und Kleider der anderen Reisenden zu bewundern und ihre Zehen in den Sand zu stecken.

»Sehr nett. Obwohl Hans etwas langweilig war.« Sie konnte sich ebenso gut auf die Geschichte einlassen.

»Aber Minna hat das wieder aufgewogen, meinst du nicht, Darling? Was für ein kleiner *Apfelstrudel*! Egal, jedenfalls war Herz Trumpf, aber Louisa verzählte sich. Sie verlor die letzten drei Tricks und musste Strafe zahlen.«

»Jemand hätte dich sehen können.« Grace griff sich ans Herz.

Meine Güte! Jetzt war Louisa in der Tat daran interessiert herauszufinden, welch skandalöse Sache sie angestellt hatte. »Max, du musst es sagen. Es ist mir zu peinlich.«

»Unsinn. Du bist hier unter Familie und alten Freunden. Nichts von dem, was du tust, könnte uns noch überraschen, Lulu. Du bist wie deine liebe Mutter«, rief Isobel erregt. »So ein Schuft.«

Charles eilte ihr schließlich zu Hilfe. »Ist schon in Ordnung, Darling. Ich erzähle die Geschichte zu Ende. Wir hatten einen Wetteinsatz – der Verlierer sollte auf Befehl des Gewinners etwas Skandalöses an einem öffentlichen Ort tun.«

Louisa schloss die Augen. Wenn Charles Cooper sie jetzt den Cancan tanzen ließ, würde sie ihn später, wenn sie allein waren, in seine *Weichteile* treten.

»Der Baron bestand darauf«, fuhr Charles fort, »dass sie sich auf die Bühne der Oper von Monte Carlo schlich und ein Lied sang. Natürlich war das Gebäude recht leer, außer dem Reinigungspersonal war niemand anwesend. Aber sie alle haben ihre Besen und Schrubber niedergelegt und geschworen, dass Louisa es mit Nellie Melba aufnehmen könnte. Sie hatten noch niemals ›Good King Wenceslas‹ mit solcher Ausdruckskraft gehört.«

Wirklich? Das war *alles*? Louisa war schmerzlich enttäuscht von sich selbst.

»Ein Weihnachtslied im August. Wie dreist, meine Liebe!«, sagte Mr Naismith stichelnd. »In ein paar Wochen haben Sie die Chance, Weihnachtslieder nach Herzenslust zu singen.« Er hob sein Weinglas. »Ein Toast auf die Rückkehr der verlorenen Tochter und ihres neuen Gatten! Hoch leben Mr und Mrs Maximillian Norwich. Mögen sie noch viele fröhliche Weihnachtsfeste miteinander verbringen.«

»Prosit, prosit!« Sogar Onkel Phillip hob sein Glas. Charles stand auf und ging den Tisch entlang, bis er hinter ihr zum Stehen kam, seine warmen Hände auf ihren blanken Schultern. »Mein eigenes Singvögelchen. Vielen Dank an alle für Ihr Willkommen. Ich bin recht überwältigt, so überwältigt, dass ich meine Gattin in der Öffentlichkeit küssen möchte, auch ohne dass mich der Baron von Steuben dazu drängt.«

Louisa drehte den Kopf und starrte zu ihm hoch. Sie wollte ihn anflehen, sich sofort wieder hinzusetzen. Aber sie war nicht schnell genug. Er beugte sich mit der Eleganz eines geübten Raubtiers zu ihr nieder, und seine Lippen berührten die ihren.

So weit, so gut. Das war nicht so schlimm. Ein kurzes, trockenes Küsschen –

Doch dann drängte seine Zunge zwischen ihren Lippen hindurch.

Oh. Das war überhaupt nicht so schlimm. Ihre Augenlider schlossen sich, und sie gab sich ganz wider der praktischen Vernunft dem Kuss hin. Nun, Tante Grace sagte, sie hätte ohnehin keine, also warum dagegen ankämpfen? Captain Cooper war der sagenhafteste Küsser, sanft und doch fest, sein Mund feucht, ohne sulzig zu sein. Er schien zu wissen, wo er ihre Zunge mit seiner berühren musste, und sie schmolz dahin wie ihr Champagnersorbet.

Donnerwetter, das fühlte sich himmlisch an! Sie hatte seit Ewigkeiten keinen Mann mehr so nahe an sich herankommen lassen. Louisa durchlief es heiß und kalt, was nichts mit der Temperatur des Speisezimmers zu tun hatte. Sie hob eine Hand vom Tischtuch, um sein Gesicht zu berühren, die dunklen Stoppeln zu fühlen, die sich trotz der nachmittäglichen Rasur auf seinem Kinn ausbreiteten.

Der Klang von Silberlöffeln an Kristall hallte um den Tisch, konnte aber den delikaten, hinterlistigen Bann des Captains nicht unterbrechen. Louisa wusste, dass sie aufhören sollte, wusste aber nicht, wie sie ihre Zunge hüten, den Überschwang der Gefühle abschalten sollte, der bis in ihre Zehen schwappte. Sie konnte überhaupt nicht mehr denken. Wollte vielleicht niemals wieder denken.

Oh verflixt! Dieser Kuss bedeutete ihm wohl gar nichts – er verdiente sich nur seinen Sold. Aber machte er seine Arbeit nicht einfach unglaublich gut?

10

Sie roch nach Veilchen und schmeckte nach Wein. Charles wusste, dass er die Regeln verletzte, aber das kümmerte ihn nicht sehr. Sie hatte ihm eingetrichtert, öffentlich keine Bekundungen von Zuneigung zu zeigen, aber diesen Leuten hier musste einfach eine Lektion erteilt werden. Sie unterschätzten sie alle, sahen sie immer noch als den unverbesserlichen Wildfang, der sie als junges Mädchen gewesen war. Wie konnten sie übergehen, dass sie erwachsen war und ihren eigenen Kopf hatte? Sicher, sie plapperte ohne Unterlass, und vielleicht gefiel ihnen nicht alles, was sie glaubte und sagte.

Aber sie waren hier, weil sie sie duldete, lebten in ihrem Haus, aßen von ihrem Essen, tranken ihren Wein. Und nahezu alles, was er heute Abend von ihnen über Louisa gehört hatte, war irgendwie geringschätzig ausgefallen. Herabwürdigend. Sogar Isobel, die für Louisa eine gewisse Zuneigung empfand, hatte Dinge ausgeschwatzt, die sie besser für sich behalten sollte.

Es war etwas boshaft von ihm gewesen, sie mit der Monte-Carlo-Geschichte hereinzulegen, aber Mrs Westlake hatte ihn auf ihre giftig-süße Art derart geplagt. Charles hatte sich einfach etwas ausdenken müssen. Die paar Male, die er sich wie ein Türknauf herumdrehen konnte, um sie zu sehen, hatte Louisa am anderen Ende des Tischs jämmerlich ausgesehen. Charles war es auch egal, wie dieser Mistkerl von Sir Richard mit ihr sprach. Er konnte am Gesichtsausdruck des Mannes erkennen, dass das, was einst zwischen ihnen vorgefallen war, immer noch gärte. Louisa musste zu dem Baronet etwas gesagt haben, das ihn verprellt hatte, denn er hatte sich während der letzten drei Gänge der Frau des Vikars gewidmet.

Charles war jetzt mehr als nur ein bisschen boshaft. Er hielt sich an der Lehne von Louisas Stuhl fest, da er sonst Gefahr lief, auf dem Teppich auszurutschen und Louisa mit sich zu reißen. Er konnte sich nicht daran erinnern, wann ein bloßer Kuss schon einmal derart explosiv gewesen war.

Natürlich konnte er sich nicht einmal daran erinnern, wann er zum letzten Mal ein Mädchen geküsst hatte –

Oder doch, das konnte er. Charles wackelte und zog sich sanft von Louisas nach oben gerichtetem Gesicht zurück.

Sie hatte rosige Wangen, ihre braunen Augen starrten ins Leere, ihre Wimpern flatterten wie Schmetterlingsflügel.

»Mr Norwich!«

»Oh, Grace, ärgern Sie sich nicht. Schließlich sind wir frisch verheiratet.«

Isobel lachte, aber Charles konnte einen Hauch Hysterie darin hören. Gegen Grace aufzubegehren kostete die Bewohner von Rosemont wohl einiges.

»Bitte vergeben Sie mir mein schockierendes Verhalten. Ich habe keine Entschuldigung dafür, außer dass ich meine Gattin liebe«, hörte sich Charles sagen.

»Bah«, grummelte der alte Gentleman neben Louisa. »Sie verzögern den nächsten Gang, junger Mann. Setzen Sie sich, setzen Sie sich doch.«

»Es tut mir leid«, flüsterte Charles Louisa zu. »Ich weiß nicht, was mich überkam.«

Sie richtete sich auf und langte nach ihrem Wasserglas. Ihre Hand zitterte. »Denken Sie sich nichts dabei. Das tue ich auch nicht.«

Lügnerin. Aber keiner von ihnen konnte einen weiteren Kuss riskieren.

Charles kehrte zu seinem Stuhl zurück und bereitete sich darauf vor, von Isobel grob behandelt und von Grace getadelt zu werden. Er musste nicht warten. Sobald er sich so hingerückt hatte, dass sein Bein außerhalb Miss Cranes Griffweite war, wandte er sich Grace Westlake zu. »Schätze, Sie halten mich aufgrund meines unangemessenen Benehmens für einen Lump.«

»Einen Lump?« Grace wischte mit einer spitzenbesetzten Serviette über die Lippen und hinterließ einen purpurroten Fleck. Irgendeine bedauernswerte Waschfrau würde ihre Probleme haben, diesen Fleck zu entfernen. »Nein. Eher für einen Narren. Jemand hätte Sie vor meiner Nichte warnen sollen, bevor Sie sie heirateten, Mr Norwich. Ihr jungen Leute seid so ungestüm. Ihr denkt, ihr wisst alles. Louisa war ihr ganzes Leben lang schwierig. Als sie fortlief, machte ich mir wahrlich Sorgen um ihre mentale Stabilität.«

»Wie meinen Sie das?«

»Sie hatte schon immer einen Dickschädel. Ich meine, nach einem Abend hier haben Sie bemerkt, was ihre Familie und Freunde wirklich von ihr denken.«

»Ich habe bemerkt, dass sie in ihrer Familie ein paar wenige edle *Freunde* hat«, sagte Charles offen.

Grace seufzte. »Das mag Ihnen so erscheinen. Sie sind ein Fremder und kennen keinen von uns. Ich wage zu behaupten, Sie kennen nicht einmal Louisa wirklich.«

»Ich kenne sie gut genug.«

»Oh. Leidenschaft.« Grace winkte geringschätzig ab. »Das ist nicht von Dauer. Und wenn sie verblasst, werden Sie erkennen, dass Sie sich an jemanden gekettet haben, der Ihnen kein wahres Glück bringen kann. Sie ist unfähig. Irrational. All dieses Gerede darüber, eine Arbeit zu finden, über Frauenrechte, Freiheit, was immer sie darunter verstehen mag – sie wird Ihnen keine komfortable Gattin sein, Mr Norwich.«

»Komfort wird stark überbewertet.« Es stimmte schon, dass Louisa bereits seine Welt gekippt hatte, aber nicht aus den Gründen, die Grace Westlake genannt hatte.

»Das sagen Sie jetzt. Lassen Sie uns in ein paar Monaten reden, wenn Ihr Château seine Faszination verloren hat und sie nach Indien oder Afrika oder an einen anderen abscheulichen Ort gehen will.«

»Reisen erweitert den Horizont, Mrs Westlake.« Es hatte auf jeden Fall Charles' Augen geöffnet.

»Sie haben auf alles eine Antwort. Sie sind sehr geschmeidig, Mr Norwich, das kann ich wohl sagen.«

Charles riss das letzte Stückchen seines Geduldfadens. »Da gibt es etwas, das ich nicht verstehe. Louisa erzählte mir, dass Ihr Sohn Louisa heiraten wollte. Wenn sie so … schwierig ist, wie kann das dann sein?«

»Ihre Familie kennt sie am besten und kann sie vor ihren niedrigen Impulsen schützen. Es wäre ein Opfer für den armen Hugh gewesen, aber er war bereit, es zu tun. Ist es immer noch.«

»Louisa ist *meine* Gattin«, sagte Charles nachdrücklich.

»Sie müssen aber auch nicht an einem Fehler festhalten, Mr Norwich. Ich bin bereit, Ihnen die Beendigung der Ehe großzügig zu entlohnen. Es ist ein Jammer, dass Sie in einer anglikanischen Kirche geheiratet haben, aber auch das kann zu einem gewissen Preis geregelt werden. Jeder hat einen Preis, meinen Sie nicht auch? Ich hatte vor, mit Ihnen morgen persönlich zu sprechen, aber jetzt ist es ebenso gut. Isobel flirtet mit dem alten Mr Baxter und kann uns nicht hören, auch wenn sie meine Pläne bereits kennt. Dieses erbärmliche Weib schmeißt sich an alles heran, was Hosen trägt, sogar an einen Mann, der alt genug ist, um ihr Vater zu sein«, sagte Grace voller Verachtung. »Dr. Fentress kann Sie mit Louisas medizinischer Historie vertraut machen. Sie war keine Jungfrau mehr, müssen Sie wissen.

Sie wurden betrogen, junger Mann, gelockt von einer hübschen Verpackung, die innerlich verdorben ist.«

Charles warf seine Serviette auf den Tisch. »Bitte entschuldigen Sie mich, Mrs Westlake. Ich fühle mich nicht wohl.«

Grace schenkte ihm ein listiges Lächeln. »Das kann ich mir vorstellen. Denken Sie über das nach, was ich gesagt habe. Ich erwarte Sie morgen früh um elf Uhr in meiner Suite. Wir haben viel zu besprechen.«

Charles stand wackelig auf. Louisa blickte bestürzt auf, wahrscheinlich erwartete sie, er würde erneut herkommen und ihr einen weiteren Kuss geben. Er zuckte entschuldigend mit den Schultern.

»Kopfschmerzen, fürchte ich«, sagte er in die große Runde. »Bitte vergeben Sie mir.«

Mehr konnte er nicht tun, um die Würde zu wahren, aus der Höhle des Löwen zu spazieren, obwohl er am liebsten schreiend davongerannt wäre. Nachdem er in den dunklen Korridoren ein paar Mal falsch abgebogen war, fand er sich zurück in ihren Gemächern und sehnte sich nach einem Drink. Aber ein Drink würde diesen Abend nicht auslöschen.

Wo war er da nur hineingeraten? Und wie kam er da wieder heraus? Er rieb sich die Schläfen, denn er bekam tatsächlich Kopfschmerzen.

Arme Louisa. Oder vielleicht auch nicht. Vielleicht verdiente sie die Schmach der Leute dort unten. Nur ihre Zofe Kathleen und der alte Butler schienen sie wahrhaftig zu mögen – alle anderen hielten eine gewisse Distanz zu ihr ein.

Diese Verunglimpfung könnte aufgrund von Grace stattfinden. Sie schien die Herrin im Haus zu sein, und jeder richtete sich eher nach ihren Anweisungen als nach Louisas. Louisa hätte am Tischkopf sitzen müssen. Verflixt, Charles selbst hätte am Ende sitzen müssen anstelle von Sir Richard Delacourt.

Das alles gefiel ihm nicht, aber er wusste wirklich nicht, auf wessen Seite die Wahrheit lag. Er hatte selbst gedacht, Louisa sei verwöhnt und ausgelassen. Gab es da wirklich etwas, das mit ihr »nicht stimmte«?

Charles war nicht dieser Ansicht. Aber sein Urteil war jetzt einige Zeit beeinflusst worden. Wo immer die Wahrheit lag, er musste ihr erzählen, dass er bestochen werden sollte, sich von ihr »scheiden« zu lassen.

Wenn er keine Ehre hätte, würde er kein Wort sagen, nehmen, was Grace Westlake ihm anbot, und verschwinden. Louisa hatte bereits die Hälfte seines Honorars bezahlt – ein kleines Vermögen –, und die Summe lag auf seinem neuen Bankkonto und sammelte Zinsen. Vielleicht konnte er Grace herumkriegen, ihm den noch ausstehenden Betrag zu zahlen, und Charles würde sich die Mühe sparen können, diese Charade weiter zu spielen.

Er lockerte seine Krawatte und sank in einen grauen Sessel vor der Feuerstelle im Wohnzimmer. Wie schnell würde sich Louisa davonstehlen können, um nach ihm zu sehen? Wenn sie wirklich so unkonventionell war, würden die Gäste nicht von ihr erwarten, dass sie bei Tee und Tratsch ausharrte, während die Männer ihren Portwein tranken und ihre Zigarren rauchten.

Die Naht seiner neuen Seidenaugenklappe reizte eine Ecke seines Auges, und er zog sie ab. Alles verdunkelte sich sofort, wobei Blutwirbel und Schatten seine Sicht vernebelten. Er deckte seine Gesichtshälfte mit seiner Hand ab und wartete, bis sich der Raum selbst wieder ausrichtete.

Die Tür flog auf, und Louisa kam herein, ganz Spitze, Veilchenduft und Wut. »Wie können Sie es wagen, den Tisch zu verlassen!«

»Schh! Setzen Sie sich, und lassen Sie uns wie zivilisierte

Menschen reden. Sie wollen doch nicht, dass die Gesellschaft dort unten denkt, wir hätten eine eheliche Auseinandersetzung.«

»Die können gar nichts hören – wir sind Kilometer entfernt. Egal, Mrs Naismith spielt Klavier, während Mr und Mrs Merwyn dazu singen.«

»Tut mir leid, dass ich das verpasse.« Er versuchte sich die korpulenten Merwyns vorzustellen, wie sie zusammen ein Duett sangen, und scheiterte.

»Oh nein, das tut es Ihnen nicht. Niemandem würde es leidtun. Keiner von beiden trifft nämlich einen Ton, aber es ist hier Tradition, dass sie bei Dinnerpartys vorsingen. Warum sind Sie denn gegangen?«

»Ihre Tante sagte ein paar Dinge, die ich für anstößig hielt. Ich konnte nicht wie ein braver Junge dasitzen und zuhören.«

»Ich habe Ihnen doch gesagt, dass sie schwierig ist. Wenn sie so einfach wäre, hätte ich keinen Gatten erfinden müssen.«

»Sie sollten sich lieber setzen, Louisa.« Er holte die Augenklappe aus seiner Tasche und legte sie wieder an. Jetzt war Louisa wieder klar erkennbar, blass und offensichtlich aufgewühlt. Er wollte sie nicht noch mehr aufregen, verspürte aber eine merkwürdige Loyalität, sie zu schützen. »Grace hat mir etwas angeboten – beziehungsweise wird mir etwas anbieten. Sie will mir eine Menge Geld zahlen, wenn ich unsere Ehe beende.«

Louisa rutschte in den Sessel gegenüber. »Oh.«

Sie klang nicht überrascht.

»Sie steckt mit dem Bankier unter einer Decke. Und auch mit Dr. Fentress. Sie haben vor, mir morgen zu erzählen, dass Sie nicht alle Tassen im Schrank haben und dass ich ohne Sie besser dran wäre. Es geht um Ihr Vermögen, nicht wahr?«

Louisa schüttelte den Kopf. »Eigentlich geht es um die Macht. Grace hat selbst ausreichend Geld. Sie hasst mich, hat es immer getan. Ganz gleich, wie gut ich war, es war nie genug. Nach einer Weile entschied ich mich, ungezogen zu werden. Warum auch nicht? Mich zu benehmen brachte mich schließlich nicht weiter. Aber dann hat sie tatsächlich die Schrauben zugedreht, mich von der Außenwelt abgeschnitten und mir quasi keinen Knopf gelassen. Ich konnte nirgendwohin und nichts machen. Wenn sie einen Weg gefunden hätte, meine Erbschaft aufzuhalten, hätte sie es getan. Manchmal denke ich, sie hätte mich für verrückt erklären lassen. Und manchmal dachte ich, ich würde tatsächlich verrückt werden.«

Charles pfiff durch die Zähne. »Meine Güte, Sie sind wirklich ein armes reiches Mädchen.«

Ihre Lippen zitterten. »Verspotten Sie mich?«

»Nein, durchaus nicht. Was passiert, wenn sie herausfinden, dass wir nicht wirklich verheiratet sind? Das könnte ihnen als Beweis für Ihre Unzurechnungsfähigkeit dienen.«

Louisas braune Augen weiteten sich. »Sind *Sie* wohl etwa der Ansicht, ich sollte in eine Anstalt eingewiesen werden?«

»Das würde ich den anderen Patienten keinesfalls wünschen. Aber lassen Sie das nicht an mir aus – ich habe mir nur einen kleinen Scherz erlaubt.«

Charles erkannte eben, wie gefährlich sein Scherz tatsächlich war. Obwohl er nicht der Ansicht war, dass ihr Tun präzise gesagt illegal war, war es dennoch skandalös. Zum Teufel, sie teilten sich eine Zimmerflucht! Louisa hatte vielleicht einen zweifelhaften Ruf, aber wenn man entdeckte, dass sie unverheiratet war, würde das den letzten Nagel zu ihrem Sarg bedeuten.

»Ich sehe keinen Grund dafür, dass jemand Verdacht schöpfen könnte«, sagte Louisa und klang so, als würde sie sich selbst überzeugen wollen. »Bislang waren Sie ein Vorbild von einem Ehegatten, außer … gegen Ende.«

Er dachte, sie würde den Kuss erwähnen, aber das tat sie nicht.

»Es tut mir leid. Ich hätte unten ausharren sollen.«

»Ja, das hätten Sie tun sollen. Grace bekommt immer, was sie will. Sie ist skrupellos. Aber Sie müssen dagegenhalten. Wenn Sie sich morgen mit ihr treffen —«

»Sie wollen, dass ich das tue?«, fragte Charles ungläubig.

»Aber gewiss. Ich möchte wissen, was ich ihrer Meinung nach wert bin.«

Er streckte seinen Arm aus und nahm ihre Hand. Trotz der Wärme des Feuers war sie eiskalt. »Sie sind unbezahlbar.«

Sie entriss ihm ihre Hand und vergrub sie in der Spitze auf ihrem Schoß. »Sparen Sie sich diese Worte dafür, wenn es darauf ankommt und Leute in der Nähe sind, um es zu hören. Wenn Baxter vollständig auf Tante Grace' Seite ist, dürfte sie hinter dem Engpass in Bezug auf meine Mittel stecken. Deshalb bin ich eigentlich nach Hause gekommen. Keine Angst! Ich werde Sie schon bezahlen.«

Charles spürte einen Anflug von Ärger. »Das Geld ist mir egal.«

»*Niemandem* ist Geld egal, nicht einmal mir. Geld bedeutet Freiheit.«

Geld bedeutete auch Essen. Gesundheit. Die meisten Leute, die Charles kannte, würden lieber essen als frei sein, was immer ›frei‹ auch bedeuten mochte.

»Alles klar, Boss. Wie lautet Ihre Strategie?«

Louisas Zunge lugte wieder aus ihrem Mundwinkel. »Ich weiß es noch nicht. Lassen Sie mich nachdenken.«

»Zwei Köpfe denken besser als einer, habe ich einmal gehört. Vertrauen Sie mir?«

»Das muss ich wohl, oder? Ach, das ist so viel komplizierter, als ich erwartet hatte.«

»Es ist nur für einen Monat. Dreißig Tage lang können wir so ziemlich alles ertragen.« Charles hatte in seinem Leben schon viel Schlimmeres gesehen als eine Grace Westlake und ihre Lakaien.

11

Louisa hatte mit dem Schlimmsten gerechnet, aber nicht bereits innerhalb der ersten vierundzwanzig Stunden nach ihrer Ankunft. War Tante Grace nicht immer viel raffinierter gewesen?

Offensichtlich nicht. Man denke nur an ihre Schmach und Bestechungsversuche an der Festtafel. Kein Wunder, dass Captain Cooper aufgestanden und gegangen war. Was muss er nur von allen halten? Seine eigene Familie war vielleicht nicht so vornehm, aber sie wären sicherlich nicht derart boshaft.

Und dann noch ... Sir Richard Delacourt. Grace hatte ihre Ansichten klargemacht, indem sie ihn nach all diesen Jahren eingeladen hatte, oder? Louisa konnte diese jugendliche Unbedachtheit nie hinter sich lassen, wenn es ihr bei jeder Gelegenheit unter die Nase gerieben wurde. Grace hatte geplant, dass sie alle das Neujahrsfest auf Priory verbrachten? Undenkbar.

Sie klopfte ihr Kissen zurecht und starrte an die schattige Decke. Als Kathleen gekommen war, um ihr dabei zu helfen, sich zum Schlafengehen umzukleiden, wies Louisa sie an, unten die Augen offen zu halten. Die Dienerschaft wusste immer alles zuerst. Sie fragte sich, wie oft Mr Baxter zu Besuch kam – sie würde einen neuen Bankangestellten finden müssen, wenn er eher die Interessen von Grace als die der Stratton-Erbin vertrat. Die Strattons hielten immer noch die Aktienmehrheit an der Familienbank, und es musste doch jemanden dort neben Hugh oder Mr Baxter geben, mit dem sie reden konnte.

Louisas Vater Byron war ein großartiger Sportsmann gewesen, in seiner Gestalt irgendwie Sir Richard ähnlich, jetzt, wo Louisa darüber nachdachte. Er war viel zu sehr beschäftigt damit gewesen, sich und seine hübsche, junge amerikanische Frau bei Laune zu halten, als sich um *Stratton and Son* zu kümmern. Sein Vater war vielleicht enttäuscht gewesen, aber der Familienkonzern florierte auch ohne ihn weiter, als er noch am Leben gewesen war, und über seinen Tod hinaus. Unter Grace' sorgfältiger Führung hatte Louisa mit Erstaunen von dem Betrag erfahren, über den sie ab ihrem fünfundzwanzigsten Lebensjahr verfügen konnte.

Ihr war schwindelig geworden. Jetzt hatte keiner mehr irgendwelche rechtliche Autorität über sie oder ihre Finanzen, was aber Grace nicht davon abgehalten hatte, ihre Nase dennoch überall hineinzustecken. Also hatte sich Louisa einfach auf und davon gemacht – und bewies damit, dass sie genauso wild war, wie ihre Tante immer behauptet hatte.

Sie bekam den Eindruck, dass sie besser nicht hätte gehen oder sich derart wild verhalten sollen. Jetzt war es jedoch zu spät, um sich darüber Gedanken zu machen, denn was geschehen war, war geschehen. Zwei Zimmer entfernt hatte sie einen fremden Mann sitzen, der ihr entweder in Hinblick auf ihre Zukunft helfen oder sie für immer ruinieren konnte, aber sie hoffte auf das Beste.

Sie konnte einfach nicht einschlafen. Louisa sehnte sich nach ihrem alten Zimmer – ihrem Mädchenbett, ihren vertrauten Büchern, den vermurksten Aquarellen, die Grace sie zu malen gezwungen hatte, weil sie aus ihr eine sittsame junge Dame hatte machen wollen. Hier in Rosemont gab es hinreißende Aussichten, aber Louisa hatte es geschafft, alles verschmiert und ausdruckslos erscheinen zu lassen.

Im Zimmer ihrer Eltern hingen bessere Bilder an den Wänden. Louisa zündete eine Lampe an und stand auf, um sie zu betrachten, so, wie es die Frau eines Kunstkenners eben tun würde. Sie liebte die Kunst, auch wenn sie selbst kein Talent dafür besaß. Ihr Vater hatte verschiedene Werke des amerikanischen Malers Fitz Hugh Lane gekauft – und dazu noch ein paar andere Seelandschaften. Sie waren sehr beruhigend – stilles Wasser und Sonne und Himmel, Häfen, in denen Louisa noch niemals gewesen war. Warum hatte sie letztes Jahr nicht daran gedacht, nach Amerika zu gehen? Der Atlantik war eine weit größere Barriere, um ihre Vergangenheit abzuschotten, als der Ärmelkanal.

Dorthin würde sie gehen, sobald sie hier fertig war, auch wenn sie die Westlakes aus Rosemont vertrieben hatte. Sie würde ihre amerikanischen Wurzeln erforschen und über die modischen Straßen New Yorks flanieren, wo ihre Mutter aufgewachsen war. Vielleicht gab es auch ein paar entfernte Verwandte zu treffen, vielleicht auch jemanden in ihrem Alter, mit dem sie sich anfreunden konnte. Sie hatte seit Jahren keine richtige Freundin gehabt. Außer Kathleen, die ihr so teuer war wie eine Schwester, aber sie waren beide so verschieden wie Tag und Nacht.

Louisa konnte jetzt Tante Grace' geringschätzigen Ton hören. »Mit den Bediensteten pflegt man keinen allzu vertrauten Umgang.« Es grenzte an ein Wunder, dass Kathleen nicht gefeuert wurde, als sie und Louisa in ihrer Isolation sich ans Herz gewachsen waren. Aber Kathleen war vor Grace immer förmlich gewesen, hatte einen bescheidenen und angemessen eingeschüchterten Eindruck gemacht. Aber sobald Louisas Zimmertür geschlossen war, war alles ganz anders gewesen.

Louisa fragte sich, wo Kathleen jetzt war. Sie hatte es abgelehnt, in Louisas Ankleidezimmer zu schlafen. Ihrer Meinung nach würde das für Gerede sorgen, wenn sie als menschlicher Schild zwischen ihrer Mistress und Maximillian Norwich fungieren würde. Vielleicht hatte Kathleen auch ein Rendezvous mit Robertson in dessen Zimmer über der Garage. Er war kurz vor Louisas Weggang eingestellt worden, aber offensichtlich lange genug anwesend, um Eindruck auf die schwer zu beeindruckende Kathleen zu machen. Der Mann hatte kaum einen Laut von sich gegeben, als er sie heute am Bahnhof abgeholt hatte, hielt sich aber nur an die in Rosemont bestehende Hackordnung.

Es war eindeutig, dass Grace hier noch immer herrschte.

Zweifelsohne schlief ihre Tante tief und fest, zufrieden mit ihrer zwieträchtigen Einlage beim Abendessen und voller Zuversicht, dass sie Louisas neuen Gatten dahingehend bestechen könnte, die Scheidung einzureichen. Nur mit welcher Begründung, fragte sie sich. Geisteskrankheit? Jetzt, da sie zu Hause war, fühlte sich Louisa tatsächlich etwas unausgeglichen. Sie schätzte, wenn der Preis stimmte, könnte man sie des Ehebruchs beschuldigen – irgend so ein armseliger Kerl könnte überredet werden zu lügen, und behaupten, dass er mit ihr geschlafen hatte –, was sie zur Ehebrecherin machen würde. Es war schon fast zum Lachen – wenn Charles Cooper wirklich ihr Gatte wäre, würde er vielleicht spätestens jetzt den Drang verspüren, sich aus dieser Ehe zu lösen –, jetzt, da er seine angeheiratete Verwandtschaft kennengelernt hatte.

Louisa seufzte. Diese Grübeleien brachten sie nicht weiter. Was auch immer Grace im Schilde führte, sie würde scheitern – Charles schien unbestechlich zu sein, ansonsten wäre er ein wirklich guter Schauspieler. Mrs Evensong hatte ihn gut ausgewählt. Louisa vertraute auf seine Ehre und Aufrichtigkeit – er hätte ihr nicht erzählen müssen, was Grace gesagt hatte, aber er hatte es getan. Es wäre ein Leichtes für ihn gewesen, sie zu hintergehen – er schuldete ihr ja eigentlich nichts. Er kannte sie nicht einmal.

Sie berührte ihre Lippen. Er hatte sie nicht wie ein Fremder geküsst.

Sie löschte das Licht und kletterte zurück in ihr Bett, ihre Gedanken schwirrten durcheinander. Louisa war schon zuvor geküsst worden. Und nicht nur das. Sie hatte sich in letzter Zeit nicht so sehr wie eine Idiotin benommen, wie sie es bei Sir Richard getan hatte – sie glaubte daran, dass sie ihre Lektion gelernt hatte, und die hatte es wahrlich in sich gehabt. Aber es war im letzten Jahr ein paar Mal vorgekommen, dass sie darüber nachgedacht hatte, sich erneut hinzugeben; dieses Mal aber ohne Aussicht auf eine Eheschließung. Sie würde *niemals* heiraten.

Louisa schloss die Augen, zog ihr Nachthemd nach oben und berührte sich selbst. Wozu brauchte sie einen Mann, wenn sie zwei gesunde Hände hatte? Sie machte es sich auf ihrer Matratze gemütlich, umkreiste feuchtes Fleisch, zwang sich dazu, sich zu entspannen.

Aber zu entspannen erwies sich ebenso schwierig wie einzuschlafen. Hatte das damit zu tun, weil Charles Cooper nur wenige Meter entfernt lag? Drei Türen lagen zwischen ihnen. Aber hatte sie die Tür zwischen ihrem Ankleidezimmer und dem Bad auch abgeschlossen?

Er war nicht die Art von Mann, der ein Schlafzimmer betrat, ohne dazu aufgefordert worden zu sein – dafür würde sie ihr Leben verwetten. Aber warum war sie dann so nervös? Fürchtete sie, er würde sie bei dem beschämenden Versuch ertappen, zum Höhepunkt zu kommen?

Nein. Daran war nichts Beschämendes – es war ihr gleich, was irgendwelche Bücher oder Leute darüber sagten. Wie sie versuchten, ihr Angst einzujagen, sie zu kontrollieren und sie herabzusetzen. Sie war schließlich ein Mensch. Sie hatte Bedürfnisse, und es war immer viel einfacher gewesen, sich selbst zu befriedigen, als sich der Gnade eines Mannes zu unterwerfen. Männer kümmerten sich doch nur um ihre eigenen Gelüste. Charles Cooper war wahrscheinlich genauso brutal im Schlafzimmer. Nehmend. Pfählend.

Aber was, wenn er sie aus sicherer Entfernung beobachtete, sein blaues Auge von Verlangen verraucht? Louisa stellte sich vor, wie er in der Tür stand, sein Schlafrock offen, die Brust bronzefarben im Schein des Feuers. Er würde ihr aus der Ferne Anweisungen geben, in seiner Stimme würde man dabei die Erregung hören. Er würde ihr sagen, wo ihre Hand als Nächstes hinwandern müsste, würde sie auffordern, ihr Nachthemd abzulegen, das sich plötzlich so heiß und lästig anfühlte. Sie würde ihm sorgfältig zuhören und gehorchen, wäre ebenso weiß wie das Leinentuch, auf dem sie lag, nass von ihrem eigenen Tau. Ein kleiner Schrei entsprang ihrer Kehle, als sie in sich selbst eintauchte, bestrebt danach, immer weiter zu fliegen, gleich war sie so weit –

Doch dann hörte sie einen Aufprall, gefolgt von einem leisen, gequälten Stöhnen. Sie riss ihre Hand zurück und lauschte in die reale Welt um sie herum. Draußen fegte wie gewöhnlich der Wind und rüttelte an den Stabkreuzfenstern. Neben ihrem Bett tickte die Uhr, das Feuer brannte langsam herunter. Und zwei Zimmer weiter schrie Charles Cooper, plärrte Anordnungen an imaginäre Soldaten hinaus.

Er hatte sie gewarnt. Sie zog sich die Bettdecke über den Kopf, aber das nützte nichts. Seine Aufregung steigerte sich, seine Stimme war rau. Außer ihr mussten ihn auch andere hören können, auch wenn sie am Ende dieses Flügels mehr oder weniger unter sich waren.

Louisa würde ihn wecken müssen. Vielleicht sollte sie ihm einen Spritzer heilenden Brandy anbieten, um seine Nerven zu beruhigen. Und Nerven hatte er, ganz gleich, was er dachte. In der Vitrine des Wohnzimmers stand eine Flasche. Sie könnten das Feuer dort neu entfachen und so lange reden, bis seine Albträume vorüber waren.

Sie lüpfte ihren Satinmorgenrock vom Fuß ihres Betts und schlüpfte hinein, hielt nicht einmal inne, um ihr abgelegtes Nachthemd neu überzuziehen. Louisa errötete, als sie an ihre Fantasie dachte. Es war sehr unterhaltsam gewesen, Captain Cooper in ihr kleines Ritual mit einzubeziehen. Was natürlich auch passte, denn schließlich hatte er ja den Platz des frei erfundenen Maximillian eingenommen. Wenn sie sich früher ihren »Gatten« ersonnen hatte, während sie sich befriedigte, waren seine physischen Eigenschaften eher vage gewesen.

Jetzt wusste sie, wie er aussah.

Sie zündete am Feuer eine Kerze an und schwebte durch ihr Ankleidezimmer und das Bad. Die Schreie klangen jetzt verhalten, aber irgendwie verzweifelter. Louisa klopfte an die dicke Eichentür und drehte den Griff.

Der kleine Raum war ein einziges Chaos. Das Tischchen neben dem Bett war umgefallen, und die Bücher ihres Vaters lagen halb geöffnet zusammen mit allen Laken auf dem Boden verstreut. Das Feuer war heruntergebrannt, aber sie konnte den Captain auf seinem schmalen Bett erkennen, wie er um sich schlug. Sie schluckte schwer. Er war ebenso nackt, wie sie es noch vor ein paar Minuten gewesen war.

Sie hob den Tisch auf, schob das offene Schubfach zu und stellte die Kerze in einen Messingständer, den sie auf dem Boden fand. »Captain Cooper. Charles. Wachen Sie auf.«

Es gab keine Anzeichen dafür, dass er sie gehört hatte – wie konnte er auch? Sie hatte nicht nur leise gesprochen, sie hatte lediglich kaum hörbar geflüstert. Louisa machte einen Schritt nach vorn und legte eine Hand auf seinen muskulösen Arm. »Charles –«

Gütiger Gott, das war ein Fehler! Er zog sie mit einem Ruck zu sich herunter und umarmte sie heftig. Und bevor sie sich versah, hatte Charles Cooper sie auf den Rücken gedreht und rollte sich auf sie, wobei eine seiner breiten Hände gefährlich nahe daran war, ihr die Luft abzudrücken. Louisas Fäuste trommelten auf seinen Rücken ein. Sein Körper fühlte sich heiß und schwer an, und seine Manneskraft presste sich gegen die blanke Haut, die unter ihrem verrutschten Morgenrock zum Vorschein kam. Noch nie zuvor hatte sie sich in einer solch intimen Situation befunden – ihren bisherigen Bekanntschaften hatte es stets an Finesse gemangelt. Und an einem Bett.

»Captain Cooper! Wachen Sie auf! Sie tun mir weh!« Sie wagte es nicht zu schreien – und hätte es auch nicht tun können.

Seine Augen öffneten sich, und er starrte auf sie hinab, ohne sie zu erkennen. Seinen Griff lockerte er um keinen Zentimeter.

»Es ist alles i-in Ordnung. Sie haben nur geträumt.«

Er war still. Hart und still, wie ein Brocken Granit, der auf ihr ruhte. Sie konnte die Spitze seines Penis an ihrem Bauch nicht ignorieren – er wurde noch granitähnlicher, je länger die Situation andauerte.

»Charles?«

Er schüttelte den Kopf wie ein Spaniel, der aus dem Wasser stieg. »Wer sind Sie?« Seine Stimme klang rau, aber auch angsterfüllt.

»Louisa Stratton. Wir sind in Rosemont, in meinem Zuhause.«

»Gütiger Gott!« Er ließ sie los und kletterte aus dem Bett. Meine Güte, dieser Mann war schön, lang und sehr schlank, auch wenn seine Haut rote Stellen und Dellen aufwies. Kampfwunden, vermutete sie. Er bückte sich, um ein Laken aufzuheben, mit dem er sich bedeckte. Es war eine Schande, dass Louisa Kathleen nicht von der vollkommenen Perfektion seines Arschs erzählen konnte.

Er erwiderte ihren Blick nicht. »Es tut mir leid«, sagte er barsch. Mit seinen Fingern stopfte er ungeschickt das Laken um seine Hüften fest. Alles, was Louisa tun konnte, war, ihn zu bitten, zurück ins Bett zu kommen.

»Das ist schon in Ordnung. Sie waren nicht Sie selbst. Und Sie hatten mich ja vor Ihren Problemen in der Nacht gewarnt.«

»Das habe ich doch, oder? Und jetzt haben Sie es selbst erlebt. Ich werde morgen früh abreisen.«

»Aber nein!« Louisa setzte sich auf und war sich nicht bewusst, dass ihr Morgenrock in dem Moment nur sehr wenig von ihr bedeckte. »Sie können nicht gehen! Wir haben einen Plan.«

Er ließ sich erschöpft in den Stuhl neben dem Kamin fallen. Es war kalt dort, und der Mann sah aus, als würde er Wärme brauchen, um wieder zu sich zu finden. Er schüttelte sich vor Kälte – oder wegen etwas anderem. Er starrte auf seine Füße, die lang und in ihrer Nacktheit merkwürdig anziehend waren. Wie auch der Rest von ihm.

»Ich wollte Sie nicht erschrecken, aber Sie haben geschrien. Warum gehen wir nicht ins Wohnzimmer? Wir könnten beide einen Drink vertragen nach diesem Schreck.«

»Bemitleiden Sie mich bitte nicht, das kann ich nicht ertragen.«

»Ich bemitleide Sie doch nicht. Man könnte meinen, Sie waren recht clever – Sie haben mich doch schließlich in Ihr Bett geholt, obwohl ich solche Vertrautheiten explizit untersagt hatte, oder nicht? Sie hätten mich sogar vergewaltigen können, und niemand hätte es spitzgekriegt.« Sie zog die Falten Ihres Morgenrockes enger zusammen.

Charles' Lippe kräuselte sich. »Ich könnte anführen, dass ich meine Rechte ausübte.«

»Sie wissen ganz gut, dass Sie keine solchen Rechte haben. Kommen Sie schon. Lassen Sie uns dorthin gehen, wo es wärmer ist. In Ihrem Zimmer ist es wie in einem Eishaus.«

Wie konnte er nur die Decken auf den Boden werfen? Louisa hätte schwören können, dass sie ihren eigenen Atem sah.

»Mir geht es gut.«

»Lassen Sie uns zumindest das Feuer hier wieder anmachen. Ich hole den Brandy.« Sie rutschte vom Bett und stand auf, selbst noch etwas wackelig auf den Beinen.

Er blickte auf. »Hat Ihnen Mrs Evensong nichts von meinem Problem erzählt?«

»Ich weiß nur von Ihren schlimmen Träumen, und Sie haben mir davon erzählt.«

»Ich bin ein Trinker, Miss Stratton. Ich trinke so viel und oft ich kann. Ich habe ihr versprochen, dass ich bei diesem Auftrag nüchtern bleiben würde. Ich würde mir keinen Brandy aufdrängen, wenn ich Sie wäre. In diesem Haus gäbe es nicht genug für mich, sobald ich wieder damit anfange, und ich könnte vergessen, dass ich ein Gentleman sein soll. Wenn Sie das nächste Mal mitten in der Nacht in mein Zimmer kommen, werde ich Sie vielleicht wirklich noch vergewaltigen.«

»Oh.« *Oh.* Charles Cooper war also überhaupt kein weißer Ritter. »Was kann ich dann tun? Soll ich Tee bringen lassen?«

»Tun Sie, was immer Sie wollen. Sie sind schließlich meine Arbeitgeberin.«

Er sah in dem dämmrigen Raum derart trostlos und elend aus, und die Kerze flackerte mit jedem Windstoß, der durch die unabgedichteten Fenster blies. Louisa würde das reparieren lassen.

Jemand würde in diesem Haus sicher noch wach sein – Grace rühmte sich immer mit ihrem Rund-um-die-Uhr-Service. Und wenn sie es musste, konnte Louisa das auch noch selbst schaffen. Sie hatte den größten Teil ihrer einsamen Kindheit in der Küche bei den Bediensteten verbracht. »Ich treibe eine Portion Tee auf, und Sie kümmern sich um das Feuer. Oder soll ich das tun?«

»Ein paar Dinge kann ich schon noch selbst, Miss Stratton. Aber Sie sind sicher vor mir. Es mit einer Frau zu treiben gehört nicht dazu.«

12

Charles öffnete das Fenster weiter, um seinen Kopf klar zu bekommen. Er schätzte, dass er sich weit genug oben in dem Haus befand, um den Tod zu finden, wenn er sich aus dem klappernden Fenster stürzte. Das käme zwar Louisas Ruf nicht sehr entgegen, war aber dennoch ein verlockender Gedanke. Er hatte es satt, krank zu sein und sich von seinen Albträumen jagen zu lassen.

Nachdem er sein Auge verletzt hatte, wurde er in eines dieser Konzentrationslager geschickt, um es zu »säubern«, bevor es von den Mitgliedern der Weltverbesserer der Fawcett Commission inspiziert wurde. Es hatte sich herumgesprochen, dass etwas in Kitcheners unstatthaft war, was letztendlich bis zum Parlament und in die Öffentlichkeit gelangte. Irgendwie sollten er und seine bunt gemischte Truppe die Besucher davon überzeugen, dass die knallharten Umstände, unter denen die burischen Frauen und Kinder lebten, doch nicht so schlecht waren, wie anfänglich berichtet worden war.

Nein. Es war noch schlimmer gewesen. Ein ganzes Quartier voller Insassen starb unter seiner kurzen Amtszeit. Es wurde nicht einmal für die einfachste Hygiene gesorgt. Seine eigenen Männer starben ebenfalls – es kamen mehr Soldaten durch Krankheiten zu Tode als in der Schlacht. Charles hatte das Gefühl gehabt, er schwamm gegen einen hoffnungslos verdreckten Strom an, in dem Tod durch Ertrinken eine willkommene Erlösung wäre.

Die klare See unter der Klippe hinter Rosemont lockte ihn. Aber er konnte das Louisa wirklich nicht antun. Was für eine

Art von Ehemann wollte sein Leben beenden, wenn ein neues gerade eben erst begonnen hatte? Er hatte das Gefühl, sie in dieser vergoldeten Schlangengrube beschützen zu müssen, auch wenn ihre Beziehung nur eine Täuschung war.

Er schlurfte zu dem Sessel und setzte sich. Er sollte hier nicht wie ein vertrockneter römischer Kaiser in sein Laken eingewickelt herumsitzen. Louisa würde schon bald mit ihrem blöden Tee und haufenweise Mitgefühl zurückkommen, und er musste vorgeben, zivilisiert zu sein. Er hatte sich bereits wie eine Bestie verhalten, indem er sie fast unter sich zerquetscht hatte, bevor er wusste, wer sie war.

Insgesamt gesehen hatte sie das alles gar nicht so sehr aufgeregt. Und sie war nackt und weich unter diesem pinkfarbenen Seidenrock. Ihre Haut hatte sich berührt, wie bei echten Eheleuten, aber er war aufgewacht, bevor er zu viel Schaden anrichten konnte. Nicht, dass er dazu überhaupt noch fähig gewesen wäre – er hatte es ein- oder zweimal versucht, nachdem er wieder britischen Boden unter den Füßen gefasst hatte. Sein Schwanz hatte ihn im Stich gelassen, wenn er sich einer lebendigen Lady gegenübersah, wobei die Frauen, bei denen er Befriedigung suchte, wahrlich nicht als solche bezeichnet werden konnten. Zum Glück funktionierte seine Hand bei diesen seltenen Gelegenheiten noch immer, indem sein Geist mit seinen Bedürfnissen kooperierte.

Wofür sollte er eigentlich leben? Er konnte nicht bumsen und wollte niemals mehr kämpfen. Er war fertig, ausgemergelt mit siebenundzwanzig Jahren. Zumindest würde er als Maximillian Norwich noch etwas Spaß haben.

Charles erhob sich gerade, als er hörte, wie die Tür zum Korridor hinter ihm aufging. Meine Güte, der Service in diesem alten, angestammten Gebäudekomplex war spektakulär. Sie war doch eben erst gegangen. Er ließ sich wieder im Sessel

nieder und wartete auf den Tee und Louisas erfrischende Bemerkungen.

Was er stattdessen bekam, war eine echte Überraschung,
bevor sich der ohnehin düstere Raum vollständig verdunkelte.

* * *

Zwanzig Minuten später mühte sich Louisa mit einem Tee-
tablett eine der schmalen Hintertreppen hoch. Die glänzend
weiße Küche war sauber geschrubbt und vollständig verlassen
gewesen – ungewöhnlich, aber auf der anderen Seite hatte das
Küchenpersonal für ihr Willkommensdinner schwer gearbeitet
und verdiente eine Ruhepause. Der Ofen ließ sich nur schwer
wieder in Gang bringen, und sie brauchte eine Weile, um ihren
Lieblingstee zu finden – die Köchin bewahrte ihn inzwischen in
einer anderen Dose auf. Louisa dachte noch immer, ein Tropfen Brandy im Tee könnte nicht schaden. Wenn der Captain
aus moralischen Gründen keinen wollte, war das in Ordnung.

Sie hatte auf dem Kontinent schon reichlich rote Knollen-
nasen, zerrissene Venen und Wanste gesehen. Nicht alle Fran-
zosen, Österreicher und Italiener waren gut aussehend und
elegant. Aber Charles Cooper sah nicht aus wie ein Saufkopf.
Eigentlich war er eher zu schlank und asketisch. Das Haar auf
seinem Kopf war geschoren wie bei einem Mönch, und er lächelte selten. Es gab nichts wirklich Besorgniserregendes an
seinem Verhalten, was sie faszinierte.

Und sie glaubte auch nicht, dass er kein Interesse an Sex
hatte. Auch wenn er mehr oder weniger nicht bei Bewusst-
sein gewesen war, als er sie attackierte, hatte sich sein Zorn
blitzschnell in Erregung verwandelt. Sie hatte die Malereien
und Statuen gesehen. Hatte unglücklicherweise Sir Richard
gesehen. Charles Cooper würde in jedem Museum eine gute

Figur machen, seine sich verlängernde Manneskraft wäre, zumindest aus einer didaktischen Perspektive, eine Verbesserung gegenüber all diesen geheimnisvoll angebrachten Feigenblättern.

Louisa ging um die letzte Ecke, die zu ihrer Suite führte. Die Schlafzimmertür des Captains stand offen, aber kein bisschen Licht fiel auf den Teppich. Hatte er sich auf die Suche nach ihr gemacht? Hatte dieser törichte Kerl nicht zuerst ein Feuer entzündet? Ihr war jetzt selbst kalt in ihrem hauchdünnen Morgenrock, und sie konnte es kaum erwarten, sich eine Tasse Tee einzuschenken.

»Da bin ich wieder, Maximillian«, sagte sie und blieb auf der Türschwelle stehen, als ob sie das Gefühl hätte, jemand wäre in der Nähe und würde zuhören. »Max?«

Ein Windstoß blies ihr von einem offenen Fenster auf der anderen Seite des kleinen Zimmers entgegen. Die Kerze, die sie zurückgelassen hatte, war erloschen, aber sie konnte sehen, dass das Bett bis auch zwei pralle Kissen leer war. Er musste wohl doch ins Wohnzimmer gegangen sein.

Louisa wollte das Tablett nicht mehr länger herumtragen und setzte es auf dem Bett ab, damit sie sich nicht mit den geschlossenen Türen abmühen musste. In dem Moment hörte sie ein schwaches Kratzen, das vom Boden kam.

Ein Gefühl des Unbehagens beschlich sie. Sie prallte gegen den Klubsessel, der nicht mehr neben der Feuerstelle stand. Es war dermaßen dunkel im Zimmer, dass sie fürchtete, sie könnte stürzen. Auf dem ganzen Boden waren Bücher verstreut gewesen, also tastete sie sich vorsichtig um den Sessel herum. »M-Max?«

Ein Stöhnen. Dann stieß ihr nackter Fuß an ein Stück eiskalte Haut, und sie kreischte kurz auf. Der Captain lag, noch immer in seine temporäre Toga gehüllt, mit dem Gesicht nach unten vor dem Kamin. Louisa sank auf ihre Knie. Ihre Hand schwebte über einer seiner Schultern, denn so, wie er das letzte Mal reagiert hatte, verspürte sie Angst davor, ihn zu berühren. »Charles«, flüsterte sie.

Er konnte unmöglich in dieser ungewöhnlichen Position eingeschlafen sein – niemand schlief gern auf dem Boden, wenn ein Bett in der Nähe war, oder? Obwohl er vielleicht durch seine Zeit als Soldat an Entbehrungen gewöhnt war und in der Tat eine harte Oberfläche bevorzugte. Es wäre schon komisch, wenn ihn die Bediensteten am Morgen so fanden.

Sie würde ihn ausgebreitet liegen lassen, halb auf dem Teppich, halb auf den Fliesen des Kamins, aber sie könnte das Fenster schließen – der arme Mann wäre sonst bis zum nächsten Morgen mit Frost überzogen. Er könnte den Tod finden, und es war noch viel zu früh, um Maximillian Norwich loszuwerden.

Darüber hinaus hatte Louisa noch nie einen echten toten Körper gesehen und legte auch jetzt keinen Wert darauf. Es war eine Sache, Max in ihrer Fantasie zu beseitigen; dem armen Captain Cooper das aber wirklich anzutun erschien ihr nicht fair.

Sie stand auf, um um ihn herumzuschleichen, aber seine Hand schoss hervor und packte sie am Fußgelenk, wodurch sie überaus reizlos neben ihm auf dem Boden landete. Louisa fühlte sich wie ein geflochtener Brotzopf, wie sie sich da verrenkte. Jetzt lagen sie sich Auge in Auge gegenüber, obwohl er sich nicht bewegt hatte, außer um einmal zu blinzeln, als er erkannte, wen er da gefangen hatte. Der stoppelige Teppichflor presste sich in ihre Wange, und seine Hand fühlte sich wie eine eiserne Handschelle an ihrem Bein an.

»Nicht schon wieder. Wirklich, Captain, das muss –«

»Seien Sie einfach still. Ist noch jemand hier?«

»Selbstverständlich ist niemand sonst hier! Ich musste den Tee selbst zubereiten. Er steht auf dem Bett, wenn Sie eine Tasse wollen. Ich gieße Ihnen gern etwas ein, wenn sie mich loslassen. Welch merkwürdige Gewohnheiten Sie doch haben, liegen hier auf dem Boden herum wie eine Dogge! Das ist höchst unerfreulich.«

Sie waren sich so nah, dass sie in der Finsternis sehen konnte, wie sich seine Lippen verzerrten. »Ich wage es einfach zu fragen. Haben Sie mich niedergeschlagen, Louisa?«

»Habe ich *was*?«

»Mich niedergeschlagen. Mit einem Backstein oder einer Schaufel oder etwas ähnlich ›Unerfreulichem‹, wie Sie es wohl bezeichnen würden. Was es auch war, es hat mich von meinem Sessel gehauen. Ich bin eben erst wieder zu mir gekommen.«

Sie wand sich unter seiner Hand, aber er hielt sie fest. »Ich … ich – selbstverständlich würde ich so etwas nie tun! Wie können Sie nur so von mir denken?«

»Nun, Sie haben mir auf der Zugfahrt hierher erzählt, dass Maximillian Norwich letztendlich sterben müsste. Ich dachte, Sie würden es vielleicht nicht mehr abwarten können.«

»Ich werde Sie doch nicht *wirklich* umbringen«, bemerkte Louisa verschnupft. »Ich werde einen imaginären Mann töten. Aber doch nicht mit einer Schaufel oder einem Backstein. Er würde einen Tod erleiden, der zu seinem Stand passt, etwas Würdevolles.« Sie hatte über Maximillians Abgang noch nicht entschieden, Zugunglücke, Bergsteigen und Blumenpflücken aber bereits ausgeschlossen. Jetzt, da sie Charles Cooper getroffen hatte, war es unmöglich zu glauben, dass ein kleiner Dorn ihn zur Strecke bringen könnte.

Er lockerte seinen Griff, aber nur ein wenig. »Nun gut. Ich schätze, ich muss Ihnen glauben.«

»Natürlich müssen Sie das! Ich lüge nie!«

Er zog eine dunkle Augenbraue nach oben, sagte aber nichts. Louisa glaubte, er hatte nicht ganz unrecht. Was war das schon zwischen ihnen außer einer einzigen gigantischen Lüge? »Und es hat Sie wirklich jemand niedergeschlagen?«

»Ja. Ich denke, ich brauche etwas Pflege. Können Sie Blut sehen?«

Blut? Lag er am Ende hier und *blutete*? Es war zu dunkel, um etwas erkennen zu können. »Stehen Sie auf!« Und was, wenn er das nicht konnte? »Ich meine, *können* Sie denn aufstehen?«

Er grunzte. »Ich kann es versuchen. Sie sollten besser ein paar Lampen anzünden.«

Er ließ ihren Knöchel los, und sie rappelte sich auf. Der Zündholzbehälter war mit den Büchern auf den Boden gefallen, aber sie fand ihn und zündete den Docht einer Lampe auf dem Kamintisch an. Charles lag immer noch auf dem Boden ausgestreckt, und auf seinem kurzen, dunklen Haar konnte sie eine verkrustete dunkle Stelle entdecken. »Oh mein Gott!«

»Ich bezweifle, dass Beten schaden kann, aber ich würde doch momentan etwas Heftpflaster bevorzugen«, grummelte er und zog sich in eine sitzende Position. Er schwankte und suchte am Sessel Halt.

»Oh ja! Natürlich. Im Badezimmer muss etwas davon sein. Bewegen Sie sich nicht von der Stelle.«

»Ich habe nicht vor, zum Tanzen auszugehen.« Er sackte am Stuhlbein zusammen und hielt sich verzweifelt daran fest. »Schwindelig.«

»Ich schicke nach Dr. Fentress.«

»Nein!« Er zuckte vor dem Klang seiner eigenen Stimme zusammen. »Nein, keine Ärzte. Mir geht es gut. Geben Sie mir bitte noch eine Tasse von diesem Tee, bevor Sie gehen.«

Louisa goss ihm mit zitternden Händen ein. »Wahrscheinlich ist er inzwischen kalt geworden.«

»Das ist egal.« Er schlürfte laut, etwas, das Maximillian Norwich niemals tun würde, auch wenn er mit einem Backstein oder einer Schaufel niedergeschlagen worden wäre. Maximillian tat alles mit Bedacht.

Außer im Schlafzimmer. Dort war er teuflisch geschickt, ein geschmeidiges Tier mit endlosem, erfindungsreichem, wollüstigem Appetit.

»Das tut gut. Danke.«

Louisa zögerte, sie fühlte, wie ein unbekanntes Gefühl in ihr aufkam, als sie über ihm stand. Das Laken bedeckte noch das meiste seiner Hüften, und sein Rumpf zeichnete sich dämmrig im Lampenschein ab. Das war *genauso*, wie sie sich den imaginären Maximillian vorgestellt hatte, und Louisa wollte den echten Charles weiter untersuchen. Aber der arme Mann blutete doch, um Himmels willen. »Ich hole die Bandagen. Und etwas Karbol.«

Er verzog das Gesicht, sagte aber nichts, als sie das gemeinsame Badezimmer betrat. Es war durch eine flackernde Glaslampe beleuchtet, sollte man nachts seine Notdurft verrichten müssen. Louisa drehte den Docht auf und begann, methodisch die Schubfächer der langen Kommode unter den Fenstern zu durchsuchen. Sie fand Seifenstücke und Schwämme, bestickte Handtrockentücher, Gesichtscreme, Wattebäusche. Erst im untersten Schubfach fand sie einen Verbandskasten mit Bandagen und Scheren und beschrifteten braunen Fläschchen. Sie segnete die Belegschaft für deren Aufmerksamkeit fürs Detail, denn alles in der Kommode war neu und hübsch arrangiert. Louisa befüllte ein kleines Becken mit warmem Wasser und zog ein paar Stücke Flanell aus den offenen Regalfächern neben der Wanne.

»Ah. Das Karbol-Mäuschen.« Charles Cooper grinste sie schief aus dem Sessel an. Er hatte sich selbst wieder hochgeholfen und fummelte an dem drapierten Stoff um seine Hüfte. Ein Tropfen Blut kroch seinen Hals hinab.

»Das ist einfach schrecklich«, sagte sie, als sie ihre Hilfsmittel auf dem Kamintisch absetzte. »Wer würde Ihnen nur so etwas antun?«

»Jeder der Dinnergäste. Die kamen mir alle seltsam vor«, sagte er belustigter, als es angemessen war.

»Sie sind aber alle nach Hause gegangen. Es ist nur noch die Familie hier.«

»Was noch schlimmer ist, wie Sie zugeben müssen.«

»Blödeln Sie nicht herum, Charles. Jemand in Rosemont hat versucht, Sie zu töten!« Sie betupfte seinen Kopf mit dem nassen Waschlappen und lauschte seinem raschen Atem.

»Sicher nicht. Der Tod hat etwas Endgültiges. Vielleicht sollte das nur eine Warnung sein. Sollte mich zurück in mein Château schicken, um freien Zugriff auf Ihr Geld zu haben.«

Geld. Louisa hoffte, dass es nicht darum ging. Menschliche Gier kannte keine Grenzen. Aber irgendwie konnte sie sich Tante Grace nicht vorstellen, wie sie Maximillian Norwich eins über den Schädel zog, wo sie doch vorhatte, ihn morgen zu bestechen.

Heute, besser gesagt. Es war schon nach Mitternacht.

Tante Grace brauchte ihr Geld nicht – sie hatte selbst genug davon. Hugh würde ein Vermögen erben, also brauchte er es auch nicht. Im Übrigen war Hugh in London und wanderte nicht mitten in der Nacht durch Rosemont.

Könnte einer der Bediensteten das getan haben, um vielleicht etwas zu stehlen? Louisa sah sich im Zimmer um, aber alle Schubfächer waren geschlossen, und das einzige Durcheinander waren die Bücher, die Charles selbst in seinem Albtraum zu Boden geworfen hatte.

»Autsch.«

»Tut mir leid. Ich denke, die Wunde ist jetzt sauber genug. Sie ist tief, aber ich glaube nicht, dass sie genäht werden muss. Halten Sie still. Das könnte jetzt wehtun.«

Seine Finger gruben sich in die Sessellehnen, und er saß ganz steif da, während sie seine Kopfhaut mit Karbol betupfte – der einzige Beweis dafür, dass er überhaupt etwas fühlte. Sie klebte das Pflaster so gut sie konnte fest und hoffte, es würde auf den kurzen Haarstoppeln halten. »Fertig. So gut wie neu.«

»Außer den verfluchten Kopfschmerzen. Schwindeleien haben sich noch nie ausgezahlt. Jetzt habe ich wirklich welche.« Sein Akzent wurde rauer und legte seine Wurzeln offen. Meine Güte, sie war allein mit einem ungehobelten, halb nackten Mann in einem spärlich beleuchteten Schlafzimmer, und sie verspürte nicht den Drang zu fliehen.

»Schließen Sie doch bitte das Fenster. Mein Angreifer ist wohl kaum am Abflussrohr nach unten geklettert?«

»Das halte ich für unwahrscheinlich. Wir sind schrecklich weit oben. Und obendrein stand Ihre Schlafzimmertür offen, als ich aus der Küche zurückkam.« Sie fummelte an den Haken der Fensterflügel herum und verschloss sie. »Sie sollten lieber von jetzt an auch die Tür zum Korridor abschließen.«

»Herrje. Das war dann wohl keine einmalige Gelegenheit?«

Louisas Zunge schob sich in ihren Mundwinkel. Es war ein schrecklicher Gedanke, dass sie Captain Cooper hierhergebracht hatte, damit er nachts niedergeknüppelt wurde. »Das wissen wir nicht. Ich hatte erwartet, mich vor Klatsch hüten zu müssen, aber nicht vor so etwas.«

Charles erhob sich wackelig aus dem Sessel und umklammerte sein Laken. »Danke, dass Sie mich wieder zusammengeflickt haben.«

»Das war wohl das Mindeste. Ich – ich glaube nicht, dass ich Sie allein lassen sollte. Menschen mit Kopfverletzungen müssen überwacht werden.«

Er gab vor, schockiert zu sein. »Aber Miss Stratton, schlagen Sie vor, in meinem Bett zu schlafen? Ich denke nicht, dass wir beide da hineinpassen würden.«

»Ich dachte, Sie könnten in mein Zimmer kommen. Ich kann Sie dann von der Chaiselongue aus beobachten.« Trotz des langen Tages und der noch längeren Nacht hatte Louisa nicht das Gefühl, überhaupt noch einschlafen zu können. Ihre Gedanken waren zu aufgewühlt. Jemand hatte den Captain attackiert. Würde man sie als Nächstes angreifen? In ihrer Kindheit hatte sie die meiste Zeit in Rosemont entweder in ihrem Zimmer oder in der Küche oder aber im Gewächshaus verbracht, was einer Art freiwilligem Hausarrest gleichkam, sogar bevor Grace ihre Bewegungsfreiheit derart eingeschränkt hatte. Sie fand den Gedanken daran, die nächsten dreißig Tage in dem grauen Wohnzimmer zu verbringen, überhaupt nicht verlockend, auch wenn sie einen absolut umwerfenden Mann als Gesellschaft hatte.

»Ihr Zimmer.« Charles klang zögerlich.

»Ja.«

»Ich halte das für keine gute Idee.«

»Wer immer Ihnen das angetan hat, könnte einen Schlüssel haben, um wieder hereinzugelangen. Sie könnten einschlafen, und wir würden niemals erfahren, wer Sie niedergeschlagen hat. Falls Sie dann überhaupt wieder aufwachen würden.«

»Sie glauben, dieser Jemand kommt zurück, um sein Werk zu vollenden?«

»Ich – ich weiß es nicht. Das scheint mir viel mehr zu sein als nur ein Schabernack.«

»Mein Kopf stimmt Ihnen zu. Mrs Evensong hat nichts davon erwähnt, dass dieser Job dermaßen gefährlich wer-

den könnte. Aber ich habe für alle Fälle meine Pistole mit-
gebracht.«

Louisa fühlte, wie ihre Knie nachgaben. »Ihre P-Pistole?«

»Jahrelange Übung. Der Zwang der Gewohnheit. Man weiß
ja nie.« Er schlurfte zum Nachttisch und zog die Schublade auf.
»Verdammt! Sie ist weg. Ich schätze, wir müssen uns ab sofort
nicht nur vor Backsteinen in Acht nehmen.«

13

Charles sprach in einem lockeren Ton, war aber zutiefst beunruhigt. Seine Armeepistole hatte ihn seit einem Jahrzehnt immer begleitet. Sie war wie ein alter Freund, und er hatte noch Verwendung für sie, wenn er erst einmal den notwendigen Mut aufbringen konnte. Er kroch auf den Boden und schaute unter das Bett, als er sich erinnerte, dass er in der Nacht den Tisch umgestoßen hatte. Vielleicht hatte sich die Schublade geöffnet, und die Pistole war auf den Boden gefallen, wie durch ein Wunder, ohne loszugehen. Wenn sie losgegangen wäre, wäre all seine Unentschlossenheit irrelevant gewesen, und Louisa Stratton Norwich hätte in den Witwenstand treten können.

Doch es war nichts zu sehen, nicht ein Staubkörnchen. Das würde man in einem Haus wie Rosemont auch vergeblich suchen.

Allmählich kam Charles der Gedanke, Louisa Stratton hätte lieber in Frankreich bleiben sollen. Irgendetwas war hier so richtig faul. Es war eine Sache, dass er darüber nachdachte, sich umzubringen, aber er bemerkte, dass er das nicht gern jemand anderem überlassen wollte.

»Also gut, gehen wir in Ihr Zimmer. Aber Sie brauchen nicht auf der Chaiselongue zu schlafen. Das Bett ist groß genug für zwei oder drei, wenn ich mich recht entsinne. Ich schwöre, ich werde keine Grenzen überschreiten.«

Louisa errötete. Sie wusste wahrscheinlich nicht, was eine Ménage-à-trois war. Aber wenn sie seine Gattin *wäre*, würde er sie sicher mit keinem oder keiner anderen teilen wollen. Er führte sie aus diesem arktisch kalten Raum und legte dabei eine Hand auf ihren unteren Rücken. Die Seide fühlte sich unter seinen rauen Händen rutschig an, und er fragte sich, wie weich ihre Haut darunter sein musste. Sehr weich, entschied er. Weiß und rein. Auch wenn er jetzt, da ihre Haut vom Puder befreit war, eine winzige Ansammlung Sommersprossen auf ihrer Wange und Nase bemerkte. Wahrscheinlich kamen sie vom vielen Autofahren auf dem Land. Er setzte mehr auf Pferde.

»Reiten Sie?«

Louisa rutschte auf der Badezimmerkachel aus. »Wie bitte?«

Ah. Er hatte die Größe des Betts erwähnt. Sie dachte, er würde hier jetzt etwas hineininterpretieren. Die Vorstellung einer nackten Louisa, die über ihm lag, ihr goldenes Haar, das sich über ihn ergoss, rührte an seinem widerspenstigen Kolben. »Ich dachte, vielleicht könnten wir nach meinem Termin bei Ihrer Tante das Anwesen auf dem Pferderücken erkunden.«

»Oh. Ja, natürlich kann ich reiten. Zumindest früher einmal. Meine Tante hatte es mir in den letzten paar Jahren, in denen ich zu Hause lebte, verboten. Sie war sicher, ich würde zu –« Sie schnitt die Wörter ab, die darauf folgen sollten.

»Sir Richard laufen«, ergänzte er helfend. Sie hatten das Badezimmer und ihr Ankleidezimmer durchquert, alle Türen hinter sich verschlossen und befanden sich jetzt in dem enormen Schlafgemach. Auch ihr Feuer musste wieder angefacht werden, sonst würden sie weiter frieren müssen. »Steigen Sie unter die Decken. Ich hole die Kohlen.«

Er dachte, sie würde widersprechen, hörte aber, wie sie ins Bett glitt und die Kissen aufschüttelte. Ihm war bewusst, dass sein Pyjama noch immer in einer Kommodenschublade lag. Es war Mrs Evensongs Idee gewesen – in letzter Zeit hatte

Charles entweder in seiner Straßenkleidung oder nackt geschlafen und war viel zu betrunken und unzivilisiert gewesen, um sie zu wechseln. Er sollte zurück in sein Zimmer gehen, um sie zu holen.

Und Louisa sollte ein Nachtgewand anziehen, etwas, das direkt unter ihrem sturen Kinn abschloss. Dieses Nachthemd würde sie jedenfalls nicht lange anbehalten, wenn sie neben ihm lag. Er hatte das Stück Schenkel gesehen, als sie neben ihm lief, die Kurven einer Brust, als sie sich nach vorn beugte. Ihr weißer Hals war über dem tiefen Ausschnitt des Morgenrocks sichtbar und zum Küssen verführerisch.

Herrgott. Seine Gedanken bewegten sich auf unbekanntem Territorium – oder zumindest auf Territorium, das er eine ganze lange Weile nicht mehr erforscht hatte. Dieser Schlag auf seinen Kopf musste ein paar Erinnerungen aus der Zeit, als er ein normaler Mann gewesen war, freigesetzt haben. Als er sehen und berühren und schmecken konnte, seine Gedanken nur darum kreisten, wie er am besten schnell in weibliche Tiefen eindringen und dort verweilen konnte.

Charles bemerkte, dass sowohl sein Pyjama als auch seine Augenklappe im anderen Zimmer waren, aber das Licht war schwach genug, dass er die schwimmenden Trümmer ignorieren konnte, die ihm während des Tages so zu schaffen machten. Bald würde er seine Augen schließen, und das Pochen an seinem Hinterkopf konnte sich beruhigen. Er würde sich am besten auf die Seite legen, mit dem Rücken zu Miss Stratton. So tun, als ob sie nicht da wäre.

Unmöglich.

Das Feuer begann zu brennen. Es gab keinen Grund, davor zu kauern und darin herumzustochern, das Unvermeidliche hinauszuschieben. Charles würde den Teil, der von der Nacht noch übrig war, neben einer wunderschönen Frau verbringen.

Hoffentlich fiel er nicht in ein Koma und verpasste diese Erfahrung.

Louisa konnte ihn mit Wasser bespritzen, um ihn zu wecken. Whisky wäre ihm willkommener, dachte er reumütig.

Als er das Laken fest um seine Hüfte wickelte und über den dicken Teppich zu diesem enorm großen Himmelbett tappte, fühlte er sich ein bisschen wie ein afrikanischer Ureinwohner. Louisa hatte sich an das äußerste Ende zurückgezogen. Da würde es kein ›zufälliges‹ Berühren ihrer exklusiven Kurven geben. Charles glaubte nicht, dass er viel würde schlafen können – seine Haut fühlte sich gespannt an, jeder Zentimeter spürbar, nicht gerade vor Schmerz, aber spürbar und lebendig.

Lebendig. Er fühlte sich zum ersten Mal seit über einem Jahr lebendig. Was irgendwie schon eine gewisse Ironie in sich barg, wenn man bedachte, dass ihn gerade jemand hatte umbringen oder zumindest verwarnen wollen. Und jetzt war seine Pistole gestohlen worden, ebenso wie sein Seelenfrieden, den er sich hätte sichern können, indem er vorgab, der Gatte des Wildfangs zu sein.

Er könnte Louisa um eine Erhöhung des Honorars bitten. Er hatte den Vertrag mit Mrs Evensong schließlich nicht unterzeichnet, um sich erschießen zu lassen. Charles hatte genug davon, vielen Dank auch. Wenn hier jemand schoss, dann war er es.

Er war hier nicht sicher – und Louisa ebenso wenig. Scharfe Objekte konnten scharfe Zungen zum Schweigen bringen. Er fühlte eine Welle von Beschützerinstinkt für sein armes, kleines, reiches Mädchen in sich aufsteigen.

Er fühlte sich ein wenig wie unter einer Belagerung, starrte durch den dunklen Raum auf die Wohnzimmertür und fragte sich, ob die auch verschlossen war. Er würde sich von Robertson zum nächsten Büchsenmacher fahren lassen und seine Waffe dieses Mal nicht in einer Schublade verwahren.

Hinter ihm raschelte es. Ein Seufzer. Noch einer. Charles schloss bestimmt die Augen.

»Hier gibt es ein Waffenzimmer. Mein Papa hatte eine Sammlung von Schusswaffen, wie ich Ihnen schon sagte. Wir können morgen nach etwas suchen, um Ihre Pistole zu ersetzen.«

Charles hatte keine solch praktische Diskussion erwartet, und schon gar nicht, dass sie seine Gedanken lesen konnte. Er rollte auf die andere Seite. »In der Tat? Ich frage mich, warum meine gestohlen wurde, wo es doch eine ganze Auswahl an Waffen hier gibt.«

»Natürlich um Sie zu entwaffnen. Sie ungeschützt zu lassen. Ausgeliefert.« In ihrer Stimme erkannte er Verbitterung. Sie sprach nicht wirklich über ihn.

»Ich erinnere mich daran, dass Sie mir erzählt haben, Sie seien eine ganz passable Schützin.«

Sie nickte. Spannung ging von ihr aus, obwohl sie die Decke bis zum Kinn hochgezogen und ein Kissen so platziert hatte, dass er sie nicht berühren konnte.

Charles hatte versprochen, ein Gentleman zu sein, und er hielt seine Versprechen. Meistens zumindest.

»Nun, das ist ja praktisch. Ich denke, Sie sollten sich auch bewaffnen. Und wir sollten zusammenbleiben. Louisa, haben Sie irgendeine Ahnung, wer mir schaden will? Ich schätze, damit will man in Wahrheit Ihnen wehtun – ich bin nur der Kollateralschaden.«

Ihre Zunge marschierte wieder in ihren Mundwinkel. »Wollen Sie aus dem Geschäft aussteigen? Ich möchte nicht, dass Ihnen etwas Schlimmes passiert.«

»Und ich möchte nicht, dass *Ihnen* etwas Schlimmes passiert. Und deswegen bleibe ich in Rosemont. Sie können mich ja später umbringen, wenn alles geklärt ist. Haben Sie ein Testament?«

»Mr Baxter hat mich immer dazu gedrängt, bevor ich fort bin, aber nein. Ich konnte mich einfach nicht dazu durchringen. Dumm von mir, das weiß ich. Wir sterben alle irgendwann einmal, nicht wahr? Ich hätte zigmal im vergangenen Jahr einen Unfall haben können – Automobile sind so unzuverlässig. Und erst die Straßen! Nichts als Schlamm und Spurrillen. Wenn jemand mein Vermögen verdient hat, dann Kathleen, und zwar dafür, was sie mit mir durchgemacht hat. Aber bislang profitiert niemand direkt von meinem Tod.«

»Außer Ihrem Gatten. Per Gesetz würde ich Ihr Vermögen auch ohne Testament erben, oder nicht? Zuerst mich umbringen, dann Sie, und dann erbt Ihre nächste Verwandte – die wohl Grace sein dürfte.«

»Oh! Oh Charles, es tut mir so leid, dass ich Sie in diese missliche Lage gebracht habe.« Sie sah ihn aufrichtig mit diesen großen, dunklen Augen an.

Sie war zu Tode verängstigt, und das war auch beabsichtigt. Ihr Haus war ein Vipernnest.

»Lassen Sie uns heute Nacht keine Sorgen mehr wälzen. Ich bin erschöpft.« Er dehnte sich und gähnte eindrucksvoll, dann drehte er sich von ihrem beschatteten Gesicht weg.

Im Zimmer war es laut – das Feuer zischte, die Uhr tickte, die Fenster bebten im Wind, das Wasser dort unten war bewegt. Charles wartete, bis Louisa gleichmäßig atmete, aber stattdessen hörte er einen abgehackten Schluckauf und ein nicht sehr damenhaftes Schnaufen.

Verdammt. Sie weinte. Die kühne, dreiste Louisa Stratton war in Reichweite seiner Arme, und sie musste getröstet werden, auch wenn er versprochen hatte, sie nicht zu berühren. Er rang nur ein paar Sekunden mit sich, bevor er sich umdrehte und sie in die Mitte des riesigen Betts zog. Sie vergrub ihr feuchtes Gesicht an seiner nackten Schulter, achtete weder auf Rotz noch auf Tränen und schmiegte ihren nervösen Körper an seinen. Charles streichelte ihren Rücken, als wäre sie eine scheue Kreatur aus dem Wald, kuschelte sie ein, küsste ihr goldenes Haupt. Ihre Haare waren bis zu ihrer Taille zu einem Zopf geflochten, den er ebenfalls streichelte – er war schwer und glatt und musste entwirrt werden. Sie roch nach Veilchen, Eau de Cologne und Seife, sauber und süß.

Sie hätten ihren Tee trinken und gesellig vor dem Feuer plaudern sollen, bevor sie sich ins Bett gelegt hatten, aber die Kanne musste inzwischen eiskalt sein. Also lag Charles mit einer weinenden Frau in seinen Armen da, spürte ihre salzigen Tränen und Lippen auf seiner Haut, und ihr Körper rührte das auf, was lange in ihm geschlummert hatte.

»Es tut mir leid«, murmelte sie in seine Brust hinein. »Ich weiß nicht, was mich überkam. Ich bin normalerweise keine solche Heulsuse.«

»Still. Der Gedanke an die Sterblichkeit hat schon Philosophen und Priester an den Rand des Wahnsinns getrieben. Ich halte Sie fest, bis Sie schlafen können.«

Sie blinzelte ihn an, ihre Wangen waren nass. Ihre bronzefarbenen Wimpern waren dunkel und spitz und erinnerten ihn an ein Rehkitz. Aber Louisa Stratton war kein schwaches junges Reh – sie war eine unbesonnene Erbin, die tat, wozu sie Lust hatte.

Bis sie nach Rosemont zurückkehrte. Charles hatte beobachtet, wie Stunde um Stunde die Lebendigkeit aus ihrem Körper schwand.

Sie runzelte die Stirn. »Ich sollte eigentlich auf Sie aufpassen.«

»Wir können ja aufeinander aufpassen.« Charles umschloss ihre Wange und wischte mit seinem Daumen eine Träne fort.

»Wie ein echtes verheiratetes Paar«, flüsterte sie.

»Beinahe.« Er wollte sie nicht damit verängstigen, was er plötzlich als ihr vorgeblicher Gatte tun wollte. Sie sah ihn mit so viel Vertrauen an, dass es sein Herz erdrückte. Sie sollte ihm nicht vertrauen – sie hatte keine Ahnung, wozu er fähig war.

Er würde ihr Elend nicht ausnutzen, auch nicht das einer anderen Frau. Das hatte er einmal getan und sich seitdem gehasst. Er war am Ende nicht nett zu Marja gewesen, und sie war wie all die anderen gestorben, war trotz seiner Berührungen nicht besser dran gewesen.

»V-vielen Dank.« Sie wurde ruhiger, nahm eine Ecke des Lakens und wischte die Feuchtigkeit von seiner Schulter. »Ich habe Sie beschmutzt.«

»Da habe ich schon Schlimmeres erlebt, glauben Sie mir.«

Louisa kuschelte sich in seine Armbeuge, ihr Körper war ganz nah an seinem und fühlte sich heiß an. Er stellte sich vor, wie sich das Muster ihrer figurbetonten Seidenrobe an ihm abdrückte, ihn mit Reben und Blättern brandmarkte. Charles kämpfte dagegen an, auf die cremige Haut ihres Dekolletés oder die unschuldige Hand hinabzuschauen, die auf seiner Brust ruhte. Sie hatte geschickte Hände, erinnerte er sich, Hände, die sich gefühlvoll bewegten, während sie weiterplapperte, Hände, die Öfen anzünden und Pistolen abfeuern und Automobile lenken konnten.

Und die einen Mann durch eine leichte Berührung der Haut in den Wahnsinn treiben konnten.

Er konnte sich nur selbst für seine Qualen verantwortlich machen. Vielleicht wäre es besser, in sein Zimmer zurückzugehen und darauf zu warten, zu Tode geklopft zu werden.

»Charles?«

»Hm.«

»Das ist sehr bequem, finden Sie nicht?«

Überhaupt nicht.

Er grunzte auf eine Weise, die man so oder so interpretieren konnte. Er sollte vorgeben zu schlafen und beginnen zu schnarchen, sodass sie nicht mehr versuchte, mit ihm zu reden. Aber da hatte er kein Glück.

»Ich habe noch niemals zuvor mit einem Mann geschlafen. In einem Bett«, ergänzte sie, falls er Zweifel in Hinsicht auf ihre Jungfräulichkeit hatte. »Ist das nicht irrwitzig? Ich bin sechsundzwanzig Jahre alt und verdorben, wenn man Tante Grace Glauben schenken darf. Nicht, dass ich meine Reinheit zurückbekommen könnte, oder?«

Charles hatte keine Antwort für sie. Sein Hals war wie eine Wüste, und seine Zunge klebte ihm am Gaumen.

»Es ist reichlich albern, nicht wahr – ich meine, dass ich die Intimität vermieden habe. Ich bin eine moderne, freie Frau. Warum sollte ich mich den strengen Regeln der Gesellschaft unterwerfen? Was dem einen recht ist und all das. Auch wenn es in diesem Fall in Wirklichkeit ›Was dem andern billig ist, ist dem einen recht‹ heißen sollte, oder? Warum sollten nur die Männer den ganzen Spaß haben? Meiner Erfahrung nach waren die Männer natürlich enttäuschend. Angefangen bei dem niederträchtigen Sir Richard. Aber ich konnte mich noch nicht selbst von der Wirksamkeit des Sapphismus überzeugen.«

Charles verschluckte sich. Sie plapperte. Nun, sie hatte einen Schock erlitten, auch wenn es er sein sollte, der zusammenhanglos plauderte, nachdem er eins auf die Rübe bekommen hatte.

»Ich vermute, Sie sind nicht in der Stimmung, mich noch einmal zu küssen? Ich glaube, ich bin überhaupt nicht müde.«

»Sie küssen?«

»Wie beim Abendessen. Ich bitte Sie nicht darum, als Liebesdiener zu agieren – mehr als ein Kuss ist nicht nötig. Aber wenn Sie nicht wollen. Obwohl, wenn jemand wirklich versucht, uns umzubringen, sollten wir vielleicht doch lieber *carpe diem* zu unserem Motto machen.«

Sagte sie da wirklich, was er glaubte gehört zu haben? Der Schlag auf seinen Kopf musste sein Hirn beeinträchtigt haben. Charles hatte genug. Er ließ sie los und fiel zurück. »Ich könnte mich vielleicht nicht mehr stoppen, brutal, wie ich bin. Ich bin genauso abscheulich wie Sir Richard. Und noch schlimmer.«

»Ich dachte, Sie sagten, ich sei vor Ihnen sicher.« Das verflixte Mädchen warf ihm einen Blick zu, der besagte, dass sie ganz und gar nicht sicher vor ihm sein *wollte*.

»Ich habe gelogen.« Bei Gott, er *hatte* gelogen. Er war hart wie ein Stein.

»Nun, das ist dann schon in Ordnung. Aber ich denke, es würde mir nichts ausmachen, wenn Sie – wenn wir – wenn … Sie wissen schon.«

»Nein, das weiß ich verdammt noch mal nicht!«

»Als Mann und Frau agieren. Nur heute Nacht. Wer weiß, was der Morgen bringen wird? Wir werden vielleicht im Schlaf umgebracht.« Louisa schenkte ihm ein umwerfendes Lächeln, als wäre die Aussicht auf den baldigen Tod eine recht erfreuliche Sache.

»Sie sollten eingesperrt werden.«

»Das war ich. Jahrelang. Es hat nicht wirklich funktioniert. Ich bin hoffnungslos wie eh und je. Wenn Sie bereit sind, diese Extrapflicht zu erfüllen, würde ich das natürlich auch finanziell honorieren.«

Charles' Kinnlade klappte nach unten. »Sie werden mich dafür bezahlen, wenn ich Sie bumse?«

»Seien Sie nicht so rüpelhaft. Maximillian würde niemals ›bumsen‹ sagen.«

138

»Ich bin aber nicht Maximillian. Es *gibt* keinen Maximillian. Bei Gott, Ihre Tante hatte recht damit, Sie in Schach zu halten. Sie sind verrückt.«

Louisa bohrte einen Finger in seine Brust. »Wagen Sie es nicht, sich auf ihre Seite zu schlagen! Ich bin nicht verrückt. Nur neugierig. Sie sind hier, ich bin hier, und wir beide brauchen etwas Zuwendung. Der Tag hatte es schließlich wirklich in sich, das müssen Sie zugeben. Sie müssen nichts Außergewöhnliches machen – nur das Übliche.«

Charles setzte sich auf und stieß sich die Schulter am Kopfende. »Sie wissen nicht, was Sie da sagen. Sind Sie sicher, dass nicht jemand *Ihnen* auf den Kopf geschlagen hat?«

»Ich bin mir ganz sicher, dass ich es will. Ich weiß nicht, warum ich nicht schon vorher daran gedacht habe. Aber dann wieder«, grübelte sie, »bin ich noch niemandem zuvor begegnet, der wie Sie für eine Liaison geeignet gewesen wäre. Sie sind äußerst attraktiv, wissen Sie. Und ausreichend distanziert. Ich habe nicht das Gefühl, dass Sie etwas von mir wollen, das ich Ihnen nicht geben kann. All meine anderen Verehrer waren so *habgierig*, aber mein Vermögen scheint Sie nicht im Mindesten zu beeindrucken.«

»Glauben Sie mir, ich will Ihr Geld, sonst hätte ich diesem irrsinnigen Plan überhaupt nicht zugestimmt«, knurrte Charles. »Kleiden Sie mich nicht in Ehre, die ich nicht habe.«

»Oh! Aber Sie sind ehrenhaft. Da bin ich mir sicher. Die reine Tatsache, dass wir diese Diskussion führen, zeigt mir, dass Sie *genau* der Mann sind, der mir ins Bett folgen soll. Nun«, sagte sie und stützte sich auf einen Ellbogen, »lassen Sie uns mit dem Gerede aufhören. Bitte küssen Sie mich.« Sie schloss ihre riesigen braunen Augen und schürzte die Lippen.

Hol's der Teufel. Was könnte Charles einer solchen unergründlichen Logik entgegenhalten? Er war schließlich auch

139

nur ein Mann. Und in der Tat war er erleichtert festzustellen, dass er *doch noch* ein Mann war. Er würde sie küssen. Mehr als ein Kuss musste es nicht sein. Das hatte sie gesagt.

Carpe diem, fürwahr.

14

Louisa vermutete, dass sie mit ihren geschürzten Lippen wahrscheinlich einem Ziergoldfisch ähnelte, also teilte sie die Lippen ein wenig in der Hoffnung, sie würde eine küssenswerte Erscheinung abgeben, und öffnete die Augen einen Schlitz weit. Sie war wirklich aus der Übung.

Louisa war sich überhaupt nicht sicher, was sie dazu getrieben hatte, Captain Cooper an diesem Abend zu verführen. In diesem letzten Jahr war sie sehr knauserig mit ihren Gefälligkeiten umgegangen und hatte um alle möglichen kontinentalen Lebemänner und Schurken einen weiten Bogen gemacht. Ein Kuss war eine Sache, aber sie hatte es niemandem gestattet, sich in Hinsicht auf ihre Person Freiheiten zu erlauben. Sir Richards Fummeleien hatten sich in ihr Gehirn eingebrannt und waren nach all den Jahren immer noch präsent, und sie hatte nicht die Absicht, ihre dummen Fehler zu wiederholen. Sie war immun gegen starkes Verlangen. Unverwundbar. Eine gepanzerte und gegürtete Göttin der verspäteten Keuschheit.

Aber es war etwas an Charles Cooper, das ihren Schild durchbohrte und direkt in ihr Herz stieß. Vielleicht war es seine Zurückhaltung. Seine natürliche Reserviertheit. Sein schiefes Lächeln. Was es auch war, sie fühlte eine Verbindung zu ihm, die sie niemals erwartet hatte.

Er hatte gesagt, er würde exzessiv trinken. Dass er das alles wegen ihres Geldes tat. Mit jedem Schritt setzte er sich selbst herab. Zu ehrlich. Ja, er war perfekt für diesen Job.

Wenn Louisa tief in sich hineinblickte, was sie meist nur unwillig tat, hatte sie Angst davor, aus »Liebe« einen weiteren Fehler zu begehen. Wahrhaftig war sie erst siebzehn Jahre alt gewesen, als sie in diese unglückselige Affäre schlitterte. Mit siebzehn wusste man nur sehr wenig über bestehende Werte – und gewiss nichts über die Liebe. Ihr Urteilsvermögen war minderwertig gewesen. Sie hatte tatsächlich geglaubt, Sir Richard würde sie heiraten!

Sie hatte sich derart vor Verlangen verzehrt, war derart verrucht gewesen, dass sie nicht einen Gedanken an all die Dinge verschwendet hatte, die ihr ihre Tante von Kindesbeinen an eingetrichtert hatte. Als würde sie schmutzige Strümpfe für die Wäsche einsammeln, hatte Louisa ihre Jungfräulichkeit als etwas verachtenswert Unangenehmes über Bord geworfen.

Und ihren gesunden Menschenverstand gleich mit.

Lust war nicht Liebe. Das wusste sie jetzt, und Lust würde ihr bis auf Weiteres ausreichend dienlich sein. Lust fühlte sich *köstlich* an. Ihr Körper tuckerte wie ein gut geölter Motor, während sie zu Charles Cooper aufblickte. Er war so unglaublich attraktiv. Und er hatte etwas Nützliches mit seinem Leben angefangen, anders als die Dilettanten, die sie in Europa getroffen hatte. Es war klar, dass er seine Grenzen nicht überschreiten wollte, aber es war an der Zeit, die Linien neu zu ziehen.

Charles enttäuschte sie nicht und zog sie auf seinen Schoß. Er starrte sie ein paar Sekunden lang an, seine Augen glänzten hellblau ob der Dämmrigkeit des Zimmers. Und dann übernahm er die völlige Kontrolle über sie, eine Hand vergrub sich in ihrem Haar, während die andere an der Kante ihres Morgenrocks entlangwanderte. Sein Mund übte genau den richtigen Druck aus, seine Lippen waren fest und trocken. Der Kuss war befehlend, aber auch irgendwie fragend. Louisa spürte, dass sie es jederzeit abbrechen könnte, aber das gedachte sie nicht zu tun.

Sie schmiegte sich an seine breite Brust und fühlte sich trotz ihrer Unersättlichkeit bemerkenswert wohl. Seit Ewigkeiten hatte sie keinen Mann derart nah an sich herankommen lassen, und jetzt hatte sie das Gefühl, am liebsten in ihn hineinkriechen zu wollen. Sie ließ ihre Zunge mit seiner spielen, dann drängte sie kühn in seinen Mund vor, nahm diesen Kuss ganz für sich in Anspruch.

Er erwiderte, und sie drängten einander hin und her, bis keiner mehr die Verantwortung übernahm. Welch wundervolles gemeinsames Spiel! Ganz gleich, wer gewann, sie würden beide davon profitieren.

Die Gefühle übermannten sie, kribbelten vom Kopf bis zu den Füßen. Louisa fühlte sich gleichzeitig heiß und kalt, ihre Nippel sprangen unter seinen geschickten Fingern hervor, die irgendwie unter ihren Morgenrock gewandert waren. Charles' Berührung war zielsicher. Elektrisch. Ihre Brüste schmerzten vor ungewohntem Verlangen. Sie hatte sie nie zuvor besonders beachtet, aber plötzlich wollte sie nur noch, dass Charles ihre Nippel in seinen Mund hineinsaugte.

Das würde jedoch das Ende dieses herrlichen Kusses markieren, und Louisa war noch nicht bereit, alles zu geben. Ihr Körper würde noch etwas warten müssen. Noch lag die ganze Nacht vor ihnen. Der Rest ihres Lebens lag noch vor ihnen.

Ihr Atem ging stoßweise. Woher war dieser Gedanke nur gekommen? Sie durfte nicht wieder verletzlich sein. Das war nur Lust. Jeder erlag ihr irgendwann einmal. Und jetzt war sie an der Reihe. Vorläufig.

Aber nicht nur seine Hände konnten wandern. Seine Schultern waren breit, seine Wangen rau von Bartstoppeln. Der Knoten an seiner Taille ließ sich nicht öffnen, aber sie fand einen Schlitz in dem Laken und wagte sich hinein.

Gnade. Er war riesig und heiß und gehörte momentan ihr. In ihrer Hand schwoll er rasch an, und sein Kuss wurde drängender.

Noch vor einer Stunde hatte sie sich selbst berührt, und mit etwas Glück konnte sie ihn dazu bringen, es jetzt für sie zu Ende zu bringen. Sie bettelte im Stillen, er möge erwidern, und es dauerte nicht lange, bis er ihren Morgenrock beiseiteschob. Seine Hand wanderte von ihrem Bauch zu ihren intimen Locken und weiter hinab bis zu ihrem pulsierenden Zentrum. Ihren erstaunten und dankbaren Schrei erstickte er mit einem endlosen, allumfassenden Kuss. Sie fand sich eingewickelt in einen Kokon aus Genuss, Nässe und Wärme. Charles schien genau zu wissen, wo er sie berühren musste. Und wie er sie berühren musste. Sie hoffte, dass sie den Gefallen zurückgeben würde, und rieb fleißig an dem harten, samtigen Kolben in ihrer Hand. Vielleicht dachte er, ihre Unbeholfenheit sei einfach nur Enthusiasmus. Es war schwierig, sich zu konzentrieren, während er unaufhörlich über ihre sensibelsten Stellen streichelte und wirbelte. Aber er schien keine Einwände gegen das zu haben, was sie tat, also versuchte Louisa, sich seinem Rhythmus und seiner Intensität anzupassen.

Und es funktionierte. Der Kuss glitt ab, und Charles zog sich zurück, keuchte an ihrem Hals, schickte Schauer durch ihren Körper. Sie knabberte an seiner Schulter, überzog ihn mit winzigen Küssen an all den Stellen, die sie erreichen konnte. Sie saß noch immer auf seinen Hüften und fragte sich, wann er sie wohl auf die Matratze stoßen würde, als sich ein Strahl warmer Flüssigkeit über ihre Hand ergoss. Sie verkrampfte sich erstaunt, als er sie wegschob, seine magische Hand zurückzog und sie um ihren eigenen Höhepunkt betrogen sitzen ließ.

»Jesus«, sagte er rau und blickte verdrossen drein. »Es tut mir leid. Ich bin ja wie ein kleiner Schuljunge. Das war unverzeihlich.« Er wischte ihre Hand mit dem Laken ab, das er noch immer um seinen Körper gewickelt hatte.

»Unverzeihlich ist nur, dass ich an Ihrem Höhepunkt nicht teilhaben konnte.«

Er sah sie an und lachte laut los. »Sie sehen so verdammt affektiert aus. Und nun sitzen Sie hier und bitten mich, es Ihnen zu besorgen. Lassen Sie mich einen Moment zu Atem kommen, dann kann ich gern loslegen.«

Seine Reaktion war so seltsam. Beinahe manisch. »Lassen Sie es gut sein. Ich kann mich auch selbst darum kümmern.«

»Einen Teufel werden Sie tun! Ich werde durchdrehen, wenn ich dabei zusehen muss, wie Sie sich selbst berühren. Es tut mir leid, Louisa. Es ist lange her, seit ich eine Frau in meinem Bett hatte. Ich habe es Ihnen schon angedeutet. Ich dachte, ich sei – unfähig. Aber heute Nacht habe ich nicht einmal daran gedacht –« Sein Lächeln verschwand, als wäre es nie da gewesen.

»Was? Oder sollte ich lieber fragen, an wen?« Sie zog die Falten Ihres Morgenrocks straff. »Wer ist diese verlorene Liebe, die Sie für andere Frauen ruiniert hat?«

»So war es nicht.« Er schwang die Beine vom Bett und saß mit ihr zugekehrtem Rücken auf der Kante. Louisa bemerkte auf einer Seite seines Rückens eine Ansammlung blasser Narben. Schrapnell, vermutete sie. *Armer Charles!*

»Wie war es dann?«

»Wir sollten jetzt schlafen. Ich gehe zurück in mein Zimmer und bete darum, dass mich jemand aus dieser Peinlichkeit erlöst. Backstein. Schaufel. Was immer griffbereit ist.«

»Also wollen Sie Ihr Versprechen nicht einhalten?«

Er blickte sie über die Schulter hinweg an, sein Gesicht lag in tiefe Schatten gehüllt.

»Was meinen Sie?«

»Sie wollten es, wie Sie, glaube ich, sagten, ›für mich zu Ende bringen‹. Ich nehme Sie beim Wort. Es ist überhaupt nicht gerecht, was gerade passiert ist. Für mich ist es auch lange her.«

Er schwieg so lange, dass sie sich fragte, ob er jetzt auch noch seine Stimme verloren hatte.

Dann seufzte er. »Sie sind eine höchst ungewöhnliche junge Frau, Louisa Stratton. Man unterschätzt Sie auf eigenes Risiko.«

»Vielen Dank auch. Manche nennen mich einfach einen Wildfang.«

»Das auch. Legen Sie sich zurück, und machen Sie es sich bequem. Ich werde mir jetzt meinen Unterhalt verdienen.«

»Hier geht es nicht um Geld«, sagte sie und konnte die Verärgerung nicht verbergen. »Ich denke, wir sind schon ein Stück weitergekommen, oder?«

Er legte seinen langen Körper neben dem ihren ab. »Viele Meilen darüber hinaus. Sie sehen hinreißend aus, wenn Sie verärgert sind.«

»Ich bin nicht verärgert. Nur sexuell frustriert. Dr. Freud glaubt –«

»Zum Teufel mit Dr. Freud und all den anderen Scharlatanen!« Charles küsste die Spitze ihrer Nase, wodurch er sie einen Moment lang zum Schielen brachte. Sein Gesicht war noch immer dicht bei ihr, sie fühlte seinen warmen Atem an ihrem Hals. »Wollen Sie diesen Morgenrock nicht öffnen?«

»Nur wenn Sie Ihr Laken entfernen.«

»Nun gut.« Mit einem Ruck glitt das Leinen von seinen Hüften. Sein bestes Stück ruhte vor einem Nest dunkler Locken, war aber trotzdem noch immer faszinierend groß. Viel größer als Sir Richards, erkannte sie mit einer Spur von Bestürzung.

Sie sollte jetzt nicht an diesen Mann denken, auch wenn sich Charles an eine alte Liebe erinnerte. »Sie sind dran.«

Louisa fummelte an der Seide herum, und Charles musste ihr helfen. Der Stoff glitt unter Charles' Blick auseinander. »Sie sind wunderschön. Viel zu schön für jemanden wie mich.«

»Seien Sie nicht albern.« Louisa fühlte sich nicht ganz wohl unter Charles' direktem Blick.

»Nein, wirklich. Ihre Taille ist so winzig. Wie haben Sie das geschafft?«

»Taillentraining. Seit ich ein kleines Mädchen war, habe ich jahrelang in meinem Korsett geschlafen. Tante Grace' Werk. Es gab Zeiten, in denen ich den Eindruck hatte, ich könnte keinen Bissen hinunterkriegen.«

Er führte einen Finger von ihrem Brustbein bis zu ihrem Bauchnabel. »Qual. Folter.«

»Ja, aber jetzt entspricht meine Figur genau der Mode. Ich schätze, ich sollte ihr dankbar sein.« Louisa fragte sich, was geschehen würde, wenn sie jemals schwanger wurde, aber das war eher unwahrscheinlich. Sie würde zunächst einen Ehemann finden müssen, und danach suchte sie nicht.

Du lieber Himmel! War Charles Cooper jemals verheiratet gewesen? War er etwa ein trauriger Witwer, der in den Krieg gezogen war und sie zurückließ, und dann war sie allein gestorben? »Erzählen Sie mir von dieser Frau.«

»Nein. Nicht jetzt. Jetzt habe ich keine Zeit dafür.« Er beugte sich nach vorn und presste seine Lippen auf die ausladende Kurve ihrer Hüfte. Dann bewegte er sich nach unten zu ihrem Oberschenkel, umspielte ihre Haut mit kitzelnden Küssen. Er war so unglaublich nah –

»W-was machen Sie da?«

»Ihnen Vergnügen bereiten, was sonst? Hat Sie noch nie jemand zuvor gekostet?«

»Mich gekostet? Ich bin doch nichts zum Essen.«

»Da liegen Sie falsch. Der Nektar der Götter befindet sich genau hier.«

Und dann schob sich seine Zunge – seine Zunge! – in die Spalte ihres Venushügels, und sie schrie auf.

»Still. Wir wollen doch nicht das ganze Haus aufwecken. Ich tue Ihnen doch nicht weh, oder?«

Oh, was für ein Teufel er war. Der selbstgefällige Ausdruck in seinem Gesicht sagte ihr, dass er genau wusste, welche Wirkung er auf sie hatte.

Wie dumm sie war! Louisa hätte erkennen sollen, dass Männer Frauen so befriedigen können, genau wie Frauen es bei Männern tun konnten. Wie wunderbar wäre es, wenn sie es beide gleichzeitig tun könnten. War das überhaupt möglich? Louisa würde Charles fragen, sobald er fertig war, denn momentan konnte er definitiv nicht reden.

Sein Mund – unvergleichlich. Zähne, Zunge und Finger arbeiteten. Tauchten ein. Zogen. Taten Dinge, für die Louisa keine Worte hatte. Ein wenig Druck auf ihr Schambein, ein Schnalzer, und sie zersprang in Stücke, mit ausgebreiteten Beinen und in exquisiter Agonie emporgewölbtem Rücken. Er hörte nicht auf, bis sie noch zweimal zum Höhepunkt kam.

»Nektar«, sagte er, während er schließlich im Bett nach oben kroch. »Sehen Sie selbst.« Er bedeckte ihren Mund mit seinem, und sie fühlte einen heißen Schwall von Erregung, der ihren Körper durchdrang. Das konnte doch nicht anständig sein. Aber auf der anderen Seite – wann hätte sie sich jemals darum geschert, was anständig war?

Louisa erwiderte seinen Kuss, hatte ihren Verstand und sämtliche Skrupel, die sie jemals besessen hatte, verloren. Charles Cooper war ein Dämon. Und für die nächsten dreißig Tage war er *ihr* Dämon.

Sie langte nach seinem Glied, erregt, dass es ebenfalls auf Charles' wundersamen Kuss reagiert hatte. Louisa war gierig. Sie wollte mehr. Sie wollte alles, jedes schmutzige, schwitzige Abenteuer, das er ihr bieten konnte. Vielleicht hatten sie nur diese eine Nacht, denn dort draußen wollte ihnen schließlich jemand Böses. Sie sollte ihn wirklich von seiner Verpflichtung entbinden und Rosemont und dessen Bewohnern allein gegenübertreten. Maximillian könnte geschäftlich abberufen werden, oder sie könnten sich streiten, wie es Eheleute taten. Dann wäre er in Sicherheit.

Aber nicht heute Nacht. Sie war zu selbstsüchtig. Und stur. Sie wollte jede Erinnerung von Charles auslöschen, die diese Trostlosigkeit in seine Augen legte. Sie würde diesen Geist vertreiben, wenn er sie ließ.

Sie unterbrach den sündhaften Kuss. »Schlafen Sie mit mir«, flüsterte sie. Sein Glied zuckte in ihrer Hand. »Bitte!«

Charles sah sie an, seine Augen waren schwarz vor Verlangen. »War das nicht genug?«

»Nichts wird jemals genug sein. Sie haben mich verdorben.«

»Gut«, sagte er und fuhr damit fort, sie noch weiter zu verderben.

15

Das war Aberwitz. Aber Charles war ebenso mitgerissen wie die närrische Frau in seinen Armen. Jemand musste zur Vernunft kommen, aber er fürchtete, er würde es nicht sein.

Louisa Stratton war seine Arbeitgeberin, aber dieses unbedeutende Detail hatte nichts mit seiner aktuellen Verwirrung zu tun. Er wollte sie, wollte zum ersten Mal seit Monaten eine Frau. Aber was, wenn Marja sich zwischen sie stellte, ein Gespenst, das ihn an seine Schuld erinnerte?

Nein. Nicht jetzt. Jetzt gab es nur Louisa, deren Geschmack und Berührung und Duft ihn auf angenehmste Weise in den Wahnsinn getrieben hatte. Es würde Konsequenzen geben, aber in dieser Nacht würde er vorgeben, dass er normal war, vorgeben, dass er Maximillian Norwich war und sich der von der Kirche gesegneten fleischlichen Lust mit seiner entzückenden reichen Gattin hingab. Es war nichts Erbärmliches oder Anzügliches daran, seinen bedürftigen Penis in ihre weiche, nasse Pforte zu führen und sie beide zur Ekstase zu bringen.

Louisa öffnete die Beine für ihn, und er drang ein, dankbar, dass es keinen Widerstand gab. Sie war keine Jungfrau, was ihn nicht weiter kümmerte, außer dass er wünschte, sie hätte ihre Jungfräulichkeit an jemanden gegeben, der es mehr verdiente als ein Sir Richard Delacourt. Sie hatte recht – Frauen verdienten ihre Befriedigung ebenso wie Männer. Er war vielleicht kein Unterstützer der Frauenrechtssache, aber warum sollte der Hälfte der Bevölkerung die körperliche Annehmlichkeit verwehrt bleiben, die Gott dem Menschen gegeben hatte? Die meisten Leben waren brutal und kurz – man hatte schon beinahe die Verpflichtung, das Glück dort zu erhaschen, wo man es fand.

Natürlich gab es das Risiko einer Schwangerschaft, und Charles passte auf, dass er sich rechtzeitig zurückzog. Aber bis dahin würde er jeden Zentimeter Reibung genießen, jeden Seufzer, der Louisas Lippen entsprang. Er bäumte sich über ihr auf, fühlte sich stark und beinahe sicher, was die Richtigkeit dieses Akts anbelangte. Sie hatten sich gegenseitig gut bedient, aber jetzt war die Erfahrung beiderseitig.

Ihre Reaktion war alles, was er sich erhoffen konnte, als sie ihre lustvolle Zweisamkeit fanden, sich trafen und wieder auseinandergingen, bis er ohne weitere Spielchen in sie hineinfuhr. Sie schrie jetzt aufrichtig auf, wild; ihre Fingernägel gruben sich in seinen Rücken, verschlangen ihn im heißen Kern ihrer tiefen Weiblichkeit.

Er neigte seinen Körper, bis er sicher war, dass sein Glied gegen ihre Klitoris strich, rieb sich an ihr, tauchte mit jeder Bewegung seiner Hüften tiefer ein. Sie war hilflos, sprachlos, ihr Mund verlangte nach einem Kuss. Er war gefällig, lehnte sich hinab und nutzte seine Zunge als Siegeswaffe. Sie zersplitterte unter ihm, tauchte wie Brandungswellen unter ihm auf, erhob sich, fiel in sich zusammen, erhob sich erneut. Ihr Orgasmus war ebenso undiszipliniert wie ihr Fahrstil – Louisa hatte jede Kontrolle verloren.

Wenn er nicht aufpasste, würde es ihm ebenso ergehen. Mit äußerstem Unwillen zog er sich zurück, drückte sein Glied hart gegen sie und ergoss sich auf ihre glatte, weiße Haut. Es war schon fast genug, aber er stöhnte dennoch vor Frustration, dass ihm die ultimative Befriedigung verwehrt blieb. Vollständig angenommen zu werden. Sie innen und außen als sein Eigentum zu markieren. Etwas Primitives regte sich in ihm, und er biss sie über ihrem Schlüsselbein in den Hals, saugte ihr Fleisch zwischen seine Zähne, wodurch sie kurz unter ihm aufschrie.

Charles hatte ihr wehgetan. Louisa lag atemlos unter ihm, ihr Körper zitterte. Ihre Augen waren dunkel und weit, sahen ihn endlich so, wie er war.

Er war eine Bestie, die aus den Schwächeren Vorteile zog. Er konnte Louisa Stratton in zwei Teile brechen, sie an ihrer winzigen Taille festhalten und ihr rücksichtslos alles Leben aus dem Leib quetschen.

So, wie er es schon einmal getan hatte.

Er schloss die Augen vor ihrer anklagenden Schönheit, rollte sich zur Seite und überließ es ihr, die Schweinerei auf ihrem Bauch zu beseitigen. Er konnte sie nicht wieder berühren.

»Charles, was ist los?« Ihre Stimme war sanft. Wie Balsam. Man würde nie vermuten, dass sie noch einen Moment zuvor wie eine wilde Katze gekreischt hatte.

»Das – das war nicht richtig. Nichts davon. Es tut mir leid, ich – habe Sie geschändet. Ich werde morgen früh abreisen.«

Louisa raffte die Decken mit unnatürlicher Ruhe zusammen. »Sie weisen also meine Freundschaft zurück?«

Sein Mund verdrehte sich. »Freundschaft? Ist es das, was alberne Mädchen der besseren Gesellschaft dazu sagen? Verzeihen Sie mir, aber ich nenne es Ficken, Miss Stratton. Wir haben jetzt die Lust befriedigt. Es besteht kein Grund, das noch länger hinauszuziehen und den Fehler zu wiederholen.« Sein Kopf schmerzte. Inmitten der Laken und Kissen sah sie so unschuldig aus. So frisch, der lebende Tadel seiner Finsternis.

»Hören Sie auf, solchen Unsinn zu reden! Sagen Sie mir, was los ist.«

Oder besser – nicht los war. Obwohl Louisa zumindest nicht tot war.

»Nichts ist falsch. Nichts ist richtig. Ich schätze, ich muss Ihnen für heute Nacht danken – ich hatte nie erwartet, wieder mit einer Frau zusammen sein zu können.«

»Warum nicht? Sie fühlen sich doch nicht von Ihrem eigenen Geschlecht angezogen, oder?«

»Du meine Güte!« Er lachte unwillkürlich. »In dieser Hinsicht nicht schuldig.«

»Wessen sind Sie dann schuldig?«

Sie glich einem Terrier, der hinter einer Ratte her war. Charles hatte wohl den Part der Ratte. Sie wollte also mehr über den Mann wissen, den sie angeheuert hatte, um sie zu verführen? Was sie zu hören bekäme, würde ihr nicht gefallen.

Er hatte niemals über die Geschehnisse gesprochen, weder mit seinen Freunden noch seinen Ärzten oder seiner Familie. Es stand aber alles in seinen Tagebüchern, die jetzt unter seiner neuen Unterwäsche in der oberen Schublade seiner Kommode verstaut waren. Vielleicht sollte er sie holen und sie ein oder zwei Absätze darin lesen lassen. Charles würde beobachten, wie sich ihre Faszination in Abscheu und schließlich in Horror verwandelte. Sie würde verstehen, warum er gehen musste, warum Maximillian Norwich und gewiss auch Charles Cooper sterben mussten.

Er würde es ihr sagen und dann gehen. Sie würde ihn ohnehin selbst zur Tür hinauswerfen.

»Da gab es eine Frau. Eigentlich ein Mädchen. In dem Konzentrationslager, in dem ich bei der Verwaltung half. Haben Sie schon einmal etwas von der Fawcett Commission gehört?«

Louisa nickte mit ernstem Gesicht.

»Sie können sich die Bedingungen nicht vorstellen, unter denen die Frauen und Kinder dort ausharren mussten, bis die Verwaltung an die zivilen Behörden überging. Es war – die Hölle auf Erden. Einfach krank. Sie wissen nichts von der bar-

barischen Grausamkeit, die die Armee durchdrang. Verbrannte Erde. Großbritanniens glorreiche Tage liegen weit hinter uns. Kein Wunder, dass die Menschen auf eine Revolution aus sind.« Er würde niemals wieder jemandem mit Amtsbefugnis Glauben schenken.

»Haben Sie dieses Mädchen geliebt?«

Charles schüttelte den Kopf. Das war wirklich das Schlimmste daran. Er hatte Marja überhaupt nicht gekannt. »Sie lag im Sterben. Und sie wollte nicht als Jungfrau gehen.«

»Oh Charles!« Sie wollte seine Hand fassen, aber er zog sie zurück.

»Ich habe sie gefickt, Louisa. Oh, nicht gefickt. Sie war zu schwach, und ich hatte zu viel Angst, entdeckt zu werden. Wir waren ruhig. Ruhig wie der Tod. Ich verkehrte schließlich mit dem Feind. Verschaffte mir von einem Mädchen unter meiner Obhut einen Vorteil. Von jemandem, für den ich verantwortlich war, obwohl Gott weiß, dass es niemanden wirklich kümmerte, was mit den Frauen in diesem Camp passierte. Ich bin kein Mann von Ehre, ein Mann, der nichts getan hat, die Umstände, in denen ich mich wiederfand, zu ändern.«

»Was hätten Sie denn tun können, Charles? Sie waren nur einer.«

»Das ist keine Entschuldigung. Ich hätte mich lieber umbringen sollen, als dort mitzumachen. Stattdessen habe ich sie umgebracht.«

»Das haben Sie nicht.«

»Doch. Das habe ich. Sie starb wenige Minuten nach unserer sexuellen Begegnung. Ein Herzanfall. Sie war so winzig. Haut und Knochen, aber stärker als ich.«

Marja musste einst ein schönes Mädchen gewesen sein. Sie war die Tochter eines reichen Burenbauern gewesen, sie war gebildet und sprach ein besseres Englisch als die Hälfte von

Charles' Männern. Sie war kaum zehn Tage im Camp gewesen, als sie ihn aufgesucht hatte, mit ihrem gelben Haar, das in vereinzelten Büscheln an ihrem Schädel prangte. Ihre Augen hatten die Farbe des endlosen afrikanischen Himmels, und sie bohrten Löcher direkt in Charles' Seele. Sie war von Camp zu Camp verlegt worden, hatte zugesehen, wie ihre Mutter und ihre Schwestern starben. Als sie ihr Angebot unterbreitete, wusste Charles, dass sie sie beide verdammt hatte.

»Ich kann den Ausdruck in ihrem Gesicht einfach nicht vergessen – ich meine, als sie starb. Sie schien beinahe – glücklich. Glücklich, der Krankheit und Entwürdigung entkommen zu sein. Ich beneidete sie.« Er fuhr mit einer Hand über seinen Kopf und dachte dabei nicht an die Bandage. Louisa saß still neben ihm und starrte ins Feuer. Ihr Profil zeichnete sich wie in Stein gehauen ab.

»Niemand wusste, was passiert war – ich habe auch meine Spuren verwischt. Sie war nur eine weitere tote Burenfrau. Aber ich wusste es. Ich – ich hatte etwas getan. Sagte Dinge, die meine Vorgesetzten nicht hören wollten. Sie brachten mich zurück ins Krankenhaus und schickten mich dann zurück nach Hause. Ich konnte nicht in der Armee bleiben und schied aus.« Seine Verbitterung wand sich in ihm wie etwas Lebendiges, verdarb alles, was er berührte. Wie konnte er sich nur erlauben, in Louisa Strattons Bett zu steigen?

Er atmete tief ein. »Sie sehen also, die sagenhafte Mrs Evensong hat einen schrecklichen Fehler begangen, indem sie mich engagiert hat. Und *Sie* haben einen noch schlimmeren begangen, indem Sie mich in Ihr Bett geholt haben. Es gibt keine Entschuldigung für das, was ich getan habe. Was ich bin.«

»Sie haben recht.« Ihre Stimme klang abgehackt, bar der Sympathie, die sie die ganze Nacht gezeigt hatte. Er hatte es verdient. »Sie sind sicher der dümmste Mann auf der Welt! Sie haben diesem armen Mädchen einen Gefallen erwiesen und setzten Ihre Karriere aufs Spiel, und jetzt suhlen Sie sich hier in Selbstmitleid und machen alles mies. Der Krieg ist schrecklich, Charles. Jeder weiß das, sogar ›alberne Mädchen der besseren Gesellschaft‹ wie ich. Ich lese Zeitung und weiß, dass dort nicht die ganze Wahrheit steht. Ist es diese Geschichte, die in Ihren Tagebüchern steht, die sie aus Ihrer Pension geholt haben?«

Charles fiel die Kinnlade herunter. Vielleicht war sie am Ende doch nicht so einfältig.

»Ihr Gesicht verrät mir, dass ich recht habe. Passen Sie auf, wenn Sie wieder einmal Karten in Monte Carlo spielen, Mr Norwich – Sie machen niemandem etwas vor. Sie sollten Ihre Erfahrungen veröffentlichen, damit so etwas niemals wieder passiert«, fuhr Louisa fort und steckte einen Arm in den Ärmel ihres derangierten Morgenrocks. »Es wird andere Kriege geben. Es ist immer so. Männer sorgen schon dafür, nicht wahr? Und die Frauen haben nichts zu sagen, sie dürfen lediglich ihre toten Liebhaber und Kinder beweinen.«

»Louisa –«

Sie hob eine Hand. »Sie müssen mir nichts mehr sagen, außer, dass Sie noch einmal nachgedacht haben und hier in Rosemont bleiben werden. Wenn Sie mir den Monat, für den ich Sie engagiert habe, nicht versprechen können, könnten Sie sich ebenso gut noch heute Nacht aus dem Staub machen. Ich kann Tante Grace von dem Angriff auf Sie berichten. Die Leute werden verstehen, dass Sie hier nicht darauf warten wollten, erneut angegriffen zu werden.«

»Sie denken, ich bin ein Feigling.«

»Maximillian wäre vielleicht ein Feigling. Aber ich denke nicht, dass Sie einer sind, Charles.«

Sie war jetzt vollständig bedeckt. Eine Schande. Ihr Zopf hatte sich gelöst, und ein Schwall aus verwirrtem Haar fiel bis auf ihre Taille. Louisa Stratton würde für ihren Pompadour keine falschen Haare oder Polster benötigen – oder irgendwelche Farbe für ihr glattes Gesicht. Sie war zauberhaft, und Charles hatte ihren außergewöhnlichen Moment ruiniert. Diese Frau hatte sich ihm hingegeben, und er hatte mit Wort und Tat bewiesen, dass er ihrer nicht würdig war. Welche Art von Mann schlief mit einer Frau und gestand ihr danach den Tod einer anderen? Was konnte er jetzt sagen, um sich selbst wieder aus diesem elenden Loch zu graben?

Er erlitt seit Monaten diese Qualen, aber irgendwie hatte Louisa Stratton es geschafft, einen Schnitt zu machen. Sie verschränkte die Arme vor ihrer Brust und sah ihn erwartungsvoll an. Er würde sie wohl enttäuschen.

»Ich weiß nicht, was ich tun soll.«

»Sie träumen von diesem Mädchen.«

Charles nickte. »Unter anderem. An schlimmen Erinnerungen mangelt es mir wahrlich nicht.«

»Dann müssen wir dafür sorgen, dass Sie schöne Dinge erleben, von denen Sie träumen können. Ich gestehe, ich will nicht, dass Sie gehen. Ich brauche Sie hier, um mir bei Tante Grace zu helfen. Sie müssen nicht wieder in mein Bett steigen, wenn Sie in Rosemont bleiben – ich gebe zu, dass dies wahrscheinlich sehr unvernünftig war. Wir können das als Schlussstein zu einem insgesamt sehr merkwürdigen Abend erachten.«

Es war lächerlich, sich verletzt zu fühlen, da sie ja schließlich nur seine eigene Ansicht vertrat. »Lassen Sie mich darüber schlafen. Falls ich das kann.«

»Vielleicht sollten Sie letztendlich doch in Ihr eigenes Zimmer gehen. Wir können uns beim Frühstück weiter unterhalten. Ich habe angewiesen, es aufs Zimmer zu bringen. Jeder denkt doch, wir seien noch auf Hochzeitsreise«, sagte sie wehmütig.

Seine Erzählung hatte sie nicht entsetzt. Sie war nur … irritiert. Verärgert darüber, dass seine Vergangenheit die Gegenwart dermaßen durchdrang. Sie hatte ihn als Miesmacher bezeichnet. Vorlautes Mädchen!

Bei Louisa Stratton klang das alles so einfach – sie würde die Schrecken einfach vergessen und weitermachen. Einen Bericht über das Camp schreiben und ihn veröffentlichen! Als ob sich dadurch Marjas Geist beseitigen lassen würde. Er hatte versucht, sie durch Trinken loszuwerden, und das hatte schon nicht funktioniert.

Aber als sich Charles gegen Morgengrauen schließlich doch in die Arme des Morpheus begab, träumte er von einer creme- und goldfarbenen Kreatur, die sich mit ihrem Sanduhrenkörper hinter ihm befand. Über ihm. Mit einem Kuss auf ihren verruchten Lippen und Unheil in ihren dunklen Augen. Sie duftete nach Veilchen und Sex.

Er schlief weiter.

16

Er hatte Glück. Mrs Lang war zur Beerdigung ihrer Mutter gefahren, also gab es keinen Schäferhund, der über die Zofen wachte, damit sie auch brav in ihren eigenen Betten lagen. Und hier lag Kathleen in seinem. Aber würde sie ihn hier auf einen Kuss bei sich lassen und kuscheln? Verdammter Mist, wohl nicht!

Robbie Robertson kroch die dunklen Stufen zu seinem Apartment über der Garage wieder nach oben. Er fühlte sich nicht besonders stolz. Ihr kleiner Plan – eigentlich Kathleens kleiner Plan – war äußerst riskant gewesen. Das verdammte Haus war ein einziger riesiger Kaninchenbau, und jedem der drei Dutzend Bediensteten hätte er auf seinem Gang durch das im Dunkeln liegende Rosemont begegnen können. Welchen Grund hätte ein Chauffeur, sich oben in der Nähe der Mastersuite herumzutreiben, in der Hand einen einsatzbereiten Knüppel?

Kathleen las ein grünes Buch bei Lampenlicht. »Hast du irgendetwas Außergewöhnliches gesehen? Und hast du es beendet?«, fragte sie und blätterte um.

»Aye, du dämliches Weib.« Robbie Robertson ließ sich auf sein schmales Bett fallen, wo es sich Kathleen bereits bequem gemacht hatte. Ihre mit Sommersprossen bedeckten Schultern spitzten unter der Bettdecke hervor, und mit einem frechen Lächeln legte sie das Buch beiseite und zog die Bettdecke weg – eine nackte Brust, die perfekt in seine Hand passte, kam darunter zum Vorschein. Er hatte diese Brust und die andere vermisst. Aber jetzt war sie zu Hause und ging nirgendwo mehr hin, wenn er es verhindern konnte.

»Deine Belohnung.«

»Ich bin nicht sicher, ob das ausreicht. Er war ganz allein, wahrscheinlich kümmerte er sich nur um sich selbst und verschwendete keinen Gedanken daran, Miss Stratton zu vergewaltigen. Ich habe ihn vielleicht etwas zu hart geschlagen. Sie könnten mich wegen eines Mordversuchs verhaften.«

Ihre grünen Augen weiteten sich. »Still jetzt! Es war nie deine Absicht, ihm ernsthaft zu schaden!«

»Sag das dem Kopf des armen Kerls, wenn er aufwacht. Und, wirst du in meiner Verhandlung für mich aussagen, meine Hübsche? Aber nein, sie werden dich ebenfalls verhaften.«

»Niemand wird verhaftet«, schnaubte Kathleen. »Solange er heute Nacht bei Miss Louisa nicht landen konnte, haben wir beide das Richtige getan. Ich habe von den Dienern alles über den Kuss beim Abendessen gehört. Es war schockierend, vor all diesen Leuten, wo er doch dafür bezahlt wurde, dass er sich benahm. Er ist gefährlich – das kann ich fühlen.«

»Du magst vielleicht recht haben. Schau, worüber ich beinahe gefallen wäre.« Robbie zog die Pistole des Captains aus seiner Manteltasche.

Kathleens Sommersprossen zeichneten sich deutlich gegen ihre weißen Wangen ab. »Ist sie geladen?«

Robbie zuckte die Schultern. »Nicht mehr. Warum sollte der Gentleman eine Pistole mit nach Rosemont bringen?«

»Siehst du? Er *ist* gefährlich! Und er ist kein Gentleman. Ich habe gesehen, wo er lebte, denk nur daran. Welcher anständige Mann würde sich für so etwas verkaufen? Er ist hinter irgendetwas her. Auch wenn sie sonst ziemlich wild sein mag, ist Miss Louisa doch dermaßen arglos. Schau, was mit dieser Ratte Delacourt passiert ist. Das war zwar vor meiner Zeit, aber jeder weiß, wie verletzt sie war. Sie braucht einen Aufpasser.«

»Und du hast dich selbst dazu ernannt. Und wer passt auf sie auf, wenn wir erst einmal verheiratet sind?«

Kathleen schnellte hoch. »Warum sollte ich dann aufhören, für sie zu arbeiten? Sag bloß nicht, du würdest es mir verbieten! Ich nehme keine Befehle entgegen, weder von dir noch von einem anderen!«

»Sagtest du nicht, sie wolle Rosemont wieder verlassen, wenn sie ihre Tante nicht loswerden kann? Ich werde es sicher nicht zulassen, dass sich mein Eheweib allgegenwärtig im Motorfahrzeug von jemand anderem amüsiert. Ich würde vielleicht so einsam werden, dass ich ein neues Liebchen für mich finden müsste.«

Kathleen stieß ihn mit ihrer kleinen Faust in die Brust. »Zum Teufel mit dir, Robbie Robertson! Damit darfst du nicht scherzen.«

Er packte ihre Arme mit beiden Händen und schaute ihr so aufrichtig er konnte ins Gesicht. »Kat, du warst dreizehn Monate, zwei Wochen und vier Tage fort. Ich war dir treu, auch wenn mein Glied solche Sehnsucht hatte, dass ich um meinen Verstand fürchtete. Ich habe es mit diesem Drachen von einer Tante ausgehalten, die meinen Wagen und meinen Fahrstil die ganze Zeit höhnisch belächelte, und habe Däumchen gedreht, während sie Thomas die Kutschen einspannen ließ. Mir war derart langweilig, dass man sich in jedem Zentimeter dieses Wagens spiegeln konnte.«

»Ich weiß. Das hast du mir alles geschrieben.«

Er ließ sich zurück in die Kissen fallen und starrte aus dem winzigen dunklen Fenster. »Mich hält hier nichts, Kat. Wir könnten fortgehen und unser Leben nach unseren Wünschen gestalten. Automobile sind die Zukunft, weißt du. Ich kann sie reparieren. Ich kann sie fahren. Vielleicht eines Tages sogar selbst eines bauen. Ich bin ein passabler Mechaniker. Ich muss nicht für immer ein Chauffeur sein. Und du keine Zofe.«

Er spürte eine besänftigende Hand auf seinem Rücken. »Es ist nichts Falsches daran, in jemandes Dienst zu stehen, Robbie. Ich schäme mich nicht dafür, dass ich für Miss Louisa arbeite.«

»Niemand sagt, dass du dich schämen solltest. Aber wolltest du niemals einfach nur frei sein? Den Wind in den Haaren und die Sonne auf deinem Gesicht spüren?«

»Wie, damit meine Haare verlottert aussehen und ich noch mehr Sommersprossen bekomme? Du bist ein Träumer, Robbie.«

Seine Kathleen war scharfzüngig und ausnahmslos vernünftig. Er seufzte. »Aye, das bin ich wohl.«

»Und du bist ein *Mann*. Es ist nett, über Freiheit zu reden, aber wenn wir erst einmal verheiratet sind, werde ich ein Baby nach dem anderen bekommen, genau wie meine Mutter. Und wo wäre dann unsere Freiheit? Keiner von uns hätte sie.«

»Wenn wir heiraten? Die Frage ist, wann, Kat. Wann? Du sprichst mit Miss Stratton. Ich bin bereit, das Aufgebot zu bestellen.«

»Zuerst müssen wir sichergehen, dass sie vor diesem Mann sicher ist. Nur weil er einen hübschen Arsch hat –«

»Kathleen Carmichael!«, stieß Robbie hervor.

»Ich bin nicht so blind wie er. Er ist ein gut aussehender Mann, und meine Mistress ist verletzlich. Niemand hat sie je gut behandelt, nicht einmal ihre eigene Familie. Armes Mädchen! Also, erzähl mal. Du hast ihn also mit dem Knüppel niedergeschlagen?«

»Du bist ein blutrünstiges kleines Etwas.«

»War er im Bett?«

»Nein, er saß in einem Sessel in seinem Zimmer. Es war ein furchtbares Durcheinander, überall lag Zeug herum. Und eine Pistole auf dem Boden! Stell dir das vor. Ich habe ihm einen Gefallen damit getan, dass ich sie aufgehoben habe. Er hat mich zwar nicht gesehen, aber ich habe dennoch Angst. Was, wenn er tot ist?« Robbie dachte nicht, dass er derart fest zugeschlagen hatte, nur so stark, dass er kein Interesse mehr daran hatte, in Miss Strattons Bett zu steigen. Aber er war mit dem Gesicht voran zu Boden gestürzt. Robbie war zu panisch gewesen, um seinen Puls zu fühlen.

»Er ist nicht tot. Das wüssten wir.« In ihrer selbstgerechten Art konnte sie so stur sein. Vielleicht wäre es wirklich besser, er und Kathleen würden ganz weit fortgehen.

»Und wie, bitte schön?«, fragte Robbie geduldig. »Miss Stratton schläft. Niemand wird seinen Körper vor dem Morgen finden, wenn das Feuer in seinem Kamin angezündet wird.«

Kathleen biss sich auf die Lippe. »Ach, hör auf, Robbie. Du machst mich nervös.«

»Das solltest du auch sein. Warte mal! Wohin gehst du?« Kathleen war aus dem Bett gekrochen, ihr schlanker Körper sah in dem Lampenlicht wunderschön aus. So viele Sommersprossen – er würde am liebsten jede einzeln ablecken.

»Ich gehe besser hoch und sehe nach.«

»Jetzt?«

»Natürlich jetzt. Keiner von uns kommt hier zur Ruhe, wenn wir nicht wissen, dass es ihm gut geht. Zumindest am Leben. Ich bin gleich zurück.«

Sie zog ihr Unterkleid über ihr kupferfarbenes Haar und war angezogen, bevor er ihr das wieder ausreden konnte. »Sei vorsichtig.«

»Ich bin immer vorsichtig.« Sie winkte kurz und verschwand durch die Tür.

Verdammt! Der Abend verlief überhaupt nicht so, wie er es gehofft hatte. Als Kathleen seine Treppe hochgestiegen war, hatte sein Herz Freudenhüpfer gemacht. Bis sie ihm erzählt hatte, was sie von ihm wollte. Robbie konnte sie nicht vom Gegenteil überzeugen. Sie war ein loyales kleines Ding, das musste er ihr zugestehen, machte sich solche Sorgen um Louisa Stratton. Nein, wie hieß dieser Kerl gleich noch richtig? War ja auch egal. Kathleen hatte ihn zum Schweigen verpflichtet. Der ganze Plan war der Beweis dafür, dass Miss Stratton da oben nicht mehr ganz dicht war.

Robbie zog sich aus, faltete seine Uniform sorgfältig auf einem Stuhl zusammen und verschloss die Pistole des Captains in seinem Schrankkoffer. Er legte ein paar Kohlen in dem Ofen nach, der in der Zimmerecke stand. Er wollte nicht, dass Kathleen frieren musste, wenn sie zurückkam, obgleich er vorhatte, sie ganz anders aufzuwärmen.

Er hatte mehr als ein Jahr lang im Zölibat gelebt. Das war unnatürlich. Die anderen Männer der Belegschaft in Rosemont hatten ihn gnadenlos damit aufgezogen, aber er hatte mit Kathleen eine Vereinbarung, und er wollte sein Wort halten. Sie hatten sich letztes Jahr schnell verliebt – ein Risiko für Bedienstete, die der Laune ihrer Arbeitgeber ausgesetzt waren. Aber bevor er sich versah, war sie schon verschwunden. Wöchentliche Briefe waren kein Ersatz. Jetzt war sie endlich hier, oder würde es zumindest sein, nachdem sie festgestellt hatte, dass er kein Mörder war.

Er hätte sie begleiten sollen, aber er hatte es einmal unbemerkt aus dem Haus geschafft und wollte sein Glück nicht herausfordern. Es war schon sehr spät, weit nach Mitternacht. Es war so kalt, dass einem die Eier abfroren, mit dem eisigen Wind, der über den Kanal wehte. Er stieg nackt unter die Decken und wartete auf Kathleens Schritte auf der Treppe.

Und er wartete. Was hielt sie so lange auf? Hatte sie sich entschieden, nicht zurückzukommen? Robbie hoffte, dass das nicht der Fall war – wenn erst einmal die Haushälterin Mrs Lang zurück war, wurden die Zofen in der Nacht eingesperrt und erst am Morgen wieder herausgelassen, damit sie ihrer Fronarbeit nachgehen konnten. Er und Kathleen würden nur ganz wenig Gelegenheit haben, allein zu sein, und Robbie hatte auf heute Nacht gezählt, damit er die nächsten Wochen durchhielt.

Er hörte ein sanftes Klopfen an der Tür unten und lächelte. Endlich. Er setzte sich gerade auf, als einer seiner Stiefel durch die Luft flog und seinen Kopf nur knapp verfehlte.

»Ui! Wofür war das denn?«

»Nun, dieser Bastard ist nicht tot, das wird dich freuen zu hören.«

Robbie beschlich ein unruhiges Gefühl. »Ist das keine gute Nachricht? Wie unangenehm wäre es, wenn ich zum Galgen geführt würde.«

»Oh, da bin ich mir nicht so sicher. Vielleicht knüpfe ich dich gleich selbst auf. Captain Cooper schläft nicht.«

»Nicht? Hat er dich belästigt?« Robbie war bereit, dem Kerl erneut eins überzuziehen, falls das der Fall war.

»Er belästigt nicht *mich*. Er und Miss Louisa treiben Unzucht, während wir hier reden.«

Kathleen war außer sich vor Wut. Es war einfach zu viel, dass sie auch noch Zeuge dieses unerwarteten Ereignisses geworden war. »Was? Bist du sicher?«

»Ziemlich. Sie maunzt wie eine Katze. Er hechelt und grunzt wie ein Wilder. Die Bettfedern quietschen wie bei einer schlecht gestimmten Violine. Ich konnte sie durch die Wohnzimmertür hören. Ich bin natürlich nicht hineingegangen.«

Ihre Wangen glühten ebenso wie ihr Haar. »Hast du vielleicht doch ein wenig durchs Schlüsselloch gespitzt?«, fragte er.

»Und wenn schon? Im Zimmer war es zu dunkel, um irgendetwas zu erkennen, aber ich habe Ohren. Robbie, wie konntest du nur?«

»Ich habe ihn niedergeschlagen, ich schwöre es.«

»Nicht hart genug. Arme Louisa. Wir müssen ihn auf andere Weise loswerden.«

»Alles, was du tun musst, ist, Mrs Westlake die Wahrheit zu erzählen. Er ist schließlich nicht Maximillian Norwich, oder? Ist nicht wirklich ihr Gatte oder der einer anderen.«

Kathleen sank in den Sessel, auf dem seine Kleidung lag. »Das könnte ich ihr nicht antun. Sie wäre gedemütigt, und ihre Tante würde ihr das bis zum Sankt-Nimmerleins-Tag vorhalten.«

Robbie klopfte auf die Matratze. »Komm ins Bett, Kat. Heute Nacht können wir nichts weiter tun.«

»Ich werde kein Auge zubekommen.«

Robbie grinste. »Das wirst du in der Tat nicht, dafür werde ich schon sorgen«, sagte er und schnappte sich schnell seinen anderen Stiefel.

17

Freitag, 4. Dezember 1903

Louisa vergrub das Gesicht unter der Decke und stöhnte, als Kathleen die verblichenen Chintzvorhänge zurückzog.

»Einen wunderschönen guten Morgen, Miss Louisa«, sagte ihre Zofe scharfzüngig.

»Wie spät ist es?«

»Zeit zum Aufstehen. Im Wohnzimmer wird bereits das Frühstück gerichtet, wie Sie es verlangt haben. Sie wollen doch Ihre Eier nicht kalt werden lassen.«

Louisa hatte kein Interesse an Eiern, weder kalt noch warm. »Ist mein Gatte schon wach?«, fragte sie laut, damit die Bediensteten auf der anderen Seite der Tür sie auch hören konnten.

»Scheintot. Keiner von Ihnen wachte auf, als Molly hereinkam, um das Feuer anzuzünden.« Kathleen bückte sich, um Louisas Nachthemd vom Teppich aufzuheben. »Aufregende Nacht?«

»Gib mir das!« Louisa entriss ihrer Zofe das Nachthemd und zog es sich über den Kopf. Irgendwann in dieser unruhigen Nacht hatte sich ihr Morgenrock geöffnet, und sie war wieder nackt.

Schöpfte Kathleen Verdacht? Sie schien überaus schlecht gelaunt an diesem Morgen. »Ich mache mich kurz frisch und wecke ihn dann selbst«, sagte Louisa und stieg aus dem Bett. Als sie einen Schritt machte, bemerkte sie, dass sie zwischen den

Beinen wund war. Captain Cooper war köstlich rau gewesen, war aber nicht dazu geneigt, sich zu wiederholen.

Louisa ging in das glänzend weiße Bad und drehte die Wasserhähne am Waschbecken auf. Sie wagte es nicht, in den Spiegel zu sehen, der die Nachwirkungen der letzten Nacht enthüllen würde. Waren ihre Lippen immer noch von den Küssen geschwollen? Sie wusch sich das Gesicht, hob ihr Nachthemd und rieb ihren Körper mit einem Schwamm und damit den getrockneten Nachweis ihrer Torheit ab. Ein Zerstäuber mit Veilchenduft stand auf der Kommode unter dem Fenster. Louisa bespritzte sich an allen möglichen Körperstellen, striegelte ihr verknotetes Haar mit einer Bürste und klopfte dann an Captain Coopers Tür.

»Gehen Sie weg«, murmelte er.

Louisa drehte den Türknauf. Das Zimmer war nicht mehr abgeschlossen. Charles Cooper stand vollständig angekleidet vor seinen Fenstern. Er hatte das Zimmer aufgeräumt. Alle Bücher befanden sich wieder in ihrem Regal, und das Bett war so adrett gerichtet, als ob eine der Zofen es getan hätte.

»Haben Sie überhaupt geschlafen?«

»Etwas.«

Sie hob eine Augenbraue. »Nun?«

»Ich bleibe.«

Das war alles, näher äußerte er sich nicht.

»Ausgezeichnet. Das Frühstück ist fertig, kommen Sie?« Louisa war sich plötzlich bewusst, dass sie in ihrem weißen Batistnachthemd in der Tür stand. »Ich komme in einer Minute ins Wohnzimmer.«

Er wusste, dass er über den Korridor gehen musste, um ihr in ihrem Ankleidezimmer etwas Privatsphäre zu gönnen. Sie zog eine schwerere Brokatrobe aus dem Schrank und besah sich kurz in dem Spiegel an der Tür. Ein dunkelvioletter Bluterguss zeigte sich am unteren Rand ihres Halses und passte farblich recht gut zum Granatrot des Morgenrocks. Kein Wunder, dass Kathleen sie so erbost angeschaut hatte. Was würden die Leute denken, wenn sie das sahen?

Dass sie von ihrem Gatten wohl geliebt wurde.

Sie knöpfte das Nachthemd bis oben zu. Louisa würde sich gedanklich damit beschäftigen müssen, wie sie sich selbst bald zur Witwe machen konnte. Maximillian musste auf würdevolle Weise das Zeitliche segnen, nur hatte sie bislang keine Ahnung, wie sie das bewerkstelligen sollte. Captain Cooper sah trotz seiner jüngsten Vergangenheit als Säufer zu jung und gesund aus, um einer Krankheit zum Opfer zu fallen. Es musste ein Unfall sein.

Wenn ihm noch mal jemand auf den Kopf schlug, könnte das sogar Wirklichkeit werden.

Louisa war über diesen Gewaltakt beunruhigt. Und verängstigt. Rosemont hatte sich in ihrer Vorstellung in einen finstern Ort verwandelt. Sie würden den Vorkommnissen der letzten Nacht auf den Grund gehen müssen, aber erst musste Charles sein Gespräch mit ihrer Tante führen.

Louisa gab es auf, ihre Haare bändigen zu wollen, und ließ sie locker über die Schultern fallen. Sie bemerkte, dass sie hungrig war, auch wenn sie früher eine Abneigung gegen das Frühstücken verspürt hatte. Ob sie jedoch auch nur einen Krümel schlucken konnte, wenn Charles Cooper ihr dabei zusah, stand auf einem anderen Blatt.

Resolut lief sie durch das Wohnzimmer. Charles saß an dem runden Tisch vor dem Fenster und nippte an einer Tasse Kaffee, stand aber sofort auf, als sie eintrat. In seinem neuen Anzug sah er einfach fabelhaft aus, und er trug wieder seine Augenklappe. »Guten Morgen, meine liebste Louisa«, sagte er mit einem Hauch von Vergnügen in der Stimme.

»Guten Morgen, liebster Max.« Louisa drehte sich zu dem Diener um, für dessen Ohren diese Liebesbekundungen gedacht waren. Er drückte sich in der Nähe eines großen Wagens herum, auf dem sich unter Speiseglocken Gerichte befanden, die Charles' gesamtes Regiment satt gemacht hätten. Es musste eine teuflische Anstrengung sein, das alles nach oben zu schaffen und über die Gänge zu rollen. Die Küche wollte den neuen Master anscheinend beeindrucken. »Ich denke, wir können uns selbst bedienen. William, so heißen Sie doch, oder?«

»Ja, Madam«, sagte der junge Mann.

»William, richten Sie der Köchin bitte aus, dass sie sich erneut selbst übertroffen hat. Vielen Dank.«

Louisa wartete, bis William weg war, bevor sie sich selbst setzte, um dann gleich wieder aufzuspringen. »Darf ich Ihnen etwas auf den Teller legen?«

»Wie eine gute Ehefrau?«

»Wie eine gute Gastgeberin.« Sie konnte die Wärme auf ihren Wangen fühlen. Captain Cooper verunsicherte sie, jetzt mehr als jemals zuvor. Er hatte sie gesehen. Alles von ihr. Und sie hatte ihn auch gesehen. Louisa wusste genau, was sich unter all diesen feinen Kleidungsstücken verbarg.

Aber sie hatten vereinbart, dass die letzte Nacht ein Fehler gewesen war. Anscheinend war Louisa auf Fehler spezialisiert, die im Geschlechtsakt mit dem falschen Mann endeten. Man könnte meinen, nach der Sache mit Sir Richard wäre sie gegenüber dem männlichen Charme immun.

Aber Charles hatte seinen ganz eigenen Charme. Er hatte sie letzte Nacht ebenso gebraucht wie sie ihn.

Jetzt, wo die Sonne versuchte, hinter den Wolken hervorzuspitzen, schien die drohende Körperverletzung an Schrecken verloren zu haben. Sie langte nach der silbernen Kaffeekanne, um dem Captain nachzugießen.

»Und was, wenn das Essen vergiftet ist?«, fragte er beiläufig. Scheppernd setzte Louisa die Kanne ab. »Sie denken —«

»Schwer zu sagen, was man denken soll. Der Kaffee scheint in Ordnung zu sein. Mein Kopf wird nicht schwindelig – ich kann Sie deutlich sehen. Das ist im Übrigen ein sehr hübscher Morgenrock, den Sie da tragen.«

»V-vielen Dank. Ich bin wohl etwas zu salopp gekleidet. Sie sehen aus, als seien Sie für das Gespräch mit Tante Grace bereit. Wie geht es Ihrem Kopf?«

»Ganz passabel. Ich dachte, es sei das Beste, mich fertig zu machen, bevor Sie aufwachen. Ist es nicht merkwürdig, dass Ihre Eltern sich ein Badezimmer teilten? Ich dachte, feine Pinkel hätten getrennte Quartiere.«

»Die meisten schon.« Louisa schaute betroffen auf den Wagen. »Gift? Im Ernst?«

»Ich bin dabei, wenn Sie es sind. Wir sollten genau die gleichen Dinge essen, damit wir nicht wie Romeo und Julia enden. Dann können wir genauso gut gemeinsam über den Jordan gehen.«

»Sie nehmen das alles bemerkenswert gelassen hin, das muss ich schon sagen.«

»Es ist nicht das erste Mal, dass jemand versucht hat, mich zu töten.« Charles stand vom Tisch auf und hob die Deckel. »Sieht gut aus. Riecht nicht komisch. Bückling?«

Louisa schauderte. »Nein, auch keine Bohnen oder Speck. Ich esse normalerweise morgens nichts.«

»Nun, wenn Sie das Frühstück überleben und ich nicht, kennen wir den Grund dafür.« Er belud seinen Teller mit Unmengen an Essen, legte eine Leinenserviette über seinen Schoß und schaufelte alles in sich hinein.

Louisa war bei ihrer Auswahl etwas langsamer. Jetzt, da die Theorie mit dem Gift in ihr Hirn gedrungen war, untersuchte sie jeden Gegenstand ganz genau. Strychnin in der Konfitüre? War das in den Eiern, das wie Pfeffer aussah, etwa Rattengift? Sie legte eine Scheibe trockenen Toast auf ihren Teller. Das schien ausreichend sicher. Die Köchin mochte sie – sie hatte einen Großteil ihrer Kindheit in der Küche verbracht, wenn sie sich nicht gerade in ihrem Zimmer oder im Gewächshaus verkrochen hatte. Aber im Essen konnte natürlich auch jemand auf dem Weg über die langen Gänge herumpfuschen.

»Wir sollten einfach weggehen«, sagte sie und betrachtete die glitzernden Wellen.

»Sie wollen den Schwanz einziehen und fortlaufen?«

»Eigentlich wollte ich sowieso nie wirklich nach Hause kommen. Hugh schrieb, dass seine Mutter ernsthaft erkrankt war, und Dr. Fentress bestätigte das, aber jetzt konnten wir uns beide davon überzeugen, dass es ihr vollkommen gut geht, solange sie mich piesacken kann. Der wahre Grund, weshalb ich zurückkam, war, ein paar Dinge mit meiner Bank zu klären. Und auch Kathleen hatte Heimweh. Wohl eher nach ihrem Liebhaber. Sie und Robertson sind ein Paar.«

»Der stämmige schottische Chauffeur?«

»Aye, Laddie.« Louisa biss zögerlich in ihren Toast. Für jemanden, der hungrig war, hatte sie echte Probleme zu kauen.

Charles bemerkte es. »Sie müssen mehr als das essen. Schauen Sie, ich lebe noch.« Der Teller des Captains war beinahe leer.

»Es könnte ein langsam wirkendes Gift sein. Sie könnten erst Stunden später umkippen.«

»Ich wusste doch, dass Sie mir den Tag versüßen werden.«

Und Ihre Nacht. Wie kam sie jetzt nur auf diesen Gedanken? Louisa hatte nicht die Absicht, erneut in Charles Coopers Bett zu steigen oder ihm in ihrem Platz zu machen.

Obwohl das Erlebnis in der Tat großartig gewesen war. Auch

sein Bekenntnis trug nur wenig dazu bei, das Gefühl der Sättigung und des Wohlbefindens zu verderben, das Louisa am Ende verspürte. Wenn er mit dem armen Mädchen aus dem Gefängnislager nur halb so meisterhaft umgegangen war, war sie als glückliche Frau gestorben.

Louisa erschrak über die warme Hand, die sich über den Tisch hinweg auf ihre legte. Sie sah auf, und er lächelte sie schief an. »Ich denke, wir sollten ehrlich zueinander sein, oder? Wir gegen den Rest der Welt und so weiter.«

Sie nickte und war gespannt, was er ihr sonst noch sagen wollte.

»Vielen Dank für letzte Nacht. Auch für Ihr Verständnis. Ich war ungehobelt. Ein Flegel. Sie haben mir das größte Geschenk gemacht, und ich fürchte, ich war zu sehr in meinem eigenen Elend versumpft, um es zu würdigen.«

»S-Sie haben sich bereits bedankt.«

»Aber ich habe es nicht so sehr gemeint wie heute Morgen.«

»Vielleicht wurden Sie *doch* vergiftet.«

»Nein, vielmehr wurde ich am Kopf getroffen. Vielleicht ist es an der Zeit –«, sein Blick wanderte von ihren Augen zur See dort unten, »– es zu akzeptieren. Ich kann die Uhr nicht zurückdrehen und alles, was ich getan habe, ändern – weder zum Guten noch zum Schlechten.«

»Niemand kann die Geschichte umschreiben.« Wenn sie das könnte, wären ihre Eltern nicht gestorben, und Tante Grace wäre Meilen von Rosemont entfernt.

»Sind Sie da sicher? Die Gewinner verherrlichen sich immer.«

»Ich schätze, das ist wahr.« Seine Hand lag noch immer auf ihrer, und Louisa hatte nicht das Bedürfnis, sie wegzuziehen. Es hatte etwas Kameradschaftliches, zusammen an dem kleinen Tisch zu sitzen, ein knisterndes Feuer im Hintergrund,

Krümel und Kaffeetassen zwischen ihnen. Wie ein echtes, verheiratetes Paar.

»Aber sei's drum, ich wollte Ihnen sagen, dass mir die letzte Nacht ... wichtig war, und dass ich in diesem Monat alles tun werde, was in meiner Macht steht, um vor Ihrer Familie als angemessener Gemahl zu erscheinen. Keine weiteren gestohlenen Küsse und so.«

Louisa verspürte einen kurzen Anflug von Bedauern. Aber sicher war das die vernünftigste Lösung, um ihre Maskerade weiter zu betreiben. Sie nickte.

»Nun, wo wir das geklärt haben, lassen Sie mich für *Sie* einen Teller anrichten. Mit diesem Toast könnte nicht einmal ein Vogel überleben.«

Louisa hatte keine Einwände. Sie beobachtete ihn, wie er kleine, präzise Portionen auf einen Teller lud – ein paar gedämpfte Äpfel, Rührei, die verfluchten Bohnen, die sie nicht essen wollte. Er strich reichlich Butter auf eine andere Scheibe Toast und sättigte sie mit Erdbeerkonfitüre. Zu ihrem Erstaunen befüllte er seinen Teller erneut, um ihr Gesellschaft zu leisten. Er war ein schlanker Kerl, aber wenn er so weiteraß, würde man ihn nach Weihnachten sicher aus Rosemont hinausrollen müssen.

»Sollte ich Ihrer Tante über die Vorkommnisse letzte Nacht berichten?«

Louisa schluckte schwer, bis sie erkannte, dass er den Angriff meinte. »Vielleicht. Wenn Sie dahintersteckt, könnte ihr das eine Warnung sein. Erwähnen Sie, dass Sie es den Behörden melden wollen.«

»Und wer sind die zuständigen Behörden hierzulande?«

Louisa verzog das Gesicht. »Sir Richard ist der örtliche Magistrat. Aber eigentlich will ich mit ihm überhaupt nichts mehr zu tun haben.«

»Da stimme ich zu. Ein wirklich schmieriger Geselle, dieser Sir Richard.«

»Es gibt keinen schmierigeren.« Louisa fragte sich, wie ihre alte Freundin Lady Blanche als seine Gattin zurechtkam. Sie war schon immer empfindlich gewesen, aber schließlich waren sie jetzt schon knapp neun Jahre verheiratet, sodass Blanche doch härter im Nehmen sein musste, als Louisa gedacht hatte. Sie hatte auch mehrere Kinder, und nach dem, was sie von den Bediensteten gehört hatte, war sie eine hingebungsvolle Mutter. Louisa wusste das nur aus dritter Hand, denn jeder Kontakt zwischen dem Priory und Rosemont war vor Jahren abgeschnitten worden. Sie hätte eine Freundin gebrauchen können, aber Tante Grace hatte nach der Schande jeden Besuch verboten.

Auf der anderen Seite hätte Blanche wohl schwerlich die Geliebte ihres Ehegatten besuchen wollen. Louisas Affäre mit Sir Richard war kurz und vor der Hochzeit gewesen, aber jeder wusste von diesem Skandal. Sowohl Sir Richard als auch Grace hatten dafür gesorgt.

Meine Güte, sie machte sich selbst vor ihrer eigenen Vergangenheit in die Hose und hatte Charles dafür gescholten. Sie setzte ein Lächeln auf. »Sind Sie bereit, vor die Inquisition zu treten?«

»Unter meinem Mantel trage ich eine Ritterrüstung. Ich vertraue darauf, dass ich noch immer alle Fingernägel haben werde, wenn Grace mit mir fertig ist.«

»Sie wird nicht fertig sein, bis Sie zugestimmt haben, mich aufzugeben.« Louisa legte ihre Gabel nieder. Sie war jetzt viel zu aufgeregt, um zu essen.

»Warum lehnt sie Sie derart ab?«

»Ich habe keine Ahnung. Nun, das ist nicht ganz wahr. Ich weiß, dass sie meine Mutter auch nicht mochte. Aber ich sehe ihr überhaupt nicht ähnlich.«

Charles hob den Kopf und betrachtete sie. »In der Tat, die Ähnlichkeit mit Ihrer Tante ist bemerkenswert.«

»Erinnern Sie mich nicht daran. Es ist ein wenig, als würde man in einen Spiegel blicken, der langsam blind wird. Gleich, aber doch anders.«

»Sie muss Ihnen Ihre Schönheit missgönnen, während ihre verblasst.«

»Schönheit?« Louisa wusste, dass sie ganz passabel aussah, und ihre französischen Kleider waren sicher das Schmeichelhafteste, was man für Geld bekam – aber schön? Sie hatte Sommersprossen, ihr Mund war zu breit, und sie hatte dieses hässliche braune Muttermal am Mundwinkel.

»Schön. Und ich sage das nicht nur, weil ich Ihr Angestellter bin.«

Einen Moment lang hatte Louisa ihre eigentliche Beziehung verdrängt. Charles erschien ihr eher wie ein Freund. »Vielen Dank.«

Charles zog eine punzierte goldene Uhr aus der Westentasche. Gebraucht, aber Erbstückqualität. Mrs Evensong hatte ein Auge fürs Detail und ihn lupenrein ausgestattet. »Es ist beinahe so weit. Ich werde mir noch einmal die Zähne putzen, sodass ich die alte Schachtel ohne Bedenken anlächeln kann.«

»Sie haben viel zu fürchten, wenn Sie sie eine alte Schachtel nennen. Sie ist erst sechsundvierzig.« Hugh war geboren worden, als sie gerade siebzehn war, und mit einundzwanzig war sie Witwe geworden. So viel Verantwortung für jemanden, der so jung war. Louisa sah darin die Ursache für ihr saures Gemüt. Louisas eigene jugendliche Possen hatten auch nicht zur Besänftigung der Gemütsverfassung ihrer Tante beigetragen.

Vielleicht wäre Tante Grace tatsächlich kein solches Ungeheuer geworden, wenn sie nicht mit zwei kleinen Kindern in diesem mit Wasserspeiern übersäten Haus festgesessen hätte, als sie selbst fast noch ein Kind gewesen war. Hätte Grace jemanden gehabt, der sie liebte, wäre Louisas Kindheit möglicherweise ganz anders verlaufen.

Ach, jetzt ließ sie auch noch wohlwollendes Mitgefühl mit einspielen. Tante Grace wäre da wohl anderer Ansicht – sie verfügte über kein Fünkchen Gefühl.

»Viel Glück, Charles. Ich meine: Max.«

Er stand vom Tisch auf und beugte sich vor. »Lassen Sie uns das Glück mit einem Küsschen beschwören.«

Sie schloss die Augen und streckte ihm in der Erwartung eines Küsschens auf ihre Wange das Gesicht entgegen.

Und genau das bekam sie auch.

Verdammt!

18

Mithilfe einer der allgegenwärtigen Diener fand Charles schließlich Grace Westlakes Zimmerflucht. Sie lag in einem Turm – in Rosemont gab es sechs davon, alle mit martialischen Wasserspeiern verziert –, und Charles war erleichtert und etwas außer Atem, als er die letzte Stufe erreichte. Kein Wunder, dass es Grace nicht gut ging, wenn sie diese Stufen mehrmals am Tag erklimmen musste.

Er klopfte an eine kreuzförmige Tür und wurde von einer sehnigen Frau mittleren Alters in Dienstmädchenkleidung eingelassen. Grace saß in einem Ohrensessel im sonnigen Salon, die Füße auf ein Polsterkissen gebettet. Sie trug einen rüschigen, pfirsichfarbenen Bademantel und dazu passende Pantinen, aber ihr Gesicht war sorgfältig hergerichtet und ihr Haar in einem ordentlichen Dutt zusammengefasst – sie war nicht eben erst aufgestanden. Für ihr Alter war sie eine schöne Frau – das war sie wohl immer gewesen –, aber sie hatte nichts von der funkelnden Vitalität ihrer Nichte.

»Das wäre dann alles, Perkins. Lassen Sie Miss Spruce bitte die Korrespondenz in einer Stunde hochbringen, und wenn der liebe Dr. Fentress kommt, schicken Sie ihn gleich hoch. Nehmen Sie doch Platz, Mr Norwich. Oder hatten wir uns auf Max geeignet?«

»Wir sind doch Familie.« Charles lächelte sie unaufrichtig an.

»Sind wir das? Zumindest momentan, auch wenn Sie auf mich den Eindruck eines vernünftigen jungen Mannes machen. Sicher haben Sie die Informationen, die ich Ihnen gestern Abend gegeben habe, sorgfältig überdacht.«

»Mrs Westlake. Tante Grace. Es spielt für mich überhaupt keine Rolle, dass Louisa keine Jungfrau mehr war. Das war ich auch nicht. Wir haben uns verliebt, und Liebe überwindet alle Hindernisse, meinen Sie nicht auch?«

Charles fantasierte sich hier etwas zusammen. Er war niemals verliebt gewesen, nicht einmal als naiver Jüngling. Für einen armen Jungen wie ihn war Liebe ein Luxus, den er sich nicht leisten konnte.

»Ich glaube nicht an Liebe, Max. Liebe ist den niederen Klassen bestimmt. Menschen wie wir heiraten aus gesellschaftlichen Gründen. Wegen Verbindungen. Wegen Geld.«

Er war nicht sonderlich überrascht, dass sie ein Snob war, auch wenn die Familie ihr Vermögen mit dem Bankengeschäft und nicht so sehr durch geerbtes Land erworben hatte. Oft war die obere Mittelschicht die schlimmste, bestrebt, alle Spuren des Geschäfts hinter sich zu lassen. In England lief wirklich alles verkehrt, der Müßiggang wurde mehr geschätzt als aufrichtige Arbeit.

»Vielleicht bin ich ein Rebell«, antwortete Charles.

»Ich kann verstehen, dass es höchst ungewöhnlich ist, dass Sie in Frankreich aufgewachsen sind. Ihre Eltern sind verstorben?«

Charles nickte und versuchte sich an die erdichteten Fakten über sein französisches Château zu erinnern.

»Welch ein Glück für Louisa. Ich bin sicher, sie wären nicht mit ihr einverstanden.«

»Oh, da bin ich mir nicht so sicher.« Charles wurde jetzt sehr ärgerlich. »Sie ist wunderschön. Sie ist reich. Wie ich sie kenne, würden sie mich für den Glücklichen halten.«

Grace Westlakes Blick verschärfte sich. »Ich habe Louisas

Briefen entnommen, dass Sie auf ihr Geld nicht angewiesen sind, da Sie selbst ausreichend Vermögen besitzen.«

»Das stimmt. Aber ein kleines Zusatzeinkommen tut niemandem weh.«

»Nun gut. Vielleicht sind Sie dann ja doch empfänglich für mein Angebot.«

Charles lehnte sich in seinem Sessel zurück und wartete auf die Bedingungen. Der Sessel war üppig gepolstert, teuflisch bequem, und Charles war nach dieser schlimmen Nacht erschöpft. Was würde Grace Westlake tun, wenn er während ihres Bestechungsversuchs einschlafen würde? Er konnte kaum noch die Augen offen halten. »Schießen Sie los.«

Grace legte ihre reichlich beringten Finger zu einer Pyramide zusammen. »Ich schätze, Louisa hat Ihnen nichts von ihrer jugendlichen Schande erzählt, bevor Sie geheiratet haben. Sie hat sich unserem Nachbarn, Sir Richard Delacourt, an den Hals geworfen. Er hatte keine andere Wahl, als sie zu schnappen. Er ist schließlich auch nur ein Mann, und Männer haben ihren Appetit.«

Charles hatte nicht das Gefühl, alle Männer gegen die Verallgemeinerung einer Frau verteidigen zu müssen. Seiner Erfahrung nach war sie bedauerlicherweise mehr oder weniger akkurat. »Ich habe mich gefragt, weshalb er gestern Abend zum Dinner eingeladen war.«

Grace' Wangen verblassten hinter ihrer Schminke. »Nun, er ist unser nächster Nachbar, und die Zäune wurden seit damals repariert. Man kann ihn nicht wirklich für den Ungestüm meiner Nichte verantwortlich machen. Ich habe Louisas Schandtat selbst entdeckt. Glücklicherweise konnte ich sie so gut es ging verschleiern.«

Charles wusste, dass sie log, auch wenn ihr Gesicht Gelassenheit spiegelte. »Aber Sie haben sie bestraft.«

»Selbstverständlich tat ich das! Die eigene Keuschheit ist wertvoll, und da sich Louisa ihrer entledigt hatte, was konnte sie noch weiter davon abhalten, sich auf Affären mit jedem Mann einzulassen, der ihr unter die Finger kam? Diener, Stalljungen und dergleichen. Dieses Mädchen hat kein Urteilsvermögen. Überhaupt keines. Sie ist schon immer mit den Bediensteten allzu vertraut gewesen.« Ihre Lippen kräuselten sich vor Abscheu.

»Also habe ich ihre Einführung verschoben und sie zu Hause gehalten, in der Hoffnung, sie würde den Irrtum ihrer ungestümen Art erkennen und bereuen. Ich kontrollierte ihre finanziellen Mittel, müssen Sie wissen, und die Belegschaft von Rosemont betrachtet mich als legitime Herrin. Ohne Frage mussten meine Regeln befolgt werden. Sie lebte sehr ruhig und täuschte uns alle, denn sie hatte die ganze Zeit geplant, bei der ersten Gelegenheit nach Frankreich und wer weiß wohin noch durchzubrennen!«

»Sie lebte acht Jahre lang in Zurückgezogenheit, wenn ich richtig rechnen kann. Ein ganz schön schweres Urteil für einen meines Erachtens dummen Fehler. Sie war fünfundzwanzig, als sie ging, Madam.«

»Aber noch immer ein eigensinniges Mädchen! Hugh und ich versuchten alles, um sie zur Vernunft zu bringen. Wie ich letzte Nacht schon sagte, bot er ihr die Ehe an, um den Ruf der Familie zu schützen. Und das mehrmals. Der Junge hatte schon immer ein Auge auf sie geworfen, wenn ich auch nicht recht verstehen kann, warum.«

»Sie vergessen, dass Sie von meiner Gattin sprechen, Mrs Westlake.« Charles verkniff sich den Kommentar, dass Hugh vermutlich unter einem Mutterkomplex litt, wie es Louisas Dr. Freud ausdrücken würde. Louisa sah ihr derart ähnlich, dass sie ihr jüngerer Zwilling hätte sein können.

»Sie muss aber nicht Ihre Gattin bleiben, Mr Norwich. Mr Baxter und ich haben ein äußerst generöses Angebot ausgearbeitet, sollten Sie zur Vernunft kommen und auf sie verzichten. Vielleicht brauchen Sie das Geld nicht, aber Sie brauchen ebenso wenig ein unzuverlässiges Eheweib, das Sie betrügen wird, wenn sie genug von Ihnen hat. Sie ist – wankelmütig. Unbeständig. Bedürftig. Sogar als kleines Mädchen dachte sie schon, sie könnte ohne Konsequenzen alles tun, was sie wollte. Ich gebe meinem Bruder die Schuld daran. Er und seine amerikanische Frau haben sie schrecklich verwöhnt.«

Charles stellte sich Louisa als kleine Waise vor, mit Kittel und Pferdeschwanz, die verzweifelt versuchte, ein bisschen Liebe aus ihrer Tante herauszuquetschen. Zum Scheitern verurteilt. Mrs Westlake war von der kühlen Sorte.

Sogar kalt.

Sie musste Charles' Abscheu gespürt haben und winkte ab. »Ich bin kein Monster, müssen Sie wissen. Ich habe wirklich mein Bestes gegeben. Hugh wird Ihnen bestätigen, dass ich nie ein Kind bevorzugt habe. Er ist mir deswegen immer noch ein wenig böse. Aber ich habe meine Verantwortungen ernst genommen, auch wenn ich nicht in der Lage war, aus Louisa eine ordentliche junge Dame zu machen. Sie ist unverbesserlich.«

»Und gerade deswegen mag ich sie.« Charles stand auf. »Ich fürchte, ich werde Sie enttäuschen müssen, Mrs Westlake. Ich habe nicht die Absicht, mich von Louisa scheiden zu lassen. Sie werden sich an mich gewöhnen müssen. Auch wenn ich Sie warnen sollte, dass ich mich für Ihren Versuch, mich loszuwerden, nicht erwärmen kann.«

»Sie sagten doch selbst, dass Sie einem zusätzlichen Einkommen nicht abgeneigt wären.«

»Ich rede nicht von der Bestechung. Jemand kam gestern

Nacht in mein Zimmer und versuchte mir Schaden zuzufügen. Was wissen Sie darüber?«

Grace Westlakes Kinn klappte nach unten. »Ich? Nichts, natürlich nicht! Ich versichere Ihnen, dass ich in meinem ganzen Leben noch nie zu Gewalt als Mittel gegriffen habe.«

»Sie haben also ein kleines freches Mädchen niemals verprügelt?«

»Nein, niemals«, sagte Grace deutlich empört. »Louisa wurde isoliert, wenn sie sich danebenbenahm.«

»In ihrem Zimmer bei Brot und Wasser eingesperrt, kann ich mir vorstellen. Hier in Rosemont wird sich einiges ändern, Mrs Westlake. Zum Besseren, denn sicherlich kann es nicht noch schlimmer werden.«

»W-was meinen Sie damit?«

»Dieses Haus gehört Louisa, nicht wahr? Jedes Stück Möbel, jeder Teppich, jedes Bild gehört ihr. Sie sind hier ihr Gast, oder? Ich würde mich nicht so sehr darauf verlassen, hier noch sehr lange zu verweilen.«

Louisas Tante umkrallte die Sessellehne, aber sie stand nicht auf. »Wie können Sie es wagen! Wenn ich nicht gekommen wäre, als mein Bruder und seine dumme Frau gestorben waren, befände sich Louisa nicht in der beneidenswerten Position, wie sie es heute tut! Fragen Sie Mr Baxter – dank meiner weisen Investitionen habe ich ihr Vermögen vervierfacht!«

»Und wir danken Ihnen dafür. Aber Louisa braucht jetzt keinen Vormund mehr. Sie hat mich.«

»Und Sie – ein Fremder aus dem Ausland, ganz gleich, wer Ihre Eltern waren – denken, Sie können hier hereinschneien und meine Autorität untergraben. Nun, das wird Ihnen nicht gelingen, junger Mann. Louisa muss noch einen Funken Dankbarkeit unter ihrer maroden Fassade verspüren. Sie wird es Ihnen nicht erlauben, mich aus meinem Zuhause zu vertreiben.«

»Das werden wir noch sehen«, sagte Charles. Vielleicht war er hier etwas zu weit gegangen – Louisa hatte ihm noch nicht erzählt, wie sie ihre Tante und ihren Cousin bitten würde, das Haus zu verlassen. Aber er befand sich nun einmal in der Höhle des Löwen und konnte sich ebenso gut nützlich machen. Lieber würde er Grace Westlakes Zorn mit voller Wucht auf sich prallen lassen, als Louisa dem auszusetzen.

Charles erkannte, dass sein erster Eindruck eines verwöhnten, sorglosen reichen Mädchens weit von der Realität entfernt gewesen war. Er war vielleicht in keinem sonderlich bemittelten Haushalt groß geworden, aber solange seine Mutter lebte, war sein Zuhause ein Hort der Zuneigung gewesen. Louisa hatte all das mit vier Jahren verloren. Unter Grace Westlakes Obhut aufzuwachsen musste zwangsläufig zu geistiger Verstümmelung führen. Es war ein Wunder, dass aus Louisa ein derart warmherziger Mensch geworden war.

»Wenn Sie mich entschuldigen, ich glaube, wir sind fertig. Und ich warne Sie erneut, Mrs Westlake. Ich werde kein Opfer ihrer Machenschaften oder der Ihrer Lakaien sein, um mich loszuwerden. Ich werde gewappnet sein, und seien Sie sicher, dass ich es verstehe, mich zu verteidigen.«

»Sie reden vollkommenen Unsinn!«

»Tue ich das? Sagen wir, wir alle werden hier in Rosemont auf der Hut sein. Während wir hier sind.« Charles hoffte, keinen Zweifel daran gelassen zu haben, wer hier zu gehen hatte.

Er ließ Louisas Tante wutschnaubend zurück und ging pfeifend die Turmstufen nach unten. Nachdem er nur drei Mal falsch abgebogen war, fand er Louisa in ihrem Wohnzimmer, wie sie nervös vor einem lodernden Feuer auf und ab wanderte. Mehrere Bände und eine Zeitung lagen auf dem Tisch verstreut, als hätte sie sich auf nichts konzentrieren können. Ihr Gesicht leuchtete auf, als er eintrat, was ein seltsames Gefühl in seiner Brust verursachte. Sah sie ihn als ihren Verteidiger?

Das sollte sie nicht.

»Nun? Erzählen Sie mir alles!«

»Ich bin noch intakt. Sie hat mir Geld angeboten, aber ich fürchte, ich kann nichts darüber sagen, wie viel Sie ihr genau wert sind, denn so weit sind wir nicht gekommen. Sie gibt vor, über den kleinen Zwischenfall letzte Nacht nichts zu wissen, und ich neige dazu, ihr zu glauben. Und – jetzt sollten Sie sich lieber setzen. Sie werden das, was ich zu sagen habe, sicher nicht gern hören.«

Louisa zögerte, ließ sich dann aber dankbar auf eine Ecke des grauen Sofas sinken. Sie hatte sich umgezogen und trug jetzt ein hochgeschlossenes, cremefarbenes Wollkleid und sah sehr hübsch darin aus. Ihre Wangen waren rosig, obgleich die Ränder unter ihren Augen Zeuge des beiderseitigen Schlafmangels waren. Sie faltete die Hände im Schoß und sah ihn mit klaren, vertrauensvollen Augen an. Er wollte für sie standhalten. Und viel schlauer sein – er hatte sie vielleicht zu früh verraten.

»Schießen Sie los.«

»Ich habe Ihre Tante mehr oder weniger dazu aufgefordert, Rosemont zu verlassen. Ich habe ihr gesagt, sie würde hier nicht gebraucht.«

Louisa blinzelte. »Und was hat sie dazu gesagt?«

»Die Vorstellung gefiel ihr nicht sonderlich. Sie sagte, Rosemont sei ihr Zuhause, und sogar Sie wären dankbar genug für all das, was sie für Sie getan hat, und würden Sie bleiben lassen.«

Sie schnaubte kurz. »Dankbar, ja? Das ist nicht gerade das Wort, das ich gewählt hätte.« Louisa schaute auf ihre Hände hinab, die fest ineinander verknotet und blass wie der Stoff waren, auf dem sie lagen. »Rosemont *war* das Zuhause ihrer Kindheit. Ich schätze, sie nahm es meinem Vater übel, als er es von meinem Großvater geerbt hatte. Nicht, dass die Immobilie als Erbsache an den ältesten männlichen Nachfolger hätte vererbt werden müssen.«

»Wie könnten sich zwei Familien ein Haus teilen, auch wenn es so groß war?«

»Genau. Ich bin sicher, das dachte sich mein Großvater auch. Er erwartete, dass Grace heiraten würde – was sie auch gleich nach ihrem Abschluss tat. Sie erhielt eine beachtliche Mitgift, auch wenn sie nicht dem Wert von Rosemont entsprach.«

»Was war ihr Gatte denn für ein Mann? Ich wette, er war froh, jung gestorben zu sein.« Irgendwie konnte sich Charles nicht vorstellen, dass Grace auch nur eine ungebändigte Strähne in ihrem Haar duldete. Der Beischlaf wäre mit Komplikationen befrachtet gewesen und eine viel zu schmutzige Angelegenheit für die penible Grace Westlake.

»Ich kann mich nicht gut an ihn erinnern, aber er war nicht so jung. Onkel Harry war gut zwei Jahrzehnte älter als sie – mein Großvater war mit der Verbindung eigentlich nicht einverstanden gewesen, auch wenn Harrys Bruder ein Viscount war, aber wenn sich Grace etwas in den Kopf gesetzt hat, lässt sie sich von niemandem aufhalten.«

»Darin ähnelt sie ihrer Nichte«, zog er sie auf.

Louisa schenkte ihm ein unsicheres Lächeln. »Dafür sollte ich Sie herausfordern.«

»Pistolen bei Tagesanbruch? Es gibt Dinge, die ich um diese Uhrzeit viel lieber mit Ihnen täte.« Die Worte waren ausgesprochen, bevor er überhaupt darüber nachdenken konnte. Mein Gott, er flirtete. Und er stellte sich Louisa im Bett vor, mit ihrem offenen Morgenrock, ihrem lieblichen weißen Körper, der ihn zu sich einlud. Letzte Nacht hatten sie vereinbart, dass dies ein Fehler gewesen war, wenngleich ein umwerfend befriedigender. Es wäre nicht gut für Charles, auf seine Arbeitgeberin scharf zu sein.

Aber das Pferd war bereits aus dem Stall ausgebrochen. Oder: In einer Hommage an Louisa könnte man auch sagen, das Automobil stand nicht mehr in der Garage. Es war schwer, den Flaschengeist wieder in die Lampe zu zwängen. Die Zahnpasta in die Tube. Er konnte Tausende von Metaphern dafür finden, aber nichts würde etwas an der Anziehung ändern, die er für sie empfand. Louisa sah in der Tat reizend aus, seine Worte hatten sie leicht zum Erröten gebracht. Es wäre so einfach, sich nach vorn zu beugen und sie auf ihren offenen Mund zu küssen, mit dem kleinen Schokoladensplitter im Mundwinkel zu spielen, sich mit ihrer warmen Zunge einzulassen.

»Charles –«, warnte sie, aber er konnte sich nicht zurückhalten. Er beugte sich vor und hielt zärtlich ihre Wange. Ihre Haut war weich und rosig, als ob sie in Honig und Rosenblättern gebadet hätte. Ihre Lippen öffneten sich zum Protest, aber er brachte sie mit einem schnellen Kuss zum Schweigen.

Es machte nichts, dass sie saß und er seltsam gebeugt vor ihr stand, denn sie erwiderte seinen Kuss trotz ihres anfänglichen Zögerns. Küsste ihn recht enthusiastisch. Zum Teufel, es gab keinen Grund, bescheiden zu sein – sie vernaschte ihn regelrecht, ihre Lider flackerten, ihre Hände entkrampften sich und packten sein Jackett. Charles kippte mit einem Knie auf die hässliche Couch und schloss sie in die Arme. Er konnte nirgendwo eine passende Stelle entdecken, sie aus ihrem Kleid zu befreien, also schloss er einfach das Auge und genoss ihr Zittern an seinem Körper. Ihr Veilchenduft stieg ihm in die Nase. Hätte er Geld, würde er zusehen, dass immer ein Strauß für sie bereitstand, mit satter Farbe, die sich üppig von ihrer blassen Haut abzeichnete. Er würde ein Bett mit den winzigen Blu-

187

men bedecken und sie unter ihren lusterfüllten Körpern zerdrücken.

Er ließ sich davontragen, ganz einfach. Und es war ihm ziemlich gleich, wo er endete, solange Louisa irgendwo in Reichweite war.

19

Das hätte nicht passieren sollen. Sie hatten letzte Nacht – oder besser heute Morgen – vereinbart, weiteren Intimitäten einen Riegel vorzuschieben. Sie war einfach so müde, so besorgt, so beunruhigt, wieder ›zu Hause‹ zu sein, wo jemand versucht hatte, sie zu ängstigen, und Charles war so – so … Sie fand keine Worte, während er sie küsste. Der Satin seiner schwarzen Augenklappe fühlte sich an ihrer Schläfe ganz weich an, seine Finger brachten ihr Haar in Unordnung, als er sie festhielt.

Kathleen würde verärgert sein, sowohl über die Auflösung des Haarknotens als auch über den verruchten Kuss. Irgendwie hatte es sich ihre Zofe in den Kopf gesetzt, dass Charles keinen guten Einfluss auf Louisa hatte, und sie hatte recht. All die einsamen Jahre hatte sich Louisa von der Leidenschaft ferngehalten, und siehe da, was eine Nacht mit ihm bei ihr angerichtet hatte. Sie war sofort bereit, zurück ins Schlafzimmer zu gehen und dort weiterzumachen, wo sie aufgehört hatten.

Die feine Wolle ihres Kleids kratzte an ihrem Hals, und jede Spitze ihres Korsetts war Hohn. Louisa war überall heiß. Atemlos. Nun, wie sollte es auch anders sein, wenn der Captain sie mit solch großem Geschick küsste?

Es schien nicht so, als würde er an seine unglückliche Vergangenheit denken – oder an irgendetwas anderes. Louisa beschloss, es ihm gleichzutun. Sie würde sich einfach nur auf das zarte Lecken konzentrieren, darauf, wie ihre Zungen einander streiften, auf den Geschmack von Charles' Zahncreme. Die rauen Kuppen seiner Fingerspitzen, wie sie über ihre Wangenknochen kribbelten. Die Breite seiner Brust, wenn sie sich dagegendrückte. Seine Wärme und Stärke. Louisa fühlte sich … sicher.

Sie öffnete die Augen. Charles' lebhaftes blaues Auge starrte sie an. Sie hätte darin versinken, direkt unter seine Haut tauchen können. Niemals wieder weggehen. Aber was wusste sie eigentlich schon über ihn? Nur das, was er ihr erzählt hatte, und das könnte ebenso alles falsch sein, wie Kathleen sagte, als sie heute Morgen Louisas Haare gerichtet hatte. Darauf aus, Sympathiepunkte zu sammeln – ein armer Junge, der sich selbst nach oben gearbeitet hat, der im Krieg unvorstellbar gelitten hat. Sie entzog sich ein wenig, und er merkte, dass der Kuss eine andere Richtung nahm.

Als sich seine Lippen nicht mehr auf ihren befanden, stotterte ihr das Herz. Er lehnte sich auf der Couch zurück, sein Atem ging abgerissen. »Verzeihen Sie, dass ich meine Grenzen erneut überschritten habe. Sie müssen wirklich damit aufhören, derart zum Küssen einladend auszusehen.«

»Anscheinend schaffe ich das in Ihrer Nähe nicht«, sagte Louisa widerwillig. »Danke, dass Sie es mit meiner Tante aufgenommen haben. Ich war nicht sicher, wie ich das Thema mit ihrem Weggang aufbringen sollte, und jetzt haben Sie es mir abgenommen. Sie wird natürlich nicht gehen.«

»Wie kann sie nur bleiben, wenn Sie sie fortwünschen? Können Sie keinen Wachtmeister oder sonst jemanden rufen?«

»Es ist nicht so einfach. Die Menschen hier sind ihr gegenüber loyal. Ich komme gut mit der Köchin und Griffith aus, aber Mrs Lang, die Haushälterin, ist eine von Tante Grace geschaffene Kreatur. Es würde nicht viel Freude machen, Rosemont zu leiten, wenn die Belegschaft gegen mich ist.«

»Um Himmels willen, Louisa. Dann feuern Sie sie eben. Wissen Sie nicht, dass Tausende von Menschen dort draußen nur darauf warten, ihre Stellen einnehmen zu können? Das ist *Ihr* Haus. Es wird von *Ihrem* Geld unterhalten.«

Er war böse auf sie – und das zu Recht. Sie war ein Feigling. Aber sie konnte die Hilflosigkeit, die sie im langen Schatten von Grace empfand, nicht einfach abschütteln.

»Ich muss mit Mr Baxter reden.«

»Feuern Sie auch ihn. Der arbeitet Ihrer Tante in die Hände. So wie der Doktor – sie stecken alle unter einer Decke. Sie wollten, dass dieser Fentress mir Ihre medizinische Historie enthüllt. Um Gottes willen, ist das nicht illegal? Selbst wenn wir wirklich verheiratet wären, ist er Ihnen gegenüber zur Loyalität verpflichtet.«

Sie seufzte. »Ich weiß, dass Sie recht haben, Charles. Als ich in Frankreich war, schien alles so klar zu sein. Aber jetzt, da ich wieder hier bin …« Sie verstummte. Was war nur los mit ihr? Im vergangenen Jahr hatte sie gelernt, was es hieß, frei zu sein. Sicher wollte sie nicht zurückkommen, um unter der Knute ihrer Tante weiterzuleben. Oder noch schlimmer, wieder vor ihrer rechtmäßigen Verantwortung davonzulaufen.

Charles stand von der Couch auf und ging zum Fenster. Louisa bemerkte, dass er seine Hose richten musste. Sogar wenn er so ärgerlich auf sie war, stimulierte sie ihn. Das war eine eher befriedigende Entdeckung – vielleicht war sie letztendlich doch nicht so machtlos.

»Sie brauchen jemanden, der Ihnen hilft. Jemanden, der mehr weiß als ich. Warum bitten Sie nicht Mrs Evensong, Ihnen einen guten Anwalt zu empfehlen? Sie sollten sich Ihr anvertrauen. Sie hätte vielleicht einen Plan, wie man Ihre Tante loswerden könnte. Die Frau ist schließlich für ihre Fähigkeit bekannt, Probleme zu lösen.«

»Charles! Welch brillante Idee! Ich werde ihr umgehend schreiben.«

»Und dann machen wir eine kleine Tour. Nicht in dem verfluchten Wagen, sondern auf einem guten, soliden Pferd.«

Captain Cooper würde in engen Reithosen delikat aussehen, seine muskulösen Oberschenkel von Kalbsleder umhüllt. Und die frische Luft würde ihr guttun. »Wir werden das Mittagessen versäumen.«

»Bitten Sie doch Ihre Freundin, die Köchin, uns etwas einzupacken. Es ist nicht zu kalt draußen für ein schnelles Picknick.«

Louisa war sich da nicht so sicher. Der Wind wehte lebhaft über den Kanal, aber vielleicht konnten sie in die andere Richtung zur Einsiedlergrotte reiten. Es hatte niemals einen wirklichen Einsiedler gegeben, aber ihr Großvater hatte eine alte Hütte in eine aufwendige falsche Höhle verwandelt, die er von seinen eigenen Wasserspeiern bewachen ließ. Als Kind war sie mit Hugh und ihrer Gouvernante gern dorthin gegangen. Und dann natürlich mit Sir Richard. Am besten sollte sie gar nicht daran denken.

Aber jetzt, da sich die Vorstellung in ihrem Kopf festgesetzt hatte, sah sie die draußen angebundenen Pferde, die schützenden Wände des kleinen Gebäudes, die robusten Holzmöbel darin. Louisa fragte sich, was aus den Teppichen und Kissen geworden war – wahrscheinlich waren sie alle mit Schimmel und Moder bedeckt. Sie hatte aber eine Satteldecke –

Verdammt! Schon wieder machte Charles Cooper das mit ihr, schlich sich in ihre erregte Fantasie ein. Wo waren ihre guten Absichten hin? Neun endlos lange Jahre lang war sie keusch gewesen. Das war sogar recht leicht, da sie im Prinzip in Rosemont eingesperrt war. Letztes Jahr hatte sie vielleicht ein paar verdrehte Sachen gemacht, aber niemals ihr selbst auferlegtes Zölibat gebrochen.

Jetzt war sie keine Gefangene mehr, außer eine ihrer eigenen Lust. Und da gab es Charles Cooper, der aus dem Bleiglasfenster auf die weißen Schaumkrönchen der Wellen schaute, groß und extrem verlockend. Er war ebenso fasziniert von seiner Aussicht wie sie von ihrer. Sie könnte ihn den ganzen Tag anstarren – anschauen war schließlich nicht berühren, oder?

»Geben Sie mir eine Stunde.« Die Zeit sollte ausreichen, um die Köchin zu informieren, Kathleen zu bitten, sie umzukleiden und einen Brief an Mrs Evensong in Bezug auf die Merkwürdigkeiten in ihrer Bank zu verfassen. Sie würde die Frau sogar nach Rosemont einladen, da sie an dem Anwesen und all den nervigen Bewohnern ausgesprochenes Interesse gezeigt hatte, als sie sich kennenlernten. »Wir treffen uns in den Stallungen. Finden Sie selbst dorthin?«

Charles drehte sich zu ihr um. »Ich dachte, wir würden zusammenbleiben. Schließlich bin ich doch Leibwächter, nicht wahr?«

Louisa hatte es fast vergessen. »Niemand wird es wagen, uns bei hellem Tageslicht etwas anzutun. Wir müssen uns mehr um die Nächte sorgen.«

»Aye, das machen wir.« Es lag etwas in seiner Stimme, das ihr verriet, dass er sich noch um etwas anderes sorgte, abgesehen davon, auf den Kopf geschlagen zu werden. Sie fühlte, wie sich ihre Wangen erwärmten – noch nie in ihrem Leben war sie derart oft errötet wie in Captain Coopers Gesellschaft.

»In einer Stunde«, wiederholte sie, schloss sich selbst im Schlafzimmer ihrer Eltern ein und klingelte nach Kathleen.

❖ ❖ ❖

Die Stallungen waren erstklassig, wie es Charles erwartet hatte. Ein großer Backsteinkomplex, in dem auch an einem Ende der *Daimler* untergestellt war und sich im Stockwerk darüber die Wohnung des Chauffeurs befand. Robertson grüßte ihn mit kurzem Nicken von der offenen Box, während der Mann das Auto derart mit einem Ledertuch bearbeitete, als würde sein Leben davon abhängen. Es gab einen leeren Platz daneben für Louisas Wagen, sobald er von der Reparatur zurückkam. Charles konnte nur hoffen, dass es eine ganze Weile dauern würde, bis der Mechaniker in London die notwendigen Ersatzteile beschafft hatte. Charles war noch nicht bereit, Louisa sein Leben anzuvertrauen. Verschiedene Kutschen in unterschiedlichen Macharten und Größen parkten ebenfalls darin und standen für die nächste Ausfahrt bereit.

Die Pferde fand er weit interessanter als das glänzende Metall. Er war schon immer ein Pferdefreund gewesen, auch als er noch in einer Fabrikbehausung in London gelebt hatte. Er vermisste seinen stämmigen alten Armeegaul, war aber nicht in der finanziellen Position gewesen, sich ein Pferd zu halten.

Der Geruch von Heu und Zaumzeug und Pferdeäpfeln schwang in der Luft und bildete ein angenehmes Aroma. Wenn er in Rosemont leben würde, würde er jeden Tag ausreiten, hinunter zum Kiesstrand oder über die tristen grünen Felder, an denen sie bei der Herfahrt vorbeigekommen waren.

Ein Stallbursche sprang auf den steinernen Hof hinaus. »Was kann ich für Sie tun, Mr Norwich?«

Charles starrte ihn ungeniert an, bis er erkannte, dass natürlich jeder gute Bedienstete wissen würde, wer er war … oder wer er sein sollte. »Meine Gattin und ich werden ausreiten. Wenn Sie für sie ihr übliches Pferd satteln und für mich ein passendes Tier finden würden, wäre ich dankbar.«

»Miss Louisa ist nicht geritten, seit ich hier arbeite«, sagte der junge Mann. »Aber sie widmet Emerald besondere Aufmerksamkeit, wenn sie den Stall besucht.« Er betrachtete Charles abschätzend von oben bis unten, als würde er sein Gewicht berechnen. »Ich denke, Mr Hughs Pirate Prince würde gut zu Ihnen passen, Sir. Wenn Sie uns einen Moment geben, machen wir beide Pferde für Sie und Ihre Lady fertig.«

Charles nahm auf der verwitterten Mahagonibank vor den Boxen Platz. Er hätte seine Hilfe angeboten, aber von dem vornehmen Maximillian Norwich wurde wohl nicht erwartet, dass er sein eigenes Pferd sattelte. Charles verkniff sich ein Grinsen – Pirate Prince, das passte. Er fragte sich, ob es an der Augenklappe lag. Charles war nicht oft zum Vergnügen geritten, obwohl jeder Ritt auf einem Pferd angenehm war, sogar in der Schlacht. Auf magische Weise verschmolz der Reiter mit seinem Pferd. Mit seinen Pferden hatte er immer Glück gehabt – sie hatten ihn die meiste Zeit in Sicherheit getragen.

Die Sonne schien warm auf sein Gesicht, auch wenn ein wohltuender Frost in der Luft lag. Es war immer wärmer an der Küste, erinnerte er sich. Man hatte nicht das Gefühl, dass Dezember war, der einzige Hinweis waren die laublosen Kletterpflanzen, die sich am Backstein emporhangelten. Sogar hier bei den Pferden gab es Rosen.

Entspannt beobachtete er die Aktivitäten im Hof. Robertson hörte auf, manisch den Wagen zu polieren, und verschwand im Gebäude. Charles hörte das stete Rauschen der Wellen, das Schreien der Möwen, das Wiehern der Pferde. Rosemont war wirklich ein kleines Paradies, trotz Tante Grace und der Wasserspeier.

Er würde also auf dem Pferd von Cousin Hugh reiten. Charles hoffte, dass sich der Stallbursche dadurch keinen Ärger einfing. Nach allem, was er über Hugh gehört hatte, lief man ihm am besten nicht über den Weg. Charles juckte es sehr, ihn zu treffen und so bald wie möglich seine Klingen mit ihm zu kreuzen.

Er war kleinlich. Kindisch. Aber je länger er sich in Rosemont aufhielt, umso mehr wollte er Louisas rechtmäßige Position wiederherstellen. Er hatte angefangen, sich selbst als Kavalier zu sehen und die Bewohner von Rosemont als Puritaner, die dem Leben alle Freude aussaugten. Zeit, die junge Königin auf ihren Thron zu setzen.

Louisa hatte etwas Verletzliches, das zuerst nicht offensichtlich war. Sie war so hübsch, so redegewandt – sie konnte einen wirklich schwindelig plappern, wenn sie einmal in Fahrt war –, dass man das zaghafte Mädchen im Innern leicht übersah. Sie braucht vielleicht eine Weile, um sich in Rosemont auf eigene Füße zu stellen, aber Charles war bereit zu bleiben, bis –

Was zum Teufel fantasierte er sich da zusammen? Er war schließlich nur für einen Monat als ihr Begleiter engagiert worden. Ausreichend Zeit, um die Verwandtschaft aufzuscheuchen und dann dahinzuschwinden und zu sterben, was Maximillians Schicksal war. Charles war sich über sein eigenes Ableben nicht mehr so sicher – vielleicht könnte Mrs Evensong für ihn auch etwas Nützliches auftun. Das Geschäft mit dem Retten einer Jungfer in Bedrängnis war sehr einträglich.

Schließlich führten ein paar Stalljungen zwei Premiumexemplare heraus. Charles war von dem alten Pirate dermaßen angetan, dass er nicht sah, wie Louisa um die Ecke des Gebäudes kam. Und als er sie entdeckte –

Herr erbarme dich. Sie trug keinen Hut, ihr Haar fiel in einem losen Zopf über ihren Rücken. Sie trug einen dicken karierten Schal um den Hals, ein schweres Wolljackett und Reithosen. Die Hosen umspannten ihre Oberschenkel knalleng. Die jungen Stallburschen liefen dunkelrot an, und Charles erinnerte sich daran, dass er den Mund zuklappen musste.

»Hallo, mein Liebling! Hallo Jimmy! Angus! Emerald, meine Schöne. Sie haben keine Ahnung, wie aufgeregt ich bin, hier wieder zu reiten. Im letzten Jahr habe ich auf dem Kontinent jede Gelegenheit zum Reiten genutzt, aber natürlich nie auf solch stolzen Tieren wie diesen hier.« Louisa langte in ihre Jackentasche und holte für die Stute ein Zuckerstückchen hervor.

Emerald war in der Tat eine Schönheit, silbergrau mit glänzender, schwarzer Mähne und Schweif. Ihr Sattel und Zaumzeug waren passend zu ihrem Namen mit hellgrünem Leder eingefasst. Louisa runzelte die Stirn.

»Jimmy, bitte bringen Sie mir einen normalen Sattel. Max, du entschuldigst doch die kleine Verzögerung?«

Also kein Damensattel für Louisa. Für die Chance, Louisa im Herrensitz reiten zu sehen, wie ihr hübscher Po vor ihm auf- und abwippte, würde Charles den ganzen Tag lang warten. Er grinste sie verschlagen an. »Was immer du wünschst, meine Liebe.«

Freundlich schnatternd folgte Louisa den Jungs zurück in den Stall, um den Sattel zu wechseln, wodurch Charles die Möglichkeit hatte, Pirate genauer zu betrachten. Das Pferd war massiv, schwarz und ruhig. Hugh Westlake hatte ein gutes Auge für Pferde. Charles streichelte Pirates Nase und redete ruhig auf ihn ein, als ob das Pferd seine Worte verstehen könnte. Einige mochten ihn für leicht verrückt halten, aber Charles war der Meinung, dass Pferde intelligenter waren als viele Menschen.

Er drehte sich um, als Louisa aus dem Stall auf den Hof ritt. Er hätte ihr gern aufs Pferd geholfen, aber dieses Vergnügen wurde ihm vorenthalten. Sie war keine besonders große Frau, aber ihre Beine sahen an Emeralds Flanke sehr lang aus.

»Wir reiten noch an der Küchentür vorbei. Die Köchin hat uns einen Korb vorbereitet.«

Charles ließ sich von Jimmy hochhelfen und warf dem Jungen für seine Mühen eine Münze zu. Das würde Maximillian Norwich doch tun, oder?

Der Korb entpuppte sich als unförmiger Leinensack, den Louisa in ihre Satteltasche steckte. »Wohin jetzt? Zum Wasser oder in den Wald?«, fragte sie ihn.

»Zum Wasser, denke ich. Bis ich hierherkam, war ich mir nie bewusst, wie beruhigend es ist, die Wellen zu beobachten. Ich habe es nie richtig genossen, den Ozean zu überqueren, aber das könnte auch etwas mit der Gesellschaft zu tun haben, mit der ich es aushalten musste.«

»H.m. Ich fürchte, ich kann Ihren Gleichmut nicht teilen. Ich musste mich überwinden, im Mittelmeer schwimmen zu gehen. Der Familienfluch. Meine Eltern und Großeltern sind doch alle ertrunken.«

Er erinnerte sich. »Segeln Sie einfach nicht.«

Schwimmen – sich Louisa in einem kurzen Badeanzug vorzustellen war wieder so eine Sache. Ihre Beine würden zwar in dunklen Strümpfen stecken, aber er würde jeden Zentimeter bis zu ihrem Knie sehen können. Er könnte seine Arme um sie schlingen, während sie in den Untiefen schaukelte, ihre Haut glänzend, als hätte sie Diamantenperlen auf der Haut. Der durchnässte Stoff würde an ihrer zauberhaften Figur kleben.

Oder noch besser, sie könnten ganz privat nackt an ihrem eigenen Strand schwimmen gehen. Charles würde ihr zur Seite stehen, wenn ihr Zutrauen ins Wanken geriet, würde sie in Sicherheit bringen und sie im Sand lieben, bis sie all ihre Tragödien vergessen hatte.

»Haben Sie gehört, was ich gesagt habe?«

Es war gut, dass sie keine Gedankenleserin war. »Ich fürchte, ich habe es nicht verstanden. Der Wind, wissen Sie.«

»Ich sagte, ich werde niemals Boot fahren. Kathleen musste mich sogar betäuben, um mich auf den Dampfer zu bringen, der mich nach Hause brachte. Ich schätze, Sie halten mich jetzt für einen fahrigen Dummkopf. Seltsamerweise hatte ich keine Probleme damit, auf ein Schiff zu steigen, um aus England zu fliehen.«

»Eine Kanalüberquerung ist nicht so schlimm. Aber hoffentlich werden Sie auch in nächster Zeit keine machen müssen. Es sei denn, Sie wollen es. Der Verlockung Ihres Pariser Schneiders ist sicher schwer zu widerstehen, kann ich mir vorstellen.«

Louisa hob eine goldene Augenbraue. »Denken Sie wirklich, wir können Tante Grace aus dem Haus werfen?«

»Davon gehe ich aus«, sagte Charles mit etwas mehr Zuversicht, als er selbst verspürte.

Sie nahmen einen steilen Pfad zu dem schmalen Streifen Strand unterhalb von Rosemont. Pirate wirkte nervös, und Charles tätschelte ihn beruhigend.

»Wettrennen!«, schrie Louisa, als sie im weichen Sand angekommen waren. Sie schnellte davon, bevor Charles zustimmen konnte.

Kleines Biest! Er beobachtete eine Weile, wie ihr hübsches rundes Unterteil dort vorn auf- und abhüpfte. Für einen Mann, der den Frauen abgeschworen hatte, umging er das Problem großzügig. Eine Nacht mit Louisa bedeutete jedoch nicht, dass er von seinen schlimmen Träumen geheilt war. Aber in ihrem Beisein war es schwer, sich selbst zu bemitleiden.

Hart war das Wort, auf das es ankam. Sein Glied zuckte und erwachte bei dem Anblick, der sich ihm dort bot. Und der sich schon ganz schön weit entfernt hatte, wie er jetzt feststellte, mit wehendem Schal und Pferdeschwanz. Kavallerieoffizier Charles Cooper würde sich doch nicht von einem *Mädchen* schlagen lassen. Und so grub er seine Absätze in Pirates Flanken.

Aber das mochte Pirate überhaupt nicht. Das Pferd wieherte, drehte sich im Kreis und warf Charles mit voller Absicht in den Sand.

20

Beschwingt drehte sich Louisa um, um Charles noch einmal zu necken. Aber ihr Sieg währte nur kurz. Charles Cooper lag flach auf dem Kies, und Pirate Prince stieß ihn mit seiner Nase in die Rippen.

War er vom Pferd gefallen? Er war doch in der Kavallerie gewesen, um Himmels willen! Sie wendete Emerald und ritt so schnell sie konnte zurück.

Louisa kletterte von Emerald herunter und kniete sich an seine Seite. Charles' hellblaues Auge war weit offen, was immerhin ein gutes Zeichen war – oder? »Charles! Was ist passiert? Geht es Ihnen gut?«

»Mehr oder weniger. Das Pferd hat mich abgeworfen. Ich schätze, er weiß, dass ich nicht Hugh bin, und mag mich nicht besonders.«

»Tut Ihnen etwas weh?«, fragte sie beunruhigt. Charles' Hut war davongerollt, und die Wellen leckten bereits daran. »Ihre Wunde! Tragen Sie noch immer die Bandage?«

Charles schüttelte den Kopf und spürte den Schmerz. »Abgenommen. Wollte nicht, dass Grace wusste, dass der Angriff so erfolgreich verlaufen war.«

»Oh Charles.« Louisa wickelte den Schal von ihrem Hals. »Heben Sie bitte Ihren Kopf, oder, noch besser, setzen Sie sich auf. Ich werde die Wunde reinigen.«

Charles rappelte sich auf seine Ellbogen hoch. »Mir ist schummrig. Verdammt! Ich hatte nicht erwartet, schon so früh am Tag auf meinem Arsch zu landen.«

»Hier, lehnen Sie sich an mich.« Er hatte nichts dagegen einzuwenden. Sein Hinterkopf blutete erneut, aber nicht so wie letzte Nacht. Sanft wischte sie den Sand mit einer Ecke ihres Schals weg. »Ich denke, wir sollten zurück zum Haus gehen.«

»Wie – und unser Picknick versäumen? Unsinn. Das war kein schlimmer Sturz. Es wird schon gehen.«

Er sah nicht gut aus, zu blass unter seiner Bräune. »Wenn Sie es ertragen können, werde ich etwas Salzwasser auf die Wunde träufeln. Sie ist wieder offen und muss gespült werden.«

»Ich versuche, nicht wie ein Baby zu heulen.«

Louisa ließ Charles leicht schwankend sitzen, ging zu Emerald und durchsuchte ihre Tasche. Die Köchin hatte schwere Trinkgläser für den Wein eingepackt, und Louisa nahm eines heraus und tauchte es ins Meer. Sie fischte seinen ruinierten Hut aus dem Wasser und brachte ihn und das Glas zurück zu Charles, der ins Sonnenlicht blinzelte.

»Hier. Halten Sie Ihren Hut fest, und beugen Sie den Kopf nach vorn. Das könnte brennen.«

»Hier gibt es kein ›könnte‹. Geben Sie alles.« Als sie das Wasser auf seine Kopfhaut träufelte, biss er die Zähne zusammen.

»Fertig. Das dürfte vielleicht sogar die Heilung beschleunigen.«

»Jawohl, Dr. Stratton. Verdammtes Pferd! Und ich habe ihm auch noch so nett zugeredet.« Energisch schüttelte er den Hut und klemmte ihn unter seinen Arm.

Pirate Prince stand Wache, mit gesenktem Kopf, als würde er sich schämen. »Ich verstehe das nicht. Hugh hat sich nie über ihn beklagt.«

»Vielleicht bin ich aus der Übung. Es ist eine Weile her, dass ich auf einem Pferd saß. Sei's drum, es klingt merkwürdig, aber ich habe wieder Hunger. Und Durst.«

»Lassen Sie uns ein kleines Stück gehen. Dort vorn gibt es ein paar Felsen, die uns vor dem Wind schützen. Wir werden die Pferde festbinden und es nach dem Mittagessen wieder versuchen.«

»Sie sind der Boss.« Charles stand ohne ihre Hilfe auf.

»Halten Sie still.« Sie fühlte sich recht kühn, nahm ihren Schal und rieb den Sand von seinem Rücken, wobei sie besonderes Augenmerk auf sein strammes Hinterteil legte. Louisa wünschte, sie könnte sich Kathleen anvertrauen und ihr von seinem prächtigen Körperbau vorschwärmen, aber sie wusste, dass ihre Zofe von der Wendung, die ihr Arrangement genommen hatte, nicht begeistert wäre. Nun, weitere Wendungen würde es nicht geben. Auch keine weiteren Küsse. Louisa würde sich in Selbstkontrolle üben, und wenn es sie umbrachte. Sie würden nur zusammen zu Mittag essen und den bevorstehenden Umsturz von Grace Westlake planen.

Sie mussten die Pferde nicht lange führen, bis sie zu der Felswand gelangten, die als Kind zu ihren Lieblingsorten gehört hatte. Wie die Grotte hatte sie Privatsphäre geboten, wo Louisa ihrer Fantasie freien Lauf lassen konnte. Die Felsen wurden dann zu ihrer Burgfestung, wo sie als absolute Regentin herrschte. Trotz der Nörgeleien ihrer Gouvernante hatte sie sie immer wieder erklommen und war tausendmal in den weißen Sand darunter gesprungen.

Heute würde niemand springen. Sie zog das gewachste Leinentuch aus der Lunchtasche. »Charles, in meiner Eile beim Satteltausch habe ich vergessen, Emerald eine Satteldecke aufzulegen. Können Sie Ihre von Pirate Prince holen, damit wir uns setzen können?«

»Aye.« Charles fackelte nicht lange mit den Schnallen, auch wenn das Pferd scheu war. Er setzte den Sattel auf den Boden und entfaltete die Decke. »Ich glaube es nicht.«

»Was?«

»Schrauben. Fünf davon, alle zusammengebündelt.« Er zog eine aus dem Schussfaden der Wolle und hielt das spitze Ende vor Louisas Nase.

»Schrauben? Wie merkwürdig!«

»Nicht wahr? Kein Wunder, dass Pirate meinen Körper nicht herumschleppen wollte.« Er fuhr sanft mit seiner Hand über den Rücken des Pferds und suchte nach Verletzungen. »Alles in Ordnung, alter Junge. Ich nehme es dir nicht übel. Jemand wollte uns beide drankriegen.«

»Jimmy würde so etwas nicht machen, Charles. Da bin ich mir sicher. Er hat niemals ein Pferd absichtlich verletzt. Ich kenne ihn, seit er ein kleiner Junge war. Sein Großvater ist der Stallmeister.«

»Hm.«

»Vielleicht hat er es nicht bemerkt. Wenn die Decke zusammengelegt war und die Schrauben bereits irgendwie darin versteckt –«

»Ich bin sicher, Sie haben recht.« Charles klang nicht überzeugt.

»Sie denken doch nicht, das ist ein weiterer Versuch, Sie zu vergrämen?«

»Ich weiß nicht, was ich denken soll. Außer, dass wenn es jemand auf mich abgesehen hat, ich lieber mit vollem Magen sterbe. Was ist also in der Tasche?« Er holte die restlichen Schrauben heraus und steckte sie ein, dann schüttelte er die Decke aus und legte sie auf den Sand.

Er war zu ruhig. »Charles, ich habe es so gemeint, als ich sagte, Sie könnten gehen.«

»Und Sie allein hierlassen? Reden Sie keinen Unsinn.«

Er saß jetzt, die langen Beine vor sich im Schneidersitz verschränkt. Seine Reitstiefel waren so neu, dass die Sohlen kaum abgetragen waren. Er streckte eine Hand vor. »Wenn Sie mir schon keine Gesellschaft leisten, geben Sie mir wenigstens die Tasche. Ich sterbe vor Hunger.«

Louisa saß. Wie befreiend es war, Hosen zu tragen! Sie setzte sich genauso hin wie Charles und breitete das Mittagessen zwischen ihnen aus. Es war eine sehr einfache Mahlzeit – Schinkensandwiches, Käse, Äpfel und Obstkuchen, aber der Wein war ausgezeichnet. Charles brauchte keine Anleitung, als er den Korkenzieher aufhob.

»Auf uns«, prostete er ihr zu, nachdem er die Trinkgläser gefüllt hatte. Louisa bemerkte, dass er das Glas nahm, das sie mit Salzwasser befüllt hatte, und den Inhalt mit einem langen Schluck hinunterwürgte.

»Sie sind doch beunruhigt.«

Charles biss in sein Sandwich, um der Diskussion auszuweichen.

»Vielleicht sollten wir *beide* Rosemont verlassen«, sagte Louisa und fummelte an einem Stückchen Käse herum.

Er wischte sich mit dem Handrücken über den Mund. »Nicht das schon wieder. Sie werden nicht gehen. Das ist Ihr Zuhause. Es ist mir egal, auf wie vielen Schrauben oder Bolzen oder Nägeln ich sitze. Ich lasse mich nicht davonjagen.«

»D-danke, Charles. Ich werde mit Jimmy reden, wenn wir zurückkommen. Und auch mit Angus.«

»Erwarten Sie nicht, dass sie etwas zugeben werden. Aber vielleicht haben Sie ja recht, und sie wussten wirklich nichts von der Decke. Es könnte auch ein merkwürdiger Zufall gewesen sein. Wenn jetzt aber auch noch Leute anfangen, auf mich zu schießen, mache ich mir Gedanken.«

Louisa konnte fühlen, wie das Blut aus ihrem Kopf wich. »Machen Sie keine solchen Scherze. Wir dürfen nicht vergessen, nachher noch ins Waffenlager zu gehen. Ich werde Griffith um den Schlüssel bitten.« Nervös blickte sie an den Felsen hoch und rechnete schon fast damit, dass irgend so ein Böse- wicht plötzlich hervorspringen und sie beide zur Strecke brin- gen würde.

»Einverstanden.« Er schenkte ein weiteres Glas Wein ein, trank dieses Mal aber kaum davon. »Sie essen ja gar nichts.«

Das sollte sie wirklich. Jetzt, da sie einmal ihr einengendes Korsett los war, konnte sie nach Lust und Laune in sich hi- neinstopfen. Aber die Erinnerung daran, dass sie sich vielleicht in Gefahr befanden, zügelte ihren Appetit. Louisa biss wider- willig in den Obstkuchen. Er war außergewöhnlich gut, von Brandy getränkt und mit glitzernden Obststücken verziert. Es schmeckte schon ein bisschen wie Weihnachten.

»Hey, das gehört zum Dessert.«

»Ich kann machen, was ich will, oder? Dies ist, wie Sie schon richtig bemerkten, mein Zuhause. Sie dürfen gern mein Sand- wich haben.«

»Darauf komme ich noch zurück.«

Sie schwiegen eine Weile, und alles, was man hörte, war das stetige Rauschen der Wellen, das Schnauben der Pfer- de, das Plätschern des Weins, als Charles ihre Gläser auffüll- te, und Louisas Knabbern an ihrem Apfel. Sie war zufrieden mit ihrem Kuchen und dem Obst. Und dem Wein. Die Sonne strahlte jetzt auf den Steinkreis, und sie fühlte, wie ihre Sorgen Stück für Stück abebbten. Es war ein Vergnügen, Charles beim Essen zuzusehen – er war in seinem Ansatz ordentlich und spartanisch, biss gleichförmig ab, schnitt seinen Apfel äußerst effizient mit einem kleinen Messer auf, das er aus seinem Reit- stiefel hervorgezaubert hatte. Er stand auf und teilte das Obst zwischen Emerald und Pirate Prince auf.

»Nicht nachtragend?«, fragte Louisa.

»Er konnte nichts dafür. Schauen Sie, er hatte nicht einmal

versucht, mit seiner langen Nase einen dieser Steine auf mich zu kippen. Du bist ein guter Junge, nicht wahr?« Charles drehte sich zu ihr um. »Wann erwarten wir denn eigentlich Hugh in dieser illustren Gesellschaft zurück?«

Hugh. Louisa hatte ihn vollkommen vergessen. »Ich bin nicht sicher. Tante Grace hat nichts gesagt.«

»Erzählen Sie mir von ihm.«

Louisa unterdrückte einen Schauder. Hugh war jahrelang das Verderben ihrer Existenz gewesen. »Ich verachte ihn zutiefst. Aber er sieht gut aus.«

»Besser als ich?«, neckte Charles.

Gerade jetzt konnte sie sich niemanden vorstellen, der besser aussah als Charles Cooper, aber das würde sie niemals zugeben. Louisa zuckte mit den Schultern. »Er ist überdurchschnittlich groß und hat helles Haar. Er ähnelt seiner Mutter.«

»Also könnte er als Ihr Bruder durchgehen. Denken Sie nur an all die wunderschönen Kinder, die Sie mit ihm hätten haben können.«

Louisa bewarf ihn mit ihrem Kerngehäuse und traf ihn mitten auf die Brust. Er sah auf sie herab und lachte. »Ich werde Sie zur Liste der Verdächtigen hinzufügen müssen, die mich lieber von hinten sehen würden. Vielleicht haben ja *Sie* diese Schrauben in die Decke gelegt.«

»Provozieren Sie mich nicht. Ich könnte einem armen Tier niemals wehtun.«

»Könnten Sie nicht?«, murmelte Charles. »Jedenfalls, zurück zu Hugh.«

»Ich habe Ihnen bereits auf der Zugfahrt hierher über ihn erzählt. Haben Sie nicht aufgepasst?«

»Ich muss zugeben, dass ich mich nicht auf jedes Wort konzentriert habe.«

»Warum nicht?

»Weil Sie, meine Liebe, so viel reden. Und Sie sind zu hübsch, als dass ein Mann immer aufmerksam sein könnte.«

»Das ergibt überhaupt keinen Sinn. Wenn Sie denken, dass ich wunderschön bin – was im Übrigen lächerlich ist –, hätten Sie umso mehr Grund, mir zuzuhören.« Sie wusste, dass sie wieder errötete. Verdammt.

»Erzählen Sie es noch einmal. Und ich verspreche, dieses Mal ein braver Schüler zu sein.« Er ging zur Decke zurück und faltete seine Hände erwartungsvoll, wie ein ordentlicher Schuljunge, der auf seine Unterweisung wartete.

Louisa leckte sich nervös über die Lippen. Der Gedanke an Hugh machte sie immer nervös. Als Kind hatte er sie gequält, sie in dunkle Schränke eingesperrt, an ihren Zöpfen gezogen, Insekten in ihr Bett gelegt – all die gewöhnlichen Dinge, die kleine Jungs mit kleinen Mädchen so anstellten. Aber als er älter wurde, fand sie statt der Insekten immer häufiger Hugh selbst in ihrem Bett vor, wo er versuchte sie davon zu überzeugen, ihm ihre Jungfräulichkeit zu schenken. Als sie die besagte Jungfräulichkeit einem Sir Richard Delacourt nachwarf, war er aufgebracht. Er hatte nicht verstanden, weshalb sie nicht das Gleiche mit ihm tun wollte, bis sie ihn mit einer Pistole bedroht hatte.

»Tante Grace ermutigte Hugh, mir den Hof zu machen. Um das Vermögen sozusagen in der Familie zu halten. Nach einer Weile gingen seine Avancen zu weit. Viel zu weit. Ich – ich fühlte mich nicht sicher. Ich schätze, ich dachte, Sir Richard würde mich heiraten, und das würde all meine Probleme lösen.«

»Das Schwein. Beide.«

»Nun, um fair zu sein, wir waren alle sehr jung, und Hugh stand unter dem heftigen Einfluss seiner Mutter. Wenn er mich erfolgreich kompromittiert hätte, hätte ich keine Einwände gegen diese Ehe haben können, oder? Meine kurze Affäre mit

Sir Richard brachte Sand ins Getriebe, und dann entsprach er nicht den Anforderungen. Er hatte meine Freundin Lady Blanche Calthorpe hier in Rosemont kennengelernt, die noch reicher war als ich und darüber hinaus über beste Verbindungen verfügte. Ihr Vater ist ein Earl.« Louisa atmete ein. Sie war nicht gebeten worden, Brautjungfer zu sein.

»Aber ich habe mich noch immer geweigert, Hugh nach Richards Hochzeit zu heiraten. Gleich, was er versuchte – er scheiterte. Nach einer Weile ging er zurück an die Universität, und ich blieb eingesperrt in meinem Zimmer. Seine Bemühungen waren zuletzt sehr halbherzig gewesen. Ich glaube, er hat es aufgegeben, was nicht unbedingt für seine Mutter gilt.«

»Ich verstehe das nicht. Sie sagen, die Westlakes sind gut betucht.«

Louisa nickte.

»Warum wollen sie dann also Ihr Geld?«

»Wissen Sie das nicht, Charles? Man kann niemals reich genug sein. Und ich denke, für Grace wäre es auch eine gewisse Form von Gerechtigkeit, das Haus ihrer Kindheit über ihren Sohn und die Enkel zurückzubekommen. Offen gesagt, ich würde ihnen Rosemont ohne Weiteres verkaufen und irgendwo anders neu anfangen.«

Ihr Zuhause aufgeben? Woher war ihr dieser Gedanke nur gekommen? Das lag wahrscheinlich am Wein.

Obwohl, warum eigentlich nicht? Es war ja nicht so, dass Louisa viele schöne Kindheitserinnerungen daran hatte. Sie konnte ein neues Anwesen bauen und ihre eigenen Gemälde, Möbel und Porzellan sammeln. Moderne Sachen – sie liebte den grazilen Art-nouveau-Stil, den sie in Paris gesehen hatte.

Charles starrte sie an. »Wirklich? Sie würden auf diese Wasserspeier verzichten? Und damit meine ich nicht Ihre Tante Grace.«

»Rosemont ist nur Backsteine und Mörtel. Ich erwarte, dass die Verwandten und Mitläufer nicht mit mir umziehen werden, auch wenn ich mir bei Isobel nicht so sicher bin. Grace hat es so lange mit ihr ausgehalten, aber es war nicht immer lustig. Sie findet Amerikaner abstoßend. Und Isobel ist eben … Isobel.«

Sie hatte das aufregende Gefühl, zufällig auf die perfekte Lösung für alles gestoßen zu sein. Zum Teufel, sie konnte Rosemont doch Grace überlassen – es war schließlich nicht so, dass Louisa das Geld brauchte, sobald sie ihre kleinen Bankprobleme geklärt hatte. »Aber sagen Sie Grace oder Hugh noch nichts. Lassen Sie diese Idee sich etwas setzen.«

»Louisa.« Er sah sie noch immer aufmerksam an. »Warum sollten Sie Ihr Erbe aufgeben? Das war das Zuhause Ihrer Eltern.«

»Und sie sind genau hier gestorben.« Sie deutete hinter die Felsen. Sie hatte es den ganzen Tag vermieden, daran zu denken, dass ihre Eltern direkt vor ihrer Haustür ertrunken waren.

Er streckte den Arm aus und nahm ihre Hand. »Überstürzen Sie nichts. Rosemont könnte zu einem glücklichen Heim für Sie werden – und für Ihre Kinder. Die Vergangenheit muss nicht –« Er hielt inne und schenkte ihr ein schiefes Lächeln. »Aber wer bin ich schon, dass ich Ihnen Vorträge über die Vergangenheit halte? Ich habe mit meinen eigenen Dämonen zu kämpfen.«

Louisa erwiderte sein Lächeln. »Vielleicht sollten wir uns gegenseitig belehren. Uns abwechseln.«

»Nicht vergessen, Sie sind zu schön. Es ist mir unmöglich, Ihnen aufmerksam zuzuhören.«

»Alberner Bursche.« Er hielt weiterhin ihre Hand und rieb mit seinem Daumen über ihre Knöchel. Es war beruhigend, und Louisa wünschte, sie könnten den ganzen Nachmittag hier an diesem geschützten Ort bleiben. Nur so als Freunde. Gute Freunde. Sie mochte Charles Cooper sehr.

Aber nach einem sanften Drücken ließ er ihre Hand wieder los. »Ich werde Ihnen beim Zusammenpacken helfen. Jetzt, da Pirates pferdeähnliche Gelassenheit wiederhergestellt ist, sollten wir den Rest des Anwesens auskundschaften. Sie haben doch keine besonderen Pläne für den Nachmittag, oder? Haben nicht vor, Tante Grace mit der Stricknadel beim Tee zu piksen oder Ähnliches?«

»Ich stricke nicht. Ich fürchte, ich verstehe überhaupt nichts von den üblichen weiblichen Künsten.«

»Sie sind mir weiblich genug«, sagte Charles, hob das Einpackpapier auf und steckte es zurück in die Tasche. Louisa beobachtete mit Bedauern, wie er seine Handschuhe wieder überstreifte – seine breiten, warmen Hände hatten trotz ihrer Scharten und Narben etwas Attraktives.

Er hatte nicht die Hände eines Gentlemans, erkannte sie plötzlich. Würden sie seine Identität verraten? Maximillian Norwich war ein Mann der Muße und Kultiviertheit.

Louisa aber bevorzugte Charles Cooper.

21

Nach dem Lunch war er knapp dran gewesen. Alles, was Charles wollte, war, Louisa zurück auf die Decke zu werfen und sie bis zur Besinnungslosigkeit zu küssen.

Und noch mehr.

Er hatte einer Lady noch niemals zuvor Hosen ausgezogen, aber wie schwierig konnte das schon sein? Schließlich zog er sich auch selbst jeden Abend aus. Aber er hatte Louisa – hatte sich selbst versprochen, unerwünschte Intimitäten zu vermeiden.

Nun, *er* wollte es, das war gewiss. Er fragte sich, ob sie bemerkte, wie hart er geworden war, als er ihr beim Aufsteigen geholfen hatte. Charles hatte sie etwas länger festgehalten als unbedingt nötig, auch nachdem sie ihm versichert hatte, dass sie ohne Weiteres das Pferd selbst besteigen könne.

Eine Ewigkeit lang hatte er beobachtet, wie sie in das weiße Fleisch ihres Apfels biss, und hatte sich diese Zähne an einer anderen Stelle vorgestellt. Hatte beobachtet, wie sie ihren goldenen Kopf nach hinten legte, um ihren Wein zu schlucken. Hatte beobachtet, wie sie die klebrigen Reste des Obstkuchens von ihren Fingerspitzen leckte.

Der Lunch war mit Höllenqualen gleichzusetzen gewesen. Für einen Mann, der mehr als ein Jahr lang nicht mehr dem weiblichen Charme erlegen war, war er urplötzlich – unangenehm – lebendig.

Es war Zeit, seine innere Bestie zu zähmen. Er hatte einen Job zu erledigen – sie gegenüber ihrer Familie zu unterstützen.

Charles hatte schon erste Wirkungen erzielt und würde sich weiterhin so verhalten, wie es Louisa wünschte, auch wenn er nicht sicher war, ob sie wirklich ihr Heim so einfach aufgeben sollte. Würde er ein Anwesen wie Rosemont besitzen, wäre es für ihn eine Qual, es verkaufen zu müssen.

Natürlich würde ihm ein solcher Ort nie gehören. Wenn er Glück hatte, würde er sein altes Zimmer bei Mrs Jarvis zurückbekommen, sobald er hier fertig war.

Was würde er mit dem Rest seines Lebens anfangen? Charles war ziemlich sicher, dass er seiner Existenz jetzt noch kein Ende setzen wollte. Schon witzig, wie eine Nacht mit einem hübschen Mädchen ihn derart aufmuntern konnte. Er fühlte sich beinahe glücklich – zwar sexuell frustriert, aber es war dennoch belebend, so über Louisas Besitztümer zu reiten.

Sie waren den Strandweg hochgestiegen und hatten sich über die Felder Richtung Westen begeben. Die Landschaft lag wie eine graugrüne Steppdecke vor ihnen, hier und da durch Hütten der Pächter und Hecken begrenzt. Charles' Herz steckte ihm im Hals, als Louisa über Büsche und Zäune hinwegfegte. Trotz der Tatsache, dass sie so lange auf keinem Pferd gesessen hatte, war sie eine ausgezeichnete Reiterin. Er ließ sie voranreiten und genoss den Ausblick auf ihren fliegenden Zopf und ihre gelegentlichen Blicke nach hinten. Die Sonne fühlte sich sommerlich warm an, und Weihnachten schien weit weg.

Mit roten Wangen wartete Louisa an einem kleinen Wäldchen auf ihn. »Ich führe Sie jetzt zur Einsiedlergrotte. Eine der Verrücktheiten, die sich mein Großvater ausgedacht hat. Ich glaube, dass es ursprünglich eine verlassene Hütte eines Schäfers war, aber er hat sie umgebaut. Sie ist gleich hinter dem Hügel.«

Charles musste einfach lachen, als er die Ansammlung von Steinen und verkümmerten Bäumen sah, die sich an einen kleinen Hügel drückten. Ein erstaunlich hässlicher Wasserspeier stand vor einer niedrigen Öffnung eines Stein- und Lehmbaus Wache. Es gab keine Tür, aber ein Fenster, das dicht mit Efeu bewachsen war und auf den ursprünglichen Zweck des Gebäudes hinwies.

»Das ist Randolph«, sagte Louisa und deutete auf die beflügelte Kreatur.

»Was hat Ihren Großvater denn so an Wasserspeiern fasziniert? Sie sind einfach allgegenwärtig.«

»Ich bin nicht sicher. Er hat sogar sein Bankgebäude in London damit verziert. Es gibt dafür einen architektonischen Grund, müssen Sie wissen – sie leiten das Regenwasser ab, sodass es nicht am Gebäude herunterfließt und den Mörtel beschädigt. Und im Mittelalter nutzten sie Kirchen, um ihre ungebildete Gemeinde das Fürchten zu lehren. Wenn man nicht gehorchte, musste man nur in das Gesicht des Teufels an jeder Ecke blicken und sich bessern. Technisch gesehen ist Randolph eine *Groteske*, da er kein Wasser spuckt.«

»Sehr interessant. Das habe ich in Harrow nie gelernt.«

»Ich habe das auch nicht in der Schule gelernt. Ich bin nur das eine Jahr hingegangen, um ›abzuschließen‹, und das war unglaublich fade. Ich musste mit Büchern auf meinem Kopf herumlaufen, statt sie zu lesen. Stickereien. Menüs organisieren. Ich bitte Sie.«

»Klingt grauenhaft.«

Louisa packte seinen Arm. »Machen Sie sich nicht lustig über mich. Ich hatte zwar eine Gouvernante, aber die wusste nicht viel. Ich musste mich selbst bilden.«

»Tapfer!« Das dürfte ihr Interesse an neumodischen Ideen wie Dr. Freud & Co. erklären.

»Frauen sollten auch unterrichtet werden«, fuhr sie fort. »Wie kann man eine Familie großziehen, wenn man ungebildet ist?«

»Wollen Sie denn eine Familie?«, fragte Charles vorsichtig.

Louisa sah weg. »Früher einmal, wie alle Mädchen. Aber seitdem habe ich erkannt, dass mir meine Freiheit wichtiger ist.«

»Sie denken, Frauen sollten das Stimmrecht haben.«

»Selbstverständlich tue ich das! Und das werden wir auch erreichen.«

»Ihr Frauen werdet am Ende nur den wählen, der am besten aussieht.« Es war so herrlich leicht, sie zu foppen. Schon spürte er, wie sich ihre Reitgerte in seine Rippen bohrte.

»Frauen dürfen bereits bei einigen lokalen Wahlen wählen und in Vorständen mitwirken. Wir brauchen ein allgemeines Wahlrecht. Das männliche Geschlecht hat kein Monopol auf Intelligenz und Fleiß.«

»Nein, das haben wir nicht. Mir sind wahrlich schon viele Schwachköpfe begegnet.« Und was für eine Untertreibung das war, dachte Charles.

»Also. Sehen Sie.« Sie sah enttäuscht aus, weil er nicht mit ihr diskutierte.

»Ich sehe es.« Sie war so reizend, wenn sie sich derart empörte. Winzige feuchte Löckchen umrahmten ihre Stirn. Charles hatte das Verlangen, ihre Elastizität zwischen seinen Fingern zu prüfen. Stattdessen streichelte er über Randolphs zackigen Granitflügel. »Was bewacht er eigentlich?«

»Nicht viel. Drinnen gibt es nur einen kleinen Raum. Als ich klein war, haben wir hier Teepartys gefeiert.«

»Wir haben noch etwas Wein übrig. Warum gehen wir nicht hinein?«

Charles wartete nicht und duckte sich unter dem offenen Eingang hindurch. Im Innern war es dunkel, und es roch stark nach Feuchtigkeit und Erde. Ein roher, handgearbeiteter Tisch stand in der Mitte des niedrigen Raums, daneben ein einziger verstaubter Stuhl.

Louisa ließ einen behandschuhten Finger über die Tischoberfläche gleiten. »Äh. Früher gab es hier vier Stühle.«

»Da hat sich wohl jemand bedient.« Charles musste heftig niesen.

»Ich war seit Jahren nicht mehr hier. Es sieht ganz anders aus als in meiner Erinnerung. Da waren Kissen. Und ein alter Teppich.«

»Ich vermute, davongetragen oder verrottet. Randolph ist kein sehr aufmerksamer Wachhund. Oder sollte ich lieber Wacheidechse sagen? Er sieht irgendwie aus wie ein Reptil.« Er holte sein Taschentuch aus der Tasche und staubte damit den Sitz ab. »Perfekt für die Prinzessin. Ich gehe den Wein holen.«

Draußen atmete Charles die frische Luft tief ein und ging zu den angebundenen Pferden. Es war noch knapp eine halbe Flasche Burgunder da. Es lohnte sich nicht, den Rest wieder mit nach Hause zu nehmen.

Als er zu der kleinen Hütte zurückkam, saß Louisa nicht, sondern spitzte aus dem mit Efeu berankten Fenster. »Hier habe ich mich früher mit Sir Richard getroffen«, sagte sie mit matter Stimme.

»Wenn dieser Ort unangenehme Erinnerungen in Ihnen hervorruft, sollten wir lieber gehen.«

»Nein, ich muss mich alldem stellen. Wer ich war. Was ich getan habe.«

»Louisa, Sie haben nichts getan, was nicht tausend andere neugierige Mädchen auch getan haben. Seien Sie froh, dass es keine Konsequenzen hatte, außer natürlich ihrer Inhaftierung. Sie haben genug gelitten, meinen Sie nicht?«

»Wahrscheinlich. Ich weiß, dass meine Probleme den meisten Leuten nichtig erscheinen mögen. Ich hatte ein Dach über dem Kopf. Kleidung und Essen. Und eine Bibliothek.«

Er legte den Arm um sie. »Sodass Sie sich selbst bilden konnten. Sie müssten mir später Ihre Lieblingsbücher zeigen.«

Sie lehnte sich an ihn, warm und nach Veilchen duftend, nach Schweiß und Pferd. Charles hätte nicht gedacht, dass der Duft so erregend sein konnte. »In Ordnung. Lesen Sie gern?«

»Früher einmal.« Es war lange her, dass er stolz darauf gewesen war, die anderen Jungs in Harrow auszustechen. Seit Afrika hatte er in Büchern keinen Trost mehr finden können, und er konnte sich Bücher ohnehin nicht leisten.

»Es gibt viele verlockende Bücher in Rosemont.«

Er blickte hinab in ihr reizendes, errötetes Gesicht. »Es gibt viele Verlockungen in Rosemont. Und Sie sind eine davon.«

Der Wein war vergessen, als er sie küsste, dieses Mal eher zärtlich als mit verzweifeltem Nachdruck.

Auch wenn er noch so verzweifelt war.

Sie öffnete sich ihm, zitterte ein wenig in der kühlen Dunkelheit der Grotte. Diese Küsserei wurde langsam zur Gewohnheit. Charles schätzte, sie sollten die Zuneigung für Momente aufsparen, in denen man sie beobachten konnte, damit ihr Betrug nicht aufflog, aber dieser sehr private Zungenaustausch war einfach viel befriedigender.

Louisa schmeckte nach Hoffnung und Bedauern und Obstkuchen. Er hatte die Befürchtung, er würde langsam verrückt werden, denn Hoffnung und Bedauern waren in der Tat kein Geschmack. Aber ihre Regungen waren verführerisch wie Honig. Charles kannte sie jetzt auf eine Weise, die gestern noch undenkbar gewesen wäre.

Hier gab es keine Möglichkeit, sie zu nehmen. Der raue Tisch kam nicht infrage – ihr Hinterteil war viel zu reizend für

Splitter und Schmutz. Sie sollten zurück zum Haus reiten, das riesige Bett aufsuchen und sich bis zum Abendessen gegenseitig beglücken.

Er zog sich zögerlich zurück. Er hatte es versprochen. Als Gentleman konnte er sie nicht mehr weiter kompromittieren. Wenn ihr Betrug ans Tageslicht kam, würde sie nie wieder rehabilitiert werden. Charles hatte keine Zweifel daran, dass sich Grace Westlake dieses Mal würde durchsetzen können und Louisa vielleicht irgendwo wegsperren ließ, wo es nicht so nett war wie in Rosemont. Irgendwo dort, wo es echte Wasserspeier in weißen Mänteln gab, die sie in Gewahrsam hielten.

Gütiger Gott! Vielleicht sollte er sie wirklich heiraten. Sie würden nicht zusammenleben müssen, aber wenn er ihr rechtmäßiger Gatte wäre, könnte er sie vor dem Räubertum ihrer Familie beschützen.

Louisa blickte zu ihm auf. »Warum haben Sie aufgehört?«

»Ich habe aufgehört, weil ich nicht aufhören wollte.«

»V-vielen Dank. Es scheint, als sei ich in Ihrer Gegenwart nicht ganz bei Sinnen.«

So sollte es auch sein. Charles' eigener Kopf schwebte irgendwo durch ein Fantasieland. »Lassen Sie uns den Wein austrinken. Aber nicht hier drin – die Luft ist zu stickig.« Die Erinnerungen waren sogar nach all der Zeit viel zu frisch und unangenehm.

Er führte sie nach draußen und lehnte sich gegen Randolph, wobei er die Weingläser auf dem platten Kopf des Wasserspeiers abstellte. »Schenken Sie ein. Ich muss gleich wieder niesen.« Er fischte ein Taschentuch hervor – mit dem Monogramm MN – und schnäuzte lautstark hinein. Ihre Hände zitterten ein wenig, als sie die Trinkgläser mit dem letzten Rest Flüssigkeit befüllte.

Charles nahm einen Schluck und setzte dann das Glas ab.

»Haben Sie je daran gedacht zu heiraten? Ich meine, seit Sie sich als naives junges Ding in diesen Schweinehund Sir Richard verguckt hatten.«

Sie schüttelte den Kopf. »Niemals. Ich lasse mich von keinem Mann tyrannisieren.«

»Und was, wenn der Mann kein Tyrann wäre, sondern jemand, dem Sie vollkommen vertrauen könnten?«

»Mir ist noch nie ein solcher Mensch begegnet.«

»Niemals?« Er setzte ein, wie er hoffte, beruhigendes Lächeln auf.

Sie setzte ebenfalls ihr Glas ab. »Was wollen Sie damit sagen, Charles?«

»Ich bin nicht sicher. Ich mache mir Sorgen um Sie. Wenn wir das Ganze wahr werden lassen würden –«, seine Hand deutete von ihm auf sie –, »dann könnte Ihnen niemand etwas anhaben.«

»Außer *Ihnen*.«

Verdammt! Sie dachte logisch. Aber was hatte er auch erwartet? Man konnte das wohl kaum als romantischen Antrag bezeichnen.

»Ich würde Sie nicht behelligen. Wir müssten nicht einmal zusammen sein. Sie könnten unabhängig sein – ich weiß, wie wichtig das für Sie ist. Aber Sie hätten den Schutz meines Namens. Und Grace hätte weder auf Sie noch auf Ihr Vermögen Zugriff.«

Ihr Gesicht war sehr blass. »Sie machen keine Witze?«

»Bei meiner Ehre, keinesfalls.«

»Ist das wegen letzter Nacht? Haben Sie irgend so ein lächerliches Bedürfnis, Ihre Pflicht zu erfüllen – nach dem, was wir getan haben? Ich sollte Ihnen sagen, dass ich darauf aus war, Sie zu verführen. Und das absichtlich.« Sie hob das Kinn und starrte ihn herausfordernd an.

Er grinste. »Und Sie waren erfolgreich. Sie müssen mir jetzt noch nicht antworten. Vielleicht können Sie auch alles arrangieren, ohne den drastischen Schritt einer Ehe mit mir oder einem anderen Mann unternehmen zu müssen. Aber ich biete Ihnen meine Unterstützung an.«

»Aber nicht Ihre Liebe.«

Charles dachte nicht, dass er Liebe zu geben hätte. Aber er hatte Louisa Stratton trotz seiner besten Absichten, ihr zu widerstehen, schrecklich lieb gewonnen. »Sie könnten es als Verlängerung unseres derzeitigen Vertrags betrachten. Ich würde jedoch keinen Zugriff auf Ihr Geld erwarten.« *Oder Ihr Bett.* Das dürfte ihn wohl umbringen, falls ihre Verwandten nicht schneller waren.

»Ich wäre ohnehin eine alleinstehende Frau, nicht mehr verheiratet. Mein Geld gehört mir. Das Gesetz über das Eigentum verheirateter Frauen wurde 1882 verabschiedet.«

»Ich sehe, Sie wissen mehr über die Rechtsprechung als ich.«

»Ich musste das auch nachschlagen. Obgleich, wenn ich Hugh heiraten würde, wüsste ich, dass er versuchen würde, etwas Hinterhältiges zu inszenieren.«

»Sie lassen sich doch nicht etwa in eine Ehe mit Hugh drängen?«

»Ich lasse mich zu überhaupt keiner Ehe mit jemandem drängen, das schließt Sie mit ein.« Das sanfte Wesen in seinen Armen wurde langsam kratzbürstig. Er war das alles falsch angegangen. Die Vorstellung war so neu für ihn, dass er sie erst hätte reiflich überdenken sollen.

Er hatte noch nie zuvor jemanden gebeten, ihn zu heiraten. Was würde ein Kerl wie Maximillian Norwich tun? Hier gab es keine Seine, auf der er sie herumrudern könnte, nur das Meer, und davor hatte sie Angst. Keinen Rembrandt, vor dem man stehen konnte, nur eine groteske Groteske. Er konnte ihr nicht viel bieten – er war arm, halb blind und halb geistesgestört. Sie hatte recht, nicht dankbar vor seinen Füßen niederzusinken.

»Ich werde Sie nicht drängen, Louisa. Denken Sie einfach darüber nach. Ich weiß, dass wir uns eigentlich überhaupt nicht gut kennen und dass Sie mich für einen Glücksritter halten könnten. Aber ich kann ein echter Maximillian Norwich sein, ein Puffer zwischen Ihnen und Ihrer Familie. Ich würde nichts als Gegenleistung erwarten.«

»Aber warum, wenn Sie mich nicht lieben?«

Er versteifte sich. »Ich achte Sie sehr.«

»Ich möchte nicht, dass ich Ihnen leidtue. Ich kann meine eigenen Schlachten schlagen!«

»Ja, ja, natürlich können Sie das.« Irgendwie hatte er es geschafft, sie zu beleidigen, wo er doch nur helfen wollte.

Die Diskussion wurde vom entfernten Klang eines Motors unterbrochen. »Ist das ein Auto?«, fragte Charles.

»Die Straße ist nicht weit weg. Wir sollten uns auf den Rückweg machen.«

Das war's. Louisa schwang sich ohne Hilfe auf Emeralds Rücken und ritt los. Sie überließ es Charles, die Gläser in seine Satteltasche zu packen. Er ließ die leere Flasche zu Randolphs Füßen als eine Art Gabe zurück. Er bezweifelte, dass der Wasserspeier irgendwelche Macht über Louisa hatte. Es würde mehr als eine Kreatur aus Granit benötigen, um Louisa dazu zu bewegen, sich zu ändern.

22

Charles fand seinen Weg zurück, indem er der Staubwolke folgte, die Emerald aufwühlte, als Louisa sie nach Hause jagte. Die Wonne des Tages war dahin, und es war gänzlich seine eigene Schuld. Was zum Teufel hatte er sich nur dabei gedacht, einer Erbin wie Louisa die Ehe anzubieten? Er dachte an Tom und Fred, wie sie angesichts der sechs Türme von Rosemont blöd glotzen würden. Sie würden ihn immer wieder aufmischen, weil er es gewagt hatte, sich über seinen Stand zu erheben.

Was würde Louisa denken, wenn sie sah, wo er aufgewachsen war? Konnte er sie je zu seinen Brüdern und deren Ehefrauen nach Hause mitnehmen? Nicht, wenn sie keine Vorträge über Arbeiterrechte und die Übel des Kapitalismus hören wollte.

Das Merkwürdige war, dass Louisa Tom und Fred bestimmt zustimmen würde. Sie hatte viel zu viele radikale Ideen. Verflucht, sie würde für überhaupt niemanden eine bequeme Ehefrau abgeben, trotz ihres Vermögens. Jeder Mann würde schon Stunden nach der Zeremonie taub geworden sein, so viel quasselte sie.

Charles beschloss, selbst ein Gelöbnis des Schweigens abzulegen. *Nur reden, wenn man gefragt wird. Den Haushalt denken lassen, Maximillian Norwich sei ein mysteriöser Mann.* Er hatte bereits zu viel zu Louisa gesagt und wollte sein Loch nicht noch tiefer graben.

Seine guten Absichten verblassten, als er auf den Stallhof einritt. Louisa saß noch immer auf ihrem Pferd und redete auf einen gut aussehenden blonden Kerl ein, der nachlässig am *Daimler* lehnte, einen Koffer vor seinen Füßen. Robertson drückte sich herum und wartete wahrscheinlich darauf, die Flecken von dem glänzenden Wagen zu polieren. Er musste den Gast eben erst vom Bahnhof abgeholt haben.

»Ah! Hier ist ja dein Bräutigam. Ich vertraue darauf, dass meinem Pferd nichts passiert ist, Norwich!«

Charles glitt – mit atemberaubender Grazie, wie er hoffte – aus dem Sattel. Auf kindische Weise war er erfreut, dass er Louisas Cousin um ein paar Zentimeter überragte, und streckte ihm seine Hand entgegen.

»Hugh Westlake, nehme ich an? Erfreut, Sie kennenzulernen.« Er drückte und schüttelte seine Hand mit unnötigem Eifer. »Vorhin gab es in der Tat ein kleines Malheur mit Pirate. In seine Decke waren Schrauben eingewickelt. Sie haben aber keinen Schaden angerichtet.«

»Schrauben? Was zum Teufel! Jimmy!«

»Er ist im Dorf bei seinem Großvater«, sagte Robertson mit seinem schottischen Akzent. »Und Angus ist auch dabei.«

Hugh Westlake machte Aufhebens um sein Pferd und vergaß Louisa und Charles dabei vollständig.

»Darf ich dir beim Absteigen helfen, Liebling?«

»Ich kann se… Oh ja! Natürlich, mein Liebster.« Ein alter Mann, den Charles zuvor noch nicht gesehen hatte, kam heraus, um die Pferde zu holen, und Hugh geißelte ihn sogleich für den Zwischenfall mit den Schrauben. Der Kerl sah aus, als würde er nicht verstehen, wovon Hugh da faselte. Entweder war er unschuldig oder ein sehr guter Schauspieler.

Charles fing an zu glauben, dass niemand ein solch guter Schauspieler war wie er. Er gab vor, dass Louisa zu berühren nichts in ihm berühren würde.

»Nun, das sind gute Neuigkeiten«, flüsterte er in Louisas hochrotes Ohr. »Hugh scheint sein Pferd wichtiger zu sein als Sie.«

»Genauso, wie ich Emerald Ihnen vorziehe«, säuselte sie zurück und nahm seinen Arm.

»Ach wirklich? Sie dürfen jederzeit auf mir reiten und meine Überlegenheit entdecken.«

Sie hatte wirklich spitze Ellbogen. »Charles!«

»Sie meinen Max. Passen Sie auf, meine Liebste.«

»Dann eben Max. Lassen Sie uns entkommen, solange es noch geht.«

Arm in Arm rannten sie schon beinahe um die Ecke in Richtung des imposanten Eingangs von Rosemont. Griffith stand dort und wartete. Sie hatten es beinahe bis zur offenen Vordertür geschafft, als Hugh schnaufend hinter ihnen herkam.

»Warten Sie, Norwich. Ich würde Sie gern in einer Stunde in der Bibliothek treffen, wenn es recht ist.«

Charles wendete sich Louisa zu. »Liebling, haben wir Zeit?«

»Louisas Anwesenheit ist nicht erforderlich.«

»Es tut mir leid, Westlake. Ich mache nicht viel ohne Louisa an meiner Seite, insbesondere, da es hier seit unserer Ankunft ein paar sehr merkwürdige Vorfälle gegeben hat.«

Louisa gähnte übertrieben. »Es ist schon in Ordnung, Max. Ich denke, ich werde ein kleines Nickerchen machen, bevor ich mich zum Abendessen umziehe.«

»Feigling«, flüsterte er. »Aber etwas, worauf ich mich nach dem Gespräch mit Ihrem Cousin freuen kann.« Dabei wackelte er mit den Augenbrauen.

Schon wieder dieser Ellbogen.

»Wenn Sie nichts gegen den Geruch von Pferd und Leder haben, können wir ebenso gut gleich zur Sache kommen, Westlake«, schlug Charles vor.

»Nun gut.« Hugh betrachtete Louisa von oben bis unten mit einer Unverfrorenheit, die ihm Charles am liebsten ausgeprügelt hätte. »Louisa, wie ich sehe, hast du keine deiner Nerven verloren. Hosen? Ist das dein Ernst?«

»Sieht sie darin nicht göttlich aus?«, unterbrach ihn Charles, bevor Louisa sich auf Hugh stürzen konnte. Er umarmte sie und küsste sie auf die Stirn. »Süße Träume, meine Liebe. Ich werde bei dir sein, bevor du meine Abwesenheit überhaupt bemerkst.«

Zu seiner Freude zog Louisa seinen Kopf herab, sodass sie ihm einen sehr eindringlichen, sehr öffentlichen Kuss geben konnte, vor den Augen ihres liederlichen Cousins. Einen Kuss, bei dem ihre geschickte Zunge gerade lange genug in seinen überraschten Mund eindrang, um Hugh ein empörtes Schnauben zu entlocken. Griffith war viel zu gut ausgebildet, um auch nur darauf zu reagieren.

»Beeil dich, Hugh. Ich kann es nicht ertragen, wenn Max nicht bei mir ist.«

Alle drei Männer sahen ihr nach, während sie die Treppe hochlief und ihre Hüften dabei schamlos schwang. Louisa Stratton war anstrengend und würde einen durchschnittlichen Mann zum Trinker machen. Oder er würde zum Schierlingsbecher greifen, falls einer griffbereit war.

»Sie hat sich nicht verändert«, murmelte Hugh.

»Warum sollte sie auch?«, fragte Charles fröhlich. »Sie ist nahezu perfekt.«

»Wenn Sie das glauben, könnte ich Ihnen wohl auch problemlos diese große Uhr in Westminster verkaufen. Kommen Sie, lassen Sie uns in der Bibliothek bei einem Brandy weiterplaudern. Ich vermute, die Vitrine mit den Drinks ist gut bestückt, Griffith?«

»Selbstverständlich, Mr Hugh. Wollen Sie, dass ich Ihnen etwas einschenke?«

»Nein, wir brauchen etwas Privatsphäre. Achten Sie darauf, dass wir nicht gestört werden.«

Charles folgte Hugh durch den Marmorkorridor an enormen Zimmern vorbei, die mit blendenden, goldenen Möbelstücken gefüllt waren. Alles in Rosemont war viel zu prachtvoll. Vielleicht hatte Louisa recht – sie könnte sich anstelle dieser Reproduktion von *Versailles-* und *Sèvres-*Porzellan ein kuscheliges Arts-and-Crafts-Cottage bauen und sich mit bequemeren Möbeln und bemaltem Geschirr eindecken.

Entlang der Wände der Bibliothek standen mindestens tausend Bücher. Wäre Charles nicht gebeten worden, sich zu setzen, würde er die Regale mit echtem Interesse abgehen. Hugh saß hinter dem massiven Mahagonischreibtisch, der seinem Großvater gehört haben musste. Ganz Schlossherr. Charles drosselte seinen Ärger und wartete. Man sagte ja auch, wer zuerst spricht, hat verloren. Und er hoffte, dass dieses Sprichwort stimmte.

»Oh! Der Brandy. Seien Sie so nett, und holen Sie uns etwas. Er steht gleich dort drüben.«

Und jetzt versuchte Hugh, ihn auf den Stand eines Bediensteten herabzusetzen. Dabei wusste er gar nicht, wie wenig abwegig das eigentlich war.

»Ich bleibe gern bei klarem Verstand, Westlake. Es ist noch früh am Tag. Aber Sie dürfen gern einen trinken, wenn Sie wollen.«

Hugh schnitt eine Grimasse. »Dann lassen Sie es gut sein. Ich erwarte ohnehin nicht, dass wir bei einem Glas Brandy zu Freunden werden. Eigentlich erwarte ich überhaupt nicht, dass wir Freunde werden. Ich habe Nachforschungen über Sie angestellt, Norwich. Niemand in Frankreich scheint je von Ihnen gehört zu haben.«

Damit hätte Louisa rechnen müssen. Charles zuckte mit den Schultern. »Es ist ein großes Land. Ich versichere Ihnen, dass ich existiere.«

»Meine Cousine ist sturköpfig und hoffnungslos naiv. Sie sehen mir genau wie die Art von Abenteurer aus, der aus einer hilflosen Frau Kapital schlagen würde.«

»Dieser Typ ist Ihnen wohl nicht ganz fremd? Louisa hat mir ein paar interessante Geschichten über ihre Kindheit erzählt.«

Hughs Gesicht verdunkelte sich. »Glauben Sie nicht alles, was Sie hören. Sie ist keine sehr zuverlässige Quelle.«

»Ich habe heute Morgen auch mit Ihrer Mutter gesprochen. Gleich, was Sie beide über Louisas Charakter zu sagen haben, ich bin nicht interessiert. Sie ist meine Gattin, und ich –« Er pausierte. Er wollte gerade sagen: *Ich liebe sie.* Nun, warum eigentlich nicht? »Ich empfinde eine äußerst starke Zuneigung zu ihr. Es scheint, dass weder Sie noch ihre Tante ähnliche Gefühle hegen, weshalb Ihre Tage hier in Rosemont gezählt sind.«

»W-was?«, haspelte Hugh.

»Wenn Louisa und ich hier leben sollen, muss sie nicht täglich an ihre unglückliche Vergangenheit erinnert werden. Dies ist *ihr* Haus. Wenn Sie beide eine solche Abneigung gegen sie hegen, warum würden Sie überhaupt hierbleiben wollen? Sie und Ihre Mutter können ihr keine Vorschriften mehr machen. Sie ist sechsundzwanzig Jahre alt und kein Mädchen mehr, das sich von denen, die angeblich in ihrem Interesse handeln, schikanieren lässt.«

»Was wissen Sie schon? Sie sind ein Emporkömmling, ein Glücksritter! Ich versichere Ihnen, dass meine Mutter angesichts Louisas Sturheit und Skandale ihr Bestes getan hat. Sie hat schließlich das Familienvermögen ausreichend gut verwaltet, um *Sie* anzulocken, nicht wahr? Wenn Louisa denkt, sie kann uns einfach hinauswerfen –«

»Das ist genau das, was sie denkt. Und was auch ich denke. Und mag es noch so viele Drohungen oder ›Unfälle‹ geben, wir werden deswegen unsere Meinung nicht ändern. Genießen Sie dieses Weihnachtsfest in Rosemont, Mr Westlake, denn es wird Ihr letztes sein.«

Hugh schoss hoch und kippte dabei den Schreibtischstuhl um. »Das werden wir ja noch sehen.«

»Ja, das werden wir. Louisas neuer Anwalt wird sich mit Ihnen in Verbindung setzen.« Charles würde selbst auch an Mrs Evensong schreiben, um ihr die Dringlichkeit dieser Sache zu verdeutlichen. »Nun, wenn Sie sonst nichts zu besprechen haben, werde ich jetzt wohl meiner Gattin Gesellschaft leisten. Guten Tag.«

Nun, heute hatte Charles sein Geld verdient. Zwei unangenehme Diskussionen mit Louisas Verwandten, ein harter Sturz auf seinen Arsch und ein ernster Fall von Kavaliersschmerzen. Vielleicht konnten zumindest letztere versorgt werden, sobald er zurück in den Schlafgemächern war, aber damit rechnete er lieber nicht. Louisas Laune war den ganzen Tag über wechselhaft gewesen, fast schon so merkwürdig, dass er glaubte, an den abfälligen Bemerkungen gegen sie sei etwas dran.

Charles verspürte den Drang danach, ein Bad zu nehmen, diese blonde Perfektion eines Hugh Westlake einfach abzuwaschen. Das würde er auch tun, nachdem er Louisa Bericht erstattet hatte. Aber als er ins Wohnzimmer eintrat, fand er die Schlafzimmertür verschlossen vor. *Zänkisches Weib!*

Sie konnte unmöglich bereits schlafen – er hatte sein Gespräch mit Hugh sehr kurz gehalten, hatte das Feuer eröffnet, ganz ohne Raffinesse. Zumindest wusste jetzt jeder, wo der andere stand. Das würde ein unterhaltsames Abendessen werden, wenn er sich nicht in diese einengende Abendgarderobe zwängen müsste.

Charles ging zurück auf den Gang und in sein eigenes Zimmer. Alles schien so zu sein, wie er es verlassen hatte, aber die abergläubische Seite an ihm ließ eine Hand unter Decken und

Kissen gleiten, um nach mehr Schrauben oder noch gefährlicheren Dingen zu suchen.

Nichts. So weit, so gut. Vielleicht waren die Streiche auf einen pro Tag beschränkt. Er nahm ein Buch von dem Stapel neben seinem Bett und blätterte durch die Seiten, konnte sich aber nicht konzentrieren. In der kurzen Zeit seit seiner Ankunft auf Rosemont war viel geschehen, und bislang wurde er aus nichts wirklich schlau.

Zeit, seine Nervosität wegzuwaschen. Charles ging in das weiß gefliete Badezimmer und drehte das Badewasser auf. Heißes, silbernes Wasser platschte in die makellose Porzellanwanne, ganz anders als die Gemeinschaftspumpe im Haus seiner Familie oder das Baden in den von Blutegeln verseuchten Gewässern Afrikas.

Dort war jetzt Sommer, die Sonne heiß, die Blumen blühten, wo sie nicht niedergetrampelt waren. All die Feuer von Kitcheners Armee mussten in der leeren Savanne für Reinigung und Wachstum gesorgt haben. Sein erstes Weihnachten in einem tropischen Klima mit Tausenden von Männern war seltsam gewesen, aber nicht merkwürdiger, als es das Weihnachten 1903 in Rosemont zu werden versprach.

Charles streifte den Reitanzug ab und ließ seinen schmerzenden Körper in die Wanne gleiten. Er hatte heute Muskeln eingesetzt, von denen er vergessen hatte, dass sie überhaupt da waren. Wahrscheinlich würden die Stalljungen ab sofort vorsichtig sein und ihn jetzt, da Hugh zu Hause war, nicht mehr auf Pirate Prince reiten lassen, aber es gab noch zahlreiche andere Tiere, unter denen er wählen konnte. In Rosemont gab es alles.

Zu viel. Jeder Nippes und jede Boulle-Vitrine waren ein Testament des Erfolgs von Louisas Großvater. Überall waren Sachen – es musste einem Albtraum gleichen, hier Staub zu wischen und alles auf Hochglanz zu bringen, schmunzelte Charles und stellte sich Louisa in einer gestärkten weißen Schürze mit einem Federstaubwedel vor. Sie war vielleicht sogar einsatzfreudig, aber es gab eine ganze Armee an gut ausgebildeten Bediensteten, die sich um die häuslichen Aufgaben kümmerten. Einen Betrieb wie Rosemont zu leiten war nichts für schwache Nerven – kein Wunder, dass Grace Westlake solch hervorragende Arbeit leistete.

Charles tauchte den Kopf ins Wasser, um seine Wunde zu reinigen, und seifte sich dann ein. Er roch daran. Veilchen. Er würde wie Louisa riechen. Sein eigener Körper würde ihn mit ungestilltem Verlangen in den Wahnsinn treiben. Er legte sich in der Wanne zurück und schloss die Augen, umschloss sein im Wasser dümpelndes Glied. Allein der Gedanke an sie hatte ihn hart werden lassen. Sie in Reithosen, ihr kecker Hintern, wie er über dem Sattel aufstieg. Gewiss würde sie ganz ohne Hosen sein, wenn sie über ihn glitt und ihr goldenes Haar seine Brust umschmeichelte. Ihre Augen hätte sie dabei vor Glückseligkeit geschlossen.

Er war kurz davor zu kommen, als sich der Türknauf drehte.

23

Robbie tat so, als würde er Kathleen nicht sehen, wie sie den Hof überquerte, die Arme über ihrer niedlichen kleinen Brust verschränkt. Er würde erneut ihr irisches Temperament zu spüren bekommen – zwei Mal am Nachmittag! –, und das war nicht fair. Er hatte es wirklich versucht – es verlangte schon verdammt viel Geschick, derart kurzfristig die Pferdedecke zu manipulieren.

Dieser Captain schien irgendwie unzerstörbar zu sein.

Den ganzen Nachmittag lang hatte Robbie darauf gewartet, dass Miss Louisa in heller Aufregung auf Emerald angeflogen käme. Er hatte sich bereitgehalten, das Motorfahrzeug als Ambulanzersatz zu fahren, um den armen Kerl nach Hause zu tragen. Der Captain war jung – seine Knochen würden ruckzuck wieder zusammenwachsen. Was waren schon ein gebrochener Arm oder eine ausgerenkte Schulter?

Aber nein. Der Mann war im weichen Sand auf sein Hinterteil gefallen, kaum dass er auf Pirate Prince aufgestiegen war. Kat hatte es ihm erzählt, nachdem sie ihre Mistress für ein Nickerchen zu Bett gebracht hatte, und dabei hatte sie gewettert und gezetert, dass es nur so rauchte. Sie hatte jetzt mehrere Stunden bis zur Dämmerung Zeit gehabt, um sich über seine Unfähigkeit, Louisas Heuerling außer Gefecht zu setzen, den Kopf zu zerbrechen.

Nun, er selbst hatte auch geschmort. Mr Hugh war nach Hause gekommen, und sie sollten sich besser alle vorsehen.

»Es ist noch ein Telegramm gekommen. Ich habe Griffith

gesagt, ich würde dich suchen gehen. Mrs Westlake will, dass du Mrs Lang vom Abendzug abholst.«

»Verdammt! Die alte Schrulle.« Das war es dann mit Kathleens Freiheit.

»Ich habe eine Stunde, bevor ich Louisa beim Umkleiden zum Abendessen helfe. Wenn du lange genug damit aufhören kannst, den Wagen zu polieren.«

»Ist das ein Angebot, Miss Carmichael?«

»Keinesfalls. Ich dachte, wir sollten eine Strategie ausarbeiten. Nur reden.«

Robbie schmiss sein Chamoistuch auf eine Bank. »Du kannst nicht in mein Zimmer kommen. Jemand könnte es sehen.« Auf dem Hof tummelten sich die Reitknechte, und der alte Hathorn, der Stallmeister, war den Westlakes treu ergeben. Sie beide säßen sofort auf der Straße, wenn herauskäme, dass Kathleen einen Verehrer hatte.

»Komm in fünf Minuten zum Strand.«

»Wir werden uns zu Tode frieren. Die Sonne steht schon niedrig, und der Wind hat aufgefrischt.« Tagsüber war es ungewöhnlich mild für Dezember gewesen, aber die Temperaturen fielen mit Einbruch der Nacht.

»Dann zieh dich warm an, Robbie.« Kathleen machte auf dem Absatz kehrt und ließ ihn dort, wo er stand, zurück.

Er sollte Rosemont lieber verlassen, bevor er Ärger bekam. Kathleen bedeutete Ärger. Ihre Mistress bedeutete Ärger. Er war ein Idiot, sich von einer dürren, sommersprossigen Rothaarigen derart unterbuttern zu lassen.

Leider liebte er sie. Das letzte Jahr ohne sie war die Hölle gewesen, aber Robbie hatte Angst, dass seine vor ihm liegenden Jahre mit ihr nicht viel besser verlaufen würden.

Wenn er das überhaupt erleben durfte und nicht vorher gehenkt wurde.

Robbie zog intuitiv seinen Schal fester und zog sich eine Mütze über den Kopf. Er schlüpfte aus der Garage und ging gemächlich über die ausgedehnte Rasenfläche, in der Hoffnung, dass ihn niemand aus dem Haus beobachtete. Es gab ungefähr hundert Fenster, und jeder könnte sehen, wie er zum Ufer schlich, wo er doch arbeiten sollte oder zumindest so aussehen, als ob er es täte.

Die Steinstufen zum Strand führten ihn direkt zu Kathleen, die eine Spur im Sand verwischte.

Sie schüttelte seine Umarmung ab. »Wo warst du so lange?«

»Ich habe mich nach meiner Uhr gerichtet.«

»Ich habe doch nicht *genau* fünf Minuten gemeint. Gehen wir ein Stück.«

Sie liefen in Richtung einer Steinformation. Die Möwen kreischten und zogen ihre Kreise, und Robbie erinnerte sich an seine Ehrfurcht, die er verspürt hatte, als er diese Stellung antrat. Er hatte sein Glück nicht fassen können – ein Anwesen wie Rosemont direkt am Wasser, eine junge Erbin und ihre Zofe herumfahren. Aber dann war Louisa davongelaufen und hatte Kathleen mitgenommen. Der Ozean verlor seinen Glanz, während das meist unbenutzte Auto glänzte wie in einem Verkaufsraum. Grace Westlakes Sohn zum Zug nach London zu fahren und ihn wieder abzuholen, war nicht gerade das, was er sich erträumt hatte.

Als sie sich innerhalb der Steinansammlung befanden, stampfte Kathleen mit dem Fuß auf. »Ich weiß nicht, was ich tun soll! Ich fürchte, sie ist dabei, sich in ihn zu verlieben! Sie kennt ihn aber doch erst seit ein paar Tagen! Sie redet die ganze Zeit mit den dümmsten Argumenten gegen ihn, aber ich weiß, dass sie kein Wort davon so meint. Es ist wie dieses Sprichwort von Shakespeare – ›Die Dame, wie mich dünkt, gelobt zu viel.‹«

Robbie hatte Shakespeare nie gelesen, aber er wusste alles über Lady Macbeth – welcher schottische Kerl kannte dieses schottische Theaterstück nicht? Er wollte nicht, dass noch mehr von Coopers Blut an Kathleens Händen klebte. »Vielleicht solltest du – sollten wir einfach gar nichts tun und der Natur freien Lauf lassen. Ich habe mich in weniger als einer Woche in dich verliebt, wie du weißt, albern, wie ich bin. Ich kann mir nicht ständig etwas ausdenken, um ihn lahmzulegen. Du schuldest mir wirklich etwas Anerkennung – ich dachte, die Idee mit dem Pferd war angesichts der Kurzfristigkeit äußerst genial. Jimmy ist nicht leicht abzulenken.«

»Pah. Es hat nicht funktioniert. Aber ich schätze, du hast recht. Am Ende werden wir noch geschnappt. Louisa redet davon, eine Pistole zu tragen! Ich frage dich, wo könnte ich eine Pistole in ihrer Abendrobe verstecken? Sie will in all ihre Kleider Taschen eingenäht haben! Das wird den Schnitt zerstören, und wenn Mr Worth nicht bereits tot wäre, würde er sich selbst umbringen, wenn ich seine Kleider verstümmelte. Vielleicht sollte sie diesen Mann einfach auch tatsächlich heiraten – ich habe gehört, dass er Grace und Hugh heute furchtbar heruntergelassen haben soll.«

»›Grace und Hugh‹?«, ahmte er sie nach. »Was bist du nur für ein freches Mädchen. Wo bleibt dein Respekt?«

Sie schniefte. Verflucht, ihre Nase war einfach ein hinreißender kleiner Knopf, auf dem goldene Flecken prangten. Robbie steckte seine Hände in die Taschen, um nicht der Versuchung zu erliegen, sie zu zwicken.

»Den empfinde ich für *keinen* von beiden. Wie dem auch sei, Robbie, ich blase hiermit unseren Plan ab. Wir müssen einfach darauf vertrauen, dass Mrs Evensong etwas von ihrem Geschäft versteht und der Captain ein guter Mann ist. Schließlich hat sie dich hierher zu mir gebracht, nicht wahr? Cooper musste sicher eine Musterung über sich ergehen lassen. Sie ist sehr gründlich.«

»Aye, das ist sie.« Und die Frau wusste auch für eine ältere Person viel über Automobile.

»Dann küss mich schon.«

Robbie hatte nichts dagegen einzuwenden. Einige Männer würden Kathleen vielleicht etwas zu herrisch finden, aber wenn sie ihn bat, etwas zu tun, das er auch wollte, wo lag dann das Problem?

Sie schmeckte nach Tee und Pfefferminze. Er hatte seinen eigenen Tee mit den Stallburschen und Haworth ausfallen lassen, weil er niemandem in die Augen schauen wollte. Der Stall war wegen der Schrauben in Aufruhr, und Robbie fühlte sich irgendwie schuldig, auch wenn er alles für eine gute Sache gemacht hatte.

Aber Kathleen hatte sie fallen lassen, und Robbie war äußerst willens, ihr zu folgen, wohin sie ihn führte, solange ihr nächster Plan nicht wieder so närrisch war. Im Herzen war er ein friedliebender Mensch, und es war eine Erleichterung für ihn, Captain Cooper nicht mehr irgendwohin schlagen zu müssen. Der Mann hatte genug gelitten, hatte ein Auge verloren und musste auf das andere, das ihm geblieben war, gut aufpassen. Der Mann hatte ein Gewicht zu tragen – nicht physikalisch, Cooper war gertenschlank –, aber irgendetwas lastete schwer auf seinen Schultern, das war für den Enkel einer schottischen Hexe offensichtlich. Nicht dass Robbie glaubte, seine alte Oma sei eine wirkliche Hexe, aber sie *wusste* gewisse Dinge, und manchmal dachte er, er hätte ebenfalls diese Gabe.

Robbie wusste zum Beispiel, dass jetzt, wo Mr Hugh zurück war, Mrs Lang ebenso gut heute Nacht wieder zurückkommen konnte, um die Mädchen einzuschließen. Robbie traute dem Mann nicht über den Weg. Kathleen hatte niemals etwas ge-

234

sagt, das seine Verdächtigungen bestätigten, aber er würde sein Gehalt für das nächste Quartal darauf verwetten, dass Hugh versuchen würde, über kurz oder lang mit einer der Zofen – oder auch mehreren – etwas anzufangen.

Hugh würde es wohl nicht schwer haben. Robbie hatte mehrere Angebote abgelehnt, als Kathleen weg war. Einige der Mädchen waren ganz in Ordnung, aber er hatte ein Versprechen gegeben und gedachte, es auch zu halten.

Er hielt Kathleen fest an sich gedrückt, schützte sie vor dem feuchten Wind, der zwischen den Felsen hindurchwehte. Sie konnte sich immer auf seinen Schutz verlassen. Je früher sie heirateten, desto besser, denn Küsse wie dieser waren der Anfang zu seinem Ende. Robbie würde verrückt werden, wenn sie zurück zum Haus stolzierte, um Louisa in ihre Roben von Worth zu helfen, wo sie sich doch lieber um etwas anderes kümmern sollte – ihm Abendessen auf seinem kleinen Ofen zubereiten, mit ihm zu essen, ihn mit ihren Haselnussaugen über den mit Kerzen beleuchteten Tisch anblinzeln. Er würde ihr beim Abwasch helfen und sie direkt ins Bett tragen, obwohl sie wahrscheinlich vorher einen ihrer Liebesromane lesen wollte. Robbie hatte per se nichts dagegen, dass sie las, aber er konnte sich vieles vorstellen, das er am Abend lieber täte, als über imaginäre Menschen und deren Miseren zu lesen. Was für eine Zeitverschwendung, dreihundert Seiten zu lesen, wenn Held und Heldin am Ende sowieso miteinander im Bett landeten. Echte Menschen, so wusste er, hatten auch ohne erfundene Probleme schon ausreichend zu bewältigen.

Ach Gott. Ihre Hand bewegte sich an seiner Vorderseite langsam nach unten, und sie wusste, wie sehr er ihr ergeben war, wenn sie nur noch ein paar Zentimeter weiter – ah. Er fühlte, wie sich ihre Lippen triumphierend kräuselten – was für ein Weibsbild! Schließlich war er auch nur ein Mann, und obendrein ein scharfer. Robbie wurde schon hart, wenn er nur an sie *dachte*. Wie sie sich hier in seinen Armen schlängelte, war die pure Qual für ihn, wo es doch weder die Zeit noch den Ort gab, die Sache zu Ende zu bringen. Nun ja, eigentlich gab es die schon, denn er würde wahrscheinlich keine Minute benötigen, aber er wollte sie nicht gegen einen kalten, rauen Felsen drücken, ganz gleich, wie groß die Versuchung war.

Er trat ein paar Schritte rückwärts und wischte sich mit dem Ärmel über den Mund. »Du musst gehen, bevor ich mich vergesse.«

Sie grinste. »Ich kann nicht für uns beide denken.«

»Kat, nimm mich nicht so auf den Arm. Du hast deine Pflichten, und ich muss die alte Schabracke abholen.«

»Mrs Lang befindet sich in Trauer, nicht vergessen. Sei nett.«

»Ihre Mutter muss ungefähr hundert gewesen sein. Mrs Lang ist weit über siebzig.«

Kathleen strich über ihr spitzenbesetztes Häubchen. »Und sie hat ihr gesamtes Arbeitsleben hier in Rosemont verbracht. Stell dir nur vor, dein ganzes Leben lang an ein und demselben Ort zu sein.«

»Das ist nichts für mich, Kathleen. Ich sagte dir schon, dass ich mich verbessern will. Eines Tages werden wir diesem Ort einfach den Rücken kehren.«

»Und was machen wir dann?«

Robbie nahm ihren Arm, und sie liefen entlang ihrer Fußspuren im nassen Sand zurück. »Ich werde meine eigene Werkstatt haben. Und du wirst zu Hause die Kinder hüten.«

Kathleen blieb stehen. »Die Kinder?«

»Aye. Wir werden so viele haben, wie ich es mir leisten kann, und da ich vorhabe, ein sehr erfolgreicher Mann zu werden –

sagen wir: acht? Aber wir nehmen natürlich ohnehin das, was der liebe Gott für uns vorgesehen hat.«

»Acht Kinder?« Kathleen übertönte den Wind. »Bist du von Sinnen? Dann bin ich tot oder umnachtet! Nicht mehr als drei, und danach behältst du deine Hosen fest an, wenn du weißt, was gut für dich ist.«

Etwas in ihm wurde sehr still. »Du würdest mir meine Rechte verwehren?«

»Und du mir meine? Ich will keine acht Kinder. Oder sechs. Oder vier. Meine Mutter hatte ein Dutzend Kinder. Nur sieben von ihnen überlebten einen nennenswerten Zeitraum, und ich habe gesehen, was mit ihr passiert ist. Mit dreißig hatte sie weiße Haare, und mit fünfunddreißig war sie tot.«

Robbie schluckte. Die paar wenigen Male, die sie miteinander geschlafen hatten, hatte er aufgepasst, zumindest so gut er konnte. Der Gedanke daran, dass Kathleens herrliches rotes Haar vor der Zeit weiß wurde, gefiel ihm gar nicht. »Es gibt Wege –«

»Aye, und wir werden sie auch nutzen. Ich war in Frankreich und habe so einiges gehört, weißt du? Ich werde nicht wie meine Mutter enden, das nützt niemandem. Und wenn das bedeutet, dass wir nach unserer Hochzeit etwas Selbstkontrolle üben müssen, werden wir das schon hinbekommen.«

»Kathleen, ich habe das ganze letzte Jahr damit verbracht, es irgendwie hinzubekommen.«

Sie sah ihn keck an. »Siehst du? Und auf deiner Hand ist kein Haar gewachsen, und abgefallen ist sie auch nicht.«

»Rotznase.« Nun, ihre Argumente klangen sinnvoll. Wofür wollte er acht Kinder? Er war kein Bauer, dessen Felder bestellt werden mussten. Aber er hatte das vergangene Jahr damit verbracht, davon zu träumen, sich in ihr zu ergießen, wie es ein Mann tun musste, um keine Sünde zu begehen. Wie es seine

Kirche vorschrieb, auch wenn er davon ausging, dass die Kirche sie beide zuerst verheiratet sehen wollte. Verflixt, diese Sünde war überall und höchst unangenehm! »In Ordnung. Aber du sprichst mit Miss Louisa. Ich will dich heiraten. Und das bald.«

Kathleen stellte sich auf die Zehenspitzen, um ihn auf die Wange zu küssen. »Das werde ich. Danke für dein Verständnis, Robbie. Du bist ein guter Mann.«

Ich bin ein Idiot, dachte er, als er zusah, wie sie die Stufen zum Rasen hochstieg.

Aber er war Kathleens Idiot, und er nahm nicht an, dass sich daran etwas ändern würde.

24

»Ch-Charles?«

Charles zog seine Hand zurück und unterdrückte seinen bevorstehenden Orgasmus. Er war wirklich ganz nah dran gewesen. Schnell klatschte er einen Seeschwamm über sein Geschlechtsorgan und setzte sich auf, wodurch Wasser auf die Fliesen schwappte.

»Müssen Sie die Toilette benutzen? Ich bin gleich draußen«, sagte er schroff.

»Bitte entschuldigen Sie, dass ich Sie gestört habe. Ich wusste nicht – die Tür war nicht verschlossen.«

»Ich muss in Zukunft daran denken, sie abzuschließen.« Meine Güte, war das peinlich, wie ein heranwachsender Schuljunge mit seiner Hand am Glied erwischt zu werden. Wie lange hatte sie dort überhaupt schon gestanden? Lange genug, schloss er aus ihren hochroten Wangen. Selbst durch seinen visuellen Nebel hindurch konnte er sie noch ganz gut erkennen. Sie trug ein faltiges Leinennachthemd, das am Hals gebunden war und Bündchen aus Spitze hatte. Ein bescheidenes Gewand, aber sie erschien ihm ebenso verführerisch, als hätte sie den Raum nackt betreten.

Er hatte sich vorgestellt, wie sie barfüßig in ihren Reithosen schlief, aber das war besser. Sie sah ausgeruht aus, die lilafarbenen Ringe unter ihren Augen verblassten. Charles wünschte, er hätte ebenfalls geschlafen, statt zu lesen oder zu baden. Er war vollkommen erschöpft und in Agonie, weil er zu sehr daran dachte, was nicht sein durfte. Um Himmels willen, er hatte

239

dieses Mädchen am Nachmittag gebeten, ihn zu heiraten! Der Schlag auf seinen Kopf musste mehr Schaden angerichtet haben als gedacht.

Sie stand noch immer da und verdrehte den Stoff zwischen ihren Fingern. »Ach was, zum Teufel!«, murmelte sie dann und zog sich das Nachthemd über den Kopf.

»Louisa!« Er war so schockiert, dass er ihren Namen krächzte. Er schloss sein schlimmes Auge und blickte sie mit offenem Mund an.

»Ich habe gelogen. Ich wusste, dass Sie hier drin waren – ich habe das Plätschern gehört. Und das Stöhnen. Sie sind ziemlich laut, wenn Sie sich selbst befriedigen. Es – es hat mich aufgeregt. Ich konnte nicht mehr einschlafen.«

Charles wusste, dass er wie ein gestrandeter Fisch aussehen musste, auch wenn das meiste von ihm noch im Wasser steckte.

»Darf ich zu Ihnen in die Wanne steigen? Ich bin nicht sicher, ob das funktioniert, aber ich will es versuchen.«

»Louisa!« Monsieur Grenouille war immer noch da, quakend. Fische, Frösche und seine eigene Meerjungfrau mit ihrem welligen, goldenen Haar, das kurz zuvor noch zu einem Zopf geflochten gewesen war.

»Es ist eine große Wanne. Ich nehme an, dass meine Eltern manchmal zusammen gebadet haben, so schockierend es auch ist, sich vorzustellen, seine Eltern *in flagranti* zu erwischen. Zusammen waren sie sehr – lebendig. Vielleicht hat sie Tante Grace deswegen so wenig gemocht. Ich kann sie mir nicht vorstellen, wie sie mit meinem Onkel gebadet hat, aber sie mussten zumindest ein Mal Geschlechtsverkehr gehabt haben – sonst gäbe es Hugh nicht.«

Er konnte jetzt nicht einmal mehr krächzen. Charles sah zu, wie sie ein langes weißes Bein über den Rand der Wanne hob. »Rutschen Sie mal ein bisschen, bitte.«

Willenlos glitt er zurück, so weit er konnte. Die Sonne ging unter, aber er hatte die Lampen im Bad angezündet, damit er seine Nachmittagsstoppeln manierlich abrasieren konnte. Jedes Stück ihrer glatten Haut war sichtbar. Was er sich letzte Nacht in dem vom Feuer beleuchteten Raum vorgestellt hatte, konnte man nicht einmal annähernd mit einer Louisa im verblassenden Tageslicht vergleichen. Auf ihren Armen und Beinen glänzten blasse, silbergoldene Härchen, und das Dreieck zwischen ihren Beinen war ein wenig dunkler. Sie sank in die Wanne, dann saßen sie Knie an Knie.

»Ich denke, da sind Haarnadeln auf der Seifenablage. Können Sie sie mir reichen? Mein Haar wird sonst vor dem Abendessen niemals mehr trocken, und Kathleen wird ärgerlich auf mich sein.«

Haarnadeln? Seifenablage? Bedeutete das, dass er aufhören sollte, sie anzustarren? Er blickte hinunter auf den Metallkorb, der an der Überlaufkante der Wanne angebracht war. Darin waren sicher ein paar lange Haarnadeln zu finden. Er fummelte sie heraus und sah dann zu, wie sie ihr hüftlanges Haar in eine lockere Rolle wickelte und feststeckte.

Keine Meerjungfrau mehr. Aber ihr Hals war lang und elegant, und nur die Hinterlassenschaft des aufgebrachten Kusses letzte Nacht störte das Erscheinungsbild. Er lehnte sich vor und strich mit dem Daumen darüber. »Tut es weh?«

»Oh nein. Aber Kathleen war außer sich, als sie es sah. Sie scheint etwas gegen Sie zu haben.«

Charles hatte sich der rothaarigen Zofe gegenüber stets höflich verhalten, soweit er sich erinnern konnte. Er würde stärker versuchen müssen, so charmant wie Maximillian Norwich zu sein.

»Was wird sie denken, wenn sie hochkommt, um Ihnen beim Ankleiden zu helfen, und uns zusammen in der Wanne vorfindet?«

»Ich habe die Tür abgeschlossen. Im Übrigen denke ich, dass sie mit Robertson beschäftigt ist. Sie sollten wirklich heiraten.«

Genau wie wir. Aber diese unerwünschten Worte behielt er für sich. Er kannte sie schließlich erst ein paar Tage.

»Nun, und was jetzt?«, fragte Louisa strahlend.

»W-was meinen Sie?«

»Ich hatte Probleme einzuschlafen, aber sobald ich meine Entscheidung getroffen hatte, schlief ich zum ersten Mal seit langer Zeit gut.«

Charles' Herz machte einen ungleichmäßigen Ruck. Bedeutete dass, dass sie letztendlich doch seinen Antrag annahm?

»Welche Entscheidung?«

»Ich habe entschieden, wie dumm es ist, Sie nicht vollkommen zu nutzen, während Sie hier sind. Wer weiß, wann ich jemals wieder einem solch ehrenhaften, attraktiven Mann begegnen werde? Mir ist es bestimmt, eine alte Jungfer zu sein, wissen Sie? Ist das nicht das allerschlimmerste Wort? Man hat schiefe Brillengläser, den Geruch von Mottenkugeln und hässliche Hüte vor Augen. Aber es gibt keinen Grund, weshalb ich selbst keinen Spaß haben sollte. Der Rest von Rosemont kann mir gestohlen bleiben, aber ich habe Sie für diesen Monat zur Verfügung.«

»Ein Wort wie ›allerschlimmerst‹ gibt es nicht«, sagte Charles gehemmt. So, sie dachte also daran, ihn ›vollkommen zu nutzen‹. Weder war er ein Hengst, noch sie eine zu deckende Stute. Er könnte sie aus dem Wasser heben und sie auf seinem immer noch steinharten Glied absetzen, aber er hatte Ansprüche. Er war angestellt worden, Theater zu spielen, nicht, Unzucht zu treiben. Aus ihrem Mund klang es, als sei er eine Art männliche Prostituierte.

»Erzählen Sie mir doch nichts von Grammatik, wenn wir so wenig Zeit haben.«

Charles presste den Schwamm noch fester auf sein darbendes Glied. »Louisa, das ist höchst unklug. Außerdem muss man schon recht gelenkig sein, um Geschlechtsverkehr in einer Badewanne zu haben.«

»Ich bin sicher, dass wir es schaffen, wenn wir uns nur bemühen. Sie müssen ohnehin nichts machen, außer dort zu sitzen. Ich kann auf Sie steigen und –«

»Louisa!«

Sie zuckte nicht einmal mit der Wimper oder wurde bleich, wo alle seine Rekruten diesen Ton erkannt und entsprechend erschrocken reagiert hätten. Louisa Stratton war nicht erschrocken. Sie lächelte ihn verführerisch an und klimperte sogar mit den Wimpern. Hatte sie das vor einem Spiegel geübt?

Sie war unmöglich. Und unwiderstehlich. Hatte er nicht eben an so etwas gedacht, als sie in ihrem jungfräulichen Schlafrock hereingetanzt kam? Natürlich hing in seiner Fantasie ihr Haar herab, aber sie hatte recht, so praktisch zu sein. Man wollte ja schließlich die eigene Zofe nicht verärgern, oder?

»Das Wasser wird langsam kalt. Wir sollten hinaussteigen.«

Sie langte hinter ihren Rücken und drehte den Hahn auf.

»Wir werden noch das Haus fluten!«

»Seien Sie kein solcher Pessimist. Rosemont hat rund fünfzig Zimmer. Was macht da schon eine nasse Decke? Also, wo waren wir?«

Charles hielt sich am Wannenrand fest und zog sich hoch. »Wir waren nirgendwo.« Leider sah er, während er sprach, zu Louisa hinunter, und da sah er sie wieder, die Zungenspitze in ihrem Mundwinkel, auch wenn sie durch die schwirrenden schwarzen Partikel in seinem schlechten Auge etwas verschwommen war. Ihr Mund war beinahe auf Höhe seines besten Stücks, und jede seiner guten Absichten ging den Abfluss hinunter.

Charles schloss die Augen. »Louisa«, bettelte er.

Er hörte das Quietschen des Hahns, als er abgedreht wurde, und fühlte dann ihre Hände an seinen Oberschenkeln. Er fing sich gerade noch, bevor er rückwärts ins Wasser fiel. Gänsehaut überzog jetzt seinen Körper, aber die Kälte schien keine Wirkung auf seinen ungezügelten Penis zu haben.

»Ich bin nicht sicher, ob ich darin sehr gut bin. Ich habe es erst ein Mal versucht, und wir wurden unterbrochen«, sagte sie entschuldigend.

»Gütiger Gott«, brummte er. Sie wusste nie, wann es Zeit war zu schweigen. Das Letzte, was er jetzt hören wollte, war, dass Louisa Stratton irgendeinen anderen Kerl mit ihrem köstlichen Mund befriedigt hatte.

Sie gehörte *ihm*.

Er schauderte unter dem ersten vorsichtigen Lecken, das Blut in seiner Leiste glühte. Sie wurde mutiger und leckte fester, während er immer wieder stöhnte, und saugte ihn ein kleines bisschen zwischen ihre breiten, ausdrucksvollen Lippen ein. Ihr Mund war warm, exquisit, ihre ungeübten Berührungen mit ihrer Zunge und den Zähnen hatten ihn binnen Sekunden auf die Spitze getrieben. Ihr Mangel an Erfahrung war das reinste Geschenk, das sie ihm machen konnte, aber Charles konnte nicht einfach so abspritzen, gleich wie generös sie war.

»Louisa«, sagte er mit rauer Stimme. Er sehnte sich danach, tief in ihr zu stecken, aber das würde auch nichts helfen. Er presste seine Finger gegen ihren Kiefer und schob sie sanft zurück. »Sie müssen mir zumindest ein bisschen das Gefühl lassen, ein Gentleman zu sein. Bitte reichen Sie mir den Schwamm.«

In ihrem Gesicht las er keine Abscheu, nur unschuldige Neugier. Sie nickte, fischte den schwimmenden Schwamm aus dem Wasser und reichte ihn ihm. Er ließ sich in die Wanne gleiten und schützte sie damit vor seinem Erguss, wobei die Erleichterung derart stark und zügig erfolgte, dass es ihm den Atem nahm.

Ihre braunen Augen waren groß und aufmerksam, bohrten sich in den gut platzierten Schwamm. »Tut es weh, wenn es – wenn es vorbei ist? Sie sehen aus, als seien Sie in Agonie.«

Sie war irrwitzig hinreißend. Dafür, dass sie einen mutmaßlich frevelhaften Ruf hatte, schien sie reichlich wenig zu wissen. »Haben Sie gestern Nacht nicht aufgepasst?«

»Nicht richtig.« Sie errötete tief. »Ich habe mich auf mich selbst konzentriert. Ich denke, meine Augen müssen geschlossen gewesen sein. Und es war dunkel.«

»Jetzt ist es auch dunkel.« Der Himmel hinter den Badezimmerfenstern war schiefergrau, und Charles war ziemlich sicher, dass ihm ein Stern durch das Bleiglas zuzwinkerte. Hatte er Schmerzen? Keine körperlichen, aber sein Herz fühlte sich zu groß für seine Brust an.

Das Wasser wurde wieder kalt. Bevor er in die Wanne gestiegen war, hatte er die kleine Kohlenpfanne angezündet und ein paar Handtücher auf der Bank daneben bereitgelegt, aber die Fliesen waren noch immer kalt. Er langte nach seiner Augenklappe, die auf den Badetüchern lag, und zog sie wieder auf, rückte seine Welt gerade. Louisa saß ihm mit verschränkten Armen gegenüber und beraubte ihn eines deutlichen Blicks auf ihre wunderschönen Brüste.

»Lassen Sie uns aus der Wanne steigen, bevor wir noch mehr Unfug treiben. Ich werde Sie abtrocknen, dann können Sie Kathleen gegenübertreten.«

»Das war's?«

»Louisa, meine Liebe, was soll ich tun? Ich habe mich selbst blamiert und Vorteil aus Ihnen geschlagen. Kathleen tut gut daran, mich zu verabscheuen.« Er stand erneut auf und bot ihr seine Hand an.

Sie nahm sie und stieg aus der Wanne. »Nein, das tut sie nicht.«

Sie stand still, als er sie einwickelte wie eine Mumie. Er drückte ihre Schultern und zog sie näher zu sich heran. »Was Sie da sagten. Darüber, dass wir während unseres Aufenthalts hier weiterhin eine Affäre haben könnten. Ich weiß, Sie halten das für eine gute Idee, für eine Möglichkeit, Dinge zu entdecken, wenn Sie so wollen, aber es könnte sich für uns beide als gefährlich erweisen.«

Louisa blickte zu ihm auf. »Inwiefern gefährlich?«

»Zuerst, weil ich Sie schwängern könnte, auch wenn wir Vorkehrungen treffen. Dann müssten wir wirklich heiraten, und Sie sagen, dass Sie das nicht wollen. Und welche Art von Ehre hätte ich, wenn ich sexuelle Dienste gegen Geld tauschen würde? Denn am Ende wird es nichts anderes als das sein. Ich bin Ihr Angestellter. Ich habe gerade erst angefangen, Frieden mit mir selbst zu schließen. Ich habe mich selbst lange Zeit nicht gemocht. Wenn wir damit so weitermachen – was auch immer es ist –, werde ich wieder auf der Müllhalde landen und es Ihnen irgendwann übel nehmen.«

Sie sah angeschlagen aus. »Oh Charles! Ich habe nicht nachgedacht. Das ist für Sie kein Jux, nicht wahr?«

»Nein«, sagte er sanft und wünschte, er könnte das Flattern von ihrer Unterlippe wegküssen, »das ist überhaupt kein Jux.«

25

Ganz eindeutig sollte sie irgendwo weggesperrt werden. Ihre Rückkehr nach Rosemont hatte sie über die gewöhnliche Konfusheit hinaus verwirrt. Konfusheit. Gab es dieses Wort überhaupt? Sie würde es auf die Liste mit ›allerschlimmerst‹ setzen und es gut sein lassen.

Oder vielleicht lag es auch nicht an Rosemont, sondern an Charles Cooper. Er sandte ihr widersprüchliche Signale, wie ein Telegraf, der nicht richtig funktionierte. Jetzt wollte er nichts mit ihr zu tun haben, hatte sie aber gerade heute Nachmittag gebeten, ihn zu heiraten!

Er hatte es natürlich nicht so gemeint. Sie kannten sich ja kaum. Und sie stammten aus vollkommen unterschiedlichen Welten, hatten überhaupt nichts gemeinsam. Er war ein Held und sie nur eine alberne Erbin, auch wenn sie es gern anders hätte. Er hatte in seiner Welt einen Beitrag geleistet, während sie nur gegen ihre eigene aufbegehrt hatte.

Zu ihm ins Badezimmer zu kommen war ein Aufbegehren gewesen. Eine anständige Frau hätte so getan, als hätte sie ihn nicht gehört oder als hätte sie nicht verstanden, was er dort drin tat. Er war gar nicht mal so laut gewesen, auch wenn sie das behauptet hatte. Ein bisschen Keuchen. Ein Grunzlaut. Ein wenig rhythmisches Plätschern. Hätte sie ihr Ohr nicht an die Tür gepresst, hätte sie wohl überhaupt nichts gehört.

Aber sie konnte ihn einfach nicht ignorieren und war zu dem Schluss gekommen, dass sie einfach den Tag nutzen sollte. Heu machen, während die Sonne schien. Jeden Zentimeter von

Charles Cooper genießen, solange er zur Hand war. Sie mochte ihn wirklich, auch wenn er ein Mann war.

Oder gerade weil er ein Mann war.

Er war umwerfend gewesen, wie er da in der Wanne gestanden hatte, mit seinem geschwollenen Glied. Es war ihr als die natürlichste Sache der Welt erschienen, den Mund zu öffnen und ihn zu schmecken. Er schien es sehr zu mögen, und Louisa musste zugeben, sie ebenfalls – sie hatte sich ziemlich mächtig gefühlt, wie sie auf ihren Knien hockte und ihn mit solch sündhafter Lüsternheit küsste. Schließlich hatte er in der Nacht zuvor das Gleiche für sie getan. Sie erwiderte nur den Gefallen.

Aber sie war gierig, leer, zwischen ihren Beinen pochte es, ihre Brüste hatten Gänsehaut vor Verlangen. Vielleicht war ihr aber auch nur kalt, wie sie Charles gewarnt hatte.

Seine Augenklappe war schief festgebunden, seine Hände ruhten noch immer auf ihren Schultern. Sie konnte ihm nicht in sein perfektes, blaues Auge blicken.

»Es tut mir leid.«

»Was genau – dass Sie in meine Privatsphäre eingedrungen sind oder mich unvernünftigerweise verleitet haben?«

»Ich verleite Sie?«

»Das fragen Sie noch? Ich habe noch nie jemanden wie Sie getroffen, Louisa, und ich weiß nicht so recht, was ich mit Ihnen machen soll.«

Sie könnten mich noch einmal berühren. Wie letzte Nacht. Mit Ihrer Hand.

Oder Ihrer Zunge.

Davon bekam man keine Babys, oder? Berühren war kein Geschlechtsverkehr. Man berührte seine Haustiere, tätschelte und streichelte sie, kitzelte sie hinter den Ohren und kratzte mit seinen Fingernägeln ihren Rücken entlang, bis sie buckelten –

»Louisa? Sie haben den eigenartigsten Gesichtsausdruck.«

»Ach nein. Es ist gar nichts. Ich schätze, Sie müssen mir ein letztes Mal helfen.« Ein weiteres Mal würde keinem von ihnen wehtun, oder? Dann konnten sie die Bremse anziehen und mit ihrem Betrug fortfahren.

»Ihnen helfen?«

»So, wie ich Ihnen eben geholfen habe.«

Er ließ ihre Schultern los. »Wovon reden Sie?«

»Ich verstehe, wenn Sie zögern, mein bezahlter Liebhaber zu sein, das tue ich wirklich. Wie nennt man eigentlich einen Mann, der so etwas tut? Frauen nennt man Mätressen.«

»Ich habe keine Ahnung. Liebhaber? Hengst? Wie auch immer, ich habe nicht die Absicht, einer zu werden.«

»Nein, nein«, sagte sie hastig, »da bin ich ganz Ihrer Meinung. Es wäre absolut verrückt. Ich möchte nicht, dass Ihr Gewissen weiter belastet wird als bisher. Sie haben vollkommen das Recht, mein Angebot im Schlafzimmer auszuschlagen.«

»Aber? Da gibt es doch sicherlich ein Aber. Wissen Sie eigentlich, dass Ihre Zunge wie ein kleiner, weicher Wurm immer mit Ihrem Mundwinkel spielt, wenn Sie nachdenken?«

Louisa zog die Zunge zurück und verschloss ihre Lippen, um dann einzuwenden: »Ein kleiner weicher Wurm? Wie ekelhaft!«

»Sehen Sie selbst.« Er drehte sie in Richtung Spiegel über dem Waschbecken. »Machen Sie weiter. Denken Sie nach.«

»Ich kann auf Befehl nicht denken!«

Er baute sich mit einem einfältigen Grinsen hinter ihr auf. »Können Sie nicht? Sie haben versucht, mich davon zu überzeugen, dass Sie nicht eine dieser hohlköpfigen Debütantinnen sind.«

»Ich bin zu alt, um als Debütantin bezeichnet zu werden«, sagte Louisa starrsinnig.

»Denken Sie über den traurigen Zustand der Welt nach. Die Sache mit den Frauenrechten. Warum der Himmel blau ist.«

Das war lächerlich. Louisa konnte an nichts anderes denken, als diesen selbstzufriedenen Ausdruck von Captain Coopers Lippen zu küssen und ihn dazu zu bringen, seine Hand unter ihr Badetuch zu schieben. Wenn sie sich ein wenig wand, würde sich das verdammte Ding vielleicht lösen und zu Boden fallen. Dann könnte er seine Hand auf ihre Hüfte legen und entdecken, dass sie vor Verlangen auslief.

Er war selbst auch noch nackt. Für einen Mann, der sich vor ihrer Lust schützen wollte, leistete er verdammt schlechte Arbeit. Glitzernde Wassertropfen perlten an seinen muskulösen Armen hinab, während er sie zum Spiegel schob. Charles war ein wenig zu dünn, aber gut gebaut. Was für ein Vergnügen es wäre, mit ihm etwas Üppiges und Köstliches zu teilen – Kuchen und Obst und Glühwein, allein in ihrem eigenen Schlafzimmer, eingewickelt in die Decken …

»Da ist sie. Sehen Sie?«

Louisa schielte in den Spiegel. Meine Güte, der Mann hatte recht. Jetzt würde sie den Rest ihres Lebens damit verbringen, nicht so auszusehen, als würde sie auf einem Wurm herumkauen.

Ihre Blicke trafen sich im Spiegel. »Charles, ich würde es wirklich sehr schätzen, wenn Sie mich aus meinem Leid erlösen könnten.«

»Soll ich Ihnen wie unser unbekannter Angreifer auf den Kopf hauen, oder haben Sie an etwas Kreativeres gedacht?«

»Erinnern Sie sich an letzte Nacht, als Sie ohne mich gekommen sind? Nun, Sie haben es wieder getan. Sie haben es später wiedergutgemacht, und das auch sehr nett, das halte ich Ihnen zugute, aber heute haben Sie Ihre Prinzipien wiederentdeckt. Jetzt sollen wir so tun, als sei nichts geschehen. Sie haben mir

Ihre Gründe erläutert, und ich respektiere Ihre Entscheidung, nein, wirklich. Aber ich frage mich, ob Sie Ihre neugeborene Tugend um etwa zehn Minuten verschieben könnten? Ich glaube, so lange wird es nicht einmal dauern. Alles, was ich tun muss, ist, mich zu konzentrieren, und Sie müssen mich an den richtigen Stellen berühren – und Sie haben bereits bewiesen, dass sie das mit einem erheblichen Maß an Geschick und Fertigkeit auch können. Und dann werde ich mich in mein lebenslanges Zölibat zurückziehen können. Oder zumindest in einen Monat des Zölibats. Ich schätze, sobald unsere Charade vorüber ist, wird mich nichts mehr daran hindern, mir einen willigen Partner für die Zukunft zu suchen.« Auch wenn die Vorstellung, die verschiedenen Dinge, die sie mit Charles getan hatte, mit jemand anderem zu tun, nicht sonderlich verlockend schien.

Sie beobachtete sein Gesicht im Spiegel, während sie weiterplapperte. Zuerst hatte er nachsichtig dreingeblickt, als er sie auf ihre Gewohnheit hingewiesen hatte, derer sie sich nicht bewusst gewesen war. Dann durchlief sein Gesicht verschiedene Stadien kaum merklicher Zuckungen – man musste schon genau hinschauen, um sie zu sehen, und Gott weiß, wie genau sie hingesehen hat, denn dieser Mann war so verdammt attraktiv. Am Ende sah Charles grollend aus. Konnte er etwa eifersüchtig sein? Das wäre ein gutes Zeichen, oder?

Er drehte sie wieder um, sodass sie sich gegenüberstanden. »Was wollen Sie?«

»Nun, Sie sind jetzt ganz entspannt. Oder waren es zumindest. Ich dagegen fühle mich sehr angespannt. Mit einem hinreißenden nackten Mann allein zu sein scheint Wirkung auf mich zu haben. Sie könnten – es mir besorgen, wie Sie es letzte Nacht nannten. So nervös, wie ich bin, könnte ich kein weiteres Abendessen im Kreis der Familie durchstehen.«

»Nervös.«

»Ja, wissen Sie. Da unten pocht es. Meine Brüste fühlen sich auch ganz komisch an, als ob kleine Stromstöße durch sie hindurchfahren. Hm. Ich frage mich, ob ich Rosemont mit elektrischen Leitungen ausstatten sollte, sollte ich bleiben. Dadurch erscheint es vielleicht weniger düster.«

Charles' Ausdruck war ulkig verwirrt. Louisa wusste nicht, warum sie zu diesem Zeitpunkt Heimwerkerarbeiten mit ihm diskutierte – sie hatte wahrlich andere Prioritäten.

»Ich werde Sie nicht mehr um Aufmerksamkeit bitten. Wir werden wieder dazu übergehen, eine streng berufliche Beziehung zu führen. Freundlich in der Öffentlichkeit, wenn Sie vorgeben, Maximillian zu sein, aber privat nach strengen Regeln, wenn Sie nur Charles sind.«

»Ach, halt einfach die Klappe, Louisa.« Er packte ihr Gesicht und küsste sie wild. Und sie war so froh, als das Badetuch von ihrem Körper glitt und sie an seine saubere, nach Veilchen duftende Haut gedrückt wurde. Irgendwie roch er aber überhaupt nicht feminin. Charles Cooper war ein ganzer Mann – und sein enormer Penis bohrte sich in ihren Bauch, obwohl er erst vor Kurzem gekommen war. Vielleicht konnten sie dieses Mal gemeinsam kommen, obwohl Charles in Sachen Orgasmieren dann immer noch in Führung läge. War *das* ein richtiges Wort? Meine Güte, ihr Vokabular erweiterte sich. Mit Charles Cooper zusammen zu sein war, als ob man auf irgend so ein exotisches Mädchenpensionat ging, wo man den letzten Schliff bekam.

Himmel! Den letzten Schliff. Sie kicherte.

Verdammt. Charles hörte auf, sie zu küssen. »Was ist denn so lustig? Frohlocken Sie, weil Sie wieder Ihren Kopf durchgesetzt haben? Ich bin nur ein armer Trottel, der nicht mit Ihnen mithalten kann?«

»Oh nein, ich lache nicht über Sie, nur über etwas Albernes, an das ich gerade dachte. Sie wissen, wie albern ich sein kann, das sagen Sie mir oft genug. Denken Sie nicht, wir sollten in Ihr Zimmer gehen? Nicht in meines, denn Kathleen könnte hochkommen. Das Waschbecken bohrt sich in meinen Rücken.«

Charles seufzte. »Ich denke, ich wäre ein Patient für Ihren Dr. Freud. Vor Ende dieses Monats werde ich vollkommen von Sinnen sein.«

»Aber es wird sich lohnen, das verspreche ich Ihnen.« Zumindest hoffte sie das. Wenn sie nur dieses eine Mal hatten, würde sich Louisa mit so viel Enthusiasmus in den Prozess werfen, wie sie nur aufbringen konnte.

Dieses Mal verschloss Charles alle Türen, damit nicht wieder jemand eindringen konnte. Sein Bett war zerwühlt, ein Buch lag aufgeschlagen auf der Bettdecke. Louisa hob es auf, und Charles schnappte es ihr weg.

»Kommen Sie her. Wir haben nicht viel Zeit. Wir sollten das nicht einmal tun. Aber wenn wir es schon machen, fangen Sie sicher nicht an, vorher ein blödes Buch zu lesen.«

»Ja, Charles«, sagte Louisa sanftmütig. »Was wollen Sie, das ich mache?«

»Nichts! Das ist jetzt nur für Sie gedacht – um Ihre Spannung zu lindern. Berühren Sie mich nicht.«

»Überhaupt nicht?«

»Nicht ein Finger. Genau genommen –« Er hatte einen merkwürdigen Gesichtsausdruck und stolzierte hinüber zu den Gardinen, die die Stabkreuzfenster schmückten. Blasse Sterne blinkten am grauen Himmel. »Ja. Die sind genau richtig.« Er löste alle goldenen Kordeln von den verblassten braunen Vorhängen. »Legen Sie sich zurück.«

»W-was haben Sie denn damit vor?«

»Damit werde ich Sie fesseln und Ihren Mund mit einem von Maximillian Norwiches Seidentüchern zubinden, damit Sie endlich einmal still sind. Und dann, Miss Stratton, werde ich Sie von jeder Menge Nervosität befreien. Sie werden froh sein, wenn Sie zum Abendessen die Treppe hinunterlaufen können.«

»Ja, Charles. Das klingt hinreißend.«

Louisa verstand nicht, warum er über ihre Worte so brummelte, aber schließlich verstand sie auch insgesamt nur wenig von der männlichen Psyche. Sie legte sich aufs Bett und breitete ihre Arme und Beine in Richtung Bettpfosten aus, wo er sie mit komplizierten Knoten an Hand- und Fußgelenken anband. Als ob sie versuchen würde zu entkommen. Das alles war recht faszinierend, solange er daran dachte, sie danach loszubinden, damit sie sich fürs Abendessen zurechtmachen konnte. Sie bekam langsam Hunger.

Louisa war sich nicht so sicher in Bezug auf das Halstuch, das er um ihren Mund wickelte, aber es hatte einen praktischen Aspekt – sollten Charles' Dienste sie dazu bringen, unziemliche Geräusche zu machen, würde das restliche Haus nichts davon mitbekommen. Sie hoffte, dass Kathleen noch immer mit Robertson beschäftigt war und auf Louisas Klingeln wartete, bevor sie nach oben kam.

Sie konnte noch immer sehen, und Charles sah in der Tat sehr angespannt aus. Seine Lippen waren zu einer grimmigen Linie verzogen, als ob er sich darüber ärgerte, dass sie ihn darum gebeten hatte, sie ein letztes Mal zu beglücken. Es war eine Schande, dass er so rechtschaffen war, aber sie fand es auch anziehend. Sie mochte ihn wirklich sehr.

Aber wie wäre es, mehr als einen Monat mit ihm zu verbringen? Meine Güte, wenn sie verheiratet wären, könnten sie solche Spiele in ganz Rosemont spielen, ohne sich um die Konsequenzen Sorgen machen zu müssen. Hier gab es viele

254

Fenster und viele Gardinenkordeln. Aber er hatte ihr keinen aufrichtigen Antrag gemacht. Es war alles Teil von Charles' ehrenwerter Art, sie vor den Schurkereien ihrer Familie schützen zu wollen.

Louisa wollte nicht heiraten. Sie hätte dann zwar noch immer die Kontrolle über ihr Vermögen, aber sie würde sich selbst und wahrscheinlich auch ihr Herz verlieren. Es war eine Sache, aus Vergnügen zum Stillschweigen gebracht und festgebunden zu werden, aber eine Ehe beraubte die Frauen ihrer eigenen Stimmen und ihres Körpers.

Sie entschied, dass es einfacher war, die Augen zu schließen, als die Schatten zu beobachten, die über Charles' ernstes Gesicht huschten, während er seine Arbeit begutachtete. Als er also zu ihr aufs Bett stieg, kam das überraschend. Die Matratze sank ein, und sie konnte seine Wärme spüren, obwohl er sie überhaupt nicht berührte. Was dachte er wohl? In dieser Position war sie so verletzlich. Erkannte er, wie sehr sie ihm vertraute?

Wo würde er anfangen? Sie war gespannt wie ein Bogen.

Die Antwort ließ nicht lange auf sich warten. Charles drückte ihre ohnehin gespreizten Oberschenkel noch weiter auseinander und ließ seine Zunge über ihre Spalte gleiten, dann saugte er ihre Klitoris fest in seinen Mund ein. Er ließ seine Zunge darüber tanzen und schob gleichzeitig einen Finger in sie hinein. Sie war patschnass, und er hatte keine Probleme, auch noch einen zweiten Finger hineinzustecken. Seine stumpfe Nase war in ihren Löckchen vergraben, und es klang, als ob er summte, wobei jede Note einen Strom von ihrer kleinen Schamzunge aussandte, dort irgendwo tief im Innern – sie hatte diese Wörter irgendwo in einem unanständigen Buch gefunden, das sie und Kathleen sich abwechselnd in heißen Sommernächten vorgelesen hatten. Es hatte sie dazu gebracht, einen Spiegel zu holen, um die Akkuratheit der Beschreibungen nachvollziehen zu können, natürlich ohne dass Kathleen davon wusste. Aber Frauen waren geheimnisvoll gebaut. Jeder wichtige Zentimeter war ein verborgener Schatz, anders als bei den Männern, die so gebaut waren, dass es die ganze Welt sehen konnte.

Zungen, schamhafte oder andere – sie musste daran denken, ihre einzuziehen, wenn sie nachdachte, aber jetzt konnte sie so etwas sowieso nicht tun – oh! Sie würde vor Lust um sich schlagen, wenn sie könnte, aber irgendwie empfand sie ihre Unbeweglichkeit als zusätzlichen Anreiz. Louisa konnte nichts machen, außer still dazuliegen und jede Berührung, jeden Atemzug zu spüren.

Wie sie es versprochen hatte, vergingen nur wenige Minuten, bis sie vollkommen von Sinnen war, sich vom Bett emporwölbte und beinahe den armen Charles vom Bett schubste. Wenn dies das letzte Mal war, dass sie so etwas taten, wünschte Louisa, er wäre weniger ergiebig gewesen. Aber sie konnte sich wirklich nicht über das dekadente, genüssliche Zittern beklagen, das ihr bis in ihre angebundenen Zehen schoss.

Sie öffnete die Augen und sah, wie er die geflochtenen Kordeln löste. »Fertig«, sagte er, als er den Knebel entfernte und mit einem Daumen über ihre Lippen strich. »Das sollte eine Zeit lang reichen, bis Sie Ihren nächsten Liebhaber finden. Seien Sie in Zukunft anspruchsvoller – weder Sir Richard Delacourt noch ich sind ein angemessener Gemahl für Sie. Sie verdienen mehr.«

»Tue ich das?«

Er schnappte sich ein Kissen, um seine steife Erektion zu verbergen. »Genug. Sie haben bekommen, was Sie wollten. Weitere Komplimente werde ich nicht verteilen. Jetzt gehen Sie und ziehen sich an. Ich bin sicher, Kathleen klebt schon mit dem Ohr an der Tür. Ab dieser Minute und für immer bin ich dann nur noch der Mann, den sie angeheuert haben, um Ihren Gatten zu mimen. Keine weiteren Küsse. Nirgendwo. Lassen Sie uns wie ein normales Paar der Gesellschaft benehmen – ich verstehe, dass es einen guten Grund für getrennte Schlafzimmer gibt. Geben Sie vor, mich zu hassen. Auf diese Weise müssen Sie keine Trauer vortäuschen, wenn Sie mich im Januar umbringen.«

Er klang so endgültig. Louisa schätzte, dass er recht hatte – irgendwie hatten sie die Rollen getauscht. War sie nicht einer »echten« vorgetäuschten Ehe mit ihm abgeneigt gewesen? Sie war in Hinsicht auf unnötige Zuneigung steinhart gewesen. Und jetzt wollte sie ihn nur noch auf das Bett ziehen und ihn küssen.

Überall.

Louisa rieb sich die Handgelenke. »Wir sehen uns unten. Soll ich Ihnen einen Diener zum Ankleiden schicken?«

Charles schnaubte.

»Das ist dann wohl ein Nein.« Sie räusperte sich. »Vielen Dank für Ihre – nette Hilfe bei meinem Problem. Mir geht es jetzt viel besser.«

»Da freue ich mich für Sie. Jetzt hüpfen Sie schon davon, ja?«

Und Louisa hüpfte. Im Badezimmer pausierte sie lange genug, um den Stöpsel aus der Wanne zu ziehen und das Badetuch aufzuheben, das heruntergefallen war. Als sie sich selbst kurz im Spiegel betrachtete, befand sie, dass sie zu durchgewalkt aussah, um es vor Kathleen verbergen zu können.

Und dann hörte sie einen dumpfen, gequälten Ruf. Ihren Namen, wenn sie sich nicht irrte. *Armer Charles!* Sie hätte ihm dabei helfen können, wenn er sie nur gefragt hätte.

26

Ein heimtückischer Unterton begleitete den Abend, von den obligatorischen Drinks vor dem Abendessen im Zeichenraum bis zum Pudding am Tisch. Charles hatte am Essen und den deutschen Weinen nichts auszusetzen, lediglich an der Gesellschaft, die nur aus der merkwürdigen Familie und Dr. Fentress bestand, der anscheinend zum Inventar gehörte. Sogar Louisa war kleinlaut – die Ausgelassenheit, die sie bei ihm zeigte, war fest unter einem hochgeschlossenen himmelblauen Satingewand verborgen, das nichts von ihrer Schönheit preisgab. Ob sie es vermied, Hugh oder ihn selbst zu stimulieren, vermochte er nicht mit Sicherheit zu sagen.

Er war mehr als angeregt. Louisas Geschmack war noch immer auf seiner Zunge, und er hatte keine Ahnung, wie er seinen Beschluss für den restlichen Monat durchhalten sollte.

Keine sexuellen Zusammenkünfte. Es war zwingend notwendig, Distanz zu wahren, denn er konnte es nicht zulassen, noch einmal auf solche Weise benutzt zu werden, ganz gleich, wie delikat Louisa Stratton auch war. Er hatte Gefühle für sie, die sich durch das gelegentliche Fummeln mit ihrer Genehmigung nicht befriedigen lassen würden. Wenn sie keinen Weg sah, ihn zu heiraten – und warum sollte sie auch? Er hatte einer Erbin nicht viel zu bieten – also würde er nicht sein eigenes Herz brechen, indem er immer tiefer in ihren Bann geriet.

Charles saß wieder neben Isobel, aber dankenswerterweise hatte Grace heute Abend Hugh und Dr. Fentress als Tischnachbarn gewählt. Sie hatte ihm beim Anstoßen mit dem Champagner ein sprödes Lächeln geschenkt und ihn dann mit einer Standhaftigkeit ignoriert, die er bewundernswert fand. Er mied Isobels wandernde Hände so gut er konnte, und versuchte, sich mit einer alten Frau zu unterhalten, die einst die Gouvernante von Louisas Vater und Grace gewesen war. Offensichtlich war sie schon keine Gouvernante mehr, als Louisa und Hugh auf die Welt kamen, aber sie wurde noch immer von der Familie unterstützt. Vielleicht war Grace am Ende doch ein Mensch, obwohl er die Bank in Monte Carlo nicht darauf verwetten würde.

Charles sah sich am Tisch um. Einige Blätter waren seit gestern Abend entfernt worden, aber der Tisch war genauso förmlich gedeckt. Da waren Miss Popham, die Gouvernante, der verkrustete alte Großonkel Phillip, der heute am Kopfende saß, Louisa, Miss Spruce, Grace' Sekretärin, Dr. Fentress, Grace, Hugh und die raffgierige Isobel. Einer dieser Leute hatte ihm vielleicht letzte Nacht auf den Kopf geschlagen, auch wenn keiner von ihnen unter dem Kronleuchter gefährlich genug dafür aussah – außer Hugh, der aber nicht zu Hause gewesen war. Natürlich hätte er aber einen der Bediensteten damit beauftragen können, Maximillian Norwich aus dem Weg zu räumen.

Grace tupfte sich die Lippen mit einer Leinenserviette ab. »Gentlemen, wir Ladys werden gehen, damit Sie die langweiligen Angelegenheiten des Tages besprechen können, die das schwächere Geschlecht nur verwirren würden. Sie können wieder zu uns stoßen, wenn Sie die Probleme dieser Welt gelöst haben.«

War Grace Westlake insgeheim etwa eine Frauenrechtlerin? Interessant. Louisa verdrehte die Augen und winkte Charles zu, bevor sie aus dem Zimmer geführt wurde. Als sein Oberschenkel sich endlich von Isobels Aufdringlichkeiten befreit

259

sah, entspannte er sich etwas auf seinem Stuhl. Hugh hob einen Finger, und ein Diener sprang daraufhin auf und brachte Portwein und Walnüsse.

Neben Charles materialisierte sich Griffith mit einem Humidor. »Wünschen Sie eine Zigarre zu rauchen, Mr Norwich?«

Louisa machte sich nichts aus Rauchen. Es war eine ihrer Regeln. Charles schüttelte den Kopf. Die anderen drei Gentlemen hatten keine solchen Skrupel. Schon bald war das Esszimmer blau eingenebelt, und Charles erkannte, dass er ohnehin wie ein Kamin riechen würde.

Ein mürrischer Hugh paffte vor sich hin, der taube Phillip konnte sich mit niemandem unterhalten, also war Dr. Fentress an der Reihe, Freundlichkeiten auszutauschen. »Also, Mr Norwich, was halten Sie von Rosemont? Ich habe gehört, dass Sie es heute bei einem Ausritt erkundet haben.«

»Es ist ein bemerkenswerter Ort. Kannten Sie Louisas Großvater?«

Der Doktor nickte. »Ich habe auf seine Einladung hin meine Praxis eröffnet. Ich kam frisch von der medizinischen Universität, als George Stratton auf mich zukam. Seine Frau kränkelte, und er wollte jemanden haben, auf den er sich verlassen konnte. Er war oft in der Stadt und hatte Sorge, Louisa hier allein zu lassen. Also, das war die Großmutter Ihrer Louisa – sie wurde nach ihr benannt, aber das wissen Sie wahrscheinlich. Seither stehe ich in den Diensten dieser Familie. Ich habe auch Ihre Frau entbunden.«

»Haben Sie auch Mrs Westlake entbunden?«

Fentress zuckte zusammen. Es musste eher seltsam sein, eine quasi romantische Beziehung zu einer Frau zu pflegen, die man selbst aus dem Geburtskanal gezogen hatte. »In der Tat. Aber nicht ihren Bruder Byron – der war ein paar Jahre älter. Und auch nicht den jungen Hugh hier. Mrs Westlake wohnte damals auf Marbury Court, dem Anwesen des Viscount Marbury in Herefordshire. Der verstorbene Mr Westlake war der Bruder des Viscounts.«

»Lassen Sie diese gynäkologischen Unterweisungen, Doktor. Norwich wird nicht lange genug hier sein, um zum Stammbaum der Strattons beizutragen«, feixte Hugh.

»Nicht? Warum sagen Sie so etwas, Westlake?«, fragte Charles milde.

»Sie werden Louisas Possen bald satthaben. Oder sie wird Sie satthaben. Dr. Fentress hier kann Ihnen sagen, dass sie nicht ganz richtig im Kopf ist. Hysterisch. Das stimmt doch?«

Der Doktor untersuchte die rubinfarbene Flüssigkeit in seinem Glas. »Das kann ich ohne nähere Untersuchung nicht sagen. Vielleicht hat sie sich in diesem letzten Jahr verändert. Aber ohne Frage war sie überspannt, bevor sie fortging. Impulsiv. Sie war eine große Belastung für die arme Grace. Manchmal musste ich ihr Medikamente verschreiben, damit sie wieder zu Verstand kam.«

»Sie haben sie unter Drogen gesetzt, um sie ruhigzuhalten.«

»Aber, aber, Mr Norwich. Das ist höchst unfair. Louisas manische Episoden stellten eine Gefahr für sich selbst und den Haushalt dar. Ihre Tante handelte nur im besten Interesse. Wir verstehen Louisa. Sie kennen Sie erst seit wann, ein paar Monaten? Wir kennen sie schon ihr ganzes Leben lang. Und Sie denken, Sie lieben sie. Ich denke, die Liebe trübt die Sinne. Wenn man verliebt ist, kann man keine klaren Entscheidungen treffen.«

Das war im Falle des Doktors sicher richtig, da er sich selbst von Grace Westlake am Gängelband herumführen ließ.

»Liebe. Bah. Das Mädchen ist verrückt.« Phillip überraschte sie alle, als er sich in die Konversation einmischte.

Hugh lachte säuerlich. »Da stimme ich dir zu, Onkel Phillip.«

261

»Was sagtest du?«, bellte der alte Mann zurück.

»Ich sage, ich stimme dir zu. Louisa ist verrückt, und so etwas wie Liebe gibt es nicht. Was immer Sie für meine Cousine empfinden, wird nicht von Dauer sein, Norwich. Sie sollten besser das Angebot meiner Mutter annehmen, bevor Ihnen Louisa noch das Herz bricht.«

Charles war fasziniert. Es war, als wäre er wie Alice durch ein Kaninchenloch in eine andere Realität gefallen. Diese Menschen, die angaben, sie so gut zu kennen, beschrieben eine Louisa, die er nicht wiedererkannte. Ja, sie war impulsiv, eigentlich skandalös, als sie Charles angebettelt hatte, sie von ihrer sexuellen Frustration zu erlösen. Als sie wie der Teufel durch die Hügellandschaft geritten war. Als sie sich unter ihm auflöste. Aber das war es, was er an ihr mochte – ihre Ehrlichkeit. Ihre Energie. Ihre Verletzlichkeit.

Aber was, wenn er das falsche Ende des Stabs in der Hand hielt? Charles musste zugeben, dass er von der Erbin geblendet war. Vielleicht war er nicht sonderlich gut, wenn es um das Einschätzen von Charakteren ging. Seine Erfahrungen in Afrika hatten seine Perspektive monatelang verzerrt. Jahrelang.

Charles brachte mit der Fingerspitze eine Walnuss auf dem Tischtuch zum Drehen. »Ich lasse es darauf ankommen, Gentlemen. Ein Monat mit Louisa ist ebenso gut wie ein Leben. Wir werden sehen, was das neue Jahr bringt.«

»Wenn Sie so lange leben. Sie sollten sich besser vorsehen. Ihre Gattin kann gut mit einer Pistole umgehen.«

Charles sah interessiert auf. »Sie klingen, als hätten Sie schon Ihre Erfahrungen damit gemacht, Westlake.«

»Das Mädchen hatte mehrfach versucht, mich umzubringen. Sie ist gefährlich.«

»Es klingt, als hätten Sie etwas getan, das ihren Zorn auf Sie zog.«

»Wer weiß schon, was bei Louisa der Auslöser ist? Sie ist unausgeglichen.«

Laut Louisa hatte Hugh versucht, sie wiederholt zu kompromittieren. Schade, dass Louisa ihm nicht eins mitten zwischen seine goldbraunen Augen versetzt hatte. »Ich denke, es braucht mehr als ein Mädchen mit einer Pistole, um mich umzubringen. In Afrika sah ich mich einer stärkeren Feuerkraft gegenüber.« Charles bemerkte seinen Fehler sofort.

Hughs Augenbrauen erhoben sich. »Afrika?«

»Auf Safari«, sagte Charles schnell. »Vor Jahren. Löwen.«

»Mir war nicht bewusst, dass sie Löwen mit Pistolen ausstatten«, gluckste der Doktor.

»Da haben Sie recht. Ihre Zähne und Klauen reichen aus, um einen rechtschaffenen Mann abzuschrecken. Aber einige der anderen Jäger waren unerfahren«, improvisierte Charles. »Sorglos. So kam es zu meiner Verletzung.« Scheiße. Sollte er nicht ein Boxer sein? Zu spät, um jetzt einen Rückzieher zu machen. Maximillian, der große weiße Jäger, warf sich eine Walnuss in den Mund und hoffte, weitere Fehltritte vermeiden zu können.

»Welch interessantes Leben Sie doch geführt haben«, sagte Dr. Fentress. »Ich schätze, im Vergleich zu den Löwen in der Savanne ist unsere Louisa verhältnismäßig harmlos.«

»Ich bin sicher, dass der alte Max hier bereits ihre Zähne und Klauen zu spüren bekommen hat«, feixte Hugh, und Charles unterdrückte das Verlangen, ihm die silberne Schüssel mit den Walnüssen ins Gesicht zu werfen.

»Ich kann im Hinblick auf meine Ehe nicht klagen«, sagte Charles und hoffte, damit weitere abfällige Bemerkungen über Louisa im Keim zu ersticken.

»Es ist ja noch frisch«, antwortete Hugh. »Aber sagen Sie hinterher nicht, wir hätten Sie nicht gewarnt.«

Charles stand auf. »Ich habe jetzt genug von diesem männlichen Kameradschaftsgeist. Ich muss Sie warnen, Westlake, wenn Sie mich oder meine Gattin weiterhin beleidigen, reicht meine christliche Wohltätigkeit vielleicht nicht mehr aus, und ich werde Sie noch vor Weihnachten aus dem Haus werfen. Sie haben keinen offiziellen Stand hier in Rosemont, außer den als Louisas Peiniger in ihrer Kindheit. Und als Sie aufwuchsen, waren Sie kaum besser – man könnte sogar sagen, noch viel schlimmer, indem Sie versuchten, ein unschuldiges Mädchen in Ihr Bett zu drängen.«

Hughs Gesicht rief rot an. »Blödsinn! Wenn Louisa Ihnen das erzählt hat, hat sie gelogen. Wie gewöhnlich. Und überhaupt war sie jahrelang keinesfalls unschuldig – es ist ein Wunder, dass sie noch nicht geworf –«

Der Rest seines Satzes endete, als Charles um den Tisch herumging und Hugh einen Schlag auf seine aristokratische Nase versetzte. Er fiel rückwärts auf seinen Stuhl, der mit einem dumpfen Schlag umkippte. Der Mann ähnelte einer Schildkröte auf dem Rücken, wobei er frenetisch mit den Beinen strampelte, um sich wieder aufzurichten. Charles kümmerte es nicht, ob er es schaffte. Er schloss die Tür zum Esszimmer mit einem Knall und machte sich auf zum Zeichenraum.

Heute Abend gab es keine Musik, nur Louisa, die armselig allein am Fenster stand und eine Tasse lauwarmen Tee in Händen hielt. Die anderen Frauen hatten sich auf dem Sofa und den Stühlen zusammengerottet.

»Komm sofort mit mir nach oben, meine Liebe«, sagte er und streckte ihr eine bedauerlicherweise blutbespritzte Hand entgegen.

Grace kreischte, aber Louisa zuckte nicht einmal mit der Wimper. »Natürlich, Max, Darling. Ich bitte die Damen, mich zu entschuldigen.«

»Was haben Sie getan?«, flüsterte Louisa, als sie die Treppe hochliefen.

»Nur das, was sein musste. Ihr Cousin wird eine Weile keine Rosen oder Sonstiges mehr riechen können.«

Louisa stolperte auf der Stufe, und er fing sie auf. »Sie haben ihn *geschlagen*?«

»Das habe ich. Es tut mir leid, wenn Ihnen das nicht passt, aber er war unerträglich.«

»Er ist immer unerträglich. Wären wir in einem anderen Jahrhundert, würde er ständig Duelle austragen. Ich hätte ihn gern etliche Male aufgespießt.«

»Keine Duelle. Auch keine Boxwettkämpfe. Was mich daran erinnert, dass ich offensichtlich irgendwo in Afrika auf Safari war, wo irgendein Idiot mein Auge verletzte.«

Dieses Mal blieb Louisa still auf der Treppe stehen und sah ihn an. »Ich habe meiner Tante erzählt, dass es im Boxring passiert ist.«

»Ich weiß. Ich habe zu spät daran gedacht, um die Geschichte aufrechtzuerhalten. Lügen entspricht wohl nicht meinem Naturell, fürchte ich.« Was war mit Louisa? Hatte Hugh recht, indem er sie beschuldigte? In der Tat hatte sie sich Maximillian Norwich ohne Schwierigkeiten erträumt. Was, wenn alles, was sie ihm erzählte, *ihre* Wahrheit war, aber nicht *die* Wahrheit?

Hier war sie wieder, die Zungenspitze, und dazu gerunzelte Augenbrauen in ihrem besorgten Gesicht. »Vielleicht vergisst Tante Grace es wieder.«

»Das ist unwahrscheinlich. Grace kommt mir nicht wie jemand vor, der über Details hinwegsieht. Nun, jetzt kann ich nichts mehr dagegen tun. Wir können wohl schwerlich erzählen, dass eine Granate zu nah neben mir einschlug. Was würde Maximillian Norwich denn mitten in einem Krieg machen? Besser, dass ich auf der Jagd nach Elefanten oder Ähnlichem war.«

Sie stolperte wieder auf der Treppe. »Sagen Sie nie, dass Sie ein wehrloses Tier töten würden.«

»Gewiss nicht. Ich ziehe es vor, Menschen zu erschießen, aber nur, wenn diese bewaffnet sind und auf mich schießen. Und wo wir gerade dabei sind. Was denken Sie wohl, woher Ihr Pelzmantel und Ihr Pelzmuff stammen?«

»Charles!«

»Still. Die Wände haben Ohren. Irgend so ein Diener könnte hinter diesem Vorhang auf dem Absatz lauern. Kommen Sie. Wir schließen uns ein, bevor Hugh die Treppe hochkommt, um mich herauszufordern.« Er packte Louisa am Ellbogen und eilte mit ihr die Treppe empor.

Sobald sie in ihrer Suite waren, schloss er methodisch alle Türen ab, die zum Flur führten, und vorsichtshalber schob er auch noch Möbelstücke davor. Louisa ging vor der Feuerstelle im Wohnzimmer auf und ab.

»Kathleen wird nicht hereinkommen können.«

»Na und? Wozu brauchen Sie sie?«

»Sie – sie hilft mir beim Auskleiden.«

Charles sah Louisa an. Ihr blaues Kleid hatte einige Satinknöpfe, die den Rücken hinabliefen. »Das kann ich übernehmen.«

»Oh. Für gewöhnlich plaudern wir auch ein wenig. Über den Tag. Sie ist meine beste Freundin, wissen Sie?«

»Sie werden stattdessen mit mir reden müssen. Obwohl ich weiß, was tagsüber alles passiert ist.« Er war so ziemlich die Hölle gewesen.

»Meinen Sie nicht, Sie sollten sich die Hand waschen?«

Das hatte Charles ganz vergessen. Er musste Louisa zugutehalten, dass sie nicht direkt in Ohnmacht gefallen war, als er mit dem Blut von Hugh Westlake an den Händen in den Zeichenraum gestürmt war. Er lief durch ihr Schlafzimmer ins Bad, übersah dabei aber nicht das pinkfarbene Spitzennachthemd, das auf der Tagesdecke ausgebreitet lag, wahrscheinlich durch die teuflische Kathleen dort platziert, um ihn vollends um den Verstand zu bringen. Sich vorzustellen, wie Louisa darin aussah und wie sie es abstreifte, war zu irritierend, um dem Gedanken weiter nachzuhängen.

Charles schrubbte Hugh mit brutaler Nachhaltigkeit von seinen Händen. Wenn er klug war, würde er in sein Zimmer gehen und die Tür verriegeln. Aber irgendwo während der vergangenen zwei Tage war sein Verstand auf der Strecke geblieben, und schließlich musste er auch noch eine Reihe Knöpfe aufknöpfen.

27

Sie waren sicher verbarrikadiert, wobei Louisa sich ohnehin nicht vorstellen konnte, dass Hugh hinter Charles hersteigen würde. Hugh war sicher eben in diesem Moment bei seiner Mutter, um zu petzen. Sie stellte sich ihre beiden goldenen Köpfe im flackernden Kerzenlicht vor, wie sie sie zusammensteckten und Pläne gegen sie schmiedeten.

Louisa hatte vorausgeahnt, dass ihre Rückkehr nach Rosemont nicht angenehm verlaufen würde, aber irgendwie hatte sie dabei nicht an Faustschläge und versuchten Mord gedacht. Glücklicherweise hatte sie ihren Brief an Mrs Evensong abschicken können, sodass es nur eine Frage von Tagen war, bis alles geklärt werden konnte. In der Zwischenzeit könnten sie und Charles ihr eigenes kleines Königreich in der Suite ihrer Eltern einrichten. Es gab keinen Grund, weshalb sie die Mahlzeiten mit den anderen einnehmen sollten – sie konnte sich das Essen bringen lassen. Das wäre dann fast wie in alten Zeiten, als sie wochenlang wegen geringfügiger Vergehen in ihrem Zimmer eingesperrt worden war.

Dieses Mal jedoch sperrte sie sich selbst ein.

Charles kam vom Händewaschen zurück und hatte Jackett und Weste abgelegt. »Ich könnte einen Schlummertrunk brauchen. Haben wir irgendwas hier oben?«

Bevor Mrs Evensong ihn engagiert hatte, hatte er seine Alkoholabhängigkeit erwähnt. War das Arbeiten für Louisa derart anstrengend, dass er schon nach zwei Tagen Abstinenz wieder abglitt?

Wahrscheinlich war es das.

Zwei Tage. Das war bislang alles, und zusätzlich ein paar Stunden in seiner Pension und Tee in der Mount Street. Louisa konnte kaum glauben, dass in solch kurzer Zeit so viel passiert war. Sie hatten sich einander anvertraut. Tauschten körperliche Intimitäten aus. Entkamen einem Anschlag. Jetzt hieß es, sie beide gegen den Rest der Welt oder zumindest gegen die Bewohner von Rosemont.

Sie öffnete den Eckschrank. Er war gut bestückt mit Brandy, Whiskey und mehreren Flaschen Madeira. »Wir haben Glück. Suchen Sie sich Ihr Gift selbst aus.«

»Gibt es vielleicht auch Gin?«

»Leute wie wir trinken keinen Gin.«

»Aber ich bin nicht Leute wie wir, Lulu.« Er ging damit zu einem vertrauteren ›Du‹ über.

»Bitte nenne mich nicht bei diesem schrecklichen Namen.« Sie nahm einen Korkenzieher, den Wein und zwei Stielgläser. Das war harmloser als die stärkeren Schnäpse. Sie hatte kein Interesse daran, Charles betrunken zu erleben – wenn er sie wirklich beschützen wollte, wie er es versprochen hatte, sollte er lieber bei klarem Verstand sein. Ihre Hände zitterten ein wenig beim Einschenken. Charles stand vor dem Sprossenfenster und starrte auf den schwarzen Ozean und den noch schwärzeren Himmel.

»Bitte schön. Zum Wohl.«

»Auf uns. Die wirklichen ›uns‹, nicht ›Leute wie wir‹.« Charles hob das Glas und leerte es in einem Zug. »Ich frage mich, was morgen auf uns zukommen wird.«

»Nichts, hoffe ich. Wir können den ganzen Tag hierbleiben und es uns gemütlich machen.« Wobei die Gegenwart von Charles Cooper keine echte Entspannung versprach.

Er drehte sich zu ihr um. »Was meinst du damit?«

»Wir müssen nicht runtergehen.« Sie versuchte ein freches Grinsen aufzusetzen. Er sollte ruhig denken, dass sie versuchte, ihn zurück in ihr Bett zu holen.

Charles runzelte die Stirn. »Du willst dich verstecken?«

Louisa nickte in dem Wissen, dass sie ein Feigling war.

»So ein Unsinn. Ich lasse dich doch nicht den ganzen Tag hier in der Suite Trübsal blasen. Wir haben Sachen zu erledigen.«

»Haben wir das?«

»Ja. Hat dich Reverend Whosit nicht gebeten, für den sonntäglichen Gottesdienst die Blumen zu arrangieren? Wir können morgen hinüberreiten – auf einem ordentlichen Pferd – und uns nicht der Gnade deines mörderischen Chauffeurs aussetzen. Und während wir im Dorf sind, sollten wir Weihnachtsgeschenke für Grace und Hugh kaufen.«

»Das ist nicht dein Ernst.«

»Gibt es hier etwa keine Kohleklumpen? Ich habe nicht viel von der High Street mitbekommen, als uns Robertson vom Bahnhof abgeholt hat, aber ich schwöre, dass ich mindestens eine Kohlenhandlung gesehen habe.«

Er neckte sie wieder. Wenn er sie so wie jetzt ansah, wollte sie ihn nur noch küssen.

Aber das half nichts. Damit waren sie fertig.

Aber das wollte sie eigentlich gar nicht.

»Ich denke nicht, dass du weiterkämpfen solltest. Man wird dich noch für unzivilisiert halten.«

Charles setzte sein Glas ab. »Und das bin ich auch. Ich kann nicht danebenstehen und sie solche Beleidigungen verbreiten lassen wie du, Louisa. Sie machen mich so wütend.«

»Vielen Dank.«

»Danke mir erst, wenn wir sie los sind. Im Übrigen, hast du nicht erzählt, dass Hugh an der Universität geboxt hat? Vielleicht sollte ich ihn herausfordern. Der Verlierer verlässt Rosemont.«

»Nein!« Louisa hatte kein Interesse daran zuzusehen, wie Charles' hübsches Gesicht zu Brei geschlagen wurde. Sie bezweifelte, dass sich ihr Cousin sportsmännisch verhalten würde.

»Wie du wünschst. Aber ich bin willens, für dich in den Ring zu steigen.«

Sie legte eine Hand auf seinen Arm. »Ich könnte es nicht ertragen, wenn dir noch mehr passieren würde. Ich fühle mich noch immer so schuldig wegen des Unheils von letzter Nacht.«

»Ich habe einen harten Schädel. Ebenso hart wie manch andere Stellen an mir«, murmelte er.

Sie wusste, dass Charles in der Tat sehr hart werden konnte. Jetzt, da sie dieses Bild im Kopf hatte, tauchte es mit peinlicher Häufigkeit immer wieder vor ihr auf. Louisa schreckte hoch, als jemand am Türknauf rüttelte. »Kathleen?«

»Ja, Miss Louisa. Ich kann die Tür nicht öffnen.«

»N-nein. W-wir haben uns eingesperrt aufgrund der Vorkommnisse der letzten Nacht. Dort draußen könnten Schurken lauern.«

Auf dem Flur war es auffallend still geworden. Dann sagte ihre Zofe: »Brauchen Sie etwas von mir?«

»Ich denke, wir kommen selbst zurecht. Vielen Dank.« Louisa wartete darauf, dass sich Kathleen zurückzog, und fühlte sich ein wenig komisch, mit ihr durch die Tür gesprochen zu haben.

Stattdessen hörte sie sie aufgeregt rufen. »Sie müssen mich reinlassen, Miss Louisa. Und dann denke ich, dass Sie mich feuern werden.«

»Wie bitte?«

»Öffnen Sie die Tür, und ich werde alles erklären. Oh, Robbie wird mich umbringen. Ich habe unser Leben ruiniert.«

Louisa sah Charles verwirrt an. Er nickte und schob den Stuhl von der Tür fort.

Kathleen trat ein, und ihr Gesicht war so weiß wie ihr gestärktes Häubchen. »Sie beide sollten sich lieber setzen. Bitte.« Sie stand vor dem Feuer und verknotete ihre Hände.

Louisa setzte sich auf einen Stuhl, während Charles sich auf dem grauen Sofa niederließ. Louisa hatte ihre Zofe noch nie derart nervös erlebt, außer als Beifahrerin in ihrem Wagen.

»Ich habe etwas Schreckliches getan, Miss Louisa, und ich schulde dem Captain eine Entschuldigung. N-niemand wird Sie mehr verletzen. Das war mich. Ich meine, das war ich.«

Charles' Hand wanderte zu seinem Hinterkopf. »*Sie* haben mich niedergeschlagen?«

Ihr sommersprossiges Kinn hob sich. »Es geschah zwar nicht durch meine eigene Hand, aber auf meine Anweisung. Ich wollte doch Miss Louisa beschützen. Ich konnte sehen, dass da etwas zwischen Ihnen vorging, und ich dachte, wenn Sie einen kleinen Unfall hätten, würden Sie kein Interesse mehr an solchem Firlefanz haben.«

»Firlefanz?«

»Sie wissen, was ich meine, Sir. Aber Ihre Verletzung hat sie nicht davon abgehalten –«, Kathleen lief tiefrot an und fuhr dann fort, »ihren animalischen Impulsen nachzugeben. Es war genauso, wie ich es befürchtet hatte. Ich – ich bin zurückgekommen, um zu sehen, ob es Ihnen gut ging, und hörte, wie Sie beide es wie die Hasen miteinander trieben.«

»Kathleen!« Louisa war fassungslos über diesen Verrat. Ihre Vertraute hatte Charles beinahe umgebracht und verglich sie mit einem Nager! Machten Hasen beim sexuellen Verkehr überhaupt irgendwelche Geräusche? Louisa dachte eher, dass sie nur schrien, wenn sie umgebracht wurden. Es musste ein schreckliches Geräusch sein, wie das Jammern eines Babys.

Sie musste einen Gärtner oder so fragen, war sich aber ziemlich sicher, dass sie gestern Nacht keine Geräusche dieser Art gemacht hatte.

Obwohl sie in diesen beiden kurzen Tagen ihre Contenance vollkommen verloren hatte. Alles schien möglich zu sein, außer ihren wirren Gedanken zu folgen.

Zeit, sich zu konzentrieren. War sie wütend auf Kathleen? Oh ja, das war sie.

Charles hingegen sah amüsiert aus. »Dachten Sie, ich sei so ein halbseidener Don Juan? Darauf aus, aus Ihrer Mistress einen Vorteil zu schlagen, ihr Herz zu brechen und ihr Bankkonto zu plündern?«

Louisa hatte Kathleens selbstgerechtes Gesicht in den letzten fünf Jahren viele Male gesehen, und hier war es wieder. »Sie sehen so gut aus, Sir, und Miss Louisa ist nicht immer vernünftig. Wenn Sie wüssten, was sie in diesem letzten Jahr alles angestellt hat, wären Sie auch besorgt.«

Es wurde immer schlimmer. »Sprich nicht von mir, als sei ich nicht anwesend!«, schrie Louisa.

»Verzeihen Sie, Miss. Aber wissen Sie, Sie neigen dazu, ab und zu Fehler zu machen. Ich habe nur versucht, Sie zu beschützen. Man hat mir erzählt, dass der Captain Sie beim Dinner geküsst hat. George, der Diener sagte, er dachte, er würde Sie gleich direkt auf dem Tisch vor allen Gästen vernaschen. Sündhaft sei es gewesen. Unanständig. Ich liebe Sie wie eine Schwester – mehr noch, denn einige meiner Schwestern sind gehässige Katzen, und Sie waren immer gut zu mir. Ich war eine Närrin, dass ich die beste Anstellung, die ich je haben konnte, auf diese Weise riskierte, aber ich wollte nicht, dass Sie verletzt werden.«

»Also haben Sie stattdessen entschieden, mich zu verletzen.« Charles sprach mit bemerkenswert ruhiger Stimme, so als ob er jede Nacht Schläge auf den Kopf bekäme.

»Es tut mir leid, Captain Cooper. Mr Norwich. Was auch immer.«

»Wer war dann Ihr Komplize? Robertson?«

Kathleens Augen bohrten sich in den Teppich. »Ich möchte das wirklich nicht sagen.«

»Das haben Sie aber schon getan«, entgegnete Charles. »›Robbie wird mich umbringen‹ waren, glaube ich, Ihre Worte auf dem Flur. Ich schätze, er hat das Polieren des *Daimlers* ebenso ausreichend lange unterbrochen, um Schrauben in die Pferdedecke zu stecken.«

»Ich habe ihn nicht angewiesen, das zu tun! Das war seine eigene Idee.«

»Ein einfallsreicher Kerl. Er dürfte es im Leben noch weit bringen. Nun, Louisa, was machen wir nun mit diesen Missetätern? Ich gestehe, dass ich gern Hugh wegen der Verbrechen drangekriegt hätte – das enttäuscht mich etwas.«

»Wie können Sie das so ruhig hinnehmen, Sir?«, fragte Kathleen. »Was wir getan haben, war hundsgemein. Das weiß ich jetzt. Sie sind nicht von der schlechten Sorte.«

»Ich weiß Ihr Vertrauen zu schätzen, Kathleen. Es ist irgendwie eine Erleichterung zu erkennen, dass ich nicht dazu verdammt bin, in Rosemont zu sterben. Ich habe momentan eigentlich überhaupt kein Interesse daran. Danke, dass Sie mich beruhigt haben.«

»Ich werde dann anfangen zu packen. Aber bitte, Miss, haben Sie Mitleid mit Robertson. Er wollte es wirklich nicht tun.«

»Packen!« Louisa schluckte schwer. Was würde sie ohne Kathleen machen? Auch wenn Charles ihr bei den Knöpfen helfen konnte, würde er in ein paar Wochen weg sein. Und gleich, ob sie ihr böse war oder nicht, Kathleen war wirklich ihre einzige Freundin.

»Ja, Miss Louisa. Ich erwarte kein Zeugnis. Und wenn Sie entscheiden, mich verhaften zu lassen, kann ich das verstehen. Aber Robbie ist nahezu unschuldig.«

Charles verdrehte die Augen. »Kathleen Carmichael, Sie sind eine ganz schöne Sirene, nicht wahr? Sie locken Männer in ihr Verderben.«

»Nicht Männer, Captain. Nur einen. Robbie und ich wollen heiraten. Wenn ich gehe, würde er wahrscheinlich kündigen und mir nachreisen. Ich weiß noch nicht, wie wir klarkommen werden –«

»Oh, halt die Klappe, Kathleen. Du gehst nirgendwohin. Und du denkst, *ich* sei halb verrückt. Deine Idee war absurd! Was, wenn Charles ernsthaft verletzt worden wäre? Captain Cooper ist keine Gefahr für mich.«

Was war das für ein Mordsding! In nur zwei Tagen war Charles nicht nur in ihren weiblichen Kern, sondern auch in ihr Herz vorgedrungen. Was lächerlich war. Sie kannte den Mann kaum.

»Es tut mir so leid, Miss Louisa. Captain. Ich sorge dafür, dass Ihnen niemals mehr etwas geschieht. Ich habe bereits mit Robbie gesprochen, und er fühlt sich noch schuldiger als ich. Er liebt mich, wissen Sie, und er würde alles für mich tun, sogar wenn es gegen seine Prinzipien verstößt.«

»Du bist eine glückliche Frau«, sagte Louisa herb.

Aber so war sie einfach. Charles Cooper war bereit, ihr bei jeder Sache zu helfen, um die sie ihn bat – außer bei einer. Außerdem hatte er sie auch gebeten, ihn zu heiraten. Vielleicht sollten sie eine Doppelhochzeit feiern. Ein gackerndes Lachen platzte in die Anspannung, die sich seit letzter Nacht in Louisa aufgebaut hatte. Charles und Kathleen sahen sie alarmiert an, aber als Louisa erst einmal zu lachen angefangen hatte, konnte sie nicht mehr aufhören.

Sie war umgeben von Menschen, die sie mit Gewalt schützen wollten, und sie dachten, *sie* sei die Verrückte hier. Elemente einer französischen Burleske und einer gotischen Intrige hielten ein Stelldichein – kein Wunder, dass sie seit ihrer Rückkehr aus dem Gleichgewicht geraten war. Sie befand sich im falschen Stück.

Kathleens schlanke Hand drückte auf ihre Schulter. »Setzen Sie sich, Miss Louisa. Ich hole Ihnen einen kalten Lappen, um Sie zu beruhigen.«

»Es ist schon in Ordnung, Kathleen. Ich kümmere mich um Ihre Mistress.«

»Und ich weiß genau, wie sehr«, sagte Kathleen schroff. »Nur weil ich nicht vorhabe, Sie weiterhin außer Gefecht zu setzen, bedeutet das nicht, dass ich es gutheiße, wenn Sie mit ihr verkehren.«

Charles war nicht mehr amüsiert. »Ich werde keinen ›Verkehr‹ mit ihr haben! Ich habe ihr mein Wort gegeben, sie nicht wieder anzurühren, und ich glaube nicht, dass ich Ihnen gegenüber diesen Schwur ebenfalls ablegen muss.«

»Seid still«, hickste Louisa von ihrem Stuhl.

»Vielleicht sollte ich etwas von Dr. Fentress' Elixier in eine heiße Tasse Tee für sie mischen.«

»Nur zu. Setzen Sie sie unter Drogen, damit sie nicht mehr weiß, wo oben oder unten ist. Das sollte sein Übriges tun«, sagte Charles mit offensichtlichem Sarkasmus. »Kein Wunder, dass sie so unglücklich ist.«

Louisa wischte sich die Tränen von den Wangen. »Still jetzt. Ich bin nicht unglücklich!«

»Dann eben hysterisch.«

»Das bin ich nicht! Jedem wäre das irgendwie –« Was genau war es? »– zu viel. Ich möchte, dass ihr mich beide allein lasst. Keine kalten Lappen, keine Elixiere. Und gewiss keine körperliche Liebe. Ich kann mich um mich selbst kümmern, das habe ich immer getan. Geht weg!«

Weder Kathleen noch der Captain bewegten sich einen Zentimeter, sie starrten sie nur besorgt an. Was wäre nötig, damit sie ihr gehorchten?

»Du bist entlassen, Kathleen. Zumindest für heute Nacht. Und Ch… Charles, ich entlasse dich aus meinem Dienst. B-bitte geh packen, Robertson kann dich morgen früh zum Zug bringen. Ich werde sagen, dass wir gestritten haben. Und dann schicke ich mir nach ein oder zwei Tagen selbst ein Telegramm. Du wirst in London einen unglücklichen Unfall erleiden. Ein verquerer Raub auf der Straße. Maximillian würde seine Börse nicht so einfach hergeben – es war die seines Vaters, aus dem Leder einer sehr seltenen Kuhrasse. Das Familienwappen der Norwiches war darauf eingeprägt –«

»Nein.« Das Wort wurde unisono von Zofe und Mann gesprochen, auch wenn Charles es mehr brummte.

»Ich bringe sie zu Bett, Captain Cooper. Wenn sie sich solche Geschichten ausdenkt, weiß ich, dass sie Gehirnfieber hat. Solch eine Vorstellungskraft. Ich bin sicher, dass sie einmal ihren Babys wundervolle Geschichten erzählen wird, aber jetzt ist sie sehr müde.«

»Ich bin nicht müde«, sagte Louisa mürrisch. *Und ich habe keine Babys, denen ich Geschichten erzählen kann.* Nicht, dass sie jemals zuvor groß an Kinder gedacht hätte – sie würde ja schließlich nie heiraten –, aber plötzlich erschienen sie ihr nicht mehr ganz so klebrig und unangenehm. Ein dunkelhaariger Junge, ein Mädchen mit goldenem Haar – oh, was war nur mit ihr los? Charles hatte recht. Sie *war* hysterisch.

»Zumindest sollten Sie heute Nacht gut schlafen können«, sagte Charles in beschwichtigendem Ton, der ihr den letzten Nerv raubte. »Keine Eindringlinge, richtig, Kathleen? Robertson wird wie ein guter Junge in seinem Quartier bleiben, und am Morgen fühlen wir uns alle mopsfidel.« Er ließ sie dort sitzen und fing an, durchs Zimmer zu gehen, um die Hindernisse vor den Türen zu entfernen. Sie konnte hören, wie Möbelstücke gerückt wurden und im Nebenraum klapperten.

Mopsfidel. Ha. Louisa funkelte ihre Zofe an. »Ich weiß nicht, ob ich dir vergeben sollte.« Sie hoffte vielmehr, hier oben mit Charles für die nächste Zukunft gefangen zu sein.

»Es tut mir wirklich leid. Wir wollten Sie nur davor schützen, einem Mitgiftjäger zum Opfer zu fallen. Normalerweise sind Sie vor solchen Männern auf der Hut, aber der Captain scheint Sie zu interessieren. Habe ich recht?«

Louisa fühlte, wie ihr Gesicht heiß anlief. »Er ist ein sehr interessanter Mann.«

»Und auch gut im Bett, oder?«

»Kathleen!« Sie hatte nicht wirklich viel, um ihn vergleichen zu können, aber sie war sich ziemlich sicher, dass sich keine gesunde Frau über die Liebkosungen eines Charles Cooper würde beklagen können.

»Nun, passen Sie auf. Sie wollen doch keine Familie gründen. Sie haben wohl keines dieser schlauen Mensinga-Diaphragmen, von denen wir in Deutschland gehört haben – das hätten Sie mir gesagt.«

Louisa hielt sich zurück, sich die Finger in die Ohren zu stecken. »Du hast recht. Ich bin erschöpft. Bitte bring mich zu Bett.«

Sie versuchte gleichgültig zu bleiben, obwohl Charles nie zu ihr oder ihrem Schlummertrunk zurückkehren würde, während sie in einem prüden Nachthemd am Ankleidetisch saß, Kathleen ihre Haare bürstete und zu einem Zopf flocht. Sobald ihre Zofe endlich gegangen war – nachdem sie ihr unzählige langweilige Geschichten über die Talente von Robbie Robertson erzählt hatte –, machte sich Louisa auf den Weg durch das Badezimmer und drehte zögerlich am Türknauf des Captains. Er gab nicht nach. War vor ihr verschlossen.

So, wie es sein sollte.

28

Samstag, 5. Dezember 1903

Zumindest würde er nicht den ganzen Tag in der Suite mit Louisa eingesperrt sein und der Versuchung unterliegen, ihrem Bett zu nahe zu kommen. Niemand war darauf aus, ihn umzubringen, dachte Charles, als er sich mit seinem Rasierer in die Wange schnitt. Das konnte er ganz gut auch selbst erledigen. Er tupfte das Blut mit einem makellos weißen Handtuch ab und hoffte, er würde dadurch nicht den dauerhaften Zorn der Waschfrau in Rosemont auf sich ziehen.

Er war fast fertig mit Bluten und Ankleiden, als Louisa an seiner vorsichtshalber abgeschlossenen Tür rüttelte.

»Charles, das Frühstück wurde ins Wohnzimmer gebracht.« Sie klang munter. Herrisch. Die alte Louisa Stratton war zurück.

»Vielen Dank. Ich werde gleich bei dir sein.« Er hatte sich in seinen Reiteranzug geworfen, in der Annahme, dass es ihnen beiden guttun würde, vom Anwesen wegzukommen und das Dorf zu besuchen. Er verstand nichts von Blumen, aber er konnte danebenstehen und zusehen, während sie Sachen in die Vasen in der Sakristei der Kirche steckte.

Als er mit dem Sitz seiner Krawatte zufrieden war, ging er durch die Korridortür hinaus und den Flur entlang bis zum Wohnzimmer – nur für alle Fälle, falls Louisa noch leicht bekleidet in ihrem Zimmer saß. Der Duft nach Würstchen hätte ihn angelockt, auch wenn er sie heute Morgen gar nicht hätte sehen wollen.

Er wurde durch den Anblick von silbernen Speiseglocken und seiner ›Gattin‹ belohnt. Da waren noch zwei weitere Leute im Raum. Ein Diener, heute einmal nicht William, arrangierte das Essen auf dem Tisch vor dem Fenster unter den wachsamen Augen einer schlanken, distinguiert aussehenden älteren Dame. Die fehlende Haushälterin, vermutete Charles. Er setzte ein sachliches Gesicht auf und bereitete sich darauf vor, ihr sein Beileid auszusprechen, sobald man sie einander vorgestellt hatte.

Louisa saß vor dem lodernden Feuer und trug eine hübsche, burgunderfarbene Reitgarderobe. Sie hatte sich also an sein Vorhaben erinnert. Es war ein weiterer herrlicher Tag Anfang Dezember, noch milder als am Tag zuvor, hatte er gedacht, als er eine Weile zuvor die Nase aus dem Fenster gesteckt hatte. Draußen schien es wärmer zu sein als in diesem Haus, das einem Mausoleum glich.

»Nochmals guten Morgen, Darling«, sagte Charles und schaltete auf Maximillian-Modus.

»Max!«, sagte sie mit aufgesetzter Fröhlichkeit. »Darf ich dir Rosemonts bewährte Haushälterin vorstellen, Mrs Lang. Mrs Lang, mein Gatte Maximillian Norwich.«

Charles streckte die Hand aus. »Ich bin höchst erfreut, Sie kennenzulernen, Mrs Lang, und ein Kompliment an Sie für den hervorragenden Zustand, in dem sich das Heim meiner Gattin befindet. Und mein Beileid für den Verlust Ihrer Mutter.«

Mrs Langs Mutter musste wahrlich uralt gewesen sein. Die Haushälterin war selbst von Falten gezeichnet. Sie nickte hoheitsvoll zurück, ergriff aber nicht seine Hand. Zweifelsohne schüttelte ein Maximillian Norwich einer Bediensteten nicht die Hand, also steckte Charles seine Pranke zurück in die Tasche.

»Vielen Dank, Sir. Und Glückwünsche zu Ihrer Hochzeit.«

Die Frau lächelte nicht, also konnte Charles nicht sehen, ob die Schrulle noch alle ihre Zähne hatte. Er erinnerte sich daran, dass Louisa ihm erzählt hatte, die Haushälterin stünde auf der Seite von Grace. Also hatte es wohl nur wenig Sinn, sie zu umgarnen, bis sie ihre Zähne zeigte. Er würde dieser Frau nur allzu gern einen Tritt in ihr knochiges Hinterteil versetzen, wenn das weniger Kopfschmerzen für Louisa bedeutete.

»Das Frühstück sieht köstlich aus, Mrs Lang«, sagte Louisa und ging zu dem Tisch mit der Leinentischdecke. »Bitte senden Sie der Köchin unser Kompliment. Wir können uns dann wie gestern selbst bedienen. Bist du ebenso hungrig wie ich, Max?«

»Hungriger.«

»Brauchen Sie oder Ihr Gatte noch etwas? Das Personal steht Ihnen zur Verfügung. Mrs Westlake hat mir erzählt, Sie wollen ein paar Änderungen in Rosemont einführen.«

»Nichts, was *Sie* betrifft, Mrs Lang«, sagte Louisa rasch. Du meine Güte, Louisa hatte Angst vor ihrer eigenen Haushälterin. Und Charles ebenfalls.

Als die Bediensteten weg waren, fühlte Charles, wie sich sein Rücken etwas entspannte. Merkwürdigerweise war er eher besorgt darüber, dass ihn die Belegschaft von Rosemont als Betrüger entlarven könnte. Die Klassenunterschiede waren in der britischen Gesellschaft derart tief verwurzelt, dass jeder seiner Vokale schon suspekt erschien. Er hatte hart daran gearbeitet, seine Herkunft aus der Arbeiterklasse und seinen Akzent zu verbergen, aber den rauflustigen Jungen in sich konnte er nie ganz auslöschen.

Er setzte sich und bemerkte, dass Louisa künstliche Farbe auf ihre Wangen aufgetragen hatte. Er hatte ebenfalls eine mittelmäßige Nacht verbracht, hatte sich eingebildet, er könne jeden Seufzer und jedes Rascheln von Bettlaken durch drei Türen hindurch hören. Hatte sie sich mit verhindertem Verlangen ebenso selbst berührt wie er? Bei dieser Geschwindigkeit würde er bis zum Ende des Monats auf beiden Augen blind sein.

Aber er hatte nicht vor zu gehen. Nicht bevor Louisa die Oberhand über ihren Haushalt erlangt hatte, auch wenn das bedeutete, dass auf seinen Händen Haare wuchsen. Nicht, dass er an solchen Unsinn glaubte. Die Jungs in Harrow hätten wie Affen ausgesehen, wenn solche Märchen wahr wären.

Er spießte zwei Würstchen von der Platte auf. Wieder einmal gab es mehr Essen, als zwei Leute auch nur annähernd vertilgen konnten. Louisa butterte sich nur ein perfekt geschnittenes Toastdreieck und mied Fleisch und Eier.

»Du wirst noch in Ohnmacht fallen«, sagte Charles und reichte ihr ein Glas Himbeermarmelade.

»Das bezweifle ich. Hast du jemals bemerkt, wie viel Leute wie wir essen?«

»Schon wieder ›Leute wie wir‹.«

»Du weißt, was ich meine. So viel Essen wie das hier kann nicht gut sein.«

»Hast du mir nicht erzählt, dass deine Tante irgend so eine Schlankheitskur gemacht hat?«

»Sie ist fanatisch, was ihre Figur angeht. Eine Zeit lang aß sie nur grüne Sachen.«

»Ich schätze, dadurch wurde sie ans Bett gefesselt und war zu schwach, um gemein zu sein.« Charles schob sich ein Stückchen Wurst in den Mund. »Eine Armee hat ohne Fleisch keine Kraft, weißt du?«

»Ich habe nichts gegen eine saftige Keule einzuwenden, nur nicht zum Frühstück.«

»Du solltest wirklich eines der Würstchen probieren. Sie sind sehr gut. Da ist irgendein Gewürz drin, das ich nicht herausschmecken kann.«

»Die Köchin macht sie selbst. Ich habe ihr dabei zugesehen. Man sollte nie beim Wurstmachen zusehen.«

Charles lachte. »Du kennst dich also in der Küche gut aus?«

»Das würde ich nicht sagen – ich bin keine Köchin, obwohl ich glaube, dass ich es im Wasserkochen und Ausrollen von Plätzchenteig mit den Besten aufnehmen könnte. Als ich jung war, habe ich viel Zeit in der Küche verbracht, aber als ich älter wurde, hielt ich mich mehr im Gewächshaus auf. Ich sollte es dir zeigen, bevor wir uns auf den Weg machen. Griffith hat mir erzählt, dass er sich persönlich mithilfe des leitenden Gärtners um meine Pflanzen gekümmert hat.« Ihre Augen ruhten auf der Keramikvase, die sie als Hochzeitsgeschenk bekommen hatte und die noch immer auf der Fensterbank stand. »Wir können das hinunterbringen. Ich bin sicher, dass irgendetwas umgetopft werden muss.«

»Du hast also einen grünen Daumen.«

»Und ebenso meine anderen Finger«, sagte Louisa grinsend und wackelte mit ihnen hin und her. »Mich um meine Pflanzen zu kümmern, ist die einzige häusliche Fertigkeit, die ich habe. Ich kann weder malen noch singen oder Klavier spielen. Und Nähen kam ohnehin nie infrage.«

Was ihn anbelangte, könnte sie femininer nicht sein. Charles nahm sich ein weiteres Würstchen. »Ich habe dich singen hören, schon vergessen? Du bist gar nicht so schlecht.«

»Das Bad hat eine ausgezeichnete Akustik. All die Fliesen. Und mit Weihnachtsliedern kann man nichts falsch machen.«

Sie frühstückten gemütlich, und Louisa ließ sich noch ein wenig Obst und eine kleine Schale Porridge schmecken, während sich Charles durch die Eier und Pilze bis zum letzten Würstchen futterte. Er mochte es vielleicht etwas übertrieben haben, aber in Kürze würde er ausreichend Bewegung haben. Bis er nach Rosemont gekommen war, hatte er über einen langen Zeitraum auf Rationen gelebt, teilweise aus Geldnot, meist aber mangels Appetit. Nichts außer seiner Ginflasche und das ersehnte Auslöschen von Erinnerungen hatte ihn interessiert. Und wenn er daran dachte zu essen, hatte er auf Dosenfutter und schwachen Tee zurückgegriffen, den er auf einem Spirituskocher in seinem Zimmer bei Mrs Jarvis zubereitete. Er hatte es sich nicht leisten können, ihr Geld für Verpflegung zu zahlen, auch wenn die Düfte aus ihrer Küche mehr als einladend gewesen waren.

Sobald er hier fertig war, würde er genug Geld haben, um sich eine angemessene Unterkunft zu mieten. Da es so schien, dass er sich letztendlich doch nicht selbst umbringen würde, könnte er auch George Alexanders Angebot einer Anstellung annehmen. Charles war sich nicht sicher, wofür er qualifiziert war, aber er war willens, hart zu arbeiten und seine Tage mit etwas Nützlichem zu füllen.

Was würde Louisa in einem Monat machen? Würde sie zurück in Paris oder Wien oder Berlin sein – oder bis zum Hals im Gewächshaus stecken, mit schmutzbefleckter Schürze bei dem sturen Versuch, eine Zwiebel zum Blühen zu bringen? Die arme Pflanze würde keine Wahl haben, als sich zu beugen und nach ihrem Wunsch zu gedeihen.

Wie er es getan hatte. Sie war eine Naturkraft, hatte ihn aus seiner Finsternis geholt und ihn mit ein paar besonnenen Sätzen und einer Wolke aus Veilchen wieder zurück auf seine Füße gestellt.

Er schob sich zögerlich vom Tisch zurück. Sie war heute Morgen entspannt gewesen – sie hatten wie alte Freunde miteinander geplaudert. Wie Eheleute eben. Aber das sollte nicht sein, trotz seines überstürzten Antrags.

»Dann zeig mir mal deinen Dschungel.« Er hob das Pflanzgefäß von der Fensterbank auf und klemmte es in seine Armbeuge. Jetzt, da er es genauer betrachtete, sah er, dass es nicht bemalt, sondern mit winzigen Mosaiksteinchen beklebt war. Das Muster mutete arabisch an und war recht hübsch, das leuchtende Blau stand in Kontrast zum reinen Weiß. Der Orientalismus hatte im letzten Jahrhundert Furore gemacht – das hatte er in seinem Buch über Kunstgeschichte gelesen.

Als er Louisa nach unten in den üppigen Innengarten folgte, wurde ihm auch bewusst, warum die Belegschaft die Vase ausgesucht hatte. Die am Haus anschließende Wand war mit blauen und weißen Fließen dekoriert, gelegentlich unterbrochen durch einen Hauch von Grün. Vögel, Blumen und Blätter fanden zueinander und wiederholten sich im Muster, wobei die detailgetreue Darstellung recht bemerkenswert war. Ein flacher Teich war in den Boden eingelassen und schimmerte im Sonnenlicht, reflektierte das Design. Kleine Feuerschalen waren entlang des Klinkerbodens angezündet, und drei lange Tische, die sich unter Pflanzen bogen, waren der Länge nach in dem Gebäude aufgestellt. Die Fenster waren mit weißen Eisenornamenten verziert, und das Glasdach wölbte sich gen Himmel. In dem Raum war es heiß genug, dass man sich hätte ausziehen und in den kleinen Teich springen können.

»Oh! Der Brunnen ist abgestellt«, sagte Louisa. »Es ist so beruhigend, hier drin zu arbeiten, wenn er läuft.«

Charles pfiff durch die Zähne und setzte die schwere Vase auf einem Tisch ab. »Das ist umwerfend. Es ist beinahe wie eine Art Kirche.«

»Die Kathedrale der Heiligen Orchidee? Das sind nämlich meine Lieblingsexemplare. Orchideen sind bekanntermaßen schwierig, und ich habe mehr verloren, als ich zählen kann. Aber ich glaube, Griffith hat fantastische Arbeit geleistet. Das Gewächshaus war eigentlich das Einzige, was ich während meiner Abwesenheit an Rosemont vermisst habe.« Sie berührte

mit ihrer behandschuhten Fingerspitze ein blasses Blumen-
blatt von etwas, das Charles nicht kannte. »Ich schätze, ich sollte ein paar Blumen für den Altar schneiden. Die Rosen sollten
sich gut machen, und ich werde sie mit Grünzeug und Bändern
und ein paar getrockneten Gräsern kombinieren.«

Sie nahm eine Gartenschere und einen Korb aus einem
ordentlich eingeräumten Regal und ging zu einer Reihe ein-
getropfter Rosenbüsche, die am südlichen Fenster standen.
Charles sah zu, wie sie die geschlossenen Rosenknospen ab-
schnitt und sie sorgfältig in den Korb legte. Das helle Sonnenlicht umspielte dabei ihren Körper. Er vermisste ihre Reithosen, aber es wäre ein weiterer Skandal für sie, wenn sie damit
in die Kirche ging.

»Ich werde nur eben die Stiele einwickeln, und wir können
los.«

Die Luft war feucht und dicht – zu dicht –, und plötzlich
fühlte sich Charles benommen. Er bekam eine Tischkante zu
fassen und schnappte nach Luft. Hitze drang in seine Lungen
vor und erinnerte ihn an Afrika. Eine Palme in einer Ecke ver-
vollständigte die Illusion, irgendwie schwangen ihre Wedel in
der stillstehenden Luft. Das Sichtfeld seines guten Auges ver-
schwamm, dann tanzten winzige schwarze Flecken einen dä-
monischen Freudentanz. Ein scharfer Schmerz durchzog seinen Körper und teilte ihn entzwei. Zu viele Würstchen. Das
geschah ihm recht, dass er so ein Vielfraß war. Aber verflixt, sie
hatten so gut geschmeckt.

Louisa stand am Waschbecken am anderen Ende des Raums
und merkte nicht, wie er zu Boden glitt. Großer Gott, er fiel in
Ohnmacht wie eine gotische Heldin. *In Ohnmacht.* Er rutschte
auf den Klinker und schützte seinen Kopf mit einem Arm vor
dem Aufprall. Er hatte also noch etwas Verstand übrig, aber nur
herzlich wenig. Sein Magen verkrampfte sich, und er fühlte,

wie ihm die Galle aufstieg. Er würde sein Frühstück wieder loswerden, und das keine Minute zu früh, falls das die Agonie lindern würde, die von ihm Besitz ergriffen hatte. Am besten drehte er sich auf die Seite, damit er nicht an seinem eigenen Erbrochenen erstickte – es wäre nicht sehr schön, Louisa ohne Schutz zurückzulassen. Die Klinker konnten abgespritzt werden, gleich dort gab es einen Abfluss –

Charles konnte nicht mehr denken, während er unter den Tisch rollte und auf den Boden würgte, bis er den schrecklichen Inhalt seines Magens auf eine Maximillians unwürdige Art ausspie.

29

Louisa schreckte durch ein merkwürdiges Gurgeln hinter sich auf. Sie drehte sich um, aber Charles war verschwunden.

»Max? Es ist nicht der richtige Zeitpunkt, Verstecken zu spielen.« Sie drehte den Hahn zu, bündelte die Rosen in ein feuchtes Tuch und rollte sie sachte in braunes Papier. Dann band sie sie mit dem Bindegarn, das sie zum Einsetzen ihrer Pflanzen benutzte, zusammen. »Können wir gehen?«

Das Sonnenlicht schien durch das Dach, und Staub wirbelte durch die Luft. Charles saß in keinem der Korbstühle und untersuchte auch nicht die Schalen auf den Tischen. »Max? Charles?«

Da war es wieder, dieses feuchte Geräusch, und dann hörte sie ihn. »H-hier unten.«

»Was meinst du? Wo bist du?«

»Boden. Ich s-sterbe.«

»Das tust du nicht!« Louisa ließ das Päckchen fallen und ging um den ersten Tisch herum. Mitten unter dem Tisch, so sah es aus und roch es auch, lag Charles in einer Pfütze aus Erbrochenem. »Charles! Du bist krank!«

Sie sank auf die Knie und empfand sofort Mitgefühl. Louisa hatte noch nie gut mit den Gerüchen und Zuständen in Krankenzimmern umgehen können. Auch auf ihrem Weg über den Kontinent hatte sie sich in Düfte hüllen müssen, um immer an ihren Handgelenken und einem Taschentuch schnüffeln zu können, um die unenglischen Gerüche zu übertünchen, die so manch fremder Körper ausdünstete. Nun, technisch gesehen

289

war *sie* der fremde Körper gewesen, aber ihre Nase war äußerst speziell. Sie drückte sie jetzt zusammen und dachte an Sommerrosen. Dachte ganz fest daran. Viele Rosen in zügellosen Farben, die ihren Duft verströmten, üppige Blüten, die nichts mit den Stücken unverdauter Würstchen gemein hatten, vor denen sie schnell die Augen verschloss.

»Kannst du aufstehen?«

»N-nicht sicher. Kopf. Magen. Messer.«

»Oh, du Armer. Aber ich hatte dich vor all dem Fleisch gewarnt.«

»Keine Belehrungen.«

»Soll ich nach einem Diener rufen?«

»Maximillian Norwich würde sich nie in einem solchen Zustand vorfinden lassen.«

»Vergiss Maximillian Norwich.« Charles' Gesicht hatte die Farbe von Wollziest, der Gartenstaude. Dieses eigentümliche Graugrün wirkte bei einer Pflanze beruhigend, aber beunruhigend bei einem Menschen. Louisa musste ihn einfach von dort fortbewegen, bevor sie sich um den Ärmsten kümmern konnte – sein Mageninhalt erinnerte mit dem starken Geruch an seine Fressgier. »Wenn du nicht stehen kannst, solltest du vielleicht zumindest ein Stück von deiner momentanen Position wegrutschen.« Sie bedeckte ihr Gesicht mit einem Ärmel und atmete verzweifelt Wolle und Veilchen ein.

Er gluckste. »Wie bei einem Manöver. In Deckung gehen. Sie kriegen mich nicht. Sie haben es auch nicht geschafft, als ich es wollte.« Er machte ein paar Schussgeräusche, die sie alarmierten.

»Was immer du schaffst.«

Der arme Charles kroch langsam wie ein Tausendfüßler davon. Wie schafften es Menschen, Kranke zu pflegen? Natürlich hatte ihr der Anblick seiner Wunde letzte Nacht nichts ausgemacht, und auch nicht, als er die Nacht zuvor Hughs Blut an seinen Händen hatte, wenn man so will. Louisa war nicht gänzlich mutlos, stellte sie fest, und kämpfte gegen den Würgereiz an. »Noch ein Stück weiter, wenn du kannst.« Die nächste Grafschaft wäre gerade recht.

Sie stand auf und ging zurück zum Waschbecken, machte ein Handtuch nass und wusch sich zunächst ihr eigenes Gesicht damit ab. Sie riss die Rosen auf und atmete tief ein, eine steckte sie für alle Fälle in ihr Mieder. Er hatte sich weit genug den Gang zwischen den Tischen entlanggeschleppt und kollabierte. Sie kniete sich auf den Boden, um ihm das Gesicht abzuwischen und seine Stirn zu fühlen. »Kein Fieber.«

»Wenig Erbarmen. Mir geht es nicht gut, Louisa. Ich glaube – ich glaube, ich wurde vergiftet.«

Louisa ließ beinahe Charles' Kopf auf den Klinkerboden fallen. »Was? Sei nicht albern! Kathleen versprach keine weiteren Tricks.«

»Vielleicht war es dieses Mal nicht Kathleen. Ich habe mir nicht gerade viele Freunde gemacht. Da sind sie ja, die Teufel.« Er deutete in die Richtung einer großen Schefflera Arboricola.

»Es waren nur die Würstchen, Charles. Wie viele hast du gegessen? Sechs? Sieben? Jeder würde darunter leiden.«

»Acht, aber was macht das schon. Ich sehe dich doppelt. Nicht deutlich, muss ich hinzufügen. Deine Kanten sind unscharf. Alles bewegt sich. Sieh mal – kannst du das Tischbein nicht sehen? Es steht nicht still. Pass auf herabstürzende Pflanzen auf. Oh Gott.« Charles kicherte. Er kicherte, als ob er niedergeschlagen worden wäre und den Verstand verlor.

»Das ist nicht komisch, Charles.«

Er lachte nur lauter. »Weißes Licht, so, so hell. Ich brauche ein paar dunkle Gläser wie diese Frau Evensong. Um dich besser zu sehen. Du bist ein Engel, Louisa. Wenn auch ohne

Flügel. Aber beim Jupiter, deine Titten machen das alles wieder wett. Flügel sind im Bett nur hinderlich. Federn kitzeln. Titten aber, das ist etwas ganz anderes. Weich und prall. Wie Pfirsiche. Ich will dich küssen, mein Liebling.«

Louisa wich vor seinem Atem zurück. »Erst wenn du ein Minzblatt gekaut hast.« Oder vielleicht besser gleich die ganze Pflanze. Was war nur über ihn gekommen? Seine Symptome waren nicht denen einer Magenverstimmung ähnlich, wie sie sie kannte. Er wirkte beinahe … betrunken. Albern. Amourös, wenn sie seine Aufmerksamkeit am wenigsten wünschte.

»Ich werde dich bis in die nächste Woche hinein ficken. Ganz, ganz hart.«

Und ganz eindeutig wusste er nicht, was er da sagte. Er hatte beschlossen, sie nicht mehr zu berühren, und sie war sicher, dass er ein Mann war, der zu seinem Wort stand, sosehr sie sich auch wünschte, er wäre es nicht. »Denkst du, du kannst aufstehen?«

Sein Augenlid schloss sich mit einem Flattern. »Keine Chance. Dein Schoß ist so bequem.«

»Wie dem auch sei, ich werde dich zurück auf den Boden legen und nach Hilfe klingeln.« Sie zog ihre Reitjacke aus und keilte sie unter seinen Kopf. Etwas unsicher stand sie auf, zog an der Glocke neben der Tür und betete um eine schnelle Reaktion.

Ein ihr unbekannter Diener kam herein, einer der neuen Angestellten, die Tante Grace angeheuert hatte. »Ja, Mrs Norwich.«

»Ich habe ein Problem. Meinem Gatten geht es nicht gut.« Und er war nicht Herr seiner Sinne. »Sie werden William holen müssen, damit er Ihnen hilft, ihn nach oben zu tragen. Bitte benachrichtigen Sie Mrs Lang, damit sie ein paar Mädchen schickt, die den Boden reinigen, und schicken Sie die Köchin so bald wie möglich nach oben in unsere Suite.« Niemand sonst sollte von den verdächtigen Würstchen essen, sonst würde es ihnen wie Charles gehen. »Ich brauche auch eine Kanne starken Tee. Und vielleicht ein schmerzstillendes Mittel.«

Der Diener schniefte und kräuselte die Nase. »Ja, Madam.«

Kathleen konnte ihr dabei helfen, Charles zu entkleiden – wenn sie dieses Mal wirklich unschuldig war. Louisa würde es schon bald herausfinden.

Die nächste Viertelstunde war betriebsam. Während die Männer ihn durch das Haus trugen, zitierte Charles aus deftiger Dichtkunst. Er bestand darauf, dass die Diener auf dem Absatz stehen blieben, damit er die gemusterte Tapete näher betrachten konnte, die laut seiner Aussage zu ihm sprach.

Kathleen war gerade dabei, das Zimmer ihrer Mistress aufzuräumen, als sie hereinstürmten, und schwor, dass sie und Robertson nichts mit Charles' bizarrem Verhalten zu tun hatten. Sie sah ebenso besorgt aus, wie sich Louisa fühlte. In dem ganzen Gewühl zogen sie ihm den Reitanzug aus und steckten ihn in einen mit Monogramm versehenen Seidenpyjama. Sobald er schließlich sicher mit einer Schüssel in Reichweite in ihrem Bett verstaut war, wies Louisa William an, nach Dr. Fentress zu schicken, der zufällig ihrer Tante seinen täglichen Besuch abstattete.

»Was halten Sie von meinem Arsch, Kathleen, jetzt, da sie ihn gesehen haben?«, nuschelte Charles.

»Absolut erstklassig, Sir, nichts falsch daran«, antwortete Kathleen und verdrehte dabei die Augen. »Männer. Sogar wenn sie nicht bei Sinnen sind, können sie ihre Aufgeblasenheit nicht lassen«, flüsterte sie.

»Was kann er nur haben? Er meint, er sei vergiftet worden«, flüsterte Louisa zurück.

»Das kann schon sein. Wenn er Fieber hätte, würde das seine

Wahnvorstellungen erklären, aber er ist fast kalt. Seine Augen sehen seltsam aus.«

»Mein Auge, meinen Sie«, sagte Charles fröhlich, sein Gehör war so gut wie immer. »Aber ich sehe sicher nicht so komisch aus wie ihr Mädchen. Wusstet ihr, dass ihr Käfer in eurem Haar habt? Kleine pinkfarbene Spinnen, denke ich.«

Louisa bändigte ihren Impuls, schreiend zum Spiegel zu laufen. Er sah Dinge, die nicht existierten. Hörte Dinge, die kein Geräusch machten. Sagte Dinge, die er normalerweise nicht sagen würde.

»Ich würde mich am liebsten noch einmal übergeben. Ich sollte mir einen Finger in den Hals stecken –«

»Nein!«, schrie Louisa. »Dr. Fentress wird gleich hier sein. Und ich habe auch Tee bestellt.«

»Ein Mädchen wie du denkt wahrscheinlich auch, eine Tasse guter englischer Tee kann den Tripper heilen.«

»Charles!« Mein Gott, er war doch nicht erkrankt, oder? Sie hatte davon gehört, dass Leute durch die Syphilis verrückt wurden. Aber sicher hätte Mrs Evensong so etwas erkannt.

»Max«, korrigierte er sie. »Du vergisst unser kleines Spiel. Ich bin nur ein Schauspieler, der nach deiner Lust und Laune angeheuert wurde.«

Oje. Was, wenn er das in seinem derzeitigen Stadium der Verwirrung vergaß? Dr. Fentress würde direkt zu Tante Grace laufen.

»Versuch einfach ruhig zu bleiben, Max. Schließe die Augen, dann siehst du nichts, was dich beunruhigt.«

»Auge, meinst du. Und du bist das Einzige, was mich beunruhigt«, sagte er und lachte manisch. Aber er schloss sein blaues Auge.

Er sah vollkommen unschuldig aus, mit einem kleinen Schnitt auf seiner Wange, wo er sich beim Rasieren geschnitten hatte. War die Klinge vielleicht rostig gewesen, und er hatte sich eine Blutvergiftung zugezogen? Man verlor doch nicht den Verstand, wenn man zu viele Würstchen gegessen hatte.

Dr. Fentress trat ohne zu klopfen ein. »William sagt, wir haben einen Notfall. Aber ich sehe, dass der Patient schläft.«

»Tue ich nicht«, sagte Charles und öffnete sein Auge.

»Was ist denn das Problem, Mr Norwich?«

»Unter Drogen gesetzt, denke ich. Pilze.«

Louisas Mund klappte auf.

»Kann nicht sicher sein. Die Würstchen könnten auch damit verdorben worden sein. Schmeckten anders. Aber die Halluzinationen sind die gleichen, wie wenn man eine bestimmte Art Pilz zu sich genommen hat. Als ich ein Junge war, habe ich einmal meine Großmutter auf dem Land besucht. Die Brüder und ich haben Pilze gesammelt und wurden krank. Kann mich nur noch daran erinnern, dass sich Fred einen Ast lachte, und Fred ist normalerweise niemand, der viel lacht.«

Himmel! Charles konnte seinen Zustand erstaunlich eloquent beschreiben. Dr. Fentress nickte. »Ich erinnere mich an einen Fall, über den in einem alten Londoner Medizinjournal berichtet wurde. Lassen Sie nach der Köchin rufen, Louisa.«

»Das habe ich bereits getan. Was können wir tun?«

»Ich werde ihn durchspülen. Kathleen, schicken Sie jemanden runter an den Strand, er soll eine gute Menge Seewasser holen. Das sollte funktionieren. Und dann muss er beobachtet werden, damit er sich oder jemand anderen nicht verletzt. Die Wirkung sollte bis heute Nachmittag nachgelassen haben.«

»Heute Nachmittag!«

Charles grinste sie an. »Wo ist das Problem, Weib? Angst, den Tag mit mir im Bett zu verbringen? Ich will keinen blöden Diener. Ich will dich, mit den pinkfarbenen Spinnen und allem.«

»Ich werde Ihnen helfen, Miss Louisa«, bot Kathleen an. »William kann auf dem Flur warten, falls wir ihn brauchen.« Sie eilte aus dem Zimmer.

Als die Zofe weg war, traten die Köchin und Mrs Lang ein. Das normalerweise rosige Gesicht der Köchin war weiß wie ihre Schürze.

»Oh, Miss Louisa! Ich kann nicht glauben, dass es in meiner Küche Gift gibt.«

»Wir glauben, dass er zum Frühstück ein paar schlechte Pilze gegessen hat. Wo haben Sie die her?«

»Meine Mädchen haben sie im Wald gesammelt, wo sie es immer tun. Es tut mir so leid!«

»Ich gebe Ihnen keine Schuld. Aber wenn noch welche übrig sind, werfen Sie sie bitte weg. Ich habe mich auch über die Würstchen gewundert.«

»Die Würstchen?«

»Ch… Nur weil Max so viele davon gegessen hat. Aber sie sind wahrscheinlich in Ordnung.«

»Ich denke wohl. Sie werden nach meinem speziellen Rezept gemacht, und ich hatte noch nie Beschwerden.«

»Still, Miriam. Niemand macht abfällige Bemerkungen über Ihre Kochkünste. Miss Louisa, ich schätze, nach diesem kleinen Zwischenfall werden Sie Rosemont sicher verlassen und nach Frankreich zurückkehren wollen.«

»Nun, nicht gerade eben jetzt«, fauchte Louisa. Der arme Charles konnte in seinem Zustand nirgendwohin reisen.

»Was können wir tun, um zu helfen?«, fragte die Köchin.

»Ich weiß nicht. Was sollten wir außer Seewasser noch haben?«, fragte Louisa Dr. Fentress.

»Nichts sonst, bis sein Magen geleert ist. Ich bezweifle, dass er so schnell wieder Hunger haben wird, und wenn er isst, sollte es Schonkost sein. Machen Sie es ihm so bequem wie möglich, und haben Sie keine Angst, wenn er merkwürdige Dinge sieht und sagt. Wie Sie wissen, hat er Wahnvorstellungen – er hat Brüder erfunden, obwohl er laut Ihrer Auskunft ein Einzelkind war. Wie der imaginäre Spielgefährte, den Sie hatten, erinnern Sie sich? Wie war noch gleich sein Name … Melvin? Malvern? Meine Güte, ich glaube, es war Maxwell! Was für ein Zufall, dass Sie einen Mann mit beinahe dem gleichen Vornamen geheiratet haben! Ich bleibe heute hier, um ein Auge auf ihn zu haben. Rufen Sie nach mir, wenn Sie mich brauchen.«

Louisa hatte lange Zeit nicht an ihren erfundenen Freund gedacht und hoffte, Dr. Fentress würde auch nicht mehr weiter daran denken. Verdammt! Typisch für ihn, dass er auf sie als kleines Mädchen geachtet hatte, als es niemand sonst im Haus tat. Er war ein gutherziger Mann, wenn man davon absah, dass er unter Grace' Fuchtel stand. Der Doktor schien mehr als erfreut, eine Entschuldigung dafür zu haben, heute mehr Zeit mit ihrer Tante zu verbringen.

Louisa schickte alle fort und platzierte William auf dem Flur. Charles erschien ihr nicht gewalttätig, aber sie könnte vielleicht Hilfe brauchen, um ihn ins Bad zu geleiten. Sie legte eine Hand auf seine Stirn, und sein Auge klappte auf.

»Ich will dich nackt, hier neben mir, wo du hingehörst.«

Sie hatte gedacht, er würde schlafen, er war so ruhig gewesen. »Nicht jetzt, Charles. Wenn es dir besser geht«, log Louisa. Sie würde ihn nicht an Versprechen binden, die er nicht so meinte, weil er sie unter dem Einfluss eines Giftpilzes gesprochen hatte.

»Versprochen?«

»Du könntest deine Meinung ändern. Wenn es dir besser geht.«

Er fasste ihre Hand und hielt sie über sein unberechenbares Herz. »Ich war ein Narr, Lulu. Heirate mich. Bitte.«

Aus ihm sprach nur der Giftpilz. »Das meinst du nicht so.«

»Das tue ich. Wenn ich das überlebe.«

»Natürlich wirst du das überleben. Oh, wo ist Kathleen?«

»Die will ich nicht. Ich will dich. Wusstest du, dass ich noch nie zuvor jemanden wirklich gewollt habe? Und in wen verliebe ich mich dann? In eine Erbin, die meilenweit über mir steht. Komm hier auf die Erde, Lulu. Ich werde den Rest meines Lebens damit verbringen, dich glücklich zu machen.«

Louisas Augen füllten sich mit Tränen. Wenn er nur bei Sinnen wäre!

30

Kathleen, die vielleicht einen Kopf zu viel hatte, schwebte über ihm. Sie trug eine Glasflasche mit einer abscheulich aussehenden, graugrünen Flüssigkeit.

»Ich habe versucht, den meisten Sand abzuseihen.«

»Ich werde es in eine Teetasse füllen. Kannst du dich aufsetzen, Charles?«

Es wäre so viel einfacher, seine Finger in den Hals zu stecken. Jetzt, da er in einer kurzen klaren Phase herausgefunden hatte, was mit ihm los war, waren die Sinneswahrnehmungen, die er empfand, nicht allzu schrecklich. Natürlich war es verwirrend, diese zufällig wiederkehrenden Farbblitze und die wackelnden Objekte zu sehen, aber er hatte das Gefühl, in einem warmen, ruhigen Meer zu schwimmen. Er wollte das Meer nicht wirklich *trinken* müssen, damit er wieder zur Realität zurückfand.

Aber er wollte auch den besorgten Blick von Louisas Gesicht verscheuchen, also schluckte er all das Salzwasser in einem Zug und bat um mehr.

Ein Fehler. Nun, er schätzte, so konnte man es auch sehen – vielleicht war die Spülung notwendig. Er benutzte mehrere Male die Schüssel und hatte Schwierigkeiten mit dem Zielen, da die Hände der armen Louisa so zitterten.

»Lass das Kathleen machen. Du bist nicht für diese Art von Dingen gemacht«, murmelte Charles.

Louisa reichte die Schüssel an Kathleen weiter, die nur geringfügig weniger betroffen aussah als sie, als sie ins Badezimmer davonstürmte. »Ich fühle mich verantwortlich.«

»Warum? Weil ein paar Küchenmädchen die falschen Pilze gesammelt haben? Das könnte jedem passieren.«

Louisa stand vom Bettrand auf und ging zur Fensterbank. Für sein funktionierendes Auge sah sie aus wie ein beleuchteter Weihnachtsbaum, winzige Lichtsalven flackerten um sie herum, wie bei einer dieser Heiligen des zwanzigsten Jahrhunderts, die von den Großmeistern gemalt wurden.

»Ich mag keine Pilze, weißt du. Sie schmecken so gummiartig.«

»Du bist ein wählerisches Mädchen. Keine Würstchen. Keine Pilze.« Sein Magen machte einen polternden Ruck. Kathleen sollte lieber schnell mit dem Becken zurückeilen.

»Was, wenn du absichtlich vergiftet wurdest? In der Küche weiß man über meine Abneigungen Bescheid.«

»Was? Du beschuldigst deine arme Köchin? Die Frau befand sich in einem schrecklichen Zustand.«

»Vielleicht war es ihre Schuld. Oder jemand anderes hat die merkwürdigen Pilze unter dein Frühstück gemischt.«

»Diese Sache mit Robertsons Streich hat dich aus dem Gleichgewicht gebracht. Niemand ist darauf aus, mich zu ›kriegen‹, Louisa.« Und auch wenn es so wäre, hätte Charles gern, dass das Werk endlich zu Ende gebracht würde. Er fühlte sich höchst unwohl. Die Halluzinationen hatten etwas nachgelassen, aber seine Innereien waren in Aufruhr.

Was für eine Verschwendung. Er war im Bett mit einer schönen Frau, beinahe in Griffweite. Der Gedanke an Intimität war zwar verlockend, stand aber momentan auf einer recht langen Liste der Prioritäten ganz unten. »Ich muss aufstehen, Louisa, bin aber nicht sicher, ob ich das kann. Kannst du William zu Hilfe holen?«

* * *

Ein paar Stunden später erwachte Charles endlich aus auffallend angenehmen, wenn auch äußerst verwirrten Träumen in einem dämmerigen, gedämpften Raum. Louisa kauerte in ihrer zerknautschten Reitkleidung in einem Sessel mit einem umgedrehten Buch auf ihrem Schoß. Sie schaute ins Feuer, das ihr Gesicht beleuchtete. Sie hatte noch nie so schön ausgesehen.

»Hallo Lulu.« Seine Stimme klang, als hätte man seine Stimmbänder mit Schleifpapier bearbeitet.

»Charles! Wie geht es dir?«

»Ich sehe dich nur noch einmal, was eigentlich eine Schande ist. Je mehr, desto besser. Was habe ich verpasst?«

Ihre kühle Hand strich über seine Stirn. »Sogar Tante Grace kam herunter, um nach dir zu sehen. Sie will alle Küchenmägde rauswerfen.«

»Das erscheint mir extrem. Ich bin sicher, dass es ein Unfall war.«

»Dr. Fentress wird die Nacht hier verbringen, sollte sich dein Zustand nochmals verschlechtern. Die Köchin hat mich gefragt, was dein Lieblingsessen ist, damit sie dir ein leichtes Abendessen zubereiten kann, aber das wusste ich natürlich nicht. Ich hoffe, du magst Rahmhühnchen und Reispudding. Das schien ihr für einen Kranken angemessen. Hugh hat eine Flasche von seinem besten Brandy hochgeschickt und hofft, dass du dich schnell erholst, damit er dich zu einem Boxkampf herausfordern kann. Ich glaube, du hast ihm die Nase gebrochen – sie sieht aus wie eine Kartoffel.«

»Etwas, auf das ich mich freuen kann.«

»Den Kampf oder das Essen?«

»Beides. Ich denke, ein guter Sparringkampf könnte für etwas klarere Luft hier sorgen. Ich hoffe, dass in dem Reispudding auch Rosinen sind.«

Louisa schloss ihr Buch und stand auf. »Ich kann die Köchin fragen gehen –«

»Bitte geh nicht. Ich ziehe deine Gesellschaft den Rosinen bei Weitem vor.«

Sie setzte sich wieder und klemmte eine lose Haarlocke hinter ihrem Ohr fest. »Geht es dir wirklich gut?«

Charles fühlte sich, als wäre er von innen gesandstrahlt worden. »Ich schätze, da ist kein Gramm Böses mehr in mir. Danke, dass du das mit mir ertragen hast. Das war sicher nicht einfach.«

Louisas Wangen färbten sich rosa. »Ich war nicht sonderlich nützlich.«

»Allein die Tatsache, dass du in der Nähe warst, hat geholfen. Du solltest William eine Gehaltserhöhung geben.«

»Er sagt, er habe seine Brüder nach dem Erntefest schon in übleren Zuständen gesehen.« Louisa glättete ihren Rock, und Charles wünschte sich, sie würde ihm erneut über die Stirn streichen. »Die Köchin sagt mir, dass niemand mehr dein Tablett anfassen darf. Sie fühlt sich schrecklich.«

»Sag ihr, dass alles in Ordnung ist. Ich lebe noch.« Er wackelte kraftlos mit einem Fuß unter der Decke.

»Das kannst du ihr selbst sagen. Sie wird das Abendessen hochbringen – oder zumindest einen Diener begleiten, damit keiner mehr Unheil anrichten kann.«

Trotz seines Nickerchens war Charles zu müde, um auszudiskutieren, dass es sich vermutlich um einen harmlosen Fehler gehandelt hatte. Er zog sich in eine Sitzposition hoch, und in seinem glatten Seidenpyjama machte ihm das nicht viel Mühe. *Seidenpyjama.* Er hatte noch nie etwas Derartiges getragen und war sich nicht sicher, ob er das Gefühl auf seiner Haut mochte. Trotz der maskulinen waldgrünen Farbe und dem großen, goldenen Monogramm schien er eher zu Louisa zu passen.

»Du musst erschöpft sein. Warum ziehst du dich nicht aus?«
Er klopfte auf den freien Platz neben sich. »Wir können im Bett
zu Abend essen.«

»Das wäre nicht angemessen.«

»Wenn Mr und Mrs Maximillian Norwich zusammen im Bett
essen? Natürlich wäre es das.« Charles schenkte ihr ein, wie er
hoffte, zuversichtliches Grinsen.

»Genau das ist es.« Louisa blickte wieder in die Flammen.
»Ich denke, wir sollten die Wahrheit sagen. Du bist erst seit drei
Tagen hier, und jeder Tag hat ein Desaster nach dem anderen
gebracht. Rosemont ist kein glücklicher Ort für dich. Ich denke – ich denke, du solltest gehen. Ich muss selbst Wahnvorstellungen gehabt haben, das Ganze für eine gute Idee zu halten.
Diese Illusion.«

»Louisa –«

»Ich bezahle dir das volle Gehalt«, sagte sie eilig.

»Das Geld ist mir egal.« Und das war es momentan wirklich.
»Wir können aus der Heuchelei etwas Echtes machen, wenn du
willst. Warum heiratest du mich nicht?«

»Das meinst du nicht wirklich.«

»Tue ich nicht? Ich habe dich gestern schon gefragt. Und ich
glaube, irgendwann heute auch schon einmal, als ich nicht bei
Sinnen war. Du brauchst jemanden, auch wenn du das nicht
glaubst.«

Sie stand auf, ließ das Buch auf den Boden fallen und rannte
beinahe zum Fenster. »Ich brauche niemanden! Ich hatte niemals jemanden, mir geht es bestens.«

»Du bist ein stures Mädchen.«

»Ich bin kein Mädchen. Ich bin eine Frau. Und ich brauche
keinen Mann, der mir sagt, was ich brauche und was nicht.« Mit
ihren nervösen Fingern fuhr sie das Muster auf dem dunklen
Glas nach.

Er ging das alles falsch an – was nicht überraschend war, da einer unabhängigen Erbin einen Antrag zu machen nicht zu seinen Spezialitäten gehörte. »Und was, wenn ich dir sagte, dass ich dich liebe?«

Sie drehte sich mit spöttischem Gesicht um. »Ich würde kein Wort glauben.«

»Und warum nicht? Bist du etwa nicht liebenswert?«

»Ich – du kennst mich nicht einmal.«

Charles fragte sich, ob er die Kraft hatte, zum Fenster zu gehen. Er entschied, es zu riskieren, und schwang ein Bein aus dem Bett.

»Was machst du da? Du sollst im Bett bleiben und dich ausruhen.«

»Wenn ich mit dir zusammen bin, Lulu, kann ich mich nicht ausruhen. Und das ist gut so.« Der Raum drehte sich, aber er ging weiter. Als er beim Fenster angekommen war, fasste er ihre Hand, um sich zu stabilisieren. Sie zog sie nicht weg. »Weißt du, dass ich sterben wollte, bevor ich dich traf?«

Ihre braunen Augen weiteten sich. Er könnte die ganze Nacht darin versinken. »W-was?«

»Ich habe dir erzählt, was in Afrika passiert ist. Ich konnte das nicht aus dem Kopf kriegen. Konnte nicht schlafen. Konnte nicht essen. Mir war alles egal. Aber wenn ich bei dir bin, ist mir nicht alles egal. Ich denke nur noch an dich. Du hast mich erobert.«

»D-das ist lächerlich.«

»Wahrscheinlich ist es das. Meine Gefühle ergeben überhaupt keinen Sinn. Wie kann jemand wie ich auch nur hoffen, sein Leben mit jemandem wie dir zu verbringen? Es ist absurd. Wir haben überhaupt nichts gemeinsam. Wenn deine Tante mehr über meine Herkunft erfährt, wird sie ohnehin einen Hirnschlag erleiden.«

»Die Klasse sollte keine Rolle spielen.«

Er küsste ihre Fingerspitzen. »Oh, aber das tut sie, mein naiver kleiner Liebling. Jeder wird behaupten, ich hätte dich deines Geldes wegen geheiratet.«

»Aber wir werden nicht heiraten.« Ihre Worte waren nicht sehr nachdrücklich, und Charles erlaubte es sich, einen Hoffnungsschimmer zu sehen.

»Gib mir eine Woche, um deine Meinung zu ändern. Was könnte schon noch Schlimmeres passieren?«

»Du könntest *sterben*. Und Tante Grace könnte mich wegsperren lassen.«

»Die Prinzessin im Turm. Wenn du meine Ehefrau wärst, würde ich dich retten. Du könntest so leben, wie es dir gefällt – ich würde mich in keinen deiner Pläne, die du dir ausmalst, einmischen – und seien sie noch so verkorkst.« Er nahm sie in die Arme. Sie passte so wunderbar an seinen Körper, dass es die natürlichste Sache der Welt war, sie zu küssen. Er hatte nach seiner letzten Runde über der Schüssel die Zähne geputzt, also gab es keine Einschränkungen, ihren Kontakt auf ein respektvolles Küsschen zu beschränken.

Louisa verschmolz mit ihm, öffnete den Mund, kam ihm mehr als auf halbem Weg entgegen. Charles schmeckte ihre Sehnsucht und ihr Zögern. Er würde ihr beweisen, dass er sie liebte, wenn sie ihm etwas Zeit gab, würde es ihr mit seinem Körper und seinen Taten zeigen. Würde sie ihn körperlich benutzen lassen – er würde jede Waffe in seinem Arsenal verwenden, um sie zu überzeugen, gleich, wie sehr das seinen männlichen Stolz verletzte.

»Ich hatte solche Angst«, sagte sie, als er den Kuss beendete, und ihr Herz pochte wild an seiner Brust. »Du warst ziemlich verrückt. Woher weiß ich, dass dies nicht wieder eine weitere Offenbarung der Pilze ist?«

Charles lachte. »»*Die Offenbarung der Pilze*‹. Das klingt wie ein schauerlicher Thriller. Ich kann dir sagen, dass mein Kopf vollkommen klar ist, zumindest, so klar er eben sein kann, wenn du mir so nahe bist. Du verhext mich.«

»Ich bin nicht sicher, ob das ein Kompliment ist.«

»Oh, das ist es. Louisa, ich bitte dich nicht, deine Selbstständigkeit aufzugeben. Ich denke, du wirst in mir einen verständnisvollen Ehemann haben – ich habe nicht das Verlangen, ständig Anordnungen zu erteilen. Das habe ich zur Genüge in der Armee getan.«

Sie zog sich ein wenig zurück. »Ich kann jetzt nicht richtig denken.«

Gut. Er hoffte, dass er die gleiche Wirkung auf sie hatte wie sie auf ihn. »Du musst mir jetzt keine Antwort geben, gib uns einfach nur weitere sieben Tage, damit wir uns besser kennenlernen können. Ich werde dir davon erzählen, wie mich meine älteren Brüder schikaniert haben, und du kannst mir dein Herz über diesen Bastard Hugh ausschütten.«

»Das habe ich bereits getan. Und es ist nicht so angenehm, in der Vergangenheit zu schwelgen.«

Nein, das war es nicht. Und nur Louisas wegen konnte er sich sogar eine Zukunft vorstellen.

Aber wenn sie ihn zurückwies, würde er sich nicht wieder in sein bisheriges Elend begeben. Er war schwach gewesen, ertrank in Alkohol und Selbstmitleid. All das musste ein Ende haben. Sicher hatte er etwas zu geben, eine Fertigkeit, die man aufbauen konnte.

Und wenn sie bereit war, ihn zu heiraten, konnte er auch nicht einfach nur von ihrem Vermögen leben – er war doch kein Mitgiftjäger. Charles würde irgendeinen Beruf finden müssen.

Mr und Mrs Charles Cooper würden die englische Gesellschaft schockieren. In Bezug auf ihn selbst machte ihm das nichts aus, aber Louisa würde sich durch das Gerede vielleicht verletzt fühlen. Wenn sie Kinder hatten, würden sie ebenfalls Schwierigkeiten haben, sich trotz des Stratton-Vermögens zu etablieren.

Diese Probleme würde man angehen müssen, wenn die Zeit gekommen war. Zusammen, da war sich Charles sicher, könnten sie alles überstehen. Heute Nacht musste er nur Louisa in sein Bett bekommen.

Moment! Er war ja bereits in ihrem – oder würde es zumindest sein, wenn er dahin zurückging und hineinfiel. Welch ausgezeichnete Idee! Er fühlte, wie er schon wieder schwach wurde.

31

Charles hatte sich beim Abendessen etwas erholt, er hatte gesessen und eine gigantische Portion Hühnchen à la Keene in Blätterteig verdrückt, dazu mit Zimt bestäubter Reispudding, in dem so viele Rosinen steckten, dass auch der leidenschaftlichste Rosinenliebhaber zufrieden gewesen wäre. Danach war er aber irgendwie schlapp, reagierte auf Louisas Konversation einen Moment langsamer, als sein scharfer Verstand es für gewöhnlich tat. Zu seinem Schutz, das redete sie sich zumindest ein, war sie einverstanden, dass er wieder in ihrem Bett schlafen sollte.

Kathleen hatte vorgeschlagen, ihn in sein eigenes Zimmer zurückzubringen, und hatte Robertsons Dienste als Wachhund während der Nacht angeboten. Der Chauffeur selbst hatte diese Idee gehabt, um sein vorheriges schlimmes Verhalten wiedergutzumachen, aber Louisa hatte abgelehnt. Sie trug die Verantwortung für Charles.

Und obendrein war es sicher kein Elend, die ganze Nacht neben ihm zu liegen. Er hatte nach dem Abendessen gebadet – allein, obwohl Louisa ihre Hilfe angeboten hatte – und roch köstlich. Außerdem trug er einen frischen gestreiften Seidenpyjama. In Navyblau dieses Mal, was das tiefe Blau seines sichtbaren Auges noch unterstrich. Sie beobachtete ihn, als er sich selbst zum Schlafen zurechtmachte und am Knoten seiner Augenklappe fummelte.

»Kann ich dir dabei helfen?«

»Meine Finger fühlen sich heute an wie Würstchen. Ups, das

grausige Wort. Ich fürchte, ich werde so schnell keines dieser Würstchen mehr hinunterbringen.«

Er saß still, während sie das schwarze Seidenband löste. Sie strich mit einer Fingerspitze über die blassen roten Linien, die die Klappe auf seiner Haut hinterlassen hatte. »Du warst aber auch ein ganz schöner Vielfraß. Und die Natur hat dich von einem Teil des Gifts in deinem Körper befreit.«

»Und das Meerwasser hat den Rest erledigt. Ich gehe vielleicht auch nie wieder schwimmen.« Er drehte die Lampe auf dem Nachttisch herunter, wodurch der Raum nur noch durch das Feuer beleuchtet war.

Louisa würde ihn gern nächsten Sommer schwimmen sehen, wie sein schlanker Körper durch die Wellen glitt. ›Nächsten Sommer‹ würde aber bedeuten, dass er sie davon überzeugt hatte, seinem Werben nachzugeben. Sie könnten dann verheiratet sein, in Rosemont leben, dieses Bett jede Nacht miteinander teilen.

Captain Charles Cooper hätte so einiges zu tun – Louisa hatte den Männern nahezu ein Jahrzehnt lang abgeschworen. Es würde Spaß machen, ihn bei seinen Verführungsversuchen zu beobachten, wobei sie ihm aber sicher nicht mit viel Entschlossenheit widerstehen würde. Er hatte bewiesen, dass er sehr geschickt darin war, ihre Gefühle zu stimulieren, hatte das Verlangen in ihr erweckt, das sie längst für begraben gehalten hatte.

Aber eine Ehe war etwas Endgültiges. Es sei denn, man glaubte an Scheidung, was noch immer teuer und schwierig und skandalös war, trotz all der Auflösungen in der amerikanischen Gesellschaft über dem großen Teich. Besser, man heiratete überhaupt nicht und lebte in Sünde, wenn man an der Treue zweifelte.

Warum konnten sie und Charles nicht einfach eine Affäre haben? Sie könnte einmal pro Monat nach London fahren. Sich

309

im *Claridge's* oder im *Savoy* einquartieren. Dann könnten sie sich ein paar Nächte lang einander hingeben. Keine Ketten. Keine Verpflichtungen.

Charles würde das niemals tun. Er würde denken, dass sie ihn nur benutzte, und damit hätte er wohl auch recht.

Ehe. Louisa zog die Decken auf ihrer Seite des Bettes zurück, als hätte sie das schon seit Jahren so gemacht. Sie empfand eine gewisse Vertrautheit und Behaglichkeit bei Charles, was auf den ersten Blick absurd war. Sie hatte zu ihren Pflanzen eine längere Beziehung gehabt.

Aber in den letzten paar Tagen hatten sie schon so einiges zusammen durchgemacht. Louisa hatte ihn von seiner schlimmsten und von seiner besten Seite gesehen. Und seine beste war gewiss wirklich sehr gut.

»Das ist kuschelig, nicht wahr? Ich kann die Sterne direkt vom Bett aus blinken sehen.«

Charles lag noch immer mindestens dreißig Zentimeter von ihr entfernt, und seine Stimme war leise. Louisa schlängelte sich nach unten, um den Nachthimmel zu sehen. Es war atemberaubend, ganz gleich, ob einem die Konstellationen bekannt waren.

»Es ist eine klare Nacht. Das Wetter war für den Dezember bislang sehr gut.«

»Louisa Stratton. Du hast einen Mann in deinem Bett, und alles, was dir einfällt, ist, über das Wetter zu reden?«

Hinter seinen Worten erkannte sie das durchtriebene Lächeln. »Du erholst dich gerade von einer schrecklichen Tortur.«

»Ich weiß, wie es mir ganz schnell viel besser gehen würde.«

»Wirklich? Woran hast du gedacht?«

Sie erwartete, dass er sich zu ihr drehen und sie in die Arme schließen würde. Aber Charles Cooper war ein Mann der Überraschungen. »Sing für mich.«

»Wie bitte?«

»Meine Mutter hat mir als kleiner Junge immer ein Schlaflied vorgesungen. Bis meine Brüder sich darüber lustig machten. Mich ein Baby nannten. Ich habe meine Mutter gebeten, damit aufzuhören, aber ich glaube, das hat ihr das Herz gebrochen.«

»Wie alt warst du?«

»Vier oder fünf.«

»Aber du *warst* ein Baby!« Louisa war vier gewesen, als ihre Eltern starben. Sie hatte noch am Daumen gelutscht und mit einem schäbigen alten Stoffbären geschlafen. Grace hatte das Spielzeug als ekelhaft bezeichnet und ließ es wegwerfen, und ihre Finger wurden mit etwas abscheulich Schmeckendem eingerieben, damit sie sich den Daumen nicht mehr in den Mund stecken konnte, ohne dass sie würgen musste. Louisa musste Grace für ihre geraden Zähne danken, aber es war ein grausamer Verlust des Selbsttrosts gewesen.

»In meiner Welt war ich schon beinahe alt genug, um arbeiten zu gehen, Louisa. George Alexander hätte mich nicht eingestellt, aber andere schon.«

»Skrupellos. Ich dachte, dagegen gäbe es Gesetze.«

»Vielleicht in der Textilindustrie. Aber Familien müssen essen, und viele Kinder werden ganz früh in Fabriken geschickt. Ich habe mit acht angefangen. Und hatte es nicht leicht, da mein Vater der Vorarbeiter war. Er wollte immer vermeiden, dass ihm jemand vorwarf, er würde mich bevorzugen, weißt du?«

»Armer Charles.«

»Ich wurde ohne Grund am laufenden Band geschlagen, von meinem Vater und von meinen Brüdern. Du siehst also, ich habe ein Lied verdient.«

»Das hast du wohl. Aber ich kenne den Text von all den Schlafliedern nicht.« Sie konnte sich nicht daran erinnern, dass ihr ihre Kinderfrau oft vorgesungen hatte – wahrscheinlich war das auch so eine Sache gewesen, die Grace verboten hatte.

»Da gibt es einen Hinweis – schau mal aus dem Fenster.« Er summte ein paar raue Töne.

»Natürlich.« Sie holte Atem, und ihre sanfte Altstimme durchbrach die Stille.

> *Funkel, funkel, kleiner Stern,*
> *ach wie bist du mir so fern,*
> *wunderschön und unbekannt*
> *wie ein strahlend Diamant.*

> *Strahlend schön am Himmelszelt,*
> *erleuchtest hell die ganze Welt,*
> *Funkel, funkel, kleiner Stern,*
> *ach was haben wir dich gern.*

Es gab noch mehr Strophen, aber sie konnte sich nicht daran erinnern. Also wiederholte sie sich mehrmals, bis sie sich etwas albern vorkam. Charles war ein erwachsener Mann, kein vierjähriges Kind, aber sie spürte, wie sich sein Körper neben ihr entspannte.

»Vielen Dank – das war reizend. Süße Träume, Louisa.« Er machte keine Regung in ihre Richtung.

Nach ein paar Minuten räusperte sie sich. »Willst du keinen Gutenachtkuss?«

»Ich könnte nach einem Kuss nicht aufhören.«

»Wer sagt, dass du das musst?«, fragte sie keck.

»Vergiss nicht, ich soll um dich werben. Dinge langsam angehen lassen. Dich kennenlernen. Ich möchte mich nicht auf dich stürzen – und überhaupt, ich bin vielleicht nicht so gut in Form.« Er rollte auf die Seite und entzog damit seine Lippen.

Louisa könnte die ganze Arbeit machen – das würde sogar ganz gut zu ihr passen. Charles könnte flach auf dem Rücken liegen, und sie würde ihn bis ins Ziel reiten. Aber sie wollte Charles' Sinn für Ehre und Beherrschung nicht anfechten. Sie hatte irgendwie vergessen, wo er in ihrer physikalischen Beziehung stand. Als er nicht bei sich war, gab es keine Frage, was er wollte – nun, er hatte doch dieses ungehobelte angelsächsische Wort verwendet, oder? Sie hatte gezittert, als er etwas davon sagte, sie bis in die nächste Woche hineinficken zu wollen. Das klang äußerst ungezogen, auch wenn die nächste Woche schon morgen begann.

Verflucht, sie würde mit der Familie zur Kirche gehen müssen. Sie hoffte, dass sich jemand anders um die Blumen gekümmert hatte.

Und *jetzt* dachte sie auch noch an Blumen und Kirche statt an den Mann, der hier in ihrem Bett lag.

Louisa lag still und lauschte seinem Atem. Sie war viel zu aufgedreht, um schlafen zu können, die Luft vibrierte förmlich vor Charles' in Seide gehüllter Männlichkeit. Wie sollte sie in einem dunklen Zimmer seinen Gesundheitszustand überprüfen? Er könnte einen Rückfall bekommen, noch mehr schlimme Träume haben. Sie war versucht, das Licht wieder anzudrehen.

Das könnte ihn aber stören – er brauchte seine Ruhe nach dem Tag, den er hinter sich hatte. Morgen würden sie neu anfangen – vielleicht ging es ihm gut genug, dass er sie zu der kleinen Kirche im Dorf aus dem fünfzehnten Jahrhundert begleiten konnte. Es würde keine Unfälle mehr geben, und sie und Charles könnten glücklich bis zum Ende ihrer Tage leben.

Kinderreime und Märchengeschichten. Manchmal steckte man noch immer in der Kindheit, sehnte sich nach Sicherheit und Wärme. Louisa erwartete nicht, solche Dinge in Rosemont vorzufinden, aber sie hatte auch noch nie zuvor Charles Cooper als ihren Verfechter gehabt.

Er wollte sie heiraten und sagte, er würde nicht versuchen, sich in ihr Leben einzumischen. War das überhaupt möglich? Nach ihrer Erfahrung waren die Männer Herr im Haus. Sogar ihr Vater, der ihre Mutter wie verrückt geliebt hatte, hatte das letzte Wort in ihrer Beziehung gehabt. Die Meereslandschaften an der Wand in diesem Schlafzimmer hatte *er* ausgesucht. Sie waren auf *seinem* Boot gestorben. Wenn Grace jemandem den Vortritt ließ, dann war es Hugh, ihr eigener Sohn. Man könnte sagen, die männliche Dominanz war die natürliche Ordnung. Sie waren schließlich größer, stärker, lauter.

Aber eine winzige Biene konnte einen Mann fällen. Louisa fühlte ein unbeirrtes Summen in sich aufsteigen.

»Charles«, flüsterte sie. »Schläfst du? Ich will dich. Nun ja, falls du mich auch willst.«

Sekunden später hatte sie ihre Antwort. Er drehte sich um, sodass er sie ansehen konnte. Sein weißes Lächeln leuchtete im Dunkeln, seine Fingerspitzen berührten ihre Wange.

»Ich dachte schon, du würdest nie mehr fragen. Ich habe mich schon selbst dafür geohrfeigt, dass ich mich zuvor an meine Tugend geklammert habe.«

»Zum Teufel mit deiner Tugend. Tugend wird weit überbewertet.«

»Da stimme ich zu. Nun, mein Liebling, wo genau willst du mich haben?«

»Überall«, antwortete Louisa und schickte einen Dank an die Sternschnuppe.

32

Sonntag, 6. Dezember 1903

Charles ging es schon viel besser, seine Farbe war zurückgekehrt, und er war gut gelaunt. Er war bereits für die Kirche angezogen, während Louisa noch immer in ihrem durchsichtigen Bademantel herumhing, den sie zum Frühstück getragen hatte. Die Würstchen wurden resolut ignoriert, und es gab auch keine Pilze.

Sie fühlte sich köstlich dekadent, so dekadent man sich eben fühlen konnte, kurz bevor man zur Kirche ging. Der Abend war, was sie anbelangte, ein großer Erfolg gewesen. Und ebenso die tiefste Nacht. Mehrfach. Sie grinste in sich hinein und versuchte, sich nicht zu brüsten. Sie hatte ihr Manöver so angelegt, dass sie Charles genau dorthin bekam, wo sie ihn haben wollte – obwohl sie sich, um ehrlich zu sein, wahrscheinlich doch gegenseitig manövriert hatten.

»Nun, meine Liebe, ich glaube, mehr schafft mein angeschlagener Magen heute Morgen nicht.« Charles hatte etwas Toastrinde liegen lassen, aber ein paar Eier und Speck gegessen und zwei Tassen Kaffee getrunken. Die Köchin war mit dem Diener eigens nach oben gekommen und hatte geschworen, alles auf dem Tablett zuvor selbst versucht zu haben. Die arme Frau sagte, sie hätte jetzt Tag und Nacht eine Wache bei der Speisekammer abgestellt, damit alles, was aus der Küche kam, frisch und gesund war.

»Wie oft siehst du mich?«, neckte ihn Louisa. Jetzt konnte sie schon beinahe darüber lachen, aber gestern hatte es sie ziemlich erschreckt.

»Nur einmal, aber eine von deiner Sorte ist auch genug für einen Mann. Kann ich dir beim Ankleiden helfen?«

»Du weißt genau, wo das enden würde, wenn du damit anfängst, du verruchter Kerl«, sagte Louisa. »Ich klingele nach Kathleen.«

»Dann werde ich in meinem Zimmer Trübsal blasen, bis du fertig bist.«

Louisa setzte ihre Teetasse ab. »Hast du denn seit deiner Ankunft hier in deine Tagebücher geschrieben?«

»Habe ich nicht. Wir waren schließlich ganz schön beschäftigt, nicht wahr? Und irgendwie –« Charles lehnte sich zurück und fummelte an einem mit Monogramm versehenen Manschettenknopf. »– verspüre ich nicht mehr das dringende Verlangen danach. Die Verzweiflung, die ich gespürt hatte. Sie ist beinahe weg, ein Schatten ihrer selbst. Das ist wirklich sehr merkwürdig. Ich habe geschlafen, und jetzt da ich wach bin, gefällt mir mein Leben als Maximillian Norwich regelrecht. Er war zwar in Afrika, aber nur auf Safari. Viel mehr Spaß.« Er zuckte mit den Achseln und schenkte ihr ein schiefes Lächeln.

»Irgendwann würde ich jedoch gern deine Tagebücher lesen. Wenn dir das kein zu großer Eingriff in deine Privatsphäre ist.«

»Dir würde der Inhalt nicht gefallen, Louisa.«

»Ich könnte mir denken, dass du davon geschrieben hast, dich zu beseitigen.« Wenn Charles es ernst meinte, wenn er wirklich ein Leben mit ihr wollte, dann würden sie über seine Vergangenheit reden müssen. Sie war ruhelos gewesen, aber er hatte sich echten Dämonen gegenüber gesehen, die beinahe gewonnen hätten.

Er schaute aus dem Fenster und ließ sich mit seiner Antwort

Zeit. »Weißt du, ich glaube, ich habe es nie wirklich so gemeint. Ich konnte nur einfach keinen Weg aus dem Loch erkennen, das ich für mich gegraben hatte. Ich hatte meine Karriere ruiniert, war halb blind, hatte mich von meiner Familie entfremdet – ich tat mir richtig selbst leid. Jetzt fühle ich mich, als wäre ich aus einem schlimmen Traum erwacht – als ob *ich* Aschenputtel wäre und du mein schöner Prinz.«

»Sicherlich wäre ich die schöne Prinzessin. Und Mrs Evensong muss dann die gute Fee sein.« Sie stellte sich die merkwürdige kleine Frau mit schwarzen Flügeln passend zu ihrem hübschen schwarzen Kleid vor.

»Wer auch immer sie ist, sie ist verflixt brillant. Ich schulde ihr etwas. Denkst du, wir werden bald von ihr hören?«

»Oh! Ich habe ganz vergessen, es dir zu sagen. Ich habe gestern ein Telegramm von ihr erhalten, als du geschlafen hast. Sie hat Mr Baxter dazu gebracht, die Bank zu öffnen. An einem Samstag! Kannst du dir das vorstellen?«

»Das kann ich. Ich denke, Mrs Evensong kann einfach jeden überzeugen. Sie hat mich hierher gebracht, und das ist an sich schon ein Wunder.«

Louisa erinnerte sich an die armselige Bleibe, in der er gewohnt hatte – die Trostlosigkeit hatte in jeder Ecke gelauert. Wie deprimiert musste man sein, um ein solch übel riechendes Zimmer als sein Reich zu akzeptieren! Er war doch schließlich ein Kriegsheld gewesen. Charles Cooper hatte einen fein geschliffenen Sinn für Ehre und Pflicht, einen Beschützerinstinkt. Man denke nur daran, was er mit seiner grässlichen Vermieterin gemacht hatte, als er dachte, sie würden angegriffen.

Louisa fragte sich, wo ihr explosiver kleiner Wagen derzeit war. Sie würde Charles gern durch die Landschaft fahren, bevor es zu kalt dafür wurde. Dieses warme Wetter würde bald umschlagen.

Weihnachten stand vor der Tür. Grace hatte wahrscheinlich die Festlichkeiten bereits arrangiert und die Merwyns und Naismiths eingeladen. Und natürlich auch Dr. Fentress und Mr Baxter. Diese bekannten Gesichter hatten sie einen Großteil ihres Lebens umgeben und eingeengt.

»Weißt du, Mr Baxter war einer meiner Treuhänder, und er hat mein Konto verwaltet, seit ich zu meinem Vermögen gekommen war.«

»Und das hat er nicht sehr gut gemacht, wenn das, was du mir erzählt hast, stimmt.«

»Das soll Mrs Evensong herausfinden, bevor sie sich aufmacht, jemand anderen für mich zu finden. Wenn alle Stricke reißen, könnte ich meine Mittel zu einem anderen Institut verlagern, aber das könnte einen Ansturm auf *Stratton and Son* bedeuten. Wenn nicht einmal *ich* mehr Vertrauen zu der Bank der eigenen Familie habe –« Louisa führte den Satz nicht zu Ende. Ihr Großvater würde sich angesichts ihrer Illoyalität im Grab umdrehen. Er hatte hart gearbeitet, um den Lebensstandard der Strattons zu bestreiten, den sie die letzten fünfzig Jahre genossen hatten.

»Ich verstehe. Es ist schon verzwickt, oder?«

Louisa nickte. »Mr Baxter war der Freund meines Großvaters. Vielleicht ist er mit fortgeschrittenem Alter nicht ganz so gerissen, wie er einst war. Ich weiß, dass ihn Grace um ihren Finger gewickelt hat. Und auch Dr. Fentress. Wenn sie will, kann sie unglaublich charmant sein.«

»Ich hoffe, ich lebe lange genug, um das einmal selbst zu erleben«, sagte Charles.

»Natürlich wirst du ein langes Leben führen!« Der Gedanke daran, ihn als Max aus dem Leben zu reißen, war in ihren Gedanken vollkommen in den Hintergrund getreten.

»Das hoffe ich wirklich.« Charles nahm ihre Hand. »Vielen

Dank für letzte Nacht. Auch wenn sich das alles als … temporär erweisen sollte, habe ich doch etwas gelernt, das ich nicht vergessen werde.«

Seine Hand war warm. Sicher, aber noch nicht vollständig sicher. Louisa fühlte ein Flattern in ihrer Brust, was sie daran erinnerte, dass sie ihn wegschicken sollte, damit sie sich anziehen konnte, bevor sie wieder in ihrem Bett landeten.

»Ich muss jetzt wirklich nach Kathleen klingeln. Wir werden sonst zu spät zur Kirche kommen, und Tante Grace wird einen hysterischen Anfall haben. Sie hat wahrscheinlich bereits mit Miss Spruce und Isobel den Einspänner genommen.«

»Ich schätze, Robertson wird uns fahren.«

»Ja. Du wirst doch nicht zu scharf mit ihm sein, oder? Er ist schrecklich reumütig.«

»Ich habe schließlich auch Kathleens Kopf nicht abgerissen, oder? Und schließlich war ohnehin alles ihre Idee.«

»Ja. Du warst ein Pfundskerl. In Kathleen hast du jetzt eine neue Bewunderin gefunden.«

»Das bezweifle ich irgendwie. Sie hat mich unter ausnehmend ungünstigen Umständen gesehen.« Sie hatte mindestens ein Mal die Schüssel gehalten, während Louisa die Augen abgewendet hatte.

»Sogar als du nicht bei Verstand warst, warst du sehr süß.«

»Was genau habe ich alles gesagt?«

»Das ist egal.« Sie konnte seine sexuellen Anzüglichkeiten wirklich nicht an einem Sonntagmorgen wiederholen. Sie wand ihre Hand aus seiner. »Ich *muss* mich jetzt wirklich anziehen.«

»Wir sehen uns dann also unten. Vielleicht habe ich Glück und laufe Hugh in die Arme.«

»Fang bloß keinen Kampf mit ihm an.«

»Das fiele mir im Traum nicht ein.« Charles stand auf und

richtete sein Jackett. »Es ist eine Weile her, dass ich zu einem Gottesdienst gegangen bin. Ich hoffe, ich kann mich noch an alles erinnern.«

✦ ✦ ✦

Die kleine Kapelle erschien Louisa ungewöhnlich voll. Sie hatte den deutlichen Eindruck, dass absolut jeder aus der Nachbarschaft gekommen war, um die verlorene Tochter und ihren neuen Gatten zu begaffen. Wie bei Charles lag es auch für sie eine Weile zurück, seit sie in einem Gottesdienst gesessen hatte – sie und Kathleen hatten zwar die großen Kathedralen Europas als Kunsttouristen besucht, aber nicht als Kirchgänger. Sie hatte es originell gefunden, in einem eleganten Hotel am Sonntagmorgen im Bett zu liegen und heiße Schokolade zu trinken, während die Kirchenglocken durch ganz Paris klangen. Kathleen hatte gesagt, dass dies ihre unsterbliche Seele verdammen würde, aber Louisa hatte es nicht geglaubt. Gott musste ihr kleines, lädiertes Herz doch kennen.

Die Altarblumen sahen heute wie stacheliges, vertrocknetes Unkraut aus. Sie würde dafür sorgen, dass nächste Woche in Hinsicht auf eine angemessene Adventsdekoration nichts dazwischenkam. Charles' Ankunft in Rosemont war holperig verlaufen, aber die nächste Woche würde sicher keine besonderen Ereignisse bringen. Sie würde Zeit für ihre Blumen haben, Zeit, Weihnachtsgeschenke im Dorf zu kaufen und den Geschäften ihre Aufwartung zu machen. Vielleicht würden sie sogar ein oder zwei Tage lang nach London fahren, um der heimischen Atmosphäre zu entfliehen.

Tante Grace hatte nicht viel christliche Milde zu vergeben, als Louisa und Charles nur Sekunden vor Beginn des Gottesdiensts in der Kirchenbank der Familie auftauchten. Dem Himmel sei Dank war Hugh nicht anwesend, denn bei Faustkämpfen in der Kirche würde Mr Naismith wohl vor Furcht aus seinem Priestergewand zu kippen.

Louisa hörte der Predigt nur mit halbem Ohr zu und sang mit etwas mehr Enthusiasmus, als Mrs Naismith in die Orgeltasten haute. Adventshymnen waren so trostlos. Charles hatte einen angenehmen Bariton, und es war die Versuchung selbst, so nah bei ihm zu stehen und mit ihm das Gesangbuch zu teilen. Louisas Gedanken streiften weit ab von dem »tiefen, tiefen Jammern« im Text. Sie hatte wirklich nichts zu beklagen. Auch wenn ihre Rückkehr nicht so war, wie es hätte sein sollen, stand sie doch nicht allein da. Charles war an ihrer Seite gewesen.

Louisa blickte über den Gang zur Kirchenbank der Delacourts. Sir Richard hielt sein eigenes Gesangbuch in der Hand, sang aber nicht. Er sah gelangweilt aus, aber glücklicherweise durchforstete er die Kirche nicht mit seinen kalten, grauen Augen und bemerkte Louisa nicht. Aber seine Gattin, Lady Blanche, bemerkte sie. Sie schickte Louisa ein scheues Lächeln, um sich dann wieder der nächsten grauenvollen Strophe zu widmen. Louisa hatte mit ihrer alten Freundin Blanche in den letzten neun Jahren über nichts wirklich Wesentliches mehr gesprochen. Keine mädchenhaften Eingeständnisse mehr, kein Gekicher.

Nahezu direkt nach Louisas Blamage war Blanche von Sir Richard umworben und erobert worden, der offensichtlich aus der Verführung Louisas keinen sozialen Schaden davonzutragen hatte. Zuerst hatte sich Louisa betrogen gefühlt, aber jetzt dachte sie, dass ihr eine äußerst glückliche Flucht gelungen war. Es war die arme Blanche, die letztendlich mit diesem schrecklichen Mann leben musste.

Zwischen Blanche und einer Frau, die wohl die Gouvernante war, standen zwei kleine Mädchen. Der Erbe von Priory war noch kein Jahr alt und heute Morgen in seiner Kinderstube.

Sir Richard führte ein perfektes Leben – eine reiche, hübsche Frau, gesunde Kinder, ein ansehnliches Erbanwesen, und er brach wahrscheinlich laufend und ungestraft sein Ehegelübde.

Er war nicht in seinem Zimmer eingesperrt worden, *ihm* wurde keine Gesellschaft verweigert oder Jahr für Jahr verboten zu reiten.

Louisa hatte mit der Welt momentan nicht viel christliches Mitleid. Und als ob er es gespürt hätte, legte Charles seine Hand um ihre Hüfte und zog sie näher zu sich heran. Sie kuschelte sich an ihn, was ihren Körper in der kalten Kirche wärmte, und ebenso ihren Geist. Tante Grace schüttelte missbilligend den Kopf, aber Isobel fing Louisas Blick auf und zwinkerte.

Als sie wieder zur harten, hölzernen Kirchenbank zurückkamen, behielt Charles seinen Arm um sie. Mr Naismith hatte nichts gegen diese Zuneigungsbekundung einzuwenden und predigte die letzte Segnung. Dabei sah er Louisa direkt an. Das wärmte sie ebenfalls.

Louisa hatte nicht erwartet, dass die Delacourts nach der Kirche noch verweilen würden, und das taten sie auch nicht. Vielleicht würde sie eines Tages wieder mit Blanche befreundet sein, wenn Richard es erlaubte. Wenn Louisa in Rosemont blieb, würden sie sich irgendwann einmal begegnen müssen, jetzt, wo Louisa überallhin gehen konnte, wohin sie wollte. Nicht, dass die Frauengruppe der Gemeinde irgendwelches Interesse an ihr hegte. Sie wurde nervös, wenn sie daran dachte, ein ganzes Treffen lang mit all den Freundinnen von Tante Grace zusammenzusitzen, die sie durch ihre Operngläser hindurch anstarrten.

»Was ist für heute Nachmittag geplant?«, fragte Charles, als er ihr in den *Daimler* half.

»Wir haben immer ein riesiges Mittagessen, das einen bis zum Abendessen ausfüllt. Sonntags mag der Tag der Ruhe sein, aber nicht für die Bediensteten. Tante Grace schickt sie alle in den Frühgottesdienst, damit sie wieder rechtzeitig zurück sind, um sich die Seele aus dem Leib zu arbeiten.«

»Sollen wir sagen, dass mir noch nicht danach ist?«

Louisa wusste, dass er das ihretwegen sagte, um ihr eine Fluchtmöglichkeit zu geben. Sie schüttelte den Kopf. »Wir müssen tapfer sein.«

Eine halbe Stunde später saßen sie im sonnendurchfluteten Esszimmer. Hugh war noch immer nicht anwesend, aber die Verwandten und Gefolgsmänner waren vollzählig da. Erneut wurde der arme Charles zwischen Isobel und Grace platziert, aber er schien ganz gut damit umgehen zu können. Louisa hörte ihre Cousine aufrichtig lachen, nicht mit diesem gewöhnlichen, aufgesetzten Triller. Charles aß unter den wachsamen Augen von Dr. Fentress, der ihm gegenübersaß, recht sparsam und band ihre Tante in eine Konversation ein, die anscheinend relativ zivilisiert verlief. In der Tat war diese Mahlzeit die angenehmste seit ihrer Rückkehr. Louisa dachte schon beinahe, alle könnten in Harmonie zusammenleben.

Beinahe.

33

Charles war von allen Besorgten dazu überredet worden, sich den restlichen Nachmittag auszuruhen, als ob das Kauen seines ausgezeichneten Mittagessens eine beschwerliche Aufgabe gewesen sei. Er hätte es vorgezogen, mit Louisa ›zu ruhen‹, aber sie hatte Pläne, sich von Robertson den *Daimler* zu holen und damit über ihr Anwesen zu fahren, solange das Wetter hielt. Auch wenn Charles Louisa sein Leben anvertraute, war er noch nicht bereit, sich mit ihr in ein bewegliches Fahrzeug zu setzen.

Also saß er in seinen Hemdsärmeln in dem Lederklubsessel und hielt ein ungelesenes Buch auf dem Schoß. Die Wellen unterhalb glitzerten in der Sonne und luden ihn zu einem Spaziergang am Strand ein. Er wollte jedoch nicht Louisas Schmach erleiden, lehnte sich stattdessen zurück und schloss das Auge.

Er hatte sich schon beinahe davon überzeugt einzuschlafen, befand sich in einem Zustand zwischen Entspannung und Schlummern, als es an seine Tür klopfte.

»Treten Sie ein.«

Griffith kam herein und sah gequält aus. »Ich störe Sie nur ungern nach all den Herausforderungen, die Sie hier in Rosemont durchmachen mussten, Mr Norwich, aber unten in der Halle steht eine Dame, die aus London gekommen ist und Sie und Miss Louisa zu sprechen wünscht.«

Charles kannte keine Ladys, weder aus London noch von einem anderen Ort. Irgendwie konnte er sich Mrs Jarvis nicht vorstellen, wie sie in einem Zug durch Kent fuhr, und obendrein wusste sie gar nicht, wo er sich aufhielt.

»Hat sie ihren Namen genannt?«

»Oh ja, Sir. Sie ist höchst ehrenwert. Wir hatten schon zuvor mit ihrer Agentur Geschäfte gemacht, aber ich habe sie natürlich noch nie persönlich getroffen. Es ist Mrs Evensong.«

Mrs Evensong war *hier*? Louisa sagte, sie hätte ein Telegramm erhalten. Was immer die Frau bei der Bank herausgefunden hatte, musste sehr dringend sein, sodass sie unangekündigt an einem späten Sonntagnachmittag zu Besuch kam.

»Ich mache mich etwas zurecht und bin gleich unten, Griffith.«

»Wollen Sie, dass ich Ihnen helfe, Mr Norwich?«

»Ich weiß noch ganz gut, wie man sich anzieht. Bitten Sie doch Mrs Evensong herein. Ich werde in weniger als einer Viertelstunde unten sein.«

Charles würde sein Hemd wechseln – in der Tat würde er sich komplett umziehen, denn irgendwie fürchtete er, Mrs Evensong würde denken, er trug die feinen Leinenstücke nicht, die sie in solcher Menge für ihn bestellt hatte. Er war in letzter Zeit etwas zu lässig mit seiner Kleidung umgegangen, insbesondere, da er sie nicht selbst waschen musste. Seine Unterwäsche war so zerlumpt gewesen, dass sie kaum noch ihre Aufgabe erfüllt hatte. Wie bei einem Schotten befand sich nicht viel unter seiner Hose.

Charles ging durch den Raum und öffnete die Schublade. Er unterdrückte einen Aufschrei, als ein Floh taumelnd auf seinem Knöchel landete. Er zerquetschte ihn, wobei er sich selbst verletzte, und starrte auf die adrett gefalteten Kleidungsstücke. Der weiße Stoff war mit winzigen schwarzen Käfern übersät, die zum Glück alle tot waren. Die Schubladen waren mit Zedernholz, Frauenminze und Rosmarin ausgelegt, was seine

Wirkung gezeigt hatte. Jemand hatte ihm einen üblen Streich gespielt, aber die Küchenkatze war zweifelsohne dankbar.

Charles holte die Kleidungsstücke heraus und warf sie aus dem Fenster, wo sie wie riesige Schneeflocken über den Rasen flogen. Jemand könnte sie dort einsammeln und in die Wäscherei bringen, aber sollte es Überlebende gegeben haben, hoffte er, dass sie gern flogen. Allein durch die Vorstellung begann seine Haut zu jucken, und er fragte sich, ob er die Kommode nicht gleich mit aus dem Fenster werfen sollte.

Aber halt. Da waren seine Tagebücher. Behutsam zog er sie heraus und schüttelte sie über der Fensterbank aus, dass die Seiten flatterten. Sie machten einen intakten Eindruck, wofür er dankbar war. Charles legte sie in die leere, mit Monogramm versehene Truhe und drehte den Schlüssel um. Sollte der Witzbold die Seiten gelesen haben, hätte er die Tagebücher sicher mitgenommen, um ihn damit zu erpressen.

Also keine Unterwäsche zu Ehren von Mrs Evensong. Er hoffte, dass sie noch keines dieser Röntgengeräte besaß. Er kleidete sich hastig an, strich nochmals über seinen Körper, um irgendwelche fehlgeleiteten Flöhe abzustreifen, und rannte die Treppe hinunter.

Griffith drückte sich in der Halle am Ende der Treppe herum, und Charles erzählte ihm von dem Käferbefall und bat, dass sein Zimmer untersucht und gründlich gereinigt werde. Die weißen Augenbrauen des Butlers schossen nach oben, als Charles gestand, was er mit seiner Unterwäsche getan hatte, und der Mann lächelte beinahe.

»Das war schnell reagiert, Mr Norwich.«

Charles war lange genug in der Armee gewesen, um mit Flöhen, Läusen und sonstigen unangenehmen Kreaturen Bekanntschaft gemacht zu haben. »Es gibt jemanden in Rosemont, der mich nicht mag, Griffith. Vielleicht auch mehrere Personen. Möglicherweise können Sie ja herausfinden, wer sich hinter diesem neuen Streich verbirgt. Louisa hat mir erzählt, dass Sie das Zentrum des Rosemont-Universums sind.«

Griffith rieb seine weiß behandschuhten Hände aneinander. »Ich weiß nicht, ob ich das so sagen würde, Sir. Aber seien Sie versichert, dass ich versuchen werde, den Schuldigen zu finden. Solche Dinge fallen auf uns alle zurück. Die Köchin, Mrs Lang und ich als leitende Belegschaft tragen der Familie gegenüber eine Verantwortung, die wir ernst nehmen. Noch nie ist etwas Derartiges hier passiert.«

»Das kann ich mir vorstellen. Aber bislang ist noch niemand umgekommen, richtig?«

Der Butler schauderte. »Und wir hoffen auch, dass das nicht der Fall sein wird. Mrs Evensong befindet sich in dem kleinen blauen Zeichenraum. Wissen Sie, wo das ist? Ich begleite Sie gern dorthin – dort ist es ein wenig behaglicher.«

›Klein‹ war relativ, aber die Möbel in dem blauen Zeichenraum waren robuster und bequemer als in dem großen goldenen Zimmer, in dem sie sich vor dem Abendessen zusammengefunden hatten. Mrs Evensong saß mit einer Tasse Tee in der Hand auf einem Sofa. Sie wartete, bis Griffith sich zurückgezogen hatte, bevor sie sprach.

»Guten Tag, Captain Cooper. Ich hoffe, alles läuft gut?«

Charles setzte sich neben sie auf die Couch. »Nicht so richtig. Oh, niemand schöpft Verdacht, dass ich nicht der sein könnte, für den ich mich ausgebe, aber hier läuft einiges nicht gut. Jemand legt mir Flöhe in die Schublade meiner Kommode, und gestern wurde ich mit halluzinogenen Pilzen vergiftet.«

»Was?«

Charles hatte so ein Gefühl, dass es ziemlich viel brauchte, um Mrs Evensong zu schockieren, und irgendwie war er stolz, dass er es geschafft hatte. »Nicht zu vergessen, dass der Chauf-

327

feur versucht hat, mich umzubringen, aber das war alles ein Missverständnis. Sie sehen also, ich verdiene mir jeden Penny, aber nicht, dass ich auf Louisas Geld aus wäre. Ich vermute, Sie haben diesbezüglich Neuigkeiten?«

Sie brauchte einen Moment, um Charles' Mitteilung zu verdauen, dann erholte sie sich. »Das ist für Miss Strattons Ohren bestimmt«, sagte Mrs Evensong geziert.

»Ich bin nicht sicher, wann sie zurück sein wird. Sie sitzt momentan hinter dem Steuer und verursacht Schrecken unter den Schafen und anderen kleinen Tieren auf dem Land.«

»Das hat mir Griffith erzählt. Ich kann warten. Eigentlich hat mich Miss Stratton ohnehin eingeladen, ein paar Tage in Rosemont zu verbringen, obwohl sie es offenbar abgelehnt hat, ihre Belegschaft davon in Kenntnis zu setzen, dass ich jeden Moment ankommen könnte. Verständlich, bei all der Aufregung hier. Welche Einstellung haben Sie zu motorisierten Fahrzeugen, Captain?«

»Ich weiß fast nichts darüber, außer, dass Louisa sie liebt. Ich schätze, ich sollte ihr zuliebe etwas offener diesbezüglich sein.«

»Ich frage nicht ohne Hintergrund. Bevor ich aus London abgereist bin, hatte ich ein Treffen mit George Alexander.«

»Wie geht es dem alten George?« Er mischte sich wohl wie immer ein, schätzte er. George hatte wahrscheinlich einen neuen Plan für Charles' Zukunft, alles mit einer schönen Schleife verpackt.

»Es geht ihm sehr gut. Mr Alexander hat mir eine Investitionsmöglichkeit vorgeschlagen. Sie mögen es vielleicht nicht gutheißen, aber ich bin selbst sehr an Automobilen interessiert.«

»Ist das so?« Charles versuchte sich Mrs Evensong hinter dem Lenkrad vorzustellen, wie ihr ordentlicher schwarzer Hut auf die Straße geweht wurde.

»In der Tat. Ist Ihnen bewusst, dass Mr Alexander die *Pegasus Motor Company* gekauft hat?«

Charles war schon immer bewusst, dass George mehr Firmen als nur seine Töpferei hatte, aber diese Neuigkeiten überraschten ihn doch. »Nein, das wusste ich nicht. Ausgezeichnet für ihn.«

»Er hat mich gebeten, auf Sie zuzutreten –«

Charles hob eine Hand. »Ich weiß, dass es George gut meint, aber er kann mich nicht laufend retten. Wie ich schon sagte, verstehe ich nichts von Autos.«

»Aber Sie wissen, wie man Männer kommandiert. Und Sie sind aufrichtig, wenn Sie nicht gerade vorgeben, Maximillian Norwich zu sein. *Pegasus* will ein Fertigungswerk am Stadtrand von New York City bauen, und einen Autosalon an der Fifth Avenue. Er hätte gern, dass Sie die Leitung des amerikanischen Betriebs mit allem, was dazugehört, übernehmen – Anstellen von Arbeitern, Verkaufspersonal, Architekt, Besprechungen mit Ingenieuren und dem Designteam, um dafür zu sorgen, dass *Pegasus* im Transportwesen des zwanzigsten Jahrhunderts einen Platz an der Spitze einnimmt.«

Charles lachte. Die Idee war absurd. Man könnte ihn ebenso gut bitten, Flügel an ein echtes Pferd zu kleben. »Da fragt er die falsche Person. Sie sollten darüber mit Louisa sprechen.«

»Vielleicht sollten *Sie* das tun.« Mrs Evensongs Gesichtsausdruck war hinter ihren grauen Gläsern unergründlich.

»Warten Sie einen Moment. Was meinen Sie damit?«

»Es ist offensichtlich, dass Sie sich selbst nach so kurzer Zeit zu ihr hingezogen fühlen. Wenn Sie nach New York gehen, könnten Sie sie fragen, ob sie mit Ihnen kommt.«

Die Frau hatte weniger als fünf Minuten neben ihm gesessen. Wie konnte sie das *wissen*? »Mrs Evensong«, sagte Charles langsam, »spielen Sie hier die Ehestifterin?«

»Muss ich das schon wieder? Ich dachte, ich sei schon beim ersten Mal erfolgreich gewesen.«

»Sie dachten, Louisa und ich – dass wir ...« Er kämpfte mit den Wörtern ›Liebe‹ oder ›Liebhaber‹, oder, Gott bewahre, *ficken*.

»Sich näherkommen würden? Das habe ich in der Tat. Sie waren beide reif für eine Liebelei. Miss Stratton verdient jemand Besonderen.«

»Glauben Sie mir, ich bin nichts Besonderes«, stotterte er. »Sie haben sich doch über mich erkundigt!«

»Oh ja, sogar recht eingehend. Die *Evensong Agency* ist kein unverantwortliches Unternehmen.«

Charles stand auf und ging zum Fenster, seine Beine zitterten unter ihm. In seinem Kopf drehte sich wieder alles, und er war dieses Mal nicht einmal in die Nähe eines Pilzes gekommen. Eine der Zofen fischte gerade ein Unterhemd aus den Büschen.

»Miss Stratton hat Schwierigkeiten mit ihrer Familie. Die Kluft lässt sich vielleicht nicht schließen. Ich kann Wunder bewirken, aber Grace Westlake ist selbst für mich eine Herausforderung. Es wäre vielleicht für Miss Stratton das Beste, Rosemont erneut den Rücken zu kehren, aber dieses Mal mit jemandem, der ihre vielen guten Qualitäten zu schätzen weiß. Und Sie wissen sie doch zu schätzen, nicht wahr, Captain?«

Charles' Mund war staubtrocken. Er nickte. Was er für Louisa empfand, konnte man ohnehin nicht in Worte fassen.

»Ausgezeichnet. Nun, wir werden sehen, was passiert. Ich habe hier einen Brief von Mr Alexander, der darin die Einzelheiten erläutert. Seine Bedingungen sind sehr großzügig, sicher mehr als genug, um eine Ehefrau und Familie standesgemäß zu unterstützen.« Sie überreichte Charles einen dicken Umschlag, den er in seine Jackentasche steckte. Er würde ihn lesen, falls sein Kopf je wieder klar wurde.

Eine Ehefrau und Familie. Wäre das möglich? Wenn er eine Perspektive hatte, könnte ihn Louisa dann vielleicht heiraten? Er hatte sie gefragt, aber er wusste, dass sie sein Angebot nicht ernst nahm.

»Darf ich Ihnen eine Tasse Tee einschenken, Captain? Sie sehen reichlich verdutzt aus.«

»Ja, gern, Mrs Evensong. Sie hören sicher gern, dass Tee in letzter Zeit eine ebenso beruhigende Wirkung auf mich hat wie einst der Gin.«

»Das überrascht mich überhaupt nicht. Wie George Alexander habe ich das Silber unter dem Überzug gleich erkannt. Ah! Ich höre ein Auto kommen.«

Für eine alte Frau war ihr Gehör ausgezeichnet. Ein paar Minuten später stieß Louisa zu ihnen, ihre Wangen waren rosig, und ihre Augen leuchteten. Sie sah beinahe – *beinahe* – so schön aus, wie sie es tat, nachdem Charles sie zum Orgasmus gebracht hatte.

»Mrs Evensong, da sind Sie ja! Willkommen in Rosemont.«

»Ich sagte Ihnen, ich würde kommen, sobald ich Neuigkeiten mitzuteilen hätte. Darf ich vor Captain Cooper offen sprechen?«

»Selbstverständlich! Ich vertraue ihm bedingungslos«, sagte Louisa und lächelte Charles mit einer Offenheit an, die ihm bis ins Mark fuhr.

»Mr Baxter und ich haben gestern mehrere Stunden über Ihren Konten gesessen. Er lässt Ihnen im Übrigen seine Entschuldigung ausrichten, denn es wurde ihm sofort klar, dass er besser hätte aufpassen müssen. Ihr Verdacht war begründet – jemand leitete Ihre Mittel um.«

»Aber wer?«, fragte Louisa.

»Morgen werde ich besser in der Lage sein, das aufzudecken. Mr Baxter redet gerade in diesem Moment mit der entsprechenden Person. Aber machen Sie sich keine Sorgen. Das fehlende Geld liegt sicher auf einem anderen Konto unter Ihrem Namen versteckt. Nichts wurde gestohlen.«

»Das verstehe ich nicht.«

»Wie ich schon sagte, wir werden alles morgen erklären. Heute werde ich meine Zeit in Rosemont nutzen, um herauszufinden, wer es auf Captain Cooper abgesehen haben könnte.«

Louisa zog ihre goldenen Augenbrauen zusammen. »Charles, ich dachte, du glaubst, das mit den Pilzen sei nur ein Unfall gewesen.«

»Vielleicht, aber das erklärt nicht die Flöhe.«

»Flöhe?«

»Keine Sorge. Die meisten waren tot. Aber jemand hat sie in meine Unterwäsche gesteckt.«

»Was? Wann?«

»Das kann ich nicht mit Sicherheit sagen. Du weißt, dass ich sie nicht trage, Louisa.«

Nun, da ging seine Diskretion dahin. Louisa errötete zwar, zeigte aber vor Mrs Evensong kein bisschen Verschämtheit.

»Und wie gut Sie miteinander ausgekommen sind!«, murmelte die Frau.

»Ungeheuer gut«, sagte Louisa. »Du meine Güte. Ich hoffe, diese Käfer wurden nicht auch in die Schublade mit meinen Dessous geschmuggelt! Kathleen wird einen Anfall bekommen.«

»Ich bin sicher, sie hätte sie bemerkt. Ich vermute, jemand hat gestern mein Zimmer betreten, während ich in deinem war, oder heute Morgen, als wir in der Kirche waren.«

»Ich sollte Kathleen holen. Mrs Evensong, bitte entschuldigen Sie mich.«

332

»Natürlich, meine Liebe. Es ist Zeit, dass ich mich in Rosemont auf Entdeckungstour begebe. Ihr zwei jungen Leute solltet den Rest des Tages noch genießen.«

»Lass uns im Garten spazieren gehen, Charles. Wenn du Lust dazu hast.«

Charles hatte auf alles Lust, solange Louisa Stratton mit von der Partie war.

34

Der Himmel war rauchgrau. Die Abenddämmerung zog herauf, aber Louisa hatte es nicht eilig, zum Haus zurückzukehren und sich zum Abendessen umzukleiden. Sie wollte der Schwadron von Zofen, die ihre Zimmer auf der Suche nach sechsbeinigen Kreaturen durchkämmten, etwas Zeit geben.

Dabei waren es nicht die sechsbeinigen Kreaturen, wegen derer sie sich Sorgen machte. Wer war dieser zweibeinige Schuft, der hinter diesem neuesten Anschlag auf Charles steckte?

Wäre Hugh ein zwölfjähriger Junge, würde das Profil perfekt auf ihn passen. Aber den ganzen Tag hatte niemand Hugh gesehen, und Flöhe schienen sogar für ihn zu albern zu sein.

Kathleen und Robertson fühlten sich schuldig, und das sollten sie auch. Sie hatten all das mit ihrer falschen Sorge um Louisas Tugend überhaupt erst angezettelt. Es war, als hätte man die Büchse der Pandora geöffnet. Was würde dem armen Charles als Nächstes widerfahren?

Er sah nicht gerade arm aus, als er einen der Wasserspeier ihres Großvaters mit einem anerkennenden Grinsen im Gesicht inspizierte. Er bewachte einen Kreis alter Rosen, Bourbon-, Damaskus- und Gallica-Rosen, die jetzt nur aus Dornen und Stecken bestanden. Dieser Wasserspeier, oder Groteske, wenn sie genau sein wollte, war beinahe so groß wie Charles und hatte Hörner und Hufen und eine gezackte Zunge. Er war unglaublich abscheulich und immer ihr Lieblingsstück gewesen.

»Wie heißt denn dieser hässliche Geselle?«, fragte Charles.

»Lämmchen.«

»Nicht dein Ernst.«

»Doch, Lämmchen. Er ist recht Furcht einflößend, also habe ich ihm einen Namen gegeben, der das wieder neutralisiert. Ich habe mir immer vorgestellt, dass er unter all dem Granit ein sanftes Herz hat. Traurig, weil er nur aufgrund seines Äußeren beurteilt wurde.«

»Das Äußere kann trügerisch sein«, stimmte Charles zu. »Von deinem war ich natürlich geblendet, aber ich dachte, du wärst –«

»Nur so ein ›albernes Mädchen der Gesellschaft‹«, beendete sie seinen Satz. »Ja, ich erinnere mich daran.«

»Es ist schwer zu glauben, dass das erst ein paar Tage her ist.« Er hakte ihren Arm unter und lief weiter auf dem Kiesweg entlang, der alle Gärten miteinander verband. Louisa wünschte, er könnte sie in voller Blüte sehen; die Gärten waren eine Romanze aus Rosen.

Wollte Sie eine Romanze mit Charles? Ja, das wollte sie.

Sie war ganz nah dran, seinen Heiratsantrag anzunehmen. Er war solide, jemand, auf den sie sich verlassen konnte, jemand, der mit ihr lachte, und nicht über sie. Wenn sie bei ihm war, hatte sie nicht das Bedürfnis, einen Maximillian Norwich oder sonst jemanden erfinden zu müssen. Charles war irgendwie genug, und sie fühlte sich ›genug‹ bei ihm, ohne in ihren gewöhnlichen Luftschlössern Zuflucht suchen zu müssen.

»Ist dir kalt, Louisa? Es wird dunkel.«

Sie drückte seinen Arm. »Mir geht es gut. Du hältst mich ja warm.«

»Lass mich zurückgehen und dir einen wärmeren Umhang holen. Warum hast du nicht deinen Pelzmantel übergezogen? Heute Nacht fühlt es sich schließlich doch wie Dezember an.«

»Manchmal habe ich keine Lust, ihn zu tragen. All die wunderschönen kleinen, makellosen Tiere, die getötet und zusammengenäht wurden, nur um meinen Körper zu bedecken.«

»Also wirst du nichts von dem Lammbraten heute Abend essen?«; neckte er sie.

»Das ist nicht das Gleiche. Man isst keinen Hermelin – das wäre, als ob man Ratten essen würde.«

»Ich habe gehört, Ratten sollen wie Hühnchen schmecken.«

»Charles!«

»Nun, Gefangene schätzen sich manchmal glücklich, wenn sie eine fangen. Die Burenfrauen –« Ein plötzlicher Schatten fiel über ihn, tiefer als die Dämmerung im Garten.

Sie liefen still weiter, und das einzige Geräusch waren die Kiessteine, die unter ihren Stiefeln knirschten, und die Möwen, die über dem rauschenden Meer kreisten. Was könnte sie sagen, um ihn zu beruhigen?

»Du wirst es nie vergessen.«

Er schaute sie nicht an. »Wie kann ich das?«

»Das kannst du nicht. Und du solltest es nicht. Was du aber tun kannst, ist, diese Tagebücher zu veröffentlichen, damit andere es erfahren und dafür sorgen, dass es nicht mehr passiert. Ich kann dir dabei helfen, einen Verleger zu finden. Die Druckkosten zu bezahlen, falls nötig.«

Er zog sich zurück und setzte sich auf eine Eisenbank. »Ich möchte das, was wir haben, nicht verderben, Louisa. Ich fürchte, wenn ich es durchlese, werde ich alles noch einmal durchleben, werde das Glück töten, das ich jetzt empfinde. Es ist das erste Mal in meinem Leben, dass ich wirklich glücklich bin. Die Schuld wird mich immer verfolgen, aber wenn ich bei dir bin, ist es nicht so – nicht so heftig.«

»Warst du nicht derjenige, der gesagt hat, wir dürfen nicht zulassen, dass unsere Fehler der Vergangenheit unser Dasein bestimmen?« Auch wenn das vielleicht nicht seine exakten Worte gewesen waren, war es das, was sie aus dem Zusammensein mit ihm gelernt hatte.

»Das klingt, als sei ich viel weiser, als ich tatsächlich bin.«

Louisa setzte sich neben ihn. »Wir können zusammen versuchen, weiser zu sein. Meine Tante Grace wird in mir nie etwas anderes sehen als das wilde Kind, das ich einst war. Und ihre Kritik verdiene ich tatsächlich. Ich war darauf aus, all ihre Regeln zu brechen, um zu sehen, wohin es mich führen würde.«

»Hey, einen Moment mal. Du bist hier mit mir zusammen in der Abenddämmerung, hinter den Hecken brechen sich die Wellen. Ich würde sagen, du warst nicht so übel.«

»Genau. Jeder Fehltritt führte mich näher zu dir.«

»Oh, Louisa.« Er nahm ihr Gesicht in seine Hände. »Ich liebe dich.«

Sein Kuss bewies das, heiß, dunkel, voller Sehnsucht und Hoffnung. Wenn sie ihn heiratete, würde sie ihn dazu bringen, sie jeden Abend zur Dämmerung auf diese Weise zu küssen, jeden Sonnenaufgang und den ganzen Tag über.

Ich liebe dich. Niemand hatte ihr das jemals gesagt und auch so gemeint, außer vielleicht ihren Eltern vor langer, langer Zeit, und daran konnte sie sich nicht erinnern.

Sie verlor sich in dem Moment, selbstvergessen, fühlte nur noch seine feste Berührung und das bestimmte Streichen seiner Zunge. Sie fühlte viel mehr als den Wunsch, dass er ihren Körper besaß. Aber obwohl dieser Gedanke an sich nicht abwegig war, war die Bank angesichts der gegenüberliegenden Fensterreihen nicht wirklich geeignet. Louisa wollte sich diesem Mann versprechen, ihm Herz und Seele ausliefern, und sie erkannte, dass er ihr gerade die Worte genannt hatte, mit denen sie das tun konnte.

Das würde bedeuten, dass sie aufhören musste, ihn zu küssen, was sie unmöglich tun konnte. Sie hatte noch Zeit, ihm ihre Gefühle mitzuteilen. Alle Zeit der Welt. Jetzt würde sie ihn erst einmal küssen, als würde ihr Leben davon abhängen.

Der Kuss war hart und sanft zugleich, sodass sie nie sicher war, wohin er noch führen würde. Er war elektrifizierend – nein, behaglich. Süß, und dann derart sinnlich, dass sie sich an Charles' Knöpfen festkrallte. Er bedeckte ihre zitternde Hand und presste sie gegen sein steifes Glied. *Sie* machte das mit ihm – sie bewirkten jeweils beim anderen magische Dinge, denn sie war unter ihrer Spitzenpumphose richtig nass geworden. Wenn nur die Stunden vorbeiflogen, bis sie wieder allein in ihrem Bett lagen!

Aber es galt noch, die Familie zu ertragen und Mrs Evensong zu unterhalten. Mit größtem Bedauern zog sich Louisa von Charles zurück und rückte seine Augenklappe zurecht. Sein sichtbares Auge war mitternachtsblau, so tief und dunkel vor Lust, dass sie zitterte.

»Louisa.« Er sagte ihren Namen mit atemloser Verehrung, und sie fühlte sich warm. Überall geküsst.

»Ich liebe dich, Charles. Und ich werde dich heiraten.«

Überraschung, Freude und auch Furcht huschten über sein Gesicht. Er küsste sie erneut, dieses Mal aber so sanft, dass sie dachte, er würde weinen. Sein Daumen strich über ihre Wimpern, und Louisa merkte, dass *sie* weinte, nur ein wenig. Sie hatte sich noch nie in ihrem Leben so glücklich gefühlt, nicht einmal, als sie davongelaufen war.

»Das wirst du nicht bereuen, ich schwöre es.«

»Aber du vielleicht«, lachte sie zittrig. »Du wirst die Hände voll zu tun haben mit mir.«

»Und du passt so perfekt in meine hinein. Wann können wir heiraten?«

»Du meine Güte. Die Familie denkt, wir seien bereits verheiratet. Ich schätze, wir müssen es irgendwo heimlich tun. Eine besondere Erlaubnis erwerben. Aber verflixt, es ist Advent. Kein Priester wird uns jetzt trauen.«

»Also müssen wir erst einmal weiter in Sünde leben«, sagte Charles mit einem Grinsen. »In ganz viel Sünde.«

Sie versetzte seiner Schulter einen freundschaftlichen Klaps. »Du bist wirklich verrucht.«

»Das sagte man mir. Wie sieht es mit einem Standesamt aus? Oder hing dein Herz schon immer an einer kirchlichen Trauung?«

»Du weißt sehr gut, dass ich niemals vorhatte zu heiraten. Mein Herz hing an gar nichts.«

»Bis du mich getroffen hast.«

»Du wirst immer selbstgefälliger, Charles. Ich könnte es mir nochmals überlegen.«

Er hielt ihre Hand auf sein Herz. »So grausam wärst du nicht.«

Nein, das wäre sie nicht. Ein Leben mit Charles würde wirklich interessant werden. Louisa hatte nicht die leiseste Ahnung, wie man eine ordentliche Ehefrau war, aber sie hatte auch das Gefühl, dass Charles das gar nicht wirklich wollte.

Sie konnte ihn sich jedoch nicht vorstellen, wie er sich seinen Weg durch die peniblen, vergoldeten französischen Möbel in Rosemont bahnte. Sie würden sie alle verkaufen müssen. Tante Grace würde aufheulen –

»Warum schaust du so finster drein? Du solltest überglücklich vor Freude sein«, tadelte Charles.

»Ich bin auch glücklich. Ich habe nur sehr häusliche Gedanken gehegt.«

»Dann hör auf damit. Ich will dich lächeln sehen.«

Louisa schenkte ihm eines – das war kein Problem, wenn sie

in sein hübsches Gesicht blickte. Er war so viel attraktiver als Maximillian Norwich, der letzten Endes doch nicht sterben musste.

»Du meine Güte!«

»Was ist nun schon wieder?«

»Was werden wir meiner Familie über deinen Namen sagen, wenn wir wirklich heiraten? Du kannst doch nicht dein restliches Leben lang mit dem Namen eines Mannes herumlaufen, den es gar nicht gibt.«

Charles setzte sich wieder auf die Bank, hielt noch immer ihre Hand. »Mein Liebling, sag ihnen einfach, es war ein Schwindel – dass sie sich derart mies gegenüber dir verhalten hatten, dass du Max erfinden musstest, um sie dir vom Leib zu halten. Du solltest aufrichtig mit ihnen sein.«

Louisa schluckte, als sie sich Grace' Zorn vorstellte. »Ich denke, wir sollten zuerst heiraten. Dann kann mich meine Tante nicht in irgendein Irrenhaus einweisen. Du würdest dem einen Riegel vorschieben.«

»Vielleicht. Wenn du ganz lieb zu mir bist.«

»Charles!« Den langsamen, brennenden Blick, den er ihr schenkte, konnte sie nicht missverstehen. Es war offensichtlich, was sie – gern – tun konnte, um ihn an ihrer Seite zu halten.

»Lass uns darüber nachdenken, wenn es so weit ist. Du bekommst eine Gänsehaut, Lulu. Lass uns ins Haus gehen und sehen, ob es noch mehr Schädlinge in unseren Zimmern gibt. Neben Kathleen, meine ich.«

Es machte ihr nicht einmal mehr etwas aus, dass er sie Lulu nannte. Was war nur mit ihr los? »Das verrate ich ihr.«

»Nur zu. Ich bin begierig zu erfahren, ob sie wirklich ihr Versprechen hält und mich nicht wieder niederschlägt.« Er umarmte sie kurz und zog sie von der Bank hoch.

Es war schon fast dunkel. Die Lichter leuchteten aus den Fenstern im Erdgeschoss von Rosemont und warfen helle Rechtecke auf das graugrüne Gras. Louisa konnte sehen, wie die Bediensteten den Esstisch deckten, wobei Griffith in der Mitte stand und dafür sorgte, dass alles perfekt war. Das sonntägliche Abendessen war für gewöhnlich leichter, aber das bedeutete nicht, dass das Silber in seinen samtenen Ablagekästen liegen blieb.

Eine Fenstertür am Ende des Westflügels öffnete sich mit einem Quietschen. Komisch. Der Waffenraum lag im Dunkeln, und doch dachte Louisa, sie hätte eine Schattenfigur auf den Rasen treten sehen. Sie wandte sich Charles zu, um ihn zu fragen, ob er das auch gesehen hatte, aber bevor sie ihre Frage formulieren konnte, gab es einen Knall, einen zischenden Laut, und Lämmchens Kopf explodierte vor ihnen in tausend Stücke.

Charles warf sich zurück, zerrte sie mit sich auf den Boden und rollte sich über sie. Armer Kerl, das Gleiche hatte er mit seiner schrecklichen Vermieterin getan, als Louisas Automotor eine Fehlzündung gehabt hatte.

»Es ist alles in Ordnung, Charles. Mir geht es gut«, sagte sie mit beruhigender Stimme.

Er lag mit seinem vollen Gewicht auf ihr. Still. Zu still. Louisa berührte seine Schläfe, woraufhin sich ihre Handschuhe dunkel verfärbten.

Blut.

Charles war angeschossen worden. Ihre Schreie waren laut genug, um die Dienerschaft auf den Plan zu rufen, aber nicht laut genug, um ihn aufzuwecken.

35

Nein, nein, nein. Das durfte einfach nicht sein. Louisa hatte ihr ganzes Leben damit verbracht, sich Geschichten auszudenken und sie zu verändern, bis sie ihr passten. In ihnen waren ihre Eltern nie gestorben, ihre Tante war warmherzig und liebevoll, Hugh zog sie nicht an den Haaren und legte auch keine Spinnen in ihr Bett.

Also lag Charles jetzt *nicht* wie tot in ihrem Bett, mit einer klaffenden Wunde durch seine linke Augenbraue. Dr. Fentress wurde *nicht* gerufen, um sie zu nähen. Sie presste *kein* sauberes Tuch auf Charles' Stirn, um die Blutung zu stillen.

Stattdessen saßen sie und Charles noch immer auf der Gartenbank, in eine Umarmung versunken, und bekannten ihre Gefühle mit perfekten Worten, wenn sie sich nicht gerade küssten. Schmiedeten Heiratspläne. Sie würden in ein paar Minuten aufstehen und einen anderen Weg zum Haus einschlagen, einen, auf dem es keine Gewehrschüsse und kaputte Grotesken gab. Sie hätten ein geselliges Mahl mit ihren Verwandten, bei dem es keine unterschwelligen Missbilligungen gab.

Als Louisa ein kleines Mädchen gewesen war, hatte sie die Hände vor ihrem Körper zusammengeführt und die Augen nach oben verdreht, sodass sie diese anderen Leben, die sie sich ausgedacht hatte, beinahe sehen konnte. Eine Träne trat aus ihrem Auge, und sie wischte sie ungeduldig fort. Jetzt war nicht die Zeit, sich ins Märchenland zu flüchten.

Kathleen und Robertson standen hinter ihr. Es war Robertson gewesen, der als Erster herbeigerannt kam, Charles aufhob, als würde er nichts wiegen, und ihn den ganzen Weg hoch in ihre Suite getragen hatte. Die Zofen waren noch immer mit Reinigungsmitteln und Putzlumpen ausstaffiert, aber auf Kathleens Anweisung huschten sie alle davon.

»Warum wacht er denn nicht auf?«

»Aber Miss Louisa. Er hat einen harten Schädel, das wissen wir alle. Geben Sie ihm etwas Zeit. Ich bin sicher, es wird ihm gut gehen. Besser als neu.«

Louisa ließ sich von Kathleens kleiner Ansprache nicht täuschen. »Und was, wenn nicht? Was, wenn er mich nicht erkennt oder nicht mehr weiß, wer er ist?«

»Sie lesen zu viele Bücher. Amnesie kommt viel seltener vor, als diese Schriftsteller glauben machen wollen. Wenn Sie meine Meinung hören wollen, ist das einfach nur ein Mittel für faule Autoren.«

Das wollte Louisa nicht. Sie war viel zu betrübt, um jetzt über literarische Ausdrucksformen zu diskutieren. »Was hält Dr. Fentress nur so lange auf?«

»Der arme Mann ist erst vor ein paar Stunden nach Hause gekommen. Es ist nicht leicht, vierundzwanzig Stunden am Tag für Rosemont in Bereitschaft zu sein. Ihre Tante hält ihn an der kurzen Leine.«

»Vielleicht sollte er einfach einziehen.« Tante Grace war bis vor Kurzem nie krank gewesen, aber der Doktor wuselte seit Jahren hier herum. Wenn sie umeinander warben, sollten sie in ihrem Alter endlich den nächsten Schritt wagen und das Ganze rechtlich besiegeln lassen. »Schaut! Habt ihr das gesehen? Seine Augenlider haben geflackert! Charles! Kannst du sprechen? Ich bin es, Louisa. Lulu.«

Es gab kein Anzeichen dafür, dass Charles sie hörte. Zumindest ging sein Atem beständig, obwohl er wie die Marmorstatuen aussah, die sie in Kirchen in ganz Europa gesehen hatte.

343

»Vielleicht ist es am besten, wenn er bewusstlos ist, Miss«, sagte Robertson. »Ich bin ein- oder zweimal genäht worden, und das ist kein Spaß.«

»Und er hat Glück, dass er nicht tatsächlich erschossen wurde«, fügte Kathleen hinzu. »Dass ihn nur ein Stück Stein getroffen hat.«

Ja, das war wohl so. Aber jemand hatte auf ihn geschossen. Oder sie. Louisa verfluchte sich selbst dafür, dass sie zurück nach Hause gekommen war.

»Robertson, ich möchte gern, dass Sie hier oben bei uns bleiben. Sie können in Charles' Zimmer schlafen. Er braucht eine Leibwache. Kathleen, ich möchte, dass du morgen in die Dorfwirtschaft gehst und all unser Essen dort holst. Ich will nichts mehr riskieren.«

»Und was ist mit heute Abend?«

»Ich bringe jetzt ohnehin keinen Bissen runter, und wenn Charles aufwacht, wird es ihm wahrscheinlich wieder schlecht gehen. Übelkeit geht oft mit Kopfverletzungen einher. Oh, ich kann einfach nicht glauben, dass das passiert ist.« Sie knetete ihre Hände, fühlte sich wie eine verzweifelte Heldin in einem grausigen gotischen Roman.

Es klopfte an der Tür. »Hier ist Griffith, Miss Louisa. Mrs Evensong würde gern kurz mit Ihnen sprechen, wenn es passt.«

Louisa hatte auf Dr. Fentress gehofft. »Ich komme zu ihr ins Wohnzimmer. Kathleen, bleib bitte bei ihm und sage mir, wenn es eine Veränderung gibt.« Sie beugte sich vor und gab Charles einen langen Kuss, in der Hoffnung, sie könnte ihn dadurch wie Dornröschen oder Schneewittchen aus dem Schlaf erwecken. Leider war ihr Mund nichts Außergewöhnliches, konnte ihn auf keine sichtbare Weise erwecken.

Mrs Evensong hatte sich zum Abendessen umgezogen, das

jetzt verschoben war, wenn es nicht sogar ganz ausfiel. Sie trug ein schickes schwarzes Samtkleid, besetzt mit Gagat, und schwarze Spitzenhandschuhe. Louisa war überrascht, wie gut ihre Figur für eine ältere Frau war.

»Lassen Sie uns sitzen, meine Liebe. Sie müssen zu Tode besorgt sein.«

Louisa folgte ihr zum Sofa. »Er hat mich gebeten, ihn zu heiraten, und ich habe Ja gesagt«, platzte sie heraus. »Ich kann ihn nicht verlieren.«

»Oje, Sie haben wahrlich ein paar geschäftige Tage hinter sich. Ich werde Sie nicht lange von ihm fernhalten, aber ich wollte Sie wissen lassen, dass ich alles in meiner Macht Stehende tun werde, um diesem Übel in Rosemont auf die Schliche zu kommen. Weitere Unfälle brauchen wir wirklich nicht, oder? Wenn ich in den nächsten ein bis zwei Tagen keinen Erfolg habe, wäre es vielleicht das Beste für Sie beide zu gehen, sobald sich Captain Cooper ausreichend erholt hat.«

Louisa nickte. »Sie haben recht. Aber Charles ist so stur – er denkt, es wäre feige von mir, zu gehen und alles Tante Grace zu überlassen. Aber wenn ihm etwas passiert –« Sie konnte den Satz nicht beenden. Charles war in solch kurzer Zeit so wichtig für sie geworden, dass sie einfach nicht wusste, wie sie ohne ihn bestehen sollte.

»Ich hoffe aufrichtig, dass nichts weiter passieren wird. Sie passen auch gut auf sich auf – diese Kugel hätte auch für Sie bestimmt sein können. Nun, ich mache mich jetzt auf den Weg, ich werde in Kürze einen Sherry mit Ihrer Tante trinken. Sie weiß noch nicht so recht, was sie mit mir anfangen soll, und so geht es mir auch, aber ich erwarte, dass wir alles klären werden. Aber zuerst, denke ich, ist ein Besuch unter der Treppe angesagt. Wissen Sie, dass ich ein paar Ihrer Bediensteten hierhin vermittelt habe? Ich will einfach nur nachsehen, wie es ihnen geht, und vielleicht erzählt mir jemand etwas Nützliches über all diesen Unfug. Bedienstete wissen immer alles.«

Unfug. Das war eine echte Untertreibung. Durch eine Kugel uferte das Ganze aus. Vielleicht würde sie den Anblick und das Gefühl des reglosen Charles auf ihrem Körper niemals vergessen.

Aber es hätte wohl auch viel schlimmer kommen können.

»Ich habe eine Idee.«

»Was denn, meine Liebe?«

»Wenn Charles aufwacht, könnte er vorgeben, viel schwerer verwundet zu sein, als er ist.« Louisa betete, dass er tatsächlich vollkommen intakt aufwachen würde, mit scharfem Verstand, und auch, dass alle seine Körperteile noch perfekt funktionierten.

Mrs Evensongs Augenbrauen zogen sich zusammen. Sie waren rostfarben, anders als das silberne Haar auf ihrem Kopf. »Fahren Sie fort.«

»Wenn die Person, die auf uns geschossen hat, weiß, dass sie beinahe Erfolg hatte, zeigt sich vielleicht die Erleichterung. Vielleicht äußert sie Ihnen gegenüber einen verdächtigen Kommentar. Gesteht vielleicht. Wird vielleicht, Gott bewahre, unvorsichtig und wagt einen neuen Versuch, ihn umzubringen. Wir würden Charles natürlich beschützen. Es darf ihm nichts mehr geschehen.«

»Ihre Idee ist es wert, verfolgt zu werden. Schade, dass mir das nicht selbst in den Sinn gekommen ist«, sagte Mrs Evensong. »Jetzt müssen wir nur noch hoffen, dass er bald erwacht und sich mit uns verschwören kann. Gute Nacht, Miss Stratton. Passen Sie gut auf Ihren jungen Mann auf.«

Impulsiv umarmte Louisa die Frau. Ohne ihre monströsen schwarzen Hüte und den Schirm war sie viel weniger Respekt einflößend. »Vielen Dank, Mrs Evensong.«

»Schon gut.« Mrs Evensong fischte ein Taschentuch aus ihrem kleinen, mit Gagatperlen besetzten Täschchen an ihrem Handgelenk. »Behalten Sie das. Ich habe noch ein anderes. Man kann niemals zu vorbereitet sein, oder?«

»Ich *hasse* es zu weinen«, sagte Louisa, nachdem sie sich recht undamenhaft in das Taschentuch geschnäuzt hatte.

»Sehen Sie Tränen nicht als Zeichen von Schwäche. Sie zeigen nur Ihre Stärke. Sie sorgen sich sehr – das ist gut so. Viele Menschen flattern nur durchs Leben und lassen sich von nichts berühren.« Es lag ein wehmütiger Blick auf Mrs Evensongs erstaunlich faltenfreiem Gesicht. Sie umarmte Louisa kurz und ließ sie auf dem grauen Sofa zurück.

Es war tröstlich zu wissen, dass die Geschäftsfrau ein paar Tage bleiben würde. Als Louisa sie nach Rosemont eingeladen hatte, hatte sie nicht wirklich gedacht, dass sie kommen würde. An dem Tag, an dem sie in der Mount Street Tee getrunken hatte, war viel los gewesen – die *Evensong Agency* verfügte über ein Netzwerk, das sich wahrscheinlich bis in den Haushalt von König Edward selbst erstreckte. Mrs Evensong hatte selbst in der Agentur eine ganze Reihe von Angestellten. Die Büros waren bis in jede Ecke mit Schreibtischen und Schreibmaschinen bestückt, und eifrige junge Leute sprachen in Telefone aus Messingguss. Louisa fragte sich, wer überhaupt bei Mrs Evensong die Verantwortung hatte, aber Mrs Evensong war ja stets vorbereitet, nicht wahr?

Louisa ging zurück ins Schlafzimmer, wo sie froh war, Dr. Fentress zu sehen, der gerade Charles' Wunde schloss. »Da sind Sie ja, Louisa. Machen Sie sich keine Sorgen, meine Hand ist noch immer ruhig. Es wird kaum eine Narbe zurückbleiben. Sieht aus, als hätte er in diesem Bereich schon einmal etwas gehabt. Wie wurde sein Auge noch einmal verletzt? Auf einer Safari, wenn ich mich nicht irre.«

347

»Hm. Ja, ich denke schon. Lange bevor wir uns kennenlernten. Einer seiner Begleiter hatte wohl einen lockeren Finger
am Auslöser, und der arme M-Max war im Weg. Glück für den
Löwen«, antwortete Louisa.

Kathleen, die das Tablett des Doktors mit den chirurgischen
Instrumenten hielt, verdrehte die Augen.

»Das hat er auch beim Abendessen gesagt. Komisch. Ich
dachte, Grace hätte etwas von einem Boxkampf erzählt. Hugh
kann es kaum erwarten, die Fertigkeiten Ihres Gatten im Ring
zu testen, sobald er wieder bei Gesundheit ist.«

»Uh, es gab auch einen Boxkampf. Ich war verwirrt. Aber er
boxt nicht mehr. Das erlaube ich ihm nicht.« Sie sollte wirklich
aufhören, die Wahrheit zu verdrehen. Charles hatte recht. Es
war an der Zeit, die Wahrheit zu sagen. Lügen aufrechtzuerhalten war eine Tagesbeschäftigung.

»Dann sollten Sie lieber noch einmal mit ihm reden. Mr Norwich hat Ihren Cousin neulich Abend ohne Vorwarnung nie-
dergestreckt. Mag sein, dass Hugh es provoziert hatte – aber
was kann man von dem Jungen schon erwarten, wo all seine
Träume zerstört sind.

»Was meinen Sie damit?«

»Sicher wissen Sie, dass er Sie heiraten wollte. Es war auch
der sehnlichste Wunsch seiner Mutter.«

»Ich kann keinen Grund dafür sehen«, sagte Louisa. »Alles,
was sie jemals tun, ist, mich zu kritisieren.«

»Nur weil sie sich Sorgen um Sie machen, meine Liebe.«

Louisa wollte keine Zeit mit Diskussionen vergeuden, wo
Charles' Leben in Gefahr war. »Wann werden wir wissen, wie
es ihm geht?«

»Das ist schwierig zu sagen. Kathleen hat mir erzählt, was
Sie ihr erzählten – er hat einen harten Schlag auf den Kopf
bekommen, fiel dann rückwärts und hat sich den Kopf erneut

angeschlagen, bevor er sich über Sie rollte, um Sie zu schützen. Er sollte überwacht werden. Ich werde über Nacht bleiben, aber ich erwarte, dass Sie die eigentliche Überwachung übernehmen wollen. Meine Haushälterin wird erfreut sein, mich schon wieder los zu sein.«

Haushälterin. Verdammt, Mrs Lang war bestimmt sauer auf sie, weil sie ihr nichts von Mrs Evensongs Besuch gesagt hatte, aber sie hatte es ja selbst nicht erwartet. Sobald Louisa eine freie Minute hatte, würde sie sich bei dem alten Drachen entschuldigen. Nicht, dass sie das wollte – sie würde der Frau am liebsten die Tür weisen. Während Rosemont wunderbar geführt wurde, konnte sich Louisa unter dem missbilligenden, stechenden Blick der Haushälterin nicht wohlfühlen. Sie könnte ihrer Tante nie gerecht werden.

Oh, sie wünschte, sie wäre nie nach Hause gekommen. Aber dann hätte sie nie einen falschen Gatten gebraucht und nie Charles angestellt. Sie hätte niemals erfahren, wie es war, geküsst und derart meisterhaft berührt zu werden. Geschätzt. Sie hätte weder so viel gelacht, noch so viel Mitgefühl erlebt. Louisa hatte in diesem letzten Jahr betrogen und war der Realität aus dem Weg gegangen, aber jetzt hatte sie einen Grund, still zu sein und auf ihr Herz zu hören.

Sie war eher überrascht herauszufinden, dass sie tatsächlich eins hatte. Nach Sir Richard hatte sie das Erlebte derart sicher verschlossen, wie Tante Grace sie in Rosemont eingesperrt hatte.

»Danke, Dr. Fentress. Falls – wenn – er erwacht, werde ich Sie rufen lassen.«

»Es sieht aus, als hätten Sie reichlich Unterstützung. Sie sollten sich während der Nacht abwechseln und selbst etwas Ruhe suchen«, sagte der Doktor und tätschelte ihre Schulter. »Ich werde meine Tasche mit den Instrumenten hierlassen, falls sie gebraucht werden, aber doktern Sie nicht selbst an ihm herum, meine Liebe, außer Sie müssen den Verband wechseln. Er könnte um sich schlagen und ihn im Schlaf lockern.«

Louisa nickte. Sobald der Doktor gegangen war, standen die drei irgendwie hilflos an Charles' Bett. »Kathleen, warum gehst du nicht mit Robertson hinunter in die Gesindehalle, und ihr esst etwas zu Abend? Ich übernehme die erste Schicht.«

»Wenn Sie sicher sind, dass Sie allein klarkommen. Soll ich etwas Tee mit hochbringen, wenn ich zurückkomme?«

»Nur wenn du sicher bist, dass er nicht vergiftet ist. Vielleicht bin ich albern. Die Pilze könnten ein Unfall gewesen sein. Aber die Flöhe sind nicht allein in Charles' Unterwäsche gekrochen, und ich glaube kaum, dass das ein Wilderer im Garten war.« Sie setzte sich auf einen Stuhl neben dem Bett und berührte Charles' Wange. »Oh, wenn ich mir wirklich etwas aus ihm mache, sollte ich ihn wegschicken.«

»Er wird nicht gehen, Miss.«

Louisa sah Robertson überrascht an. »Woher wissen Sie das?«

»Er kam heute Morgen vor der Kirche zu mir, um mit mir zu reden. Ich bot ihm an, stillzuhalten, wenn er mir einen Kinnhaken für neulich Nacht versetzen wollte. Er ist ein feiner Kerl, Miss – er sagte, er wüsste, Sie hätten es nicht leicht gehabt, trotz des ganzen Geldes, und Kathleen hätte recht gehabt, sich um Sie Sorgen zu machen. Wir redeten über dies und das, von Mann zu Mann. Meiner Meinung nach sorgt er sich etwas leidenschaftlich um Sie. Ich weiß, was der Captain fühlt – ich sorge mich um meine Kathleen auf gleiche Weise.«

»Still, Robbie.«

»Das tue ich. Und ich bin nicht zu stolz, das auch zu sagen. Wir würden gern heiraten, Miss Louisa, sobald hier alles wieder glattläuft. Ich weiß, es ist nicht der rechte Zeitpunkt, um das vorzubringen, jetzt, da Sie über den Captain und alles beunruhigt sind. Aber es wird alles gut werden, Sie werden schon sehen.«

»Ich hoffe, Sie haben recht.« Louisa fragte sich, ob sie ebenso töricht aussah wie Kathleen, wenn sie ihren Liebsten angrinste. Wahrscheinlich. Die Liebe konnte einen des Verstands und der Würde berauben. »Geht schon, ihr zwei. Und lasst euch Zeit. Ich werde heute Nacht wahrscheinlich ohnehin kein Auge zumachen.«

In Wahrheit wollte sie nur mit Charles allein sein. Sie verkrampfte ihre Fäuste und kniff die Augen zusammen, wie sie es so oft als kleines Mädchen getan hatte, und stellte sich dabei vor, wie er aus dem Bett stieg und zum Fenster schritt, um die Schaumkronen dort unten zu betrachten. Er lud sie ein, nur mit ihrem Nachthemd bekleidet, mit ihm am Strand spazieren zu gehen. Louisa wechselte in ihren Gedanken hastig die Jahreszeit zu Hochsommer, wenn eine milde Brise vom Meer heranwehte und der Sand von der Sonne noch immer warm war. Sie würden eine Weile spazieren gehen, das Wasser würde ihre nackten Füße umspülen. Charles würde sie ansehen – sie konnte seinen Ausdruck unter dem Vollmond eindeutig erkennen – und ihr das Nachtgewand über den Kopf ziehen. Sein Kopf würde sich neigen, um ihre geschwollenen Nippel in den Mund zu saugen. Ihre Knie würden einknicken, und er würde sie festhalten, mit seinen Fingern und seiner Zunge und seinen Zähnen ihr sensibles Fleisch bearbeiten, bis sie nicht mehr klar denken konnte. Seine Hand würde ihren Weg zu ihrem brennenden Zentrum finden und sie darauf vorbereiten, was sie noch zu erwarten hatte – wonach sie sich sehnte –, und dann würde sie Sterne vor den Augen sehen, bevor er in sie hineinstieß.

Die Vorstellung war so lebendig, dass sich ihr Puls beschleunigte und ihr Atem schneller wurde. *Wach doch auf, wach doch auf*, bettelte sie. *Mach, dass dieser Aufwachtraum wahr wird. Bitte, Charles –*

Plötzlich bewegte er sich und schlug auf dem Bett um sich, als stünde er unter Beschuss. »Nein, verdammt, nein!« Da war ein unterirdisches Heulen, und dann Charles – ihr starker, standhafter Charles – der zu schluchzen begann, als ob sein Herz zersprungen wäre.

»Charles! Du träumst! Wach auf, Liebster.« Sie versuchte ihn zu umarmen, aber in seinem Albtraum schob er sie weg.

Es dauerte einen langen Moment, bis er zu sich kam, sich im Bett aufsetzte, das Gesicht von Schmerz verzerrt.

»Mein Gott.« Er war so ruhig, dass Louisa fürchtete, er wäre wieder untergegangen.

Sie packte seine Hand, die wie tot in ihrer lag. »Was ist los? Was hast du?«

Eine ganze Minute verging. »Ich weiß nicht. Nichts. Alles. Habe ich dich verletzt?« Er zog seine Hand aus ihrer.

»Natürlich nicht. Du würdest mich nie verletzen«, sagte Louisa und schob das Laken zurück über seine Brust. Niemals absichtlich, dessen war sie sich sicher.

»Würde ich nicht? Du hast eigentlich keine Ahnung, wozu ich fähig bin.« Er legte den Kopf schief, schüttelte ihn dann und zuckte zusammen. »Was ist mit mir passiert?«

»Jemand hat auf uns geschossen. Oder eigentlich auf Lämmchen. Teile der Statue sind überallhin geflogen, und eines hat dich getroffen.«

Er berührte die Bandage, die teilweise sein schlimmes Auge bedeckte. »Schieb mal die Lampe ein bisschen näher heran.«

Sie tat, wie er gebeten hatte, auch wenn sie wusste, dass ihm das helle Licht zu schaffen machte, wenn er seine Augenklappe nicht trug.

»Ich kann dir eine Augenklappe holen. Nicht die, die du getragen hast – ich fürchte, die ist kaputt und hat ein paar Blutflecken.« Was für eine Untertreibung, aber sie wollte ihn nicht aufregen. »Du hast eine Schnittwunde über deinem Auge, aber Dr. Fentress hat sie recht passabel genäht. Es wird deiner Schönheit keinen Abbruch tun.«

»Es ist mir egal, wie ich aussehe, Louisa. Eine Sekunde lang dachte ich, ich könnte sehen, aber jetzt ist alles wieder wie vorher. Vielleicht noch schlimmer. Ich – ich denke, wir sollten wohl doch nicht heiraten.«

36

Die Armeeärzte hatten ihm erzählt, es würde ihm vielleicht eines Tages besser gehen, aber er konnte nicht weiter mit dieser Hoffnung leben.

Eines Tages würde niemals kommen.

Er konnte mit dem Verlust seines Augenlichts leben. Aber er konnte nicht mit seinen Träumen leben.

Als er seine Augen nach dem Albtraum geöffnet hatte, war seine Sicht scharf gewesen. Brillant. Und dann –

Vielleicht war es nur Wunschdenken gewesen. Eine alte Erinnerung aus seinem vorherigen Leben, als die Welt noch in lebendige Farben getaucht war und nicht in Grautöne.

Aber der Traum, bevor er erwachte. Wahrscheinlich würde er sich nie mehr gestatten einzuschlafen.

Louisa lag tot neben ihm. Von seiner Hand.

Er könnte nachts alles Mögliche anstellen und nichts davon mitbekommen. Wie konnte er jemanden, den er liebte, dem aussetzen, was er war?

Zerbrochen.

Louisa war zum Glück am Leben, verschwommen, wich ihm nicht von der Seite. Wie sehr er sich wünschte, sie nur ein Mal deutlich zu sehen.

Es war ihr gegenüber nicht fair, sich jemanden aufzuhalsen, der nicht sehen konnte, der nicht angemessen oder eigentlich überhaupt nicht für sie sorgen konnte.

Und der sie möglicherweise sogar umbringen konnte, ebenso wie er Marja getötet hatte.

Was hatte er sich nur dabei gedacht?

Das Arbeitsangebot von George lief vielleicht auf nichts hinaus, auch wenn seine Sicht gut genug war, es anzunehmen. Wenn er die Gewinn- und Verlustspalten nicht zusammenrechnen konnte, was könnte er in New York schon ausrichten? Und nicht jeder war ein Liebhaber von Automobilen und hatte so viel Geld wie Louisa Stratton, um sich diesen Luxus leisten zu können. Was, wenn er keine verkaufen könnte, die Arbeiter in Streik traten und das Unternehmen den Bach runterging?

Und noch wichtiger – wie konnte er Louisa bitten, Rosemont zu verlassen?

Es war ihr Zuhause. Sie hatte ausreichend viel Leid ertragen müssen, sodass sie jedes Recht hatte, an ihrem angestammten Platz hier festzuhalten. Nichts sollte sie jetzt bremsen, insbesondere keine Ehe mit einem halb blinden Bettler mit der Wahnidee, sich zu bessern. Er war schließlich nur der Sohn eines Fabrikvorarbeiters.

Er malte den Teufel an die Wand, wie seine Mutter sagen würde, aber er konnte das Gefühl der hilflosen Panik nicht überwinden, das jeden Zentimeter seiner Haut überzog. Der Traum hatte all die zivilisierten Schichten wieder abgezogen, die er versucht hatte, sich aufzukleben. Und darunter steckte etwas Furchterregendes.

Charles hatte dröhnende Kopfschmerzen. Dutzende schwarzer Flecken schwirrten umher, und der graue Schatten, der immer die Ecke seines Sichtfelds überdeckt hatte, schien größer als je zuvor.

»Sei nicht albern!«

»Aber du bist doch albern. Du kannst – solltest kein Leben mit mir führen, Louisa. Du verdienst mehr.«

»Gott, was bist du ermüdend! Erzähle mir nicht, was ich verdiene! Ich weiß, was ich will, und das bist du.«

»Vielleicht hast du auch eins auf den Kopf bekommen«, brummelte Charles.

Sie wurde langsam immer schärfer. Ihr Kleid war blutbespritzt und ihr Haarknoten hatte sich zu einem labilen Bündel an der Seite ihres Kopfs gelöst. Seine makellose Prinzessin sah aus, als hätte sie jemand rückwärts durch eine Hecke geschleift.

Das kam davon, wenn man Zeit mit ihm verbrachte. Zerstörung.

Und möglicherweise Tod.

»Jemand hat also auf uns geschossen«, sagte Charles und sah weg. Sogar so unordentlich sah sie bezaubernd aus. »Wer? Das scheint ein wenig ernster zu sein als Flöhe in der Schublade und Schrauben unterm Sattel.«

Wenn er ginge, würde sie dann in Rosemont sicher sein?

Er war bislang nicht in der Lage gewesen, sie zu beschützen.

»Es *ist* ernst, und Mrs Evensong und ich haben einen Plan. Ich werde dir davon erzählen, aber ich werde dich nicht unsere Verlobung lösen lassen, Charles. Wir werden das besprechen, wenn du wieder mehr du selbst bist.« Sie drohte ihm tatsächlich mit einem Finger – oder vielleicht auch mit zweien. Er konnte es nicht wirklich sagen.

Charles fühlte, wie gegen seinen Willen seine Lippen hochklappten. »Ich versichere dir, ich bin bei mir. Fast blind und mir letztendlich der Unmöglichkeit unserer Verbindung bewusst. Es ist – es ist ungleich, Louisa. Unangemessen. Unplausibel. Ich war ein echter Narr, dir einen Antrag zu machen.«

»Und ich war wohl eine echte Närrin, den Antrag anzunehmen, Mr laufendes Wörterbuch?«

Ja. Ja, das war sie, eine absolut hinreißende, liebenswerte Närrin.

Charles schloss die Augen, aber die Flecken tanzten noch immer über seine Augenlider. »Ich werde nicht mit Beleidigungen anfangen.« Wenn er vielleicht allein nach New York ging und etwas aus sich machte –

Nein. Er wäre ihrer niemals würdig.

»Feigling.«

Er öffnete die Augen. »Wie bitte?«

»Du liegst wieder hier und vergehst vor Selbstmitleid. Ich dachte, damit wären wir fertig.«

»Dachten wir das?« Charles konnte seine Verbitterung nicht verbergen. Es war, als hätten diese letzten herrlichen Tage – nun, mehr oder weniger herrlich, wenn man von den Angriffen absah – niemals existiert, und er suhlte sich in Selbstmitleid. Dieses Mal waren zumindest die Laken sauberer, und er war vollkommen nüchtern.

Er konnte Louisas missbilligendes Starren spüren, auch wenn er es nicht wirklich sehen konnte.

»Wie ich schon sagte, die Sache mit dem Heiraten sollten wir später besprechen. Jetzt –«

»Es gibt keine Sache mit dem Heiraten zu besprechen. Ich ziehe mein Angebot zurück, und du solltest ein Rad schlagen.«

»Du weißt, dass ich mir nicht gern sagen lasse, was ich zu denken oder zu tun habe, Charles. Davon hatte ich genug für zwei Leben. Du bist momentan sehr provokant.«

»Noch ein Grund mehr, deinem Glücksstern zu danken, dass wir fertig sind. Jetzt, wo Mrs Evensong hier ist, wirst du das Bankproblem lösen können, und meine Rolle hier ist überflüssig.« Vor nicht allzu langer Zeit schauten sie von ihrem Bett aus in den winterlichen Sternenhimmel. Damals war Charles der Glückliche gewesen.

Louisa seufzte, als sei sie des Lebens überdrüssig. »Ich sehe, dass es keinen Sinn hat, mit dir vernünftig zu reden. Nun gut. Ich habe dich als Betrüger angestellt. Du wirst in den nächsten ein oder zwei Tagen erneut Gelegenheit haben, deine Rolle aus-

357

zuweiten und dein Geld zu verdienen. Und wenn du dann gehen willst –« Sie zuckte mit den Achseln und breitete die Hände aus. »Ich kann dich wohl nicht aufhalten, oder? Du bist ein erwachsener Mann. Geh zurück nach London und wohne in – in –«

»Das Wort, wonach du suchst, ist ›Elend‹.«

»Was auch immer. Du weißt heute alle Wörter. Ich werde nicht meinen Atem vergeuden, um mit dir zu streiten. Ich kann nur hoffen, dass jemand anders erneut auf dich schießen wird und wieder ein bisschen Verstand in deinen Schädel klopft.«

Verdammt! Sie dachte, das würde alles verfliegen – dass er so deprimiert war. Was war nötig, damit sie erkannte, dass er nicht der Mann war, für den sie ihn hielt?

»Also sag mir, welches Spiel wir als Nächstes spielen werden, Miss Stratton, du und Mrs Evensong und ich. Was soll ich jetzt vorgeben? Und werde ich mehr Geld verdienen? Jetzt, da ich nicht bei einer Erbin bleiben kann, werde ich jeden Penny brauchen.«

Gefühllos. Ungehobelt. Das würde ihr alles bewusst machen. Er holte zum entscheidenden Schlag aus, während sie still auf der Bettkante saß, noch immer unberührt von seinem Auftritt. »Wann kann ich erwarten, dass dein alter Liebhaber auftaucht? Sir Richard ist der örtliche Magistrat, oder?«

Charles erkannte die besorgte Zungenspitze, das einzige Anzeichen, dass seine Worte sie langsam beunruhigten. »Oh! Ich glaube nicht, dass irgendjemand daran gedacht hat, die Behörden zu verständigen. Und ja, Sir Richard ist der Magistrat. Und ich will sicher nicht, dass *er* hier alles vermasselt.« Eindeutig war sie nicht bereit, Sir Richard Delacourt zweimal an einem Tag gegenüberzutreten. Oder jemals wieder.

Sie sollte eine Riesenwut auf Charles haben. Sein Verhalten ihr gegenüber war entsetzlich, aber er wagte es nicht, sein derbes Vorgehen noch weiterzutreiben. Mit jedem feindseligen Wort verstärkte sich der Schmerz in seinem Kopf.

Und in seinem Herzen.

Schließlich würde sie ihren Fehler erkennen.

»Jemand hat auf uns geschossen, Louisa. Jemand in diesem Haus. Sie müssen bestraft werden.« Er ärgerte sich nicht wegen sich selbst, aber ihr hätte etwas passieren können. Charles verdiente sie vielleicht nicht, aber das bedeutete nicht, dass es ihm gleichgültig war.

Bedeutete nicht, dass er sie nicht liebte.

Er wünschte, er könnte ihre Hand wieder nehmen. Daran steckte das einfache goldene Band, das Mrs Evensong für sie besorgt hatte. Er wollte es ihr selbst irgendwann dort anstecken, sein Treuegelöbnis ablegen, was auch immer das bedeutete.

Louisa schüttelte den Kopf. »Ich glaube nicht, dass man uns wirklich erschießen wollte. Wir waren zu dem Zeitpunkt sehr weit von Lämmchen entfernt.«

»Es war dunkel. Es kann auch sein, dass wir es mit einem unerfahrenen Schützen zu tun haben.« Er machte eine Pause und wusste, dass seine nächsten Worte noch mehr Wunschdenken sein mochten – es juckte ihn einfach, sich Hugh Westlake zu schnappen und ihn besinnungslos zu schlagen. »Und wenn man Meisterschütze ist, kann man auch absichtlich danebenschießen. Ich vermute, dein Cousin Hugh kann mit einem Gewehr umgehen.«

»J-ja. Aber ich kann nicht glauben, dass er etwas so Gefährliches tun würde! Die Flöhe sind mehr sein Stil. Er hatte schon immer Käfer in mein Bett gelegt, als ich noch ein kleines Kind war.«

»All diese ›Unfälle‹ sind Warnungen gewesen, Louisa, sogar von Kathleen und Robertson. Jemand will, dass ich – oder wir –

gehen. Sogar deine Haushälterin fragte, ob wir bereit seien, zurück nach Frankreich zu gehen.«

»Nun, dann sollten wir eben gehen. Ich kann es nicht ertragen, wenn dir noch etwas passiert.«

»Du vergeudest dein Mitgefühl. Das ist dein Zuhause, aber ich werde gehen, sobald ich wieder reisen kann oder sobald diese List endlich ein Ende hat.« So, wie er sich jetzt fühlte, würde das niemals sein.

Aber er musste gehen. Louisa würde es gut gehen. Sie war eine Erbin. Temperamentvoll. Wunderschön. Sie würde jemanden finden, einen Besseren. Einen Mann ihrer eigenen Klasse und mit ihrem Hintergrund. Einen gesunden, ganzen Mann, der sie nicht verletzte.

Der keine Last wäre.

»Was für eine verrückte Idee hast du jetzt, um unseren Schurken zu entlarven?«

Und da war sie wieder, die Zunge. »Ich denke, du solltest vorgeben, blind zu sein.«

Charles lachte unwirsch. Und es tat weh. »Ich denke nicht, dass ich hier viel spielen muss. Ich habe dir gesagt, dass sich alles verschlimmert hat.«

»Ich bin jedoch sicher, dass es besser werden wird.«

Natürlich war sie das – sie befand sich wieder in ihrer Fantasiewelt. »Warst du auf der medizinischen Universität, während ich bewusstlos war?«

Louisa ignorierte diese Stichelei. »Wir werden sehen, wer an deiner Behinderung Gefallen findet oder daraus einen Vorteil zu schlagen versucht. Mrs Evensong wird mit jedem reden, und ich werde ihr dabei helfen. Sie ist sehr schlau, und ich kenne einen Großteil der Belegschaft seit meiner Kindheit.«

Und sie hatten sich mitschuldig gemacht, als sie wie eine Gefangene in ihrem eigenen Zuhause gehalten wurde. Charles unterdrückte einen Kommentar – sie sollte nicht denken, dass er ihr auf irgendeine Weise zugetan war.

Diese Sherlock-Holmes-Idee war einfach absurd. »Also wirst du mit ihnen reden und alle Geheimnisse aus ihnen herauskitzeln. Und während du das tust, soll ich gegen Wände laufen und über Möbel fallen? Dafür *musst* du mir mehr bezahlen.«

»Du musst dich nicht wirklich verletzen. Und Robertson wird ständig bei dir sein, falls der Schütze wieder zuschlägt.«

»Wundervoll. Wir werden beide umgebracht, doch dann musst du dich um Kathleen kümmern.«

* * *

Louisa ließ ihn einfach nicht allein, auch nach all den rüden Dingen, die er zu ihr gesagt hatte. Sture kleine Hexe. Sie war auf der Chaiselongue zusammengerollt und schlief tief und fest.

Es war schon nach Mitternacht. Charles konnte es ihr nicht gleichtun. Die Decke auf seiner Brust fühlte sich an wie ein Schraubstock, und sein Kopf schmerzte.

Er würde morgen gehen, nachdem er seinen Zirkusauftritt absolviert hatte. Louisa konnte sagen, ihre »Ehe« sei am Ende – wer wäre schon gern mit einem Blinden verheiratet?

Kathleen und Robertson hatten unten das Gerücht verbreitet, er könne nicht sehen, und Louisa hatte ihnen die Nacht zusammen in Robertsons Quartier gewährt. Die alte Mrs Lang musste nicht wissen, dass Kathleen nicht in ihrer Suite schlief, und versuchen, sie im Mägdeflügel einzusperren.

Die Haushälterin auszumanövrieren hatte Kathleen enormen Spaß gemacht. Sie sagte, das sei nur fair, da sich die Haushälterin in letzter Zeit auf dem Kriegspfad befände. »Sauer wie ein Topf dieses scheußlich eingelegten Kohlzeugs, das wir in

Deutschland gegessen haben. Gut, dass ich ihr durchs Netz gegangen bin«, hatte sie zu Louisa mit einem schadenfrohen Grinsen gesagt.

Louisa dachte, Mrs Lang musste aufgebracht über die Gefahr und das Chaos in Rosemont sein. Kathleen hatte entgegnet, dass das Einzige, wofür sich diese Frau interessierte, Grace war, und dass der ganze Rest leer ausging.

Kathleens Worte schwirrten noch immer durch seinen Kopf, und als er das sanfte Klopfen an der Tür hörte, schoss er im Bett hoch. »Treten Sie ein.«

Louisa schlief weiter. Wie würde sie sich schützen, wenn er weg war?

Nun, das wäre nicht sein Problem. Er hatte bislang ohnehin nicht sonderlich zu ihrem Schutz beitragen können.

Mit einer Kerze in der Hand trat Kathleen ein und wandte schnell die Augen von seiner nackten Brust ab. »Bitte entschuldigen Sie, Captain«, flüsterte sie. »Ich muss Miss Louisa wecken. Es ist etwas geschehen.«

Louisa war immer noch zu einer Kugel zusammengedreht, die Hälfte ihres Gesichts war von den Decken bedeckt.

»Was? Ist es etwas, das ich für sie erledigen kann?«, flüsterte er zurück.

»Das glaube ich nicht. Sie muss es wissen, bevor sie morgen früh hinuntergeht.«

»Sagen Sie es mir.«

»Es geht um ihre Pflanzen, Sir. Jemand war im Gewächshaus und hat es verwüstet.«

Dieser wunderschöne Raum, der nur so vor üppigem Leben strotzte. Louisa liebte ihre Pflanzen und hatte ihm erzählt, dass sie das Einzige waren, das sie während ihrer Abwesenheit vermisst hatte. *Diese Bastarde!*

»Alles?«

»Nein, hauptsächlich ihre Orchideen. Ihre Lieblingsblumen. Sie sind wie ihre Babys. Alle aus den Töpfen gezerrt, auf dem Boden verstreut und zertreten. Griffith ist außer sich vor Trauer. Er hatte sich während ihrer Abwesenheit darum gekümmert, und er hat es wirklich gut gemacht. Wer auch immer es getan hat, hat die Behälter nicht kaputt gemacht, um Lärm zu vermeiden.«

»Jemand ist noch nicht zufrieden mit dem, was bislang erreicht wurde«, sagte Charles grimmig.

Aber wie hat Kathleen das herausgefunden? Sie sollte doch bei Robertson über dem Stall sein.

Es sei denn, sie hatten es zusammen getan.

»Mrs Lang wartet auf ihre Anweisungen, bevor die Mägde alles aufräumen. Sie fragt sich, ob Miss Louisa noch etwas finden kann, das zu retten ist«, sagte die Zofe.

Sie sah nicht schuldig aus, nur müde und ein wenig von Liebe erhitzt. »Wie kommt es, dass Sie auf sind?«, fragte Charles.

»Ich bin runter in die Küche, um ein paar Sandwiches zu machen. Ich habe gelogen und gesagt, sie wären für Sie, als mich Mrs Lang entdeckt hat. Sie drehte ihre letzte Runde.«

Das war eine Erklärung, aber war es auch die Wahrheit?

Charles hasste es, Louisa dieser Zerstörung aussetzen zu müssen, aber ihr würde es sicher auch nicht gefallen, wenn man Pflanzen wegwarf, die man irgendwie noch retten konnte. »Sagen Sie Mrs Lang, sie soll warten. Ich werde Louisa wecken, und wir werden in Kürze unten sein. Rufen Sie alle Hausangestellten zusammen, ohne Ausnahme. Und auch Mrs Evensong.«

Kathleens Augen weiteten sich. »Aber Sir. Es ist nach ein Uhr morgens! Die meisten von ihnen müssen um fünf Uhr wieder aufstehen. Und Mrs Evensong ist Gast hier. Ich störe sie nur ungern.«

»Sag allen, sie können dafür zwei Stunden später aufstehen.«

»Mrs Westlake wird das überhaupt nicht gefallen.«

»Das ist mir egal. Es ist Zeit, dass diesem Unsinn ein für alle Mal ein Ende gesetzt wird. Schmieden, solange das Eisen noch heiß ist, sozusagen.«

Kathleen sah unsicher aus, aber sie nickte und verließ das Zimmer.

Verdammtes Rosemont mit all seinen Einwohnern! Am liebsten würde er das ganze Anwesen abfackeln. Vielleicht stand das aber auch schon als Nächstes auf dem Plan ihres Peinigers.

Charles wusch sich kurz und zog einen seiner schicken Pyjama und einen Morgenmantel über. Er stand über die Chaiselongue gebeugt und untersagte sich selbst, Louisas nackte Schulter zu berühren.

»Louisa, wach auf.«

»Noch nicht«, murmelte sie. »Es kann unmöglich schon Morgen sein.«

»Ist es auch nicht. Ich habe schlimme Neuigkeiten, aber keine Angst: Allen in Rosemont geht es gut. Jemandem geht es anscheinend sogar *zu* gut.«

Sie rollte sich auf den Rücken, ihre Wimpern waren vom Kissen umgeknickt. »Was ist denn los?«

»Im Gewächshaus hat jemand randaliert. Du sollst nach unten kommen, um zu sehen, ob noch etwas zu retten ist.«

Sie setzte sich auf. »Das reicht. Wir reisen noch heute ab. Was auch immer hier vor sich geht, dagegen kann ich nicht mehr ankämpfen. Ich – ich *hasse* Rosemont. Ich war hier niemals glücklich außer als Baby, und was wissen schon Babys?«

»Ich werde hier nicht weggehen, bevor ich eine Chance hatte, meine schauspielerischen Fähigkeiten auszutesten, und *du* wirst hier überhaupt nicht weggehen. Du kannst gleich die gesamte Belegschaft befragen. Kathleen trommelt alle zusammen.«

»Ich soll *jetzt* mit den Bediensteten reden? Mitten in der Nacht?«

»Genau. Wer auch immer das getan hat, hat noch nicht viel Schlaf gehabt. Das heißt, wenn es nicht Grace oder Hugh waren. Ich denke aber nicht, dass sich auch nur einer von ihnen die Hände schmutzig machen würde, auch wenn ich mir noch so wünschen würde, dass sie hinter all dem Ärger stehen. Zieh dich an.«

»Du kommandierst mich schon wieder herum«, sagte Louisa mit einem warnenden Ton in ihrer Stimme, den Charles nicht beachtete. Jeder Gatte, den sie hatte, würde es riskieren, unter dem Pantoffel zu leben.

»Es ist beinahe vorbei, Louisa. Heute Nacht kümmerst du dich um die Belegschaft. Morgen liefert Mrs Evensong ihren Bericht über die Bankprobleme.«

»Es ist mir nicht mehr wichtig, ob ich verarme!«, schrie Louisa, während sie ihren Morgenmantel festzog.

»Sei nicht so unpraktisch. Ich will meine Bezahlung haben. Und Gott weiß, dass ich die verdient habe.« Es war schwierig, ein höhnischer, abstoßender Charles zu sein, aber er würde sein Bestes geben.

Er stolperte auf dem Weg nach unten über allerlei Gegenstände, nachdem er Louisas führende Hand verweigert hatte. Es brachte ihn beinahe um, neben Louisa zu stehen, die in dem verwüsteten Gewächshaus mit den Tränen kämpfte. Aber er würde seine Rolle spielen, und er konnte schließlich auch nichts mehr sehen, oder?

37

Louisa riss sich zusammen. Sie würde vor den Bediensteten von Rosemont ganz sicher keinen Zusammenbruch wegen ein paar *Pflanzen* erleiden. Sie würden sie für verrückt halten, wo doch Menschen auf dieser Welt echte Probleme hatten.

Da waren so viele von ihnen, kaputte Pflanzen und schläfrige Bedienstete. Grace hatte keine Kosten gescheut, Rosemont in Sachen Personal auszustatten.

Louisa konnte die Pflanzen ersetzen. Sie hatte ausreichend Geld dafür, auch wenn sich jemand an ihren Konten bediente. Was sie aber im Moment nicht hatte, war Geduld.

Charles – sie musste daran denken, ihn vor all diesen Leuten Max zu nennen – war mühevoll. Sie wusste nicht, was nach dieser neuesten Verletzung in ihn gefahren war, aber sie wollte, dass es wieder wegging.

Sie hatte nicht aus einer Laune entschieden, ihn zu heiraten. Louisa wusste alles über ihn, zumindest dachte sie das. Er war kein einfacher Mann. Würde es auch nie sein. Dinge waren geschehen, zu einschneidend, um sie mit Küssen wegzufegen. In dieser Hinsicht hatten sie etwas gemeinsam, auch wenn sie niemals zugeben würde, dass sie ebenso fragil war wie er.

Männer wollten nicht fragil sein. Verwundbar. Aus irgendeinem Grund dachten sie, sie müssten durchs Leben gehen und Anordnungen erteilen, Dinge kaputt machen und dann unsachgemäß die Scherben wieder zusammenkleben. Alles immer unter Kontrolle haben. Stark sein – und zu schweigsam, wenn sie nicht gerade schnauften und keuchten.

Louisa hatte die Männer vor Jahren aufgegeben, aber für Charles hatte sie eine zögerliche Ausnahme gemacht und wollte ihn jetzt nicht einfach gehen lassen.

Und was, wenn sein Sehvermögen niemals mehr wiederhergestellt werden konnte? Er musste sie nicht sehen, um sie zu berühren – bislang hatte er sich großartig geschlagen, sowohl bei Dunkelheit als auch am Tag. Und er musste sich um keine Anstellung kümmern – sie hatte genug Geld, um ihn und seine gesamte Familie zu unterstützen.

Aber Charles sah die Dinge verflucht noch mal momentan nicht auf ihre Weise. In der Tat sollte er momentan überhaupt nichts sehen. Sein bisheriger Auftritt ängstigte die Diener, die in der Bibliothek standen, eingeschüchtert durch das Spektakel, als würden sie einer Tragödie von Shakespeare beiwohnen. Er ruderte mit seinen Händen vor sich her, und Louisa hatte den Verdacht, er wolle die arme alte Mrs Lang anstupsen.

Ihre Schlüssel hatten geklappert, als sie vor ihm zurücksprang.

Natürlich. Alle Bediensteten waren in der Nacht in ihren Schlafsälen eingesperrt. Louisa hatte sich deswegen Sorgen gemacht – was, wenn ein Feuer ausbrach oder ein anderer Notfall eintrat? Aber Grace war unerbittlich gewesen. Niemand wanderte in der Nacht durch Rosemont. In ihrem Haus würde es kein Techtelmechtel zwischen Männlein und Weiblein geben.

Louisa glaubte aber, dass es Grace nur gefiel, die Macht zu haben, Leute einzusperren.

Louisa hielt ihre kleine Ansprache und stellte denjenigen, die sie noch nicht gesehen hatten, Mrs Evensong vor. Sie entschuldigte sich dafür, dass sie alle aus dem Bett gezerrt hatte, und erklärte, dass Mrs Evensong mit jedem von ihnen ein paar Minuten reden wolle.

»Griffith, ich vermute, alle Diener und sonstigen männlichen Bediensteten befanden sich in ihrem Flügel unter sicherer Verwahrung?«, fragte Louisa.

Mrs Evensong hob eine ihrer rötlichen Augenbrauen und lächelte dann. Louisa schwelgte kurz in ihrer Zustimmung.

»Selbstverständlich, Miss Louisa. Und ich habe alle Außentüren selbst überprüft, auch jetzt, bevor ich hierherkam. Niemand hat die Schlösser geknackt.«

Nun, Kathleen war über die Garage hereingekommen, aber Louisa wollte Griffith nicht bedrücken. Kathleen war ein cleveres Mädchen und hatte wahrscheinlich selbst eine Reihe Schlüssel, was bedeutete, dass andere Leute das ebenfalls konnten.

Sie schaute in die weißen, verschlafenen Gesichter. Niemand sah besonders listig oder verschlossen aus, und soweit sie wusste, hatte keiner von ihnen mit ihr Probleme.

Ihre Pflanzen zu zerstören war etwas sehr Persönliches. Etwas Gehässiges. Grace hätte jemanden damit beauftragen können, aber irgendwie glaubte Louisa das nicht.

Was hatte Charles letzte Nacht gesagt, als er vergessen hatte, gemein zu sein? *Sollten Hugh und Grace einen Attentäter engagiert haben, war der sein Geld nicht wert.* Sie lächelte beinahe.

Louisa wandte sich an Mrs Evensong. Sie saß auf einer gefederten Couch, ihr graues Haar noch immer aufwendig hochgesteckt, als sei sie nie im Bett gewesen. Meine Güte, *sie* war doch nicht etwa die Schuldige, oder? Louisa lächelte erneut beinahe.

»Sie bürgen also für all die Männer«, sagte Mrs Evensong zu Griffith.

»Aye, Mrs Evensong. Mit meinem Leben. Ich mag zwar älter werden, aber ich kenne meine Pflichten. Ich kann Ihnen gar nicht sagen, wie leid mir das tut, Miss Louisa. Ich habe diese Pflanzen in dem Jahr Ihrer Abwesenheit umhegt und gepflegt.«

Der Butler sah aufgelöst aus, aufgebrachter, als sie es war. »Und das Gleiche gilt auch für die Frauen?«, fragte Louisa und wandte sich an Mrs Lang.

»Selbstverständlich. Außer für Ihre Zofe. Ich habe sie in der Küche entdeckt. Sie sagt, Sie schickten sie hinunter, um Sandwiches für Ihren Gatten zu holen.«

Am Ton ihrer Stimme erkannte man, dass Mrs Lang ihren Schuldigen bereits gefunden hatte. Gut, dass Robertson nicht hier war.

»Genauso war es. Sie alle können feststellen, dass Cap… Uh, Mr Norwich erneut ernsthaft verletzt wurde. Nach dieser letzten Attacke kann er nichts mehr sehen. Es war das Mindeste, was ich tun konnte, dem Mann ein Sandwich zu geben, etwas, das er leicht halten konnte.« Louisa tätschelte seine Hand. Auch wenn er sie hätte zurückziehen wollen, war er sich der Rolle bewusst, die er zu spielen hatte.

Er runzelte die Stirn. »Wer ist das?«

»Das bin ich, mein Liebling. Du musst dir keine Sorgen machen. Ich kümmere mich um dich. Ich kenne auch meine Pflichten. In guten wie in schlechten Zeiten, in Gesundheit und Krankheit, bis dass der Tod uns scheidet.«

Louisas romantische Geste wurde durch eine Reihe von Seufzern honoriert. Sie hoffte, Mrs Evensong würde die Gesichter der Bediensteten studieren.

Charles drückte ihre Hand so fest, dass es wehtat, und beugte sich wie ein Liebhaber zu ihr. »Du übertreibst«, flüsterte Charles ihr ins Ohr und brachte damit die Haare in ihrem Nacken in Aufruhr.

Er war so nah und doch so fern.

»*Du* hast gut reden. War es nötig, diese Vase in der Halle zu zertrümmern?«

»Du wolltest eine Show. Und die bekommst du. Und die Vase war verdammt hässlich.«

Sie streichelte seine Wange mit ihrer freien Hand, und er versteifte sich. »Hältst du Ausschau nach Anzeichen von Schuld oder Triumph? Niemand wird Verdacht schöpfen, wenn du sie anstarrst.«

»Ich habe so meinen Verdacht.«

»Wer?«, fragte Louisa ungeduldig.

»Nicht jetzt.« Charles' Gesicht verdunkelte sich. Bevor sie ihn berührte, hatte Louisa den Eindruck, dass er rechten Spaß hatte.

Sie bat die Bediensteten zu gehen und in der Halle zu warten, bis sie an der Reihe waren. Es gab nervöses Scharren. Einige sahen mitgenommen aus, andere aggressiv, einige waren einfach zu erschöpft, um sich Gedanken darüber zu machen, was ihre angeschlagenen Arbeitgeber sonst noch vorhatten. Louisa würde die Möglichkeit haben, im Laufe der Nacht die ganze Bandbreite an Emotionen zu erforschen.

Charles saß schweigsam und niedergeschlagen an ihrer Seite, während einer nach dem anderen wie von Griffith organisiert einzeln vor sie trat. Nur wenige hatten Zugang zum Waffenzimmer, es sei denn, jemand hatte wie Kathleen heimlich Schlüssel nachgemacht, aber das Gewächshaus war allen zugänglich. Mrs Evensong hatte nicht viele Fragen, aber sie waren pointiert. Von Mann zu Frau schworen alle, sie hatten nichts mit den Vorfällen, die auf die Norwiches abzielten, zu tun.

Mit jeder Unschuldsbekundung wurde Louisa frustrierter. Was hatte sie erwartet? Wie wunderbar wäre es gewesen, hätte sich jemand auf den türkischen Teppich geworfen und auf Knien gestanden. Sie war naiv gewesen, indem sie gedacht hatte, ihr Plan würde aufgehen. Jetzt war sie nur noch wie betäubt.

Mrs Evensong hatte sie vor einiger Zeit allein gelassen, wobei sie sich aber für eine Frau ihres Alters blitzschnell bewegte, und das mitten in der Nacht. Louisa rührte sich nicht vom Sofa. Es war behaglich, Charles neben sich zu haben. Er war vor vier fruchtlosen Befragungen eingeschlafen.

In seiner glückseligen Ignoranz hatte er sich an sie gelehnt, sein Kopf ruhte auf ihrer Schulter. Louisa wusste, dass man Soldaten beibrachte, überall zu schlafen, wo sie ein paar Minuten Ruhe hatten, also redete sie sich nicht ein, dass dies irgendetwas zu bedeuten hatte. Es war kein Geheimnis für sie, dass sie ihm wirklich etwas bedeutete. Er hatte sich noch immer vorgenommen zu gehen, genauso, wie sie sich vorgenommen hatte, es ihm zu verbieten.

Aber eigentlich konnte man Charles nichts *verbieten*. Wie sollte sie ihn jedoch davon überzeugen, dass sie eine gemeinsame Zukunft hatten?

Der Mann war unbestechlich, und sie würde ihn nicht haben wollen, wenn er es wäre. Sie könnte ihn sexuell verführen, aber das erschien ihr hinterhältig und ein wenig verzweifelt. Sie hatte ohnehin keine Ahnung, was sie tun würde.

Louisa war gezwungen zu erkennen, dass sie ihm die Wahrheit sagen musste – dass sie sich in ihn verliebt hatte und einfach nicht ohne ihn leben konnte. Sie hatte ihm das schon einmal gesagt, aber er musste es erneut hören. Sie konnten gemeinsam ihre Dämonen bekämpfen.

Er war nicht der Einzige, der schlimme Träume hatte.

Die Uhr schlug drei. »Charles«, sagte sie mit sanfter Stimme. Sie hatte keine Bedenken, dass irgendjemand seinen wahren Namen hören konnte – die Belegschaft war schon vor einiger Zeit zu Bett geschlurft, mit der Zusicherung, dass sie ihren Arbeitstag etwas später beginnen durften. Louisa würde das mit Tante Grace klären.

Bevor sie selbst zu Bett gingen, hatten Mrs Evensong und Louisa in gedämpftem Ton ihre Notizen abgeglichen, während Charles in seinem jähen Schlaf schwer atmete. Sie und Louisa einigten sich auf eine Person, die unter allen hervorstach.

Motiv. Gelegenheit. Worte, die sie vor diesen Zwischenfällen nur in Kriminalromanen oder Groschenromanen gelesen hatte. Louisa war vorsichtig optimistisch. Aber wenn keiner der Bediensteten schuldig war, blieb nur jemand aus der Familie oder Miss Spruce.

Unhaltbar.

»Charles, wach auf.« Sie konnte ihn nicht die ganze Nacht auf dem Sofa liegen lassen.

Sie wollte ihn in ihrem Bett haben. Sie war zwar anfangs auf der Chaiselongue eingeschlafen, war aber nicht willens, dorthin zurückzukehren.

Seine Lider flatterten, und dann zuckte er vor ihr zurück, als hätte er einen heißen Ofen berührt.

»Ich bitte um Verzeihung, Miss Stratton. Dass ich eingeschlafen bin, war unverzeihlich.«

Miss Stratton? Oh, Charles. Als ob mich das abhalten könnte.

»Du hattest einen recht schwierigen Tag. Was denkst du also?«

Er stand da und sah köstlich zerwühlt aus. »Worüber?«

»Die Befragungen, Dummkopf. Mrs Evensong und ich sind beinahe sicher, dass die Schuldige –«

»Natürlich Kathleen ist.«

Louisa sprang auf. »Kathleen! Sei nicht absurd! Natürlich ist es nicht Kathleen!«

»Hier können wir nicht diskutieren«, sagte Charles, die nervige Stimme der Vernunft. »Jeder kann uns hören.«

»Und ich habe auf jeden Fall vor zu diskutieren! Woher hast du nur diese alberne Idee?«

Charles legte einen Finger an sein stoppeliges Kinn. »Hm. Lass uns sehen. Ein Schlag auf den Kopf. Schrauben. Pilze. Flöhe. Ich muss zugeben, dass die Verwendung einer Schusswaffe neu für sie ist, aber vielleicht hat sie Robertson dazu gebracht zu schießen. Sie führt ihn ebenso an der Nase herum, wie du es bei mir getan hast. Sie war die Einzige, die sich frei bewegen konnte, als Mrs Lang alles zugeschlossen hatte. Das ist offensichtlich.«

Er sprintete die Treppe hoch und rannte dieses Mal nicht in Wände hinein. Louisa hatte Schwierigkeiten, ihm zu folgen.

»Es ist nicht offensichtlich!«, zischte sie. »Im Ernst, dieser Schlag auf deinen Kopf hat mehr angerichtet als gedacht.«

»Warum? Weil ich klar sehen kann? Im übertragenen Sinn, natürlich.«

»Und wenn du *drei* Augen hättest, könntest du nicht falscher liegen! Kathleen und Robertson haben sich entschuldigt!« Außer Atem und wütend schlug Louisa ihre Schlafzimmertür zu und schloss ab.

»Worte sind leicht dahergesagt«, erwiderte Charles und schob eine Kommode vor die Tür.

»Nun, davon hast du natürlich mehr Ahnung! Bietest mir die Ehe an und machst dann einen Rückzieher. S-sagst mir, dass du mich l-liebst!« Louisa riss sich den Morgenmantel vom Leib und trat einen Hausschuh in die Ecke.

»Ohne mich bist du besser dran«, knurrte Charles.

»Sagt wer?«

»Ich, du Dummkopf! Ich weiß nicht, wie ich jemals denken konnte, wir würden es lange genug miteinander aushalten, um die Ehezeremonie zu überstehen.«

373

»Wir kommen gut miteinander aus!«, rief Louisa. »Mehr als gut! Was ist nur über dich gekommen?«

Er stolzierte durch den Raum und packte sie an den Ellbogen. »Gesunder Menschenverstand, meine Liebe. Ich kann dich nicht heiraten. Ich kann dich nicht beschützen, aber das wird auch nicht nötig sein. Du und Mrs Evensong werdet dieses kleine Mysterium auflösen, du wirst Rosemont leiten und irgendeinen armen Einfaltspinsel finden, der sich unter deinem Daumen wohlfühlt und deinem ständigen Geplapper zuhört.«

Louisa blickte in sein hübsches, erschöpftes Gesicht auf. »Hör auf, Charles. Hör einfach damit auf. Egal, was du sagst, du wirst mich nicht dazu bringen, dich weniger zu lieben. Bitte sag mir, worum es eigentlich geht.«

38

Er setzte sich aufs Bett. Würde diese Nacht denn nie ein Ende finden?

»Was gibt es da noch zu sagen? Ich habe dir bereits alles gesagt.«

Louisa setzte sich neben ihn. »Nein, hast du nicht.«

Wenn er seine Albtraumvision laut aussprechen würde, würde sie das von ihren mädchenhaften Hoffnungen sicher heilen. Aber seine Zunge wurde schwer. Worte sind vielleicht leicht dahergesagt, aber sie haben Macht. Er wollte seine höllischen Vorstellungen nicht freigeben. Sie würde ihn mit Mitleid ansehen.

Furcht.

Er schüttelte den schmerzenden Kopf. »Ich kann nicht.«

»Charles, ich hatte jahrelang niemanden, mit dem ich reden konnte. Dann kam Kathleen, und alles wurde etwas einfacher. Es hilft, wenn man seine Sorgen mit jemandem teilen kann.«

»Ah, jetzt bist du auch noch ein Irrenarzt.«

»Mach dich nicht über mich lustig. Ich liebe dich, und nichts, was du sagen wirst, wird mich je forttreiben. Es sei denn, du liebst mich nicht ebenfalls.«

Wie einfach wäre es, ihr das zu sagen. Aber es wäre die niederträchtigste Lüge.

Er nahm ihre Hand. »Du weißt von meinen Träumen.«

Sie nickte.

»Manchmal scheinen sie realer zu sein als die Realität, falls das überhaupt Sinn ergibt. Ich weiß nie, wann sie auftreten.

Sie sind – sie sind schrecklich. Ich habe Angst, dir wehzutun, Louisa.«

Sie blinzelte. »Das ist alles?«

»Reicht das denn nicht? Aber nein, das ist nicht alles. Wir kommen aus zwei unterschiedlichen Welten. Du würdest dich durch eine Ehe mit mir herabsetzen.«

»Um Himmels willen. Du bist ein solcher Snob, Charles.«

Das saß. »Das bin ich nicht!«

»Erzähl mir doch nichts von Klassenbarrieren. Wir sind nicht in Indien, und du bist kein Unberührbarer. Vor uns liegt das zwanzigste Jahrhundert. Dinge werden sich ändern.«

Sie sprach mit solcher Gewissheit. Wer von ihnen hatte mehr Wahnvorstellungen?

»Louisa, siehst du das nicht? Es ist gleich, ob ich dich liebe. Wir können nicht zusammen sein.«

Ihre Fingernägel gruben sich in seine Haut. »Liebe ist das Einzige, was zählt, Charles. Der Rest ist – Staub. Belanglos. Ich weiß, dass du leidest – du hast Dinge gesehen, die ich mir nicht einmal vorstellen kann. Und du musst auch nicht darüber reden, es sei denn, du willst. Wir können für den Rest unseres Lebens schweigend nebeneinandersitzen, solange wir nur zusammen sind.«

»Und was, wenn ich dich umbringe, während ich schlafe? Du könntest diesen Teil mit ›zusammen‹ noch bedauern.«

Sie erdreistete sich zu lachen. »Ich schätze, wir könnten getrennte Schlafzimmer haben, wenn du darauf bestehst. Solange du mich gelegentlich besuchst.«

»Louisa, das ist nicht komisch. Ich kann – ich *bin* – gewalttätig.«

»Ich weiß.«

Sie war zum Verzweifeln. »Und wenn ich dir erzählen würde, ich sei Satan selbst –«

»Dann müsste ich mich etwas mehr versündigen, um dafür zu sorgen, dass wir bis in die Ewigkeit zusammen sein können. Charles, ich *liebe* dich. Was in der Vergangenheit geschehen ist, diente nur dazu, uns zusammenzubringen. Ich bin nicht mehr das gleiche sorglose Mädchen und du nicht der hoffnungslose Kerl, der du einst warst, aber wenn wir nicht so gewesen wären, würden wir uns dann lieben?«

»Ich habe nicht gesagt, dass ich dich liebe«, sagte Charles stur.

»Ich weiß. Aber ich *weiß* es trotzdem.«

Da war sie wieder. »Ich kann dich nicht loswerden, oder? Nicht einmal, wenn es zu deinem Besten wäre.«

»Ich beurteile immer noch selbst, was gut für mich ist, und du, Charles Cooper, bist gut für mich.«

»Oh, Louisa.« Eine winzige Flamme wurde in seinem Herzen entfacht. War es denn wirklich möglich, glücklich zu sein?

Er wusste es nicht mehr. An diesem Nachmittag, als er von Georges Angebot erfuhr, war er optimistisch gewesen, dass er und Louisa ein neues Leben in diesem glanzvollen zwanzigsten Jahrhundert, dessen sie sich so sicher war, beginnen konnten. Er wusste nichts über New York oder Autos oder Geschäfte, aber er konnte lernen.

Aber könnte sie Rosemont verlassen?

»Wenn du irgendwohin gehen könntest, ganz neu anfangen, wohin würdest du gehen?«, fragte er sie.

»Nun, vor alldem hier – vor *dir* – dachte ich, ich würde gern als Nächstes nach New York gehen.«

Das waren gute Neuigkeiten. »Wirklich«, sagte er und versuchte, seine aufkeimende Begeisterung zu verbergen.

»Meine Mutter kam aus New York, weißt du.«

»Das hattest du erwähnt.«

»Aber ich will nicht für den Rest meines Lebens aus einem

Koffer leben und durch die Welt streifen, also musst du keine Angst haben, dass ich dich an seltsame Orte schleppen könnte, wenn wir heiraten.«

»Wenn wir heiraten«, wiederholte Charles. War es wirklich so einfach?

»Ich würde mich gern niederlassen. Mein eigenes Heim aufbauen, nach meinen eigenen Vorstellungen. Und Kathleen reist nicht gern. Jetzt, da sie Robertson heiraten wird, erwarte ich nicht, dass sie irgendwohin geht. Du liegst, was sie anbelangt, übrigens vollständig falsch.«

Vielleicht tat er das. Sein Kopf drehte sich. »Vielleicht hast du recht.«

»Worum geht es hier eigentlich?«, fragte sie.

Er drückte ihre Hand. »Erst, wenn wir alles aufgeklärt haben. Und dann, wenn du Rosemont verlassen möchtest, hätte ich den richtigen Ort dafür, glaube ich.«

Charles wollte ihr noch nichts erzählen. Er hatte sich noch nicht endgültig entschieden. Man konnte doch keine Automobilfirma leiten, ohne dass man Wissen über die Maschinen aus erster Hand hatte.

Er konnte Louisa bitten, ihm das Fahren beizubringen. Lustig, ein Blinder würde von einer Blinden angeführt werden.

Charles hätte sein altes Leben zurück. Nein, sein altes Leben war nicht viel wert. Ein neues Leben. Er trank nicht mehr, um seiner Blindheit zu entkommen und seine Erinnerungen an die Toten zu betäuben. Er würde mit der Frau zusammen sein, die er liebte, hätte eine zweite Chance, alles richtig zu machen.

Er würde mit George über die Tagebücher reden. Er wäre vielleicht nicht gerade scharf darauf, wenn einer seiner Angestellten die unheldenhaften Schattenseiten des britischen Armeelebens preisgab. Aber es könnte wieder Krieg geben, und wenn Charles' Worte nur ein klein wenig zum Besseren beitragen konnten, wäre das den schlechten Ruf wert.

»Was meinst du damit?«

»Das ist noch mein Geheimnis. Und ganz gleich, wie sehr du mich küsst, du wirst es nicht aus mir herauskitzeln.«

»Du willst mich küssen.« Louisa schaute etwas überrascht.

»Ich dachte, du wüsstest alles«, neckte Charles.

»Sind wir also mit Reden fertig?«, fragte sie unsicher.

»Ich denke, ja.«

»Und wir werden heiraten?«

»Vielleicht.«

Sie rammte ihm einen Ellbogen in die Seite. »Wirst du mich also heiraten oder nicht?«

Es war an der Zeit, die Vorsicht in den Wind zu schlagen. Sie könnten getrennte Betten haben. Wenn nötig, könnte er sich von Robertson jede Nacht festbinden und knebeln lassen.

Natürlich nachdem er Louisa gezeigt hatte, wie sehr er sie liebte.

»Ich bin nicht sicher. Ich glaube, ein Kuss könnte mir bei der Entscheidung helfen. Oder zwei. Einer könnte vielleicht nicht ausreichen.«

»Du weißt nichts von der Macht meiner Küsse.« Ihre dunklen Augen strahlten vor Kampfeslust.

»Doch, das glaube ich schon«, sagte Charles sanft. »Aber vielleicht solltest du mich daran erinnern.«

Louisa sah ihn spitzbübisch an. »Captain Cooper, ich glaube, Sie versuchen mich auszutricksen.«

»Ist das überhaupt möglich?«

»Wenn es dabei um dich geht, ja.«

»Ausgezeichnet.« Er rückte die Kissen zurecht und fühlte sich ein wenig benommen. Ihre Lippen berührten seine etwas zu zögerlich, als ob sie Angst hatte, er würde zerbrechen.

Eines Tages würde er im vollständigen Besitz seiner ganzen Kraft sein, aber wenn man bedachte, was er in den letzten paar Tagen durchgemacht hatte, schlug er sich gar nicht so schlecht.

Jetzt wollte er aber zunächst Louisa die Kontrolle über den Kuss überlassen, um zu sehen, wohin diese neu gefundene Macht über ihn sie führen würde. Nicht weit genug, aber er würde sich nicht beklagen und konnte es auch nicht, da Louisas Zunge eng mit seiner verschlungen war. Ihre Hände lagen auf seinen Schultern, und Charles wünschte, sie wäre etwas kreativer damit.

Sein Pyjamaoberteil hatte er abgelegt, und er fühlte die Wärme ihrer Handflächen und das leichte Zittern ihrer Fingerspitzen. *Forsche nur weiter*, sagte er lautlos. *Ich habe nichts dagegen. Ich brauche das. Ich brauche dich.*

Er zitterte selbst, als sie es irgendwie verstand, seine Nippel zu umkreisen, wobei ihre Finger zu dem Wirbel passten, den ihre Zunge in seinem Mund verursachte. Es war wie ein Tanz, zu dem nur sie die Schritte kannte, und Charles ließ sich fallen. Das Tanzen hatte ihm im Haus seines Vaters nie jemand beigebracht, aber ein Offizier hatte zu lernen, einen guten Begleiter abzugeben. Nichts hatte ihn aber je auf Louisa Stratton vorbereitet.

Er saß so still er konnte, während ihre Hände tiefer wanderten und an seiner Pyjamahose fummelten, die er anscheinend noch immer trug. Sie pausierte bei den Knöpfen, löste einen und hörte dann auf, ihn zu küssen.

»Sagst du es mir jetzt?«, fragte sie atemlos.

»Was denn?« Charles hatte beinahe vergessen, dass es für diese Verführung einen Grund gab.

»Du bist ein sehr verzwickter Kerl.«

»Vielleicht warst du noch nicht überzeugend genug, um mir

meine Geheimnisse zu entlocken. Vergiss nicht, ich wurde dafür ausgebildet, nicht unter Folter zusammenzubrechen.«

Auch wenn er sich selbst lange genug gefoltert hatte.

»Ich habe noch nicht einmal damit begonnen, dich zu foltern, Charles Cooper.«

»Sie klingen absolut grausam. Ich habe Angst, Miss Stratton.« Und er freute sich auf das, was sie als Nächstes tun würde.

Was nach den Küssen kam, wischte alle Sorgen von Charles' Gemüt fort, zumindest vorübergehend. Sie fand alle Knöpfe und nahm ihn in ihren Mund, und mit vollkommener Selbstlosigkeit brachte sie ihn in die wunderbarste Agonie. Unter diesen Umständen konnte ein Mann nicht praktisch denken. Unter Louisas Zauber würde er nicht eine Minute zweifeln.

Diese Frau liebte ihn und bewies ihm eben, wie sehr. Wenn er sich ihrer je unwürdig empfunden hatte, war er jetzt vollständig vom Gegenteil überzeugt und würde es nie anders haben wollen. Charles gehörte zu Louisa wie zu niemandem sonst – sie konnte genau das tun, was sie wollte, denn sie schienen die gleichen Ziele zu haben.

Glückssterne. Glücklicher Mann. Vielleicht liefen die Dinge sogar *zu* gut. Charles war abergläubisch, wie viele Soldaten. Wenn die Sterne so gut zueinanderpassten, waren sie dafür bestimmt, einem auf den Kopf zu regnen und einen bewusstlos zu schlagen.

Heute Nacht hatte er bereits einige Zeit in diesem Zustand verbracht. Es wurde in Rosemont zur Gewohnheit. Er wollte jedes üppige Lecken bewusst aufnehmen, diesen wertvollen Moment einfangen. Er wollte, dass *diese* Louisa in seinen Träumen Einzug hielt, und auch in seinem echten Leben.

Louisa würde seine Frau werden – erneut –, sobald sie herausgefunden hatten, wie sie es anstellen sollten. Charles fragte sich, ob sie jemanden finden würden, der sie an Bord des

Schiffs nach New York trauen konnte – nicht der Kapitän, denn er hatte nicht die Genehmigung, jemanden zu verheiraten, das war verbreiteter Irrglaube. Vielleicht war ein Pfarrer an Bord, der sich auf seinem Weg zum Dienst an der wilden Grenze befand.

Oh, diese verflixten praktischen Angelegenheiten, wo doch Louisas warmer Mund alles war, worauf es jetzt ankam! Er und Louisa waren ungleiche Partner, aber zum ersten Mal seit Jahren fühlte sich Charles als Ganzes. Menschlich. Und er musste sich für den Rest seines Lebens für seine Erbin bedanken.

39

»Ich habe alles selbst gemacht, Miss Louisa, Sie müssen sich also keine Sorgen machen. Es ist nur Toast und Tee. Ich habe Brot und Butter direkt vom Tisch der Bediensteten genommen, da niemand zum Frühstück aufgetaucht war. Die Köchin wollte etwas Angemessenes für Sie zubereiten, aber ich habe sie nicht gelassen. Ich denke, Sie werden da wieder etwas kitten müssen – ich habe sie in Tränen aufgelöst zurückgelassen, sie redete von Kündigung und darüber, irgendwohin zu gehen, wo man sie nicht für eine Mörderin hielte. Sogar Mrs Lang steckte ihre lange Nase herein – sagte, sie hätte ein Glas Gelee, das ideal für Kranke sei. Ich habe beiden gesagt, wir würden uns ab sofort bis zum Treffen mit Mrs Evensong um uns selbst kümmern.«

Ihre »Einladung« lag auf dem Frühstückstablett. Elf Uhr. Zeichenzimmer.

»Was hat die alte Füchsin heute Morgen vor?«, fragte Charles und biss in eine Scheibe trockenen Toast. Er und Louisa hatten nicht viel geschlafen, und sein Magen rebellierte.

Aber er hatte keine schlimmen Träume gehabt, und das war wichtig.

»Sie ist wie ein richtiger Inspektor von Scotland Yard. Sie hat so etwas an sich – sie war bei Morgengrauen unten in der Gesindehalle und hat auf natürlichste Weise mit dem Personal geplaudert. Sogar der alte Griffith schüttete ihr sein Herz aus. Er ist Ihnen gegenüber sehr loyal, Miss Louisa, und vollkommen aufgebracht, dass jemand unter seiner Aufsicht all diese

Schwierigkeiten verursacht. Wollen Sie, dass ich Ihnen beim Ankleiden helfe?«

»Die Ehre überlassen Sie bitte mir, Kathleen«, sagte Charles und entließ die Zofe. »Lass uns in Glanz und Gloria nach unten gehen, Lulu. Trage tagsüber alle deine Diamanten. Ich werde dafür sorgen, dass der alte Max auch scharf aussieht.«

»Du hast natürlich recht. Es ist so nervig, wenn du recht hast.«

»Ich habe erst recht, seit ich dich getroffen habe. Du hast mich geformt.«

Louisa schenkte ihm ein unsicheres Lächeln. »Süß, dass du das sagst.«

»Ich sage nur die Wahrheit.« Sie sah so müde aus. Der Stress der vergangenen Tage forderte seinen Tribut. Charles konnte es nicht abwarten, sie hier herauszuholen.

Falls sie gehen wollte.

Er schenkte ihr eine Tasse Tee ein. »Bin ich noch immer blind? Ich würde zu gern noch ein paar von Grace' Scheußlichkeiten umwerfen.«

»Benimm dich.«

»Unmöglich. Du inspirierst mich zu solchem Fehlverhalten.«

Da. Sie schenkte ihm ein Lächeln.

»Ich denke, deine Leistung in der letzten Nacht führte zum notwendigen Ergebnis. Sei einfach normal.«

Ha. Er hatte sich heute Morgen im Spiegel betrachtet und fragte sich, wie Louisa ihn überhaupt anschauen konnte, ohne zu kreischen. Er hatte das Heftpflaster wieder angebracht, um die Wunde abzudecken, und seine Augenklappe war sicher befestigt, aber er sah alles andere als normal aus. Lämmchen war nicht gerade sanft gewesen.

Das Zeichenzimmer war nicht überfüllt, als sie ankamen. Die Belegschaft war durch Griffith und Mrs Lang vertreten.

Grace saß in ihrem gewöhnlichen goldenen Stuhl, und Dr. Fentress stand an ihrer Seite. Hugh war anwesend und ebenso Mr Baxter.

»Ausgezeichnet. Alle sind da«, sagte Mrs Evensong.

»Ich kann nicht erkennen, mit welcher Berechtigung Sie hier eine Versammlung in meinem Haus einberufen. Im Haus meiner Nichte«, ergänzte Grace. »Sie sind nur ein Gast.«

»Ich habe Mrs Evensong eingeladen, Tante Grace. Ich bin sicher, dass sie uns etwas Wichtiges zu sagen hat.«

»Hmpf. Nun, fahren Sie fort.«

»Beruhige dich, Grace, meine Liebe«, sagte Dr. Fentress. »Du weißt, dass dein Zustand nicht so stabil ist.«

Charles unterdrückte sein eigenes ›Hmpf‹. Grace Westlake war ein mit Juwelen behängter Hausdrachen, der sie noch alle überleben würde.

»Miss Stratton – das heißt Mrs Norwich – hat mich beauftragt, ein paar Diskrepanzen in ihrem Finanzinstitut zu untersuchen«, begann Mrs Evensong.

»Bei unserer Bank?«, fragte Grace mit sichtbarer Empörung. »*Stratton and Son* kann auf eine tadellose Dienstleistungsgeschichte zurückblicken.«

»Dazu kommen wir noch später«, sagte Mrs Evensong. »Momentan will ich die merkwürdigen Vorfälle diskutieren, die Mr und Mrs Norwich seit ihrer Ankunft in Rosemont letzte Woche widerfahren sind. Mr Norwich, wenn Sie hier einmal schauen wollen?«

Charles nickte.

»Ich dachte, er sei blind«, sagte Mrs Lang.

»Ich habe mich auf wundersame Weise erholt, Mrs Lang.« Sein Sehvermögen hatte sich etwas gebessert, ausreichend, dass er vermutlich seinen vorherigen Zustand wieder erreichen würde. Sein »vorheriger Zustand« war zwar nicht perfekt gewesen, aber inzwischen hatte er sich an seine Einschränkungen gewöhnt.

Mrs Evensong ging durch den Raum und langte nach Mrs Langs Hand, dabei gab sie Charles ein Zeichen. Die Hand der Haushälterin war makellos, bis auf ein bisschen Schmutz unter ihrem Daumennagel. Sie roch daran.

»Pflanzerde, würde ich meinen.«

»Ja. Ich habe den Mädchen beim Aufräumen des Gewächshauses geholfen.«

»Das scheint nur fair zu sein, da Sie das Durcheinander verursacht haben. Und selbst nach all der Schrubberei, die Sie wahrscheinlich vorgenommen haben, kann ich noch immer einen Hauch Schießpulver riechen.«

Mrs Lang versteifte sich. »Wie absurd!«

»Ist es das? Ich frage es mich. Als Sie von der Beerdigung Ihrer Mutter zurückkamen, hörten Sie, wie Miss Louisas neuer Ehemann damit gedroht hat, die Westlakes aus dem Haus zu werfen. Das hat Ihnen gar nicht gefallen – Sie waren schon hier, als Grace Westlake noch ein kleines Kind war. Sie mögen sie und auch den jungen Hugh. Sie haben auch gehört, dass es zwei Angriffe auf Mr Norwich gegeben hatte – in der Gesindehalle redete man von nichts anderem.

Es war also bereits eine Schurkerei im Gange. Und als Sie Miss Louisa am nächsten Morgen begrüßt haben, mischten Sie ein paar giftige Pilze unter das Frühstück, als Sie es nach oben brachten, mehr aus Gehässigkeit, würde ich sagen, als aus dem Wunsch heraus, jemanden ernsthaft zu verletzen. Sie wollten Mr Norwich nur abschrecken. Seinen Aufenthalt in Rosemont so unbequem wie möglich gestalten, damit er seine Gattin davon überzeugte, zurück auf den Kontinent zu gehen, damit hier der Status quo aufrechterhalten werden konnte. Sie haben auch die Unterwäsche in seiner Kommode verunreinigt, nicht wissend, dass der Gentleman –«, an dieser Stelle errötete Mrs Evensong ganz bezaubernd für eine alte Lady –, »meist keine Unterwäsche trug. All die kleinen gruseligen Krabbeltierchen starben, weil Sie Ihr Personal so gut ausgebildet haben und alle Schubfächer mit Insektenmittel ausgepudert waren. Als also Mr Norwich keine Quaddeln bekam und auch sonst keinen Veitstanz aufführte, legten Sie noch einmal nach. Grace Westlake, Hugh Westlake und Mr Griffith sind neben Ihnen selbst die Einzigen, die einen Schlüssel zum Waffenzimmer haben. Mrs Westlake war zum Zeitpunkt, als die Schüsse fielen, oben und kleidete sich an, beide Zofen und die Sekretärin sind Zeugen dafür. Mr Griffith überwachte das Tischdecken.«

»Jeder kann ein Schloss knacken«, unterbrach Hugh. »Sogar ich, auch wenn ich schwöre, dass ich damit nichts zu tun habe.«

»Nein. Ich weiß, wo *Sie* waren, Mr Westlake, und seien Sie versichert, dass ich darüber schweigen werde. Ich habe mich über die meisten Bewohner und Belegschaftsmitglieder in Bezug auf die fragliche Stunde erkundigt. Aber niemand kann bestätigen, Mrs Lang irgendwo im Haus gesehen zu haben. Darf ich zum Ende kommen?« Sie warf Hugh einen bezwingenden Blick zu.

»Mrs Lang, Sie gingen in dieses Zimmer, nahmen einen Revolver und schossen auf Mr Norwich, als er im Garten mit seiner Gattin spazieren ging. Sie wollten sicher danebenschießen, aber hier hatten Sie kein Glück. Oder sollte ich sagen, der arme Mr Norwich? Als der Wasserspeier zersprang, schlug ein Fragment in Mr Norwiches Schläfe.«

Mrs Langs Lippen waren weiß, aber unbeweglich. Sie sah nicht so aus, als würde sie so schnell irgendetwas zugeben.

»Die Zerstörung im Gewächshaus in der Nacht war einfach nur boshaft, geschah aus Ihrer Frustration heraus. Da Ihre Versuche, Mr Norwich zu entfernen, fehlgeschlagen waren, ruinierten Sie die eine Sache, von der Sie wussten, dass sie Miss Louisa etwas bedeutete. Trivial, Mrs Lang, äußerst trivial.« Mrs Evensong richtete ihre rauchigen Brillengläser und wandte sich Hugh Westlake zu.

»Und was die Probleme mit Miss Louisas Bankkonto anbelangt, haben Mr Baxter und ich die Bücher am Samstag durchkämmt. Als ich Hugh Westlake am Sonntag damit konfrontiert habe, gab er zu, den Kontostand manipuliert zu haben, um Louisa dazu zu bewegen, Weihnachten nach Hause zu kommen. Sie hatte keine Briefe beantwortet und dann so plötzlich geheiratet. Grace Westlake war außer sich vor Empörung, so sehr, dass sie nichts mehr gegessen hatte und nur noch im Bett blieb. Hugh gibt an, er habe die Zahlen frisiert, um seiner Mutter ihren Seelenfrieden zu geben, und ich schätze, wir sollten ihn beim Wort nehmen.« Mrs Evensong klang nicht vollständig überzeugt.

»So sieht es also aus. Eine loyale Bedienstete lief Amok. Ein loyaler Sohn schlug einen Vorteil aus seiner Position in der Familienbank, um seiner Mutter zu gefallen.«

»Sie sind ein Wunder, Mrs Evensong«, sagte Charles. Sie hatte all das in weniger als einem Tag herausgefunden, und Louisa hatte dabei geholfen.

»Bin ich jetzt ent-entlassen?«, stammelte Mrs Lang.

»Ja«, sagte Louisa.

»Nein«, konterte Charles. »Es ist nicht wirklich wichtig, was hier geschieht. Meine Gattin und ich gehen nach Amerika.«

Louisa blinzelte. »Tun wir das?«

»Tun wir«, sagte Charles nachdrücklich. Er hatte sich beim Rasieren heute Morgen dazu entschieden, als er sich an Louisas Worte erinnerte. Sie würde in Rosemont niemals glücklich sein – hier gab es einfach zu viele unschöne Erinnerungen. Vielleicht würden sie einmal, wenn sie eine Familie hatten, zu

Besuch kommen und neue Erinnerungen aufbauen. Aber jetzt verdiente Louisa einen Ort für sich selbst.

»Ein Freund von mir hat ein Automobilunternehmen gekauft, das ich für ihn in Übersee, in New York, leiten soll. Ich schätze, dass es hier für dich auch eine Möglichkeit geben wird, mein Liebling. Wir können unsere Schreibtische aneinanderschieben. Du weißt viel mehr über Autos und Leute der Gesellschaft als ich und wirst von unschätzbarem Wert sein. Ich kann schon die Werbeanzeigen in den Magazinen sehen, ein Foto von dir in deinem weißen Pelzmantel – nein, in einem guten *Stoff*mantel – hinter dem Steuer. Du wirst eine Inspiration für all die Gibson-Mädchen dort draußen sein.« Er grinste Mrs Evensong an.

»Sie bieten meiner Nichte einen *Job* an?« Charles hörte Grace' Entsetzen, aber Louisa war begeistert.

»Darf ich dann die neuen Modelle Probe fahren?«

»Sobald sie Robertson als sicher genug eingestuft hat. Wir können ihn und Kathleen mitnehmen, wenn sie wollen. Er ist nämlich ein ausgezeichneter Mechaniker. Und selbst auch ein bisschen ein Erfinder.«

»Du bist schrecklich selbstherrlich, Charles. Ich meine: Max«, sagte Louisa schnell. Niemand schien ihren Fehler bemerkt zu haben. »Was, wenn ich gar nicht gehen will? Du sagtest, du würdest mich in dieser Ehe nicht herumkommandieren.«

»Du kannst gern auch hierbleiben, Louisa. Aber ich zähle darauf, dass du mit mir kommst und ein neues Leben anfängst. Unser *eigenes* Leben. Etwas, das wir zusammen tun, ohne die Einmischung von Familien- oder Gesellschaftsregeln. Irgendwo, wo wir gleichgestellter sind – du weißt, dass Amerika demokratischer ist.«

Louisa sah Grace an, ihre Zunge verschwand aus ihrem

Mundwinkel. »Du wolltest wirklich, dass ich nach Hause komme?«

Grace' blasse Haut hatte Flecken. »Ich machte mir Sorgen um dich, du dummes Mädchen. Das war immer schon so. Du hast kein Hirn im Kopf – sieh dir nur an, wen du geheiratet hast! Einen fremden Abenteurer, der dich nach Amerika schleppen will, um in irgendeinem *Büro* zu arbeiten und dich in die Zeitung zu setzen!« Sie schauderte.

»Ich arbeite doch auch in einem Büro, Mama«, warf Hugh ein.

»Aber in der Familienbank! Und nur Teilzeit. Das ist vollkommen akzeptabel. Schließlich war das auch für meinen Vater gut genug.«

»Du machst dir Sorgen um mich«, sagte Louisa zaghaft.

»Selbstverständlich tue ich das! Ich habe mein ganzes Leben damit verbracht zu versuchen, dich zu formen, und es hat uns beiden Gutes gebracht. Ich hoffte, ich könnte aus dir eine ordentliche Frau für Hugh machen. Er liebt dich schon, seit er ein kleiner Junge war – ich hatte ja keine Ahnung. Du bist eine traurige Enttäuschung, aber das warst du ja schon immer.«

Charles hielt seine geballte Faust zurück. Er konnte doch keine Frau schlagen. Grace Westlake dachte, sie hätte ihr Bestes gegeben. Vielleicht hatte sie das, im Rahmen ihrer Möglichkeiten. Er schaute zu Hugh, dessen Wangen zu denen seiner Mutter passten. Der Mann sagte nichts, um seine Zuneigung für Louisa zu leugnen.

Könnte es sein, dass sich beide Westlakes auf ihre eigene seltsame, schreckliche Art um sie sorgten? Familien waren merkwürdig – er wusste das aus eigener Erfahrung. Seine Brüder hatten ihm die Seele aus dem Leib geprügelt, und selbst als er ganz unten war, wollte er ihnen eine Erbschaft hinterlassen, die ihnen ihre Zukunft erleichtern würde.

»Ich glaube, ich muss mich setzen«, sagte Louisa.

»Hier, meine Liebe.« Mary Evensong ging mit ihr zum Sofa und klopfte auf das Polster.

Louisa ließ sich neben sie fallen, ihr Gesicht sah leer aus. Das war ganz schön viel gewesen – zu entdecken, dass sie geliebt wurde, ganz gleich, wie ungeschickt –, von Menschen, von denen sie gedacht hatte, sie würden sie hassen. Eine Zukunft in einem fremden Land von einem Mann angeboten zu bekommen, den sie kaum kannte. Nein, das war nicht richtig – sie und Charles waren diese letzte Woche im Feuer zusammengeschmiedet worden. Sie hatte ihn im Delirium und Blut liegen sehen, hatte Erbrochenes und Dummheit gesehen und war nicht, oder kaum, zurückgewichen. Sie konnten es schaffen, die Chancen standen gut.

»Denk einfach darüber nach, Louisa. Ich muss nicht vor Januar weg. Wir können noch immer Weihnachten in Rosemont verbringen.«

Grace betrachtete mit noch immer errötetem Gesicht ihre Diamantringe. »Das würde mir gefallen«, sagte sie mit spröder Stimme. »Aber ich würde es verstehen, wenn du sofort gehen wolltest. Mrs Lang, ich werde Sie entlassen müssen.« Sie hob eine glitzernde Hand, um die Haushälterin vom Sprechen abzuhalten. »Ich weiß, dass Sie das, was Sie getan haben, für mich taten. Aber die Konsequenzen hätten für das Glück meiner Nichte fatal sein können. Sie scheint diesen Mann zu lieben, auch wenn ich nicht sehen kann, warum – an ihm ist wirklich etwas Merkwürdiges, und das liegt nicht daran, dass er keine Unterwäsche trägt. Sie haben gesagt, Ihre Mutter hätte Ihnen ihr Häuschen hinterlassen. Dorthin können Sie nun gehen. Ich werde Ihnen eine großzügige Pension bezahlen – Sie haben der Familie über Jahrzehnte gedient und verdienen einen guten Ruhestand.«

»J-ja, Madam. Es tut mir leid, dass ich falsch geurteilt habe«, sagte Mrs Lang. »Ich wollte nie wirklich jemandem wehtun, sie nur etwas erschrecken, um sie dorthin zurückzuschicken, woher sie gekommen waren.«

»Ich komme von *hier*«, erinnerte Louisa die Frau.

»Wir alle machen von Zeit zu Zeit Fehler«, antwortete Grace. »Bitte packen Sie Ihre Sachen. Mr Baxter wird sich um einen Bankwechsel für Sie kümmern.« Sie gab dem Mann an ihrer Seite ein Zeichen und flüsterte ihm eine Zahl ins Ohr, die seine grauen Augenbrauen aufsteigen ließ. »Ich weiß auch noch nicht, ob ich mit Ihnen so glücklich bin, Percy. Sie hätten die Bank besser im Auge behalten sollen. Mit dem Ruf von *Stratton and Son* darf man nicht leichtfertig umgehen. Hugh könnte ruiniert sein – und die Bank –, wenn herauskommt, was er versucht hat.«

»Es tut mir leid, Mama.«

»Ach, sei still, Hugh. Du bist für mich auch eine Enttäuschung. Aber jetzt, da Louisa endgültig nicht mehr infrage kommt, ist es Zeit für dich, ein ordentliches Mädchen zum Heiraten zu finden. Jemanden, der weiß, wie man sich zu benehmen hat.«

»Ja, Mama.« Charles fragte sich, wie lange Hugh den gehorsamen Sohn mimen konnte, bevor die Fassade Risse bekam.

Aber das war nicht wirklich wichtig. Louisa war in Sicherheit, und Charles war beinahe sicher, dass sie mit ihm auf das Dampfschiff nach New York kommen würde.

Epilog

New York City, 1. Juni 1904

Liebe Tante Grace,
mit schwerstem Herzen schreibe ich, um Dir mitzuteilen, dass
mein geliebter Gatte Maximillian verstorben ist und ich statt-
dessen Charles Cooper geheiratet habe.

Verflixt, das würde nicht funktionieren, es sei denn, Dr. Fentress saß genau neben ihr, wenn sie den Brief öffnete. Louisa
richtete die filigrane Haarklammer, die ihr Charles zur Hochzeit
geschenkt hatte. Es war eine winzige edelsteinbesetzte Orchidee aus transparentem Email. Louisa konnte sie stundenlang
anstarren, und auch wenn sie sich an ihrem Kopf befand, wo
sie sie nicht sehen konnte, ließ sie sich davon ablenken. Wäre es
eine Brosche oder ein Armband gewesen, hätte sie nichts mehr
zustande gebracht.

Und es gab so viel zu tun. In einer halben Stunde musste sie
den Architekten unten treffen, um die Renovierungsarbeiten
am Ausstellungsraum zu genehmigen. Eine kleine Sendung mit
Pegasus' Wagen war in zwei Wochen fällig, und sie hatte aus diesem Anlass einen Sektempfang geplant. Sie musste noch immer
ein paar Möbel für ihr Sandsteinhaus kaufen, und Charles' Seite in ihrem Büro verlangte nach einem guten Anstrich. Jetzt, da
er dieses Kunstbuch gelesen hatte, schien er eine entschiedene
Meinung zu haben, wenn sie an Samstagnachmittagen durch
Galerien wandelten, und war sehr schwer zufriedenzustellen.

Die Wochenenden dienten als Ersatz für ihre Flitterwochen, aber Charles sagte, der Monat in Rosemont sei schon ausreichend Urlaub für sie gewesen. Sobald sie in den Staaten angekommen waren, waren sie so damit beschäftigt zu heiraten, eine Unterkunft und Bürofläche zu finden, dass sie für nichts anderes Zeit hatten.

Charles hatte nicht einmal viel Zeit für seine Albträume. Wenn sie kamen, dann weniger heftig und seltener, und Louisa hielt ihn fest, bis sie vorüber waren.

Die Heiratszeremonie fand im Rathaus statt, wo niemals jemand zuvor etwas von der skandalösen Louisa Stratton oder dem schneidigen Maximillian Norwich gehört hatte, außer ihren Trauzeugen Mr und Mrs Robert Robertson. Zwischen Charles und seiner Familie lag ein ganzer Ozean, obgleich Louisa sie getroffen hatte, bevor sie abreisten. Es waren hart arbeitende Menschen, die überrascht waren, als Louisas Anwalt ein Treuhandvermögen für alle ihre Kinder einrichtete. Charles' Brüder würden niemals selbst etwas davon annehmen, aber es war schon verdammt schwierig, seinen eigenen Kindern diese Möglichkeit zu verwehren, insbesondere, wenn man von Louisa Stratton bezirzt worden war.

Die Hochzeit verlief ruhig. Aber jeder würde schon bald von Charles Cooper und seinen Plänen für die *Pegasus Motor Company* hören. Gerade in diesem Moment inspizierte Charles einen Kartoffelacker auf Long Island, der ein ideales Gelände für ein Automobilwerk abgeben würde. Er hatte sie eingeladen, ihn im Zug dorthin zu begleiten, aber sie musste wirklich endlich an Grace schreiben. Sie hatte es schon zu lange vor sich hergeschoben – die paar Zeilen, die sie seit ihrer Niederlassung gekritzelt hatte, erzählten noch nichts von der Geschichte. Louisa zog ein frisches Blatt Papier aus ihrer Schreibtischschublade.

Liebe Tante Grace,

dies wird Dich überraschen, also hoffe ich, Du sitzt und hast ausreichend Riechsalz in Deiner Reichweite. Vielleicht ist auch Dr. Fentress in der Nähe. Falls nicht, solltest Du nach ihm rufen. Bitte grüße ihn herzlich von mir. Es gibt keinen Grund, weshalb Du die kontinuierliche Zuneigung dieses Mannes nicht akzeptieren und ihn zum glücklichsten aller Männer machen solltest. Das Leben ist ungewiss, und man sollte sein Herz allen Möglichkeiten öffnen. Keiner von euch wird jünger, wenn ich so offen sein darf. Du kennst meine spitze Zunge, aber ich meine es gut, genauso wie ich glaube, dass Du es meinst.

Du hattest recht, was mich angeht – ich bin ein unmöglicher Wildfang. Starrköpfig. Impulsiv. Aber einmal habe ich etwas Dummes gemacht, und es erwies sich am Ende als etwas sehr Schlaues.

Im letzten Dezember habe ich über die Evensong Agency *einen ausgezeichneten Kriegshelden angeheuert, Captain Charles Cooper, der meinen imaginären Gatten Maximillian Norwich mimen sollte. Ja. Imaginär. Ich habe ihn erfunden, um Dich glauben zu lassen, dass sich jemand gut um mich kümmerte. Du sagtest, Max klang zu gut, um wahr zu sein, aber Charles ist noch besser. Wir sind jetzt tatsächlich verheiratet und könnten nicht glücklicher sein. Ich hoffe, Du vergibst uns, dass wir dich getäuscht haben, aber ich denke, wir wurden genug bestraft, als wir in Rosemont ankamen.*

Ich weiß, dass Du aufgebracht bist, dass ich zusammen mit meinem Gatten arbeite, aber ich habe Wege gefunden, wie ich ihm nützlich sein kann – es ist wirklich merkwürdig, aber die Amerikaner mögen es, Engländer sprechen zu hören. Aus irgendeinem Grund denken sie, dass wir viel intelligenter sind, als es tatsächlich der Fall ist. Ich kann stundenlang plappern, und sie hängen an jedem Wort!

Natürlich ist Charles auf seine Weise brillant. Er ging nach Harrow. Er hat einen Sinn für Zahlen und für weitere Dinge, die eine ordentliche Dame zum Erröten bringen würden – aber schließlich bin ich ja keine ordentliche Dame.

Du machst Dir nicht viel aus moderner Musik, aber ich bin sicher, du hast »A Bird in a Gilded Cage« gehört. Dort landen so viele von uns Frauen, nicht wahr? Beschützt ›zum eigenen Wohl‹. Und am Abend zugedeckt. Charles will mich nicht in einen Käfig stecken, er sieht in mir mehr als ein Schmuckstück an seinem Arm. Er gibt mir noch immer all den Schutz, den ich mir nur vorstellen kann, aber ebenso Freiheit und Respekt, auch wenn er nicht ganz so in meine Stimme verliebt ist wie die Amerikaner. Wünsch uns Glück, wenn Du kannst. Und wenn Du möchtest, können wir Rosemont zu Weihnachten besuchen.

Liebe Grüße an alle,
Deine liebende Nichte
Louisa Stratton Cooper

Fertig. Das war doch nicht so schlimm wie gedacht. Und sie würde nicht in der Nähe sein, um Grace schreien zu hören. Aber es wäre wahrscheinlich ratsam, Grace' Briefe eine Zeit lang nicht zu öffnen, bis etwas Gras über die Sache gewachsen war.

Louisa tupfte den Brief mit Löschpapier ab und steckte ihn in einen Umschlag. Sie schloss die Augen und ballte die Fäuste, versuchte sich vorzustellen, was die nächsten Monate bringen würden, aber ihre berühmte Vorstellungskraft ließ sie im Stich. Zu tun ›als ob‹ machte nicht mehr so viel Spaß.

Sie musste einfach nur abwarten, so wie jede gewöhnliche Erbin, die mit einem außergewöhnlichen Mann verheiratet ist.

Mehr zu Ihren Lieblingsautoren und –büchern
sowie Interviews, Newsletter, Leseproben,
Gewinnspiele und Trailer finden Sie unter:
www.egmont-lyx.de

Madeline Hunter
Ein skandalöses Rendezvous
Roman

Bewaffnet mit einer Pistole reist die junge Audrianna Kelmsleigh zu einem Gasthof, um einen Mann zu treffen, der den Namen ihres verstorbenen Vaters reinwaschen könnte. Doch statt des mysteriösen „Domino" taucht dort der attraktive Lord Sebastian Summerhays auf. Durch ein Missgeschick werden die beiden zusammen erwischt, und der Skandal ist perfekt. Audrianna bleibt nur ein Ausweg: Sie muss Sebastian heiraten.

»Die faszinierenden Figuren und tiefen Gefühle ziehen die Leser in ihren Bann.«
Romantic Times

je ca. 400 Seiten, kartoniert mit Klappe
€ 9,99 [D]

Band 1: Ein skandalöses Rendezvous
ISBN 978-3-8025-8792-4

Band 2: Die widerspenstige Braut
ISBN 978-3-8025-8804-4

Band 3: Eine Lady von zweifelhaftem Ruf
ISBN 978-3-8025-9084-9

Band 4: Lady Daphnes Verehrer
ISBN 978-3-8025-9108-2

www.egmont-lyx.de

Mehr zu Ihren Lieblingsautoren und –büchern
sowie Interviews, Newsletter, Leseproben,
Gewinnspiele und Trailer finden Sie unter:
www.egmont-lyx.de

Eloisa James
Ein unerhörter Ehemann

Roman

Für die Liebe ist es nie zu spät

Um einen Skandal zu vermeiden, wurde die junge Gina bereits mit elf Jahren an ihren Cousin Camden Serrard verheiratet. Dieser flüchtete jedoch noch am Tag der Hochzeit außer Landes. Nach Jahren der Trennung begegnen sich Camden und Gina einander wieder und entdecken unerwartete Gefühle füreinander.

Band 1: Ein unerhörter Ehemann
464 Seiten, kartoniert mit Klappe
€ 9,99 [D]
ISBN 978-3-8025-8670-5

Band 2: Ein delikater Liebesbrief
432 Seiten, kartoniert mit Klappe
€ 9,99 [D]
ISBN 978-3-8025-8671-2

Band 3: Keine Lady ohne Tadel
416 Seiten, kartoniert mit Klappe
€ 9,99 [D]
ISBN 978-3-8025-9094-8

www.egmont-lyx.de

Mehr zu Ihren Lieblingsautoren und –büchern
sowie Interviews, Newsletter, Leseproben,
Gewinnspiele und Trailer finden Sie unter:
www.egmont-lyx.de

Sabrina Jeffries
Lord Stonevilles Geheimnis
Roman

Eine unerwartete Liebe ...

Mit seinem haltlosen Lebensstil sorgt Oliver Sharpe, Marquess von Stoneville, in der vornehmen Gesellschaft für Skandale, bis seine Großmutter ihn eines Tages vor die Wahl stellt: Entweder Oliver sucht sich eine Frau oder er verliert sein Erbe. Kurz darauf begegnet Oliver der Amerikanerin Maria und heckt mit ihr einen Plan aus. Maria soll sich als seine Verlobte ausgeben. Doch Oliver hätte niemals vermutet, dass er sich in die hübsche Maria tatsächlich verlieben könnte ...

»Ein fesselnd erzählter Roman voller Humor und Sinnlichkeit.« *Romantic Times*

je ca. 400 Seiten, kartoniert mit Klappe
€ 9,99 [D]

Band 1: Lord Stonevilles Geheimnis
ISBN 978-3-8025-8673-6

Band 2: Spiel der Herzen
ISBN 978-3-8025-8683-5

Band 3: Ein vortrefflicher Schurke
ISBN 978-3-8025-9085-6

Band 4: Eine Lady zu gewinnen ...
ISBN 978-3-8025-9109-9

www.egmont-lyx.de

Mehr zu Ihren Lieblingsautoren und –büchern
sowie Interviews, Newsletter, Leseproben,
Gewinnspiele und Trailer finden Sie unter:
www.egmont-lyx.de

Katie MacAlister
Ein Lord mit besten Absichten

Roman

Eine Lady sorgt für Chaos in Londons Ballsälen

Nach einer leidvollen Ehe mit seiner ersten Frau ist Noble Britton entschlossen, nicht noch einmal denselben Fehler zu begehen. Er sucht nach einer ruhigen, sittsamen Frau, die keine Skandale verursacht. Zu der hübschen Halbamerikanerin Gillian Leigh fühlt er sich sofort hingezogen. Doch schon bald nach der Hochzeit muss er feststellen, dass diese außergewöhnlich oft vom Pech verfolgt wird und sein Haus gehörig auf den Kopf stellt.

Für Fans der Romantic Fantasy von Katie MacAlister und humorvoller Romantic History

416 Seiten, kartoniert mit Klappe
€ 9,99 [D]
ISBN 978-3-8025-9260-7

www.egmont-lyx.de

Mehr zu Ihren Lieblingsautoren und -büchern
sowie Interviews, Newsletter, Leseproben,
Gewinnspiele und Trailer finden Sie unter:
www.egmont-lyx.de

Lara Adrian schreibt als Tina St. John
Die Rache des Ritters
Roman

England, 12. Jahrhundert: In seiner Kindheit musste Gunnar Rutledge mit ansehen, wie sein Vater und seine Mutter ermordet wurden. Seither kennt er keinen anderen Gedanken, als den Tod seiner Eltern zu rächen und den Schuldigen, Baron Luther d'Bussy, zur Rechenschaft zu ziehen. Um den Baron zu einem Duell zu zwingen, entführt er dessen Tochter, die schöne Raina. Doch Gunnar hätte niemals damit gerechnet, dass er sich in die Tochter seines ärgsten Feindes verlieben könnte …

»Die Autorin versteht es blendend, das Mittelalter in ihren Geschichten wiederaufleben zu lassen.« *LoveLetter*

je ca. 400 Seiten, kartoniert mit Klappe
€ 9,99 [D]

Band 1: Die Rache des Ritters
ISBN 978-3-8025-8521-0

Band 2: Der dunkle Ritter
ISBN 978-3-8025-8522-7

Band 3: Die Ehre des Ritters
ISBN 978-3-8025-8523-4

Band 4: Das Herz des Ritters
ISBN 978-3-8025-8524-1

vw.egmont-lyx.de

Mehr zu Ihren Lieblingsautoren und –büchern sowie Interviews, Newsletter, Leseproben, Gewinnspiele und Trailer finden Sie unter:

www.egmont-lyx.de

Cecilia Grant
Ein unsittliches Angebot
Roman

Kann er ihre Leidenschaft erwecken?

Die junge Martha Russell ist gerade Witwe geworden und kämpft darum, ihr Anwesen zu behalten. Um ihren Anspruch zu untermauern, greift sie zu einer List: Mit dem attraktiven Lebemann Theo Mirkwood will sie innerhalb eines Monats ein Kind zeugen, das sie als Erbe ihres verstorbenen Mannes ausgeben kann. Martha ist fest entschlossen, Lust und Leidenschaft dabei außen vor zu lassen. Mit einem hat sie jedoch nicht gerechnet: dass sie sich in den scheinbar so leichtlebigen Theo verlieben könnte.

416 Seiten, kartoniert mit Klappe
€ 9,99 [D]
ISBN 978-3-8025-8871-6

Band 2: Das Versprechen der Kurtisane
384 Seiten, kartoniert mit Klappe
€ 9,99 [D]
ISBN 978-3-8025-8872-3

www.egmont-lyx.de

LYX
EGMONT

Mehr zu Ihren Lieblingsautoren und –büchern
sowie Interviews, Newsletter, Leseproben,
Gewinnspiele und Trailer finden Sie unter:
www.egmont-lyx.de

Kate Noble
Ein Spion in erlauchter Gesellschaft
Roman

Schöne Adlige trifft auf berüchtigten Spion

Philippa Benning gilt als schönste Frau Englands. Als sie einem berüchtigten englischen Spion begegnet, verspricht sie, ihm Zutritt zu Adelskreisen zu verschaffen, wenn er dafür seine wahre Identität enthüllt. Schon bald muss Philippa feststellen, dass diese Vereinbarung sie in ein wahres Gefühlschaos stürzt ...

496 Seiten, kartoniert mit Klappe
€ 9,99 [D]
ISBN 978-3-8025-8865-5

Band 2: Der Sommer der Lady Jane
384 Seiten, kartoniert mit Klappe
€ 9,99 [D]
ISBN 978-3-8025-8866-2

www.egmont-lyx.de

LYX
EGMONT

Mehr zu Ihren Lieblingsautoren und –büchern
sowie Interviews, Newsletter, Leseproben,
Gewinnspiele und Trailer finden Sie unter:
www.egmont-lyx.de

Meredith Duran
Rühr nicht an mein dunkles Herz
Roman

Einen Ehemann finden – dieses Glück blieb Lady Lydia Boyce stets versagt, und so steckt sie all ihren Eifer in die Geschäfte ihres Vaters, einem angesehenen Archäologen. Als Lydia entdeckt, dass einige seiner Fundstücke gefälscht sind, versucht sie, die Missetäter auf eigene Faust zu ermitteln. Dabei kreuzen sich ihre Wege mit denen des attraktiven, aber verrufenen Viscount Sanburne, der ihr seine Hilfe anbietet – zu einem unverschämt hohen Preis!

Band 1: Rühr nicht an mein dunkles Herz
384 Seiten, kartoniert mit Klappe
€ 9,99 [D]
ISBN 978-3-8025-8779-5

Band 2: Die Wahrheit deiner Berührung
400 Seiten, kartoniert mit Klappe
€ 9,99 [D]
ISBN 978-3-8025-8780-1

Band 3: Suche nicht die Sünde
416 Seiten, kartoniert mit Klappe
€ 9,99 [D]
ISBN 978-3-8025-9092-4

www.egmont-lyx.de

LYX
EGMONT

Mehr zu Ihren Lieblingsautoren und –büchern
sowie Interviews, Newsletter, Leseproben,
Gewinnspiele und Trailer finden Sie unter:
www.egmont-lyx.de

LYX *up your life!*

Freue dich auf die neuen Accessoires zu deinen Lieblingsgeschichten von LYX!

WWW.EGMONT-LYX.DE/GOODIES

Der Goodies-Shop von LYX:

Stöbere zwischen exklusiven Fan-Artikeln mit den Motiven deiner Lieblingsromane und bestelle sie ganz einfach online.

Anmelden – Shoppen – und noch tiefer in die LYX-Welt eintauchen!

Werde Teil unserer LYX-Community bei Facebook

Unser schnellster Newskanal:
Hier erhältst du die neusten Programm-
hinweise und Veranstaltungstipps

Exklusive Fan-Aktionen:
Regelmäßige Gewinnspiele,
Rätsel und Votings

Finde Gleichgesinnte:
Tausche dich mit anderen Fans über
deine Lieblingsromane aus

JETZT FAN WERDEN BEI:
www.egmont-lyx.de/facebook